Née en 1963, Minna Lindgren est une journaliste finlandaise connue pour ses éditos farfelus. En 2009, elle a reçu le prestigieux Bonnier Journalism Prize pour son article sur le décès de son père. « Les petits vieux d'Helsinki » constituent une trilogie dont les deux premiers volets ont connu un vif succès en Finlande.

DU MÊME AUTEUR

Les petits vieux d'Helsinki font le mur
Calmann-Lévy, 2015

Les petits vieux d'Helsinki se couchent de bonne heure
Calmann-Lévy, 2016

Minna Lindgren

Les petits vieux
d'Helsinki
mènent l'enquête

ROMAN

*Traduit du finnois
par Martin Carayol*

Calmann-Lévy

TEXTE INTÉGRAL

TITRE ORIGINAL
Kuolema Ehtoolehdossa
ÉDITEUR ORIGINAL
Teos, Helsinki, 2013
© Minna Lindgren, 2013

Publié avec l'accord de Minna Lindgren et Elina Ahlback Literary Agency,
Helsinki, Finlande

ISBN 978-2-7578-5966-7
(ISBN 978-2-7021-5705-3, 1ʳᵉ publication)

© Calmann-Lévy, 2015, pour la traduction française

I

Chaque matin à son réveil, Siiri Kettunen constatait qu'elle n'était toujours pas morte. Puis elle se levait, se lavait, s'habillait et grignotait son petit déjeuner. Cela se faisait lentement, elle avait tout son temps. Elle lisait le journal avec soin et écoutait les matinales à la radio, de façon à sentir qu'elle faisait bien partie de ce monde. Vers 11 heures, elle partait souvent pour une balade en tramway, mais ce jour-là elle n'en eut pas la force.

Dans l'espace de convivialité de la résidence du Bois du Couchant, les lampes puissantes rappelaient l'atmosphère d'une salle d'attente chez le dentiste. Sur les canapés, quelques vieillards assoupis attendaient le déjeuner. Dans un coin, l'ambassadeur, Anna-Liisa et Irma jouaient à la canasta sur une table de jeu couverte de feutrine. L'ambassadeur était plongé dans ses cartes, Anna-Liisa commentait tous les coups et Irma semblait frustrée de voir la partie avancer si lentement. Puis elle aperçut Siiri, et ses yeux s'éclairèrent.

« Cocorico ! » cria-t-elle de sa plus belle voix de soprano, son bras décrivant une large courbe, tel un chef de gare. Dans sa jeunesse, Irma Lännenleimu avait pris des cours de chant, et interprété l'air de Chérubin, accompagnée au piano, lors d'une matinée du conservatoire rue Rautatienkatu. Comme, à l'époque, même les prestations des élèves étaient recensées dans la presse, un critique avait fait l'éloge de sa voix souple et pénétrante. Siiri et elle se saluaient donc à coup de cocoricos. Ça marchait toujours, même dans le vacarme ou les clameurs de la ville.

« Tu sais quoi ? demanda Irma avant même que Siiri n'eût le temps de s'asseoir à la table de jeu. La Dame au grand chapeau, escalier C, finalement, elle n'est pas morte. Et dire qu'on l'avait déjà enterrée ! »

Irma se mit à rire si fort que son corps rondelet fut tout secoué, et son fausset retentit à nouveau. Ce jour-là comme à son habitude, elle portait une robe bleu foncé, des brillants aux oreilles, un collier de perles, et au poignet droit deux bracelets en or. Quand elle s'échauffait en parlant, les bijoux tintinnabulaient.

La semaine précédente, le drapeau du Bois du Couchant avait été mis en berne, et comme pendant plusieurs jours la Dame au grand chapeau ne s'était pas manifestée, on l'avait crue décédée. Mais voilà que la veille, elle était apparue à la table de bingo, avec son couvre-chef turquoise. Elle n'était pas morte, elle était juste allée se faire poser une pièce de rechange dans le cœur, et avait à cette occasion failli mourir d'un infarctus.

« Elle a peut-être gagné dix ans d'espérance de vie supplémentaires, soupira Irma. La pauvre. »

Siiri s'amusa de ce constat indéniable – une opération réussie était un allongement de peine.

« Ce n'est pas à proprement parler une pièce de rechange du cœur. »

Anna-Liisa intervenait souvent, sur un ton pragmatique, pour corriger erreurs et malentendus. C'était chez elle une sorte de manie. Siiri et Irma se disaient que c'était dû au fait qu'Anna-Liisa avait été professeur de finnois.

« Hop, j'ai un trois rouge ! l'interrompit l'ambassadeur, mais Anna-Liisa l'ignora.

– Le "ballonnet" est un terme très courant mais trivial pour désigner une angioplastie coronaire, c'est-à-dire quand on maintient ouverte une artère bouchée à l'aide de ce qu'on appelle un stent ou ressort. »

Anna-Liisa était une grande femme dont la voix sépulcrale portait loin. Elle savait absolument tout des angioplasties coronaires, des matériaux des pièces de rechange, des anesthésies locales et des endoscopies, mais les autres avaient rarement la force de suivre ses exposés. De toute façon, en tant qu'enseignante, Anna-Liisa était habituée aux auditoires dissipés.

« C'est de la folie pure, changer les pièces d'une nonagénaire ! » s'exclama Siiri.

Tous étaient de son avis.

« Mais dites-moi les filles, vous n'espérez pas vivre centenaires ? » demanda l'ambassadeur en posant ses cartes sur la table pour arranger sa cravate.

Il tenait à ses tenues soignées : chemise, cravate, veste de smoking et pantalon droit ; c'était réjouissant car la plupart des hommes qui traînaillaient au Bois du Couchant portaient d'affreux survêtements. Le dimanche et les jours de fête, l'ambassadeur mettait un complet propre orné au col d'un insigne en feuille de chêne.

« Ce n'est pas à nous de décider, rétorqua Siiri, qui aurait d'ailleurs été bien en peine de le faire. Mais je ne voudrais pas vivre aussi longtemps.

– Mais alors qui est mort la semaine dernière, si ce n'est pas la Dame au grand chapeau ? » demanda Irma.

Très curieuse, elle recueillait avidement chaque rumeur qui courait au Bois du Couchant. Qu'une information dont elle était certaine se fût révélée fausse l'agaçait quelque peu.

« C'était le cuistot, Tero ou un nom dans ce goût-là », lâcha Anna-Liisa en abattant une canasta impure de 7.

Siiri eut une bouffée de chaleur et sa gorge se serra. Tero, mort ? Irma, au contraire, sembla se réjouir de cette information, qu'elle se rappelait avoir entendue puis aussitôt oubliée.

« Ah, mais oui ! C'était ce Tero que tu aimais tellement, Siiri. Enfin est-ce qu'il s'appelait Tero ou Pasi ? Vous avez remarqué, les jeunes d'aujourd'hui ont des noms qui sonnent comme des coups de hache : Tero, Pasi, Vesa, Tomi. Quand je pense que j'ai oublié de te le dire ! La masseuse me l'a annoncé hier, mais j'étais tellement crevée après le traitement qu'elle m'a fait subir que j'ai pris mon whisky du soir et que je suis allée me coucher de suite. Vous savez que le médecin m'a prescrit du whisky pour mon... enfin pour tout. Tiens, ben j'ai deux 7 pour toi, Anna-Liisa ! »

Siiri se sentit envahie par la tristesse. Tero lui manqua soudain tellement qu'elle en eut mal au ventre. Comment était-il possible qu'un garçon en bonne santé mourût, quand des vieillards de quatre-vingt-quatorze ans vivaient encore ? Siiri avait lu dans le journal qu'au-delà de quatre-vingt-dix ans, on ne vieillissait plus. Quelle horreur. Cela impliquait que des gens comme eux, qui avaient dépassé leur durée de vie prévue, avaient manqué leur rendez-vous avec la Faucheuse. Au début, tout le monde dans son entourage mourait, amis, mari, et puis, tout d'un coup, il ne restait plus personne. Siiri avait déjà perdu deux enfants, ses deux fils. Le premier avait succombé à l'alcoolisme, le second à l'obésité. Le cadet avait un temps été beau et sportif, mais ensuite il avait grossi à force de manger ; il travaillait sans cesse, prenait la voiture pour le moindre déplacement, se nourrissait surtout de pizzas et de chips, et fumait. On appelait cela la maladie de la prospérité : elle touchait les gens au niveau de vie si élevé qu'ils en mouraient à soixante-cinq ans.

Mais Tero, le cuistot du Bois du Couchant, avait trente-cinq ans tout au plus, et il n'avait pas l'air malade. Au contraire, il débordait de bonne humeur et d'énergie vitale, comme les jeunes gens en bonne santé en ont le secret. Les épaules larges, les mains fermes et un teint resplendissant : c'était ça, Tero. Et quand il souriait, de jolies fossettes se creusaient sur ses joues.

C'est une purée de pommes de terre qui avait scellé leur amitié. À la cantine du Bois du Couchant, chaque légume se mangeait sous forme de purée et le riz était proscrit. On supposait que les vieux n'avaient pas de dents, et que la purée s'avalait facilement, comme de la nourriture pour bébés. Tous les aliments manquaient de sel, et inutile d'espérer de la viande non hachée. Siiri n'aimait pas la purée, alors Tero lui concoctait d'autres accompagnements, carottes et betteraves. Après le déjeuner, il venait à sa table boire une tasse de café. Rituellement, elle lui demandait s'il avait une petite amie, et il répondait qu'il n'avait besoin de personne puisqu'il avait Siiri. Ils avaient pris l'habitude de flirter doucement : c'était agréable, cet innocent badinage plein de gaieté, et il faut dire que ça n'était pas fréquent, au Bois du Couchant.

La partie de cartes était manifestement terminée. L'ambassadeur interrogeait Irma sur son âge, Anna-Liisa feuilletait la nouvelle grille tarifaire de la résidence et se raclait la gorge, comme si elle se préparait à un nouvel exposé. Nul ne semblait se préoccuper de la mort du jeune cuistot.

« Quatre-vingt-douze ans ? Alors on t'a retiré ton permis de conduire ? demanda l'ambassadeur. Bienvenue dans mon taxi, Irma chérie ! J'ai beaucoup de bons, tu sais, ces bons de transport qui ne servent qu'à rouler en rond, sans destination.

– Bien sûr que j'ai encore mon permis ! éclata Irma, importunée par les propositions suspectes de l'ambassadeur. J'ai une ancienne copine de classe qui est gynécologue, à chaque réunion des anciens du lycée elle nous fait les certificats pour le permis. Mais bon, mes enfants m'ont pris ma voiture, c'est-à-dire mon droit à me déplacer : ils se croient vraiment tout permis. Vous vous rappelez sûrement ma petite voiture rouge ? »

Personne ne se rappelait, à part Siiri. Elle était dans la voiture quand Irma avait pris l'avenue Mannerheimintie à contresens devant le Théâtre suédois : la police les avait arrêtées. Les enfants d'Irma avaient considéré que c'était une raison suffisante pour rendre au concessionnaire la petite auto rouge. L'ambassadeur trouvait que c'était là un châtiment excessif. Ce n'était pas bien grave de conduire n'importe comment devant le Théâtre suédois, vu qu'il y avait à cet endroit des chamboulements et chantiers sans fin, et que même une Helsinkienne de la dixième génération comme Irma Lännenleimu ne pouvait pas savoir dans quel sens on était censés conduire tel ou tel jour.

« Mais bon c'est comme ça, dit Irma. Il y a toujours des gens pour décider à la place des vieux. »

Les enfants et petits-enfants d'Irma, qui étaient nombreux et qu'elle appelait ses « petits chachous », avaient vendu son appartement du quartier de Töölö et placé leur aïeule dans un deux-pièces de la résidence du Bois du Couchant sans lui demander son avis. C'était pour son bien, disaient les petits chachous, car la résidence spécialisée garantissait sa sécurité et ils n'auraient plus besoin d'interrompre leurs travaux urgents pour s'inquiéter de savoir si Irma avait bien pensé à se lever de son lit et à prendre ses médicaments, ou si elle parcourait la ville en chemise de nuit.

« Et après ils ont carrément mis des caméras de surveillance dans mon appartement, pour pouvoir à tout moment regarder sur leur ordinateur ce que je suis en train de faire. Comme si j'étais un gorille dans un zoo ! Je leur montre mes fesses chaque fois que je vais me coucher. »

L'ambassadeur, épaules affaissées, regardait avec mélancolie la feutrine usée de la table de jeu.

« Au moins vous avez quelqu'un qui se donne le mal de vous espionner, dit-il. Et quelqu'un à qui montrer vos fesses.

– Ne vous inquiétez pas, même nous qui sommes seuls, il y a des gens pour nous espionner, ici au Bois du Couchant, le consola Anna-Liisa. Les aides-soignants viennent fouiner dans nos appartements de temps en temps, ils ont les clefs.

– C'est vrai ! L'autre jour un homme est venu chez moi à 7 heures du matin, alors que j'étais nue dans mon lit ! s'écria Irma.

– Vraiment ? s'amusa l'ambassadeur, en saisissant le paquet de cartes pour commencer une nouvelle partie.

– Il en avait après mon testament, évidemment. *Döden, döden, döden*[1]. »

1. En suédois : « La mort, la mort, la mort. » *(Toutes les notes sont du traducteur.)*

Siiri esquissa un sourire quand Irma lâcha son « *döden döden* » en baissant funestement la voix. Irma avait beaucoup d'expressions bien à elle, de vieux aphorismes dont elle abusait parfois ; mais Siiri aimait bien cela, surtout quand Irma les sortait au bon moment.

Anna-Liisa tint ensuite à reparler de son miroir de poche argenté qui avait disparu. Elle était certaine qu'on le lui avait volé, tout comme le beau *ryijy*[1] de l'ambassadeur, pendant qu'ils étaient à l'atelier mémoire, à la gym sur chaise ou au concert du trio d'accordéonistes. Siiri boudait ces activités, en particulier les concerts d'accordéon qui avaient lieu chaque semaine à la résidence. Pourquoi forçait-on les vieux à n'écouter que de l'accordéon ? N'y avait-il donc plus personne pour jouer de vrais instruments ? On trouvait pourtant au Bois du Couchant trois pianos laissés à l'abandon.

Les couloirs voyaient d'ailleurs s'accumuler d'autres objets inutiles, au fur et à mesure que les pensionnaires mouraient sans que quiconque vînt récupérer leurs biens. Pianos, livres et chaises n'intéressaient personne, alors on les dispersait çà et là pour créer une atmosphère intime, quand bien même ils juraient avec le cadre, le Bois du Couchant étant une maison moderne, avec des plafonds bas et des murs en placo fin. Dieu sait à qui pouvait avoir appartenu la table de jeu en acajou autour de laquelle ils se réunissaient chaque jour.

« C'est délibéré, tout ça, expliqua Anna-Liisa. En laissant dans le couloir une table Art nouveau, quelques pianos et six mètres de dictionnaires, ils pensent que personne ne se dira qu'on dépouille les pensionnaires. Même si c'est bien de cela qu'il s'agit, évidemment.

---

1. Tapis mural, traditionnel en Finlande. Le mot se prononce *ru-i-yu*.

– Et c'est du vol aussi quand on nous facture le moindre service, sans même que nous voyions l'argent passer d'un compte à l'autre, dit Irma. Enfin, bien sûr, mes chachous s'occupent de mon argent, maintenant que les banques sont dans les ordinateurs. Ah, prélèvement automatique ! J'ai entravé !

– Pourquoi tu parles d'"entraver" dans ce contexte ? Entraver quoi ? Tu ne peux pas utiliser ce verbe sans COD, il est transitif, fit remarquer Anna-Liisa d'un air excédé.

– *Sic transitif gloria mundi*, intervint l'ambassadeur en guettant l'effet de son calembour.

– Je veux dire que je me suis souvenue du mot. Prélèvement automatique, c'est comme ça qu'ils appellent cette façon de voler de l'argent, non ? »

Irma ne se fiait pas à sa mémoire. Quand par hasard, à sa grande surprise, elle se rappelait quelque chose qu'elle pensait avoir oublié, elle appelait cela « entraver », ou bien elle parlait d'un « étrange instinct » : « Un étrange instinct m'a soufflé que mon béret était sur la télévision », disait-elle par exemple, ce qui agaçait prodigieusement Anna-Liisa.

Mais Irma avait raison. Dans la résidence du Bois du Couchant, l'argent quittait les comptes des pensionnaires pour se rendre directement vers ceux de diverses entreprises de soins et de services, à l'insu de tous. Par exemple, le loyer d'un petit deux-pièces se montait à 1 000 euros par mois, à quoi il fallait ajouter divers frais et dépenses. Les tarifs évoluaient au petit bonheur, et étaient fondés sur le manque de jugement des pensionnaires quant à la valeur de l'argent. Certains parlaient encore en anciens marks, la monnaie en usage avant 1963. Leurs proches, par mauvaise conscience, n'osaient pas s'étonner des tarifs et se forçaient à croire que plus cher on payait, meilleur était le service.

« Baisser un pantalon, 14 euros, remonter un pantalon, 16 euros, lut Anna-Liisa sur la grille tarifaire. Ça fait cher le besoin naturel.

– 30 euros. Bon Dieu de bois, ça fait 180 nouveaux marks ! compta prestement Irma.

– Les couches reviennent moins cher », fit Siiri, bien qu'elle n'eût aucune idée de ce que coûtaient des couches ni où elles se vendaient.

En Espagne, on en trouvait dans les grandes surfaces ordinaires. Il y avait au Bois du Couchant un certain nombre d'anciens expatriés, qui avaient commencé leur retraite sous le soleil d'Espagne puis, une fois frappés d'incontinence, de cataracte et de sciatique, étaient revenus en urgence se mettre à l'abri dans les résidences du troisième âge finlandaises. C'était justement le cas des nouveaux locataires de l'escalier A, le couple qui pratiquait l'après-midi une sexualité si débridée que les voisins s'étaient plaints. Ils avaient aussi l'air très économes : ils stockaient chez eux des couches bon marché achetées en grande surface. Irma le savait parce que leur balcon était plein d'emballages.

« C'est une horreur. Il n'y a même plus de place pour les pélargoniums, vous vous rendez compte ! »

Sa fille lui avait commandé, par l'intermédiaire de la Confédération du troisième âge, assez de couches fournies par l'État pour le restant de sa vie, mais Irma s'en était débarrassé, car elle n'avait nulle part où les entreposer. Sur son balcon, elle préférait faire pousser des fleurs.

« J'ai l'impression que la femme se nomme Margit. Serait-ce possible ? Et j'ai vaguement dans l'idée que son mari doit s'appeler Eino. Eino et Margit ? Que vous dit votre étrange instinct ? »

Les autres n'étaient pas en mesure de décider du nom des nouveaux pensionnaires.

« Pourquoi ça coûte plus cher de remonter un pantalon que de le baisser ? demanda Anna-Liisa pour remettre la conversation sur les rails, comme si elle faisait fonction d'animatrice d'une séance de remue-méninges.

– Et pour les jupes c'est moins cher ? suggéra l'ambassadeur.

– C'est à cause de l'attraction terrestre ! » s'écria Reino, le prote, qui s'approchait d'eux depuis la fontaine d'eau potable.

C'était un homme au regard glouton, qui surnommait Siiri « la belle au Bois du Couchant ». Irma affirmait que Reino était allé jusqu'à essayer de l'embrasser dans l'ascenseur, mais Irma disait beaucoup de choses. Reino, vêtu d'un ample survêtement et de pantoufles thérapeutiques, les rejoignit en imprimant à son déambulateur une vitesse phénoménale. Il portait une bavette au cou, bien que ce ne fût pas l'heure du déjeuner.

« C'est sans doute la ceinture, dit Siiri, qui s'apprêtait à partir. C'est plus difficile de fermer les boutons et la ceinture que de les ouvrir. Enfin à supposer qu'on s'habille comme il faut. »

Elle rassembla ses affaires, lunettes, mouchoir et pastilles, les rangea dans son sac à main, et Irma l'imita. Toutes deux trouvaient un peu repoussant ce prote malpropre, avec sa barbe mal taillée, ses oreilles et sourcils comme des buissons d'épines, et de la crasse entre les dents.

« Pour moi, avec les femmes, c'est plus facile de défaire leurs boutons de chemise et leurs soutiens-gorge que de les refermer. Là aussi c'est une question d'attraction, expliqua le prote.

– N'importe quoi, Reino, dit froidement Anna-Liisa. Tu n'as jamais attaché de bretelles de soutien-gorge.

– Alors il faut que je m'y mette. Tu viens dans ma chambre ? Je t'emmène faire un tour en ascenseur d'abord. »

Anna-Liisa, exaspérée, annonça qu'elle allait à l'auditorium écouter l'exposé sur « L'alimentation diversifiée : un surcroît d'énergie pour les personnes âgées ». L'idée plut à l'ambassadeur, et il se proposa de l'accompagner. Il se leva, plaça poliment un déambulateur à côté de la chaise d'Anna-Liisa et offrit son bras, tel un galant cavalier. Irma fit un clin d'œil à Siiri et elles s'éloignèrent toutes deux vers l'ascenseur.

Reino resta seul à la table de jeu, se demandant où tout le monde était parti et pourquoi il avait une bavette autour du cou.

« Infirmière ! Infirmière ! Holà, mademoiselle ! À l'aide ! »

Il appelait en vain, car les aides-soignantes n'avaient pas le temps d'accourir pour s'occuper des problèmes d'un homme bien portant. Il essaya d'enlever la bavette lui-même. C'était compliqué. Le nœud était serré et situé derrière sa tête. Plus il tirait dessus, plus le nœud se resserrait. Il se leva et déchira sa bavette, puis lâcha un juron en jetant les morceaux par terre. Il s'affala sur le canapé de l'espace de convivialité, dans l'espoir que bientôt apparaîtrait devant lui Siiri Kettunen, ou une autre des reines du Bois du Couchant, qui viendrait le divertir ; il s'endormit.

II

Siiri se rendit dans le couloir du rez-de-chaussée pour chercher Pasi, l'assistant social, qui était en général assis dans son bureau. Elle voulait s'entretenir avec lui de la mort de Tero. Pasi et Tero s'entendaient bien, elle les avait souvent vus discuter ensemble dans la cuisine. Mais la porte de Pasi était verrouillée, et un papier scotché dessus annonçait : « Les fonctions d'assistant social sont temporairement assurées par Virpi Hiukkanen. »

Virpi était la personne de confiance de la directrice Sinikka Sundström, son bras gauche et son bras droit, zélée gestionnaire des affaires de la maison, responsable du recrutement et du bien-être, non seulement des pensionnaires mais également des employés. Virpi Hiukkanen était le salut du Bois du Couchant, car bien que la directrice Sundström fût quelqu'un de doux, amical et fort agréable, elle manquait nettement de sens pratique.

Il s'agissait de se montrer finaude. Si Siiri allait exprès voir la directrice Sinikka Sundström pour la questionner sur la mort du cuistot et l'absence de l'assistant social, Sundström risquait d'avoir l'impression que Siiri lui reprochait quelque chose. Communiquer de manière pragmatique avec la directrice était parfois terriblement compliqué, car celle-ci portait tous les malheurs du monde sur ses épaules et était la première à s'accuser de tous les maux. Siiri devait donc inventer quelque chose pour aborder Mme Sundström.

19

Elle regagna son appartement, regarda un épisode d'Hercule Poirot à la télévision puis se reposa sur son lit. Elle s'imagina habiter une maison des années 30 aussi belle que celle du détective belge à Londres, parmi des appareils fonctionnels, modernes ; elle plongeait déjà dans un rêve amusant, où Poirot se lissait la moustache, lui souriait de ses sympathiques yeux bruns en portant la main à son chapeau, quand le téléphone sonna.

Siiri dut se relever, car le téléphone était dans l'entrée, sur une petite table. Beaucoup de gens gardaient le téléphone à côté de leur lit, mais Siiri préférait placer le sien là-bas, avec une chaise à côté. Cela permettait de discuter sans tanguer sur le bord du matelas. Et puis se lever du lit, ça faisait de la gymnastique. Elle ne put cependant pas se lever avec toute la vivacité voulue, car une fois debout il lui fallut attendre un moment que cessent le vertige et le sifflement dans sa tête. Le téléphone sonna longuement.

« Bonjour, c'est Tuukka. Vous avez reçu une facture un peu bizarre pour le ménage. »

Voilà longtemps que Siiri avait chargé ses descendants de surveiller son compte en banque sur l'ordinateur, car elle ne savait pas le faire elle-même, et le petit ami de la fille de son petit-fils avait gentiment accepté de le faire. Tuukka était un garçon très agréable, et il étudiait à l'université quelque chose de très particulier.

« La biotechnique microbienne et environnementale », disait-il à chaque fois, mais cela ne disait rien à personne.

Tuukka venait de voir sur son écran que le compte de Siiri avait été défalqué de 76 euros pour un ménage, alors que la fille en noir qui était passée deux semaines plus tôt n'avait fait que le plancher de la pièce à vivre. Elle avait des lèvres peintes en noir et des cheveux teints encore plus sombres que ceux de la masseuse asiatique d'Irma.

« Elle n'a pas dit un mot pendant qu'elle était là, penchée sur sa serpillière.

– Ils vous ont facturé deux heures, dit Tuukka, peu désireux de commenter l'apparence ou l'attitude de la femme de ménage.

– Mais cette créature n'est restée qu'une demi-heure, et encore. J'ai regardé l'horloge et je suis restée tout le temps sur place.

– Ils ont peut-être un forfait minimal de deux heures, c'est assez courant. Mais 76 euros, c'est scandaleux. »

Quand elle raccrocha, Siiri était plutôt satisfaite. La facture excessive était un vrai coup de chance, le prétexte idéal pour aller voir la directrice. Elle décida, par mesure de précaution, de faire une réclamation écrite afin d'en faire quelque chose d'officiel ou peu s'en faut. Elle fut obligée de rédiger le tout à la main, avec un stylo-bille, sur du papier quadrillé, et ça ne ressemblait pas à grand-chose. Elle avait travaillé pendant des décennies comme dactylographe à l'Institut de santé publique, mettant au propre les griffonnages d'autrui grâce à la méthode des dix doigts. Elle savait faire des feuillets bien propres, avec les marges, interlignes et composition adéquats, et elle ne commettait aucune faute de frappe. Siiri se rappelait encore comme elle avait été gênée quand, alors qu'elle avait saisi une lettre harmonieuse et sans la moindre faute, le chef de bureau avait décidé de changer la formule de politesse et qu'il avait fallu tout reprendre de zéro. La dactylographie était un talent dont on n'avait plus guère besoin, et qu'on n'estimait plus à sa juste valeur.

Une fois la plainte rédigée, elle réfléchit un moment à l'intitulé, puis écrivit : « N'y a-t-il plus personne qui sache faire le ménage ? » Elle alla séance tenante porter la lettre au bureau de Sinikka Sundström. En chemin, elle eut le temps de regretter son en-tête, car l'objectif était de se plaindre de la facturation, non pas d'un ménage mal fait, même si ce point aussi méritait d'être évoqué. Chez les pensionnaires, on s'était souvent demandé pourquoi il fallait toujours tout apprendre aux femmes de ménage : la poussière derrière les radiateurs, les poignées de porte à nettoyer au chiffon humide…

Le bureau de la directrice était au rez-de-chaussée, au début du couloir, juste à côté de l'espace de convivialité. Pour beaucoup, sa localisation s'expliquait par la volonté de Sundström de surveiller les pensionnaires. Anna-Liisa était convaincue que les employés du Bois du Couchant avaient un besoin irrépressible de tout contrôler. À l'en croire, le pire de tous était le mari de Virpi.

Nettement plus vieux que sa femme, Erkki Hiukkanen était un homme un peu idiot, paresseux, et qu'on appelait le concierge, mais son titre officiel était « intendant général ». Lui et sa calvitie pouvaient à tout moment surgir pour changer une ampoule au plafond, même quand l'ancienne marchait encore. Ou bien il passait vérifier les conduits d'évacuation et les tuyaux de ventilation, qui manifestement posaient toutes sortes de problèmes. Tout le monde avait appris que quand quelqu'un passait à l'improviste, c'était Erkki dans son bleu de travail, seul service gratuit du Bois du Couchant.

Quoi qu'en disent les pensionnaires, Siiri en était sûre, la directrice Sinikka Sundström était quelqu'un de bien, qui avait vraiment à cœur le bien-être des résidents et s'efforçait de faciliter leur séjour au Bois du Couchant. Femme dévouée à son travail, Mme Sundström aimait faire plaisir à autrui.

Elle était assise à son bureau, concentrée sur l'ordinateur. La pièce était mal éclairée, les rideaux sombres étaient tirés sur la fenêtre, et une bougie nauséabonde brûlait sur la table. Juste à côté, une grosse statue de sel ronde était elle aussi censée faire office d'éclairage. Siiri eut l'impression d'apercevoir des cartes à jouer sur l'écran de l'ordinateur, mais elle avait dû se méprendre : un jeu de cartes dans un ordinateur, c'était du jamais-vu. Quand elle s'avisa de la présence de Siiri, la directrice lui sourit aimablement et courut lui donner l'accolade. Siiri s'enfonça dangereusement dans les plis du corps de la directrice, dont le parfum lui chatouilla les narines. Mais Sinikka Sundström avait étudié les soins de proximité et appris que les personnes âgées ont besoin de contacts physiques.

« Siiri chérie ! Comment ça va ? » demanda-t-elle en laissant enfin Siiri respirer librement.

Celle-ci alla droit au but et tendit sa plainte. Elle s'excusa de l'avoir écrite à la main sur du papier quadrillé.

« Oh mais ça ne fait rien ! Que tu as une jolie écriture, on dirait celle de ma grand-mère. Bien sûr, elle est morte il y a longtemps, quand j'étais encore à l'école. »

La directrice lut le papier, fronça ses sourcils soigneusement épilés et prit un air inquiet. Elle se dit affreusement désolée d'apprendre ce qui était arrivé à Siiri et promit de s'en occuper immédiatement, même si en réalité l'entretien des locaux n'entrait pas dans ses attributions : ce service était externalisé. Elle pria Siiri de s'asseoir et expliqua longuement qu'il s'agissait d'une firme d'entretien privée, que le Bois du Couchant avait mis plusieurs entreprises en concurrence, que Muhuväe Puts ja Plank était de loin la moins chère et la plus fiable, et que c'était Pertti Sundström le responsable qualité, qui était en charge de toutes les questions de sous-traitance.

« Sundström ? Vous êtes apparentés ? » demanda Siiri qui n'avait jamais entendu parler d'un responsable qualité.

Pertti Sundström était le mari de Sinikka, et cette dernière aurait beaucoup aimé le présenter à Siiri, mais il était malheureusement en voyage d'affaires, donc Siiri n'avait qu'à glisser sa plainte dans la boîte à commentaires qui était dans le couloir, celle avec une grande photo de rose. C'était d'ailleurs ce qu'il y avait de mieux à faire, puisque Pertti exerçait ses fonctions de responsable qualité par le biais de sa société en commandite.

« Son bureau est à Kalasatama, le port de pêche. Mais bien sûr, je peux me charger de lui transmettre le message, dit la directrice en remerciant Siiri pour son initiative, car seuls les retours des pensionnaires permettaient à la résidence d'améliorer son fonctionnement. Même si nous avons eu le maximum lors du processus d'évaluation des critères de qualité, on peut toujours viser mieux que parfait ! »

Siiri prenait appui sur le bureau pour se lever quand elle remarqua devant la directrice un dossier dont la première page portait le nom du cuisinier. Heureux hasard : elle avait failli oublier la véritable raison de sa visite.

« Tero Lehtinen. Il était quand même charmant, ce jeune homme, et doué en cuisine. Savez-vous comment il est mort ? »

Déjà en route vers le couloir, Sinikka Sundström, le papier quadrillé de Siiri à la main, se figea quand elle entendit le nom de Tero. Elle se retourna prestement, ferma la porte derrière elle et courut étreindre Siiri. Le grand collier en bois de la directrice appuyait désagréablement contre la joue de la pensionnaire.

« Tero nous manque à tous. Quelle tragédie. Nous l'aimions tous beaucoup », bredouilla-t-elle en caressant Siiri comme si celle-ci était un petit animal.

Après l'avoir suffisamment consolée, Sundström l'aida à se lever et lui demanda de partir, car elle devait aller à une réunion en ville. En mettant son manteau, elle reprit ses lamentations face à une Siiri interdite.

« Nous allons organiser un groupe de soutien pour tous ceux qui se sentent touchés par la mort de Tero. Tu voudras participer aussi, Siiri chérie ? »

Sundström fit virevolter son châle coloré au-dessus de son épaule avec tant de grâce que les bords frôlèrent le visage de Siiri.

« Non merci. Nous les vieux, nous n'avons pas besoin de ça, mais pour les employés ce sera sûrement utile, répondit Siiri en lui souriant d'un air réconfortant.

– Oh, mais ne dis donc pas les "vieux", c'est un si vilain mot. Bon, j'y vais. Salut ! »

III

Irma et Siiri habitaient dans des deux-pièces voisins, au deuxième étage de l'escalier A du Bois du Couchant. Les appartements étaient semblables, mais très différents à l'intérieur. Siiri avait décoré le sien chichement, alors qu'Irma avait voulu emporter toutes ses affaires bien-aimées quand elle avait quitté son grand logement de Töölö. Le plancher était couvert de tapis, les murs de *ryijy*, de tableaux et d'étagères, les étagères croulaient sous les livres, il y avait un canapé dans le séjour, avec une table basse en porcelaine qu'elle avait décorée de motifs floraux à un cours de l'université interâges. La pièce comprenait également une chaise à bascule, une banquette de piano en souvenir dudit piano, deux tabourets bizarres, et bien sûr une table et des chaises, une télévision, et partout, des tissus Sanderson représentant des roses : sur les coussins, les rideaux, les papiers peints, les revêtements de chaise.

Elles se réunissaient presque chaque jour chez Irma autour d'un café soluble et d'un cake. Irma s'asseyait sur la chaise à bascule, sous un lampadaire, Siiri prenait place sur le canapé, que n'atteignait la lumière oblique d'aucune des lampes remontant à la maison d'enfance d'Irma. Parfois, sur un coup de tête, elles passaient l'une chez l'autre en chemise de nuit. C'était un des bons côtés de la vieillesse : on pouvait se balader en peignoir, manger ce dont on avait envie, faire ce qu'on voulait. Pour elles qui avaient eu une jeunesse entièrement dénuée de gâteau, le changement était considérable.

« Du gââteau, corrigea Irma. Il faut bien faire durer le *â*, pour que ce soit aussi bon à l'oreille que dans la bouche. Tiens, reprends du gââteau pendant que je prends une pastille d'amaryllis. »

Irma croyait que si elle prenait son antidiabétique en même temps que son gâteau, elle n'aurait plus à se soucier de sa glycémie. Il lui arrivait de combiner les bienfaits de trois cornets de glace d'affilée et d'une pilule gobée avec un whisky. Pour sa part, Siiri ne s'inquiétait pas pour son sang, et elle n'avait pas la force de se demander si le manège d'Irma était bien raisonnable.

« Peut-être bien que Pasi est en congé maladie, suite à la mort de Tero, tu ne crois pas ? » suggéra Siiri, mais Irma n'était pas de cet avis.

Elle ne pensait pas que le Bois du Couchant accordait des congés aux employés en cas de décès d'un collègue. D'après elle, Virpi Hiukkanen, la chef de service, maintenait une discipline de fer, faisait trimer ses employés bien au-delà des heures de service, les payait mal et ne remerciait personne. C'était par sa faute que les jeunes gens se tuaient à la tâche, à surveiller et à distraire des vieux. On leur infligeait une atmosphère d'urgence permanente, en un lieu où personne n'était pressé et où il ne se passait rien. Épuisés, les aides-soignants démissionnaient, allaient chercher un travail plus gratifiant ou se mettaient en disponibilité. Siiri n'avait aucune idée de ce qu'était une disponibilité.

« Ça veut dire que l'employeur paie pour que l'employé arrête de travailler pendant un an », expliqua Irma.

Siiri n'y crut guère. Les affirmations d'Irma n'étaient pas toujours fiables, elle était parfois un peu fantasque.

« Je t'assure que c'est vrai. L'employeur prend à la place un chômeur ou un réfugié et l'État lui donne une subvention. »

Siiri décida de vérifier la chose à l'occasion.

Irma avait été efficace : elle avait appris que Tero serait enterré deux semaines plus tard, le samedi, dans la vieille chapelle de Hietaniemi. Elles décidèrent de se rendre aux funérailles et à la cérémonie du souvenir, car cela permettrait sans doute d'éclaircir plusieurs points. Siiri n'aimait pas les enterrements, alors qu'Irma appréciait tous les types de festivités.

« Proposons à tous les autres ! On va faire de l'enterrement de Tero notre grande randonnée d'automne, dit-elle avec enthousiasme. On pourra y aller en schtramvay, comme ça toi aussi tu seras contente. Tu es allée explorer quels coins ces jours-ci avec ton abonnement ? »

Siiri expliqua qu'elle avait pris la veille le 3 et le 7, et le 4 évidemment au début et à la fin du trajet. À l'arrêt de l'hôpital Aurora, elle avait encore vu monter dans le tram le fou qui hurlait tout seul, et comme c'était à Pasila, où les maisons sont très laides, l'atmosphère avait été un peu angoissante. Mais ensuite, en arrivant à la rue Mäkelänkatu et à Vallila, le paysage s'était éclairci et son humeur avec. Siiri avait repéré au coin de la rue Sturenkatu un restaurant où l'on proposait en plein après-midi un petit déjeuner à 3 euros, ce qui les amusa beaucoup toutes les deux.

« Mais on devrait y aller un de ces jours au lieu de rester ici avec notre café soluble, proposa Irma.

— En fait le coin des rues Mäkelänkatu et Sturenkatu n'est pas vraiment un coin, l'angle est remplacé par un renfoncement en arc de cercle comme dans les villes centre-européennes. Mais tu ne sais sans doute pas de quoi je parle, tu n'es jamais allée là-bas. »

Irma comptait parmi ces femmes qui n'ont jamais rien à faire du mauvais côté du pont Pitkäsilta[1]. Bien sûr, elle s'était parfois risquée jusqu'à Vallila, et elle

---

1. Le pont Pitkäsilta, au centre d'Helsinki, donne au nord sur le quartier populaire de Kallio.

se rappelait qu'il y régnait de merveilleuses odeurs de café.

« Veikko m'a raconté qu'il y a à Vallila de grands ensembles de maisons en pierre des années 20, avec des cours intérieures qui valent le coup d'œil parce qu'on y trouve de charmants petits parcs. »

Veikko était le mari d'Irma. Il était mort depuis longtemps, emporté par un cancer du poumon après avoir fumé chaque jour deux paquets de cigarettes. Irma parlait rarement de son mari : il ne semblait pas lui manquer de la même façon que le mari de Siiri manquait à cette dernière, chaque jour qui passait.

« Mais ce serait horrible, si Veikko était encore là. Il serait sûrement très malade et il faudrait que je m'occupe de lui. Ou bien il serait sénile, relégué dans le service fermé. »

Le nom de l'unité des patients atteints de démence sévère était le Foyer collectif. C'était une aile plus basse, à côté de l'espace de convivialité, et dont les portes étaient constamment verrouillées. C'est pour cela qu'elles l'appelaient parfois le service fermé. Aucun des pensionnaires n'ayant le droit d'y aller, l'endroit était auréolé d'une atmosphère de mystère, à la fois intimidante et intrigante. Les aides-soignants y entraient et en sortaient au pas de course, dans un cliquètement de clefs, l'air pressé, les sourcils froncés.

La Dame au grand chapeau les informait régulièrement des transferts de pensionnaires dans le service fermé. Quand la grosse dame du rez-de-chaussée de l'escalier A s'y était retrouvée, Irma avait proposé qu'elles aillent chanter pour elle et lui lire des contes, mais Virpi Hiukkanen s'était vigoureusement opposée à cette nigauderie. Les soins à la personne exigeaient compétence et formation, il n'était pas question de laisser n'importe qui auprès des patients.

« C'est absolument horrible ce qu'ils font, dit Irma. Le soir ils te réveillent à 20 heures et te donnent un somnifère. Le matin ils te réveillent à 8 heures et te donnent une pilule tonifiante. Ce n'est pas une vie. Donc tu vois, Veikko a bien fait de fumer et de mourir à temps. Qu'est-ce que tu en penses, on devrait peut-être se mettre à fumer ? Autrement on ne va jamais mourir. *Döden, döden, döden.* »

Le médecin du centre médical avait dit à Siiri qu'elle devrait prendre un somnifère chaque soir à 20 h 30 parce que pour les vieux, c'était l'heure idéale pour le dodo. Cela les fit beaucoup rire.

« 20 h 30 ? À l'heure du journal télévisé ? »

Irma en rit tant et si bien qu'elle avala de travers son morceau de gâteau et se mit à tousser.

« Ne va pas t'étouffer ! Je vais te chercher à boire ! »

Siiri se rendit à la cuisine et trouva près de l'évier un cubi de vin rouge, bien en sécurité à côté d'une bouteille de liquide vaisselle. Irma avait pour principe de ne boire que du vin rouge. Elle considérait l'eau comme destinée au lavage, et le lait comme une boisson pour enfants en pleine croissance. Elle buvait souvent deux verres de vin dès le déjeuner, et au dîner c'était au tour du whisky, sur ordonnance. Parfois elle ne savait plus si on était midi, le soir ou l'après-midi, ce qui l'empêchait de s'y retrouver entre son vin rouge et son whisky.

Le vin fonctionna à merveille. Après deux lampées, Irma put à nouveau parler.

« C'est juste que je me disais que le JT servait justement à s'endormir sans médicaments. »

IV

Après-midi ordinaire, c'est-à-dire très calme. Après le déjeuner, tout le monde s'était retiré pour la sieste, puis à 3 heures chacun redescendit dans l'espace de convivialité pour jouer à la canasta. La petite partie de l'après-midi n'était pas organisée par les services du Bois du Couchant : elle était née spontanément, quand il était apparu qu'ils étaient nombreux à aimer les jeux de cartes, en particulier la canasta.

Irma mélangea les paquets et distribua à chacun onze cartes : il n'y avait selon elle rien de plus drôle, et de fait, elle mélangeait bien et distribuait vite. Ils ne jouaient pas en équipes, car cela causait toujours des disputes et que tout le monde n'aurait pas pu jouer. Quand les cartes étaient distribuées, le même rituel se répétait : Irma révélait son jeu en se réjouissant de ses 2 et de ses jokers, Anna-Liisa s'agaçait des manières d'Irma, tandis que Siiri, le prote et l'ambassadeur rangeaient leurs mains en silence. L'ambassadeur était assis à la gauche d'Irma, de façon à pouvoir faire l'entame.

« Première pose », dit-il en abattant trois valets.

Irma s'émerveilla de ce coup pendant qu'Anna-Liisa se raclait la gorge nerveusement, sans doute avait-elle envisagé elle aussi de collectionner les valets. À son tour, Siiri tira un joker, essaya de ne pas sourire, et jeta un 4 de carreau.

« Tu as tiré quelque chose d'amusant ? demanda Irma. Reino, c'est ton tour. »

Mais le prote ne tirait toujours pas de carte. Le regard vide, il ne semblait aucunement suivre le jeu, marmonnait dans sa barbe et tenait mollement ses cartes mal rangées. Tous le fixèrent d'un air pressant.

« Olavi Raudanheimo… Un ancien combattant, et en fauteuil en plus ! S'il m'avait pas raconté lui-même… Ah putain, quel bordel, comment c'est possible un truc pareil ! »

Reino hurlait fort, postillonnait abondamment et s'agitait tant que ses cartes volèrent par terre. Il fit de grands gestes désordonnés, puis s'affaissa sans force et se mit à pleurer. Un grand garçon, d'habitude si gai, et le voilà qui pleurait comme un petit enfant, tout son corps saisi de sanglots. C'était effrayant. Irma lui proposa un mouchoir, Siiri le prit par la main, se pencha vers lui et lui demanda de leur dire de quoi il s'agissait. Anna-Liisa tira sa chaise un demi-mètre plus loin et regarda sévèrement cet homme pleurnichant et bredouillant.

« Articule, ordonna-t-elle. On ne comprend pas un traître mot. »

Elle avait évidemment raison. Les pleurs du prote s'étaient mués en mugissement, et personne ne savait de quoi il parlait.

Voisin de Reino dans l'escalier C, Olavi Raudanheimo habitait un studio et se déplaçait en fauteuil roulant, mais on le voyait rarement. Reino le sortait parfois dans le parc le plus proche, mais sinon, Olavi ne se plaisait guère en compagnie des pensionnaires du Bois du Couchant. Il préférait la lecture, les mots croisés et écouter les nouvelles à la radio. Il avait perdu ses deux jambes à la guerre et avait été placé au Bois du Couchant par le Trésor public.

« Est-ce qu'Olavi est mort ? demanda gaiement Irma.

« – Non non non, si seulement... »

Reino se gratta la joue et se moucha bruyamment dans le mouchoir en dentelle d'Irma. « Qu'un vieil homme doive encore en passer par là, putain.

– C'est le vieux mouchoir de ma mère, expliqua Irma en regardant avec inquiétude ce qu'en avait fait Reino, avant d'ajouter, retrouvant le sourire : Mais peu importe ce vieux chiffon. »

Irma essayait toujours d'égayer l'atmosphère, quelle que fût la situation.

« Eh oui, et nous autres qui ne mourons jamais ! *Döden, döden, döden.* Ah, j'ai une carte qui traîne là-bas – un roi, dommage ! Olavi est tombé dans son appartement ? Il a fait un AVC ? Ou bien ce sont ses enfants qui se mettent à mourir ? Eh là, c'est peut-être mon tour ? Aux cartes, je veux dire.

– Il s'est fait violer ! hurla Reino. Olavi s'est fait violer hier soir, chez lui ! »

Le silence se fit. Reino hoqueta encore un coup et s'arrêta de pleurer. Irma lâcha ses cartes sur ses genoux, et Siiri regarda Anna-Liisa, affolée, en continuant de tenir Reino par la main. L'ambassadeur se concentrait sur ses cartes, comme si rien ne s'était passé.

« Mais on ne peut pas violer un homme, dit finalement Siiri.

– C'est le titre d'un livre de Märta Tikkanen, non ? se demanda Irma en tripotant son collier de perles. Ça doit être *Les hommes ne peuvent être violés*, plutôt. Vous l'avez lu ? Moi je ne crois pas l'avoir lu. Par contre les livres de Henrik Tikkanen, ça oui, *Renault, mon amour, Le Héros oublié* et ainsi de suite, vu que Henrik Tikkanen était un camarade de classe de mon frère. Ah mais au fait, ton masseur, ce n'était pas un

Tikkanen, Siiri ? Celui qui est mort d'un cancer il y a quelque temps ? Ma belle-sœur n'aimait pas du tout la façon dont il évoquait l'intimité d'autrui ; pas ton masseur, hein, Tikkanen. Il est mort d'un cancer ? Je veux dire Henrik Tikkanen. Dans son roman sur ses Renault, il parlait de cette fille morte qui était dans la classe de ma belle-sœur, celle qui est morte d'un cancer peu après le lycée, et d'ailleurs…

– Tais-toi », l'interrompit Anna-Liisa assez rudement, alors que Siiri aurait bien aimé savoir de quelle morte Irma parlait, car cette histoire-là, elle ne l'avait pas encore entendue.

Reino se redressa de toute sa hauteur ; sa chaise tomba en arrière.

« Olavi Raudanheimo s'est fait violer hier dans sa douche ! » hurla-t-il encore plus fort que précédemment. Il avait une apparence effroyable quand il mugissait de la sorte, la figure pleine de larmes et de rage, la barbe mal rasée. Un grand garçon en pantalon de survêtement, avec une chemise sale ouverte aux quatre vents.

« Nous avions déjà bien compris la fois d'avant, dit calmement Anna-Liisa. Qu'entends-tu exactement par "violer" » ? Il faut se rappeler qu'un viol est toujours un rapport de domination. Il ne s'y mêle pas forcément de plaisir ou de désir, si vous voyez ce que je veux dire. Violer, c'est humilier et soumettre.

– À qui le tour ? » demanda l'ambassadeur excédé.

Il aurait voulu continuer la partie car il avait de bonnes cartes.

Reino essaya de soulever sa chaise, mais il s'emmêla les pinceaux et reprit son beuglement.

« Ce putain d'aide-soignant… Ce connard de pédé !

Le matin, quand il donnait la douche… Olavi m'a raconté lui-même, bordel de merde !

– Reino, assieds-toi. Était-ce le soir ou le matin ? Quelqu'un peut l'aider avec sa chaise ? »

En tant qu'enseignante de littérature, Anna-Liisa était clairement habituée à gérer des chahuteurs en même temps que des meutes amorphes. Irma obéit la première, remit la chaise du prote sur ses pieds et essaya de le faire asseoir. Ce n'était pas facile, il résistait, tremblait et se frottait compulsivement le visage avec sa manche.

« *An, auf, hinter, in*… J'ai le 3 de cœur », chantonna l'ambassadeur, qui continuait à jouer tout seul.

Les cartes d'Irma et de Reino étaient par terre, mais Siiri serrait les siennes dans une main, si fort qu'elle en avait mal aux doigts.

« Je me souviens plus, je sais pas. Peu importe », dit Reino en s'asseyant enfin, à peu près calmé.

Il essaya de respirer profondément et se moucha une nouvelle fois dans le mouchoir en dentelle, qui ne cessait de rapetisser.

« Mais nom de Dieu, un ancien combattant… qui ne peut même plus se laver tout seul…

– Qu'est-ce que vous avez à vous agiter, monsieur Reino ? »

La chef de service Virpi Hiukkanen arriva sur les lieux. Personne ne l'avait jamais vue accourir, mais voilà qu'elle se précipitait vers eux, ses sandales touchant à peine le sol. Elle attrapa fermement Reino par l'épaule, ce qui ne fit que l'indigner et l'exciter davantage. Il envoya balader son déambulateur, le jeu de cartes s'envola, la chaise retomba, et même Virpi s'effraya. Autour d'eux apparut avec une rapidité stupéfiante une volée de membres du personnel hospitalier, tous inconnus à part Virpi, dont la voix fine mais aiguisée traversa efficacement le vacarme général.

« Transférez le patient, service de démence, traitement immédiat !

– *Izvinit'e ! Ostorozhno !* »

Quatre infirmières russes se saisirent de Reino, qui de pensionnaire était soudain devenu patient qu'on emmenait se faire piquer. Il hurla des obscénités bien senties en crachant partout. Sa voix résonna encore longtemps dans l'espace de convivialité, depuis le couloir du service fermé. Irma entreprit de recueillir les cartes tombées par terre, bien qu'elle eût du mal à se pencher, étant un peu ronde et fort mamelue. L'ambassadeur l'aida généreusement tout en reluquant son large décolleté.

« À mon avis, "bordel" n'est pas un mot bien méchant », souffla Irma, visage rougeoyant, après avoir remis le tas de cartes sur la table.

Puis elle raconta une nouvelle fois l'histoire où son mari Veikko fixait une bibliothèque sur un mur, puis la bibliothèque s'effondrait sur son cou avec tous les livres, et Veikko lâchait un « bordel ». La mère d'Irma en avait été horrifiée, parce que pour elle, un gendre digne de ce nom n'aurait dû dire que « putain ».

« Et pour moi c'est tout le contraire. Putain c'est bien pire que bordel », disait toujours Irma à la fin de l'histoire.

À la prière de l'ambassadeur, ils commencèrent une nouvelle partie, Irma mélangeant et distribuant. L'ambassadeur était contrarié, il avait perdu deux canastas pures à cause du cirque de Reino.

V

Après avoir appris la mort de Tero, Siiri ne s'était plus rendue à la cantine du Bois du Couchant. À son âge, on n'avait pas besoin de beaucoup manger, l'important était de penser à boire autre chose que du vin rouge. Les magasins proposaient des gratins de foie bientôt périmés avec trente pour cent de rabais. Siiri payait toujours ses achats en espèces, car elle ne faisait pas confiance aux machines et aux cartes des magasins. Elle prenait des billets au distributeur du magasin, c'était tout simple. Pour son code, elle avait inventé un moyen mnémotechnique : le deuxième chiffre était le premier à la puissance trois, le troisième leur produit divisé par trois, et le quatrième était la somme des deux premiers moins trois. Alors qu'Irma ne se rappelait jamais le sien.

« Donc là je fais 0668 ? » demanda Irma.

Elles achetaient du gratin de foie en promo au super-marché de Munkkiniemi, un Alepa[1] qu'elles surnommaient le « N'y-allez-pas » ; la caissière avait introduit sa carte bleue dans un petit appareil.

« Il faut le code PIN, tenta la caissière, mais cela n'était d'aucune aide à Irma.

– Et mon code c'est 0668 ? Euh attends, c'est peut-être mon code de sécu en fait.

– Pas besoin du numéro d'identité, expliqua la jeune fille en jetant un coup d'œil à la queue qui s'était formée derrière Irma et Siiri.

– Je ne sais même pas si j'ai un numéro d'identité,

1. Chaîne finlandaise de supermarchés.

fit Irma avec perplexité. Je vais plutôt mettre 0668. La fin de mon code de sécu doit être 132H, et là je ne vois pas de lettres, ou peut-être que je n'ai pas vu que je...

– Pas besoin du code de sécu », l'interrompit la caissière.

L'appareil n'apprécia pas le code d'Irma. Derrière elles, les gens secouaient la tête ou tendaient le cou pour voir ce qui prenait autant de temps. Siiri prit le portefeuille d'Irma et trouva dans un des compartiments un gros papier indiquant « 7245 ».

« Ah le voilà ! » Irma se réjouit autant que si elle avait retrouvé un vieil ami perdu de vue, et se rappela dans le même temps pourquoi le papier était si gros. « C'est pour que je puisse le voir sans lunettes, tiens. Mais du coup c'est quoi 0668 ? »

Elles ne le sauraient jamais, ou alors un jour peut-être, comme disait toujours Irma avec nonchalance. Elles prirent leur gratin de foie et regagnèrent l'appartement d'Irma pour dîner et se préparer à l'enterrement de Tero.

Le projet d'Irma de faire une grande randonnée d'automne allait se réaliser, puisque même le nouveau couple de l'escalier A souhaitait venir aux funérailles. Irma et Anna-Liisa étaient si nerveuses qu'elles s'étaient procuré au centre médical un sachet de calmants exprès pour l'enterrement. Le médecin était un de ces Noirs dont le nom laissait planer le doute sur leur sexe ou leur origine.

« Jouez-vous au basket ? » avait demandé Anna-Liisa, d'une voix forte et en détachant chaque syllabe, ce qui avait laissé le médecin bien perplexe.

Irma s'était empressée d'expliquer pourquoi elles étaient venues, et Anna-Liisa l'avait interrompue à chaque fois qu'elle avait jugé utile de rectifier une erreur.

« … et donc ça faisait au moins dix ans que Pasi était cuistot chez nous, donc vous comprenez sans doute ce qu'une telle perte représente pour nous…

– En fait il s'appelait Tero Lehtinen. Et ça ne peut pas faire dix ans qu'il était au Bois du Couchant, Irma, puisque nous y sommes depuis moins longtemps que ça.

– Vous voyez bien que nous sommes perturbées ! » s'était écriée Irma, sur quoi le médecin leur avait donné une ordonnance à chacune, en leur demandant de venir séparément la prochaine fois.

Siiri n'avait aucune intention d'essayer les pilules d'Anna-Liisa et Irma, même pour l'enterrement de Tero, bien qu'il lui manquât plus encore que son chat, mort deux ans plus tôt. Elle regrettait maintenant de n'avoir pas adopté un autre chat. À l'époque, elle était persuadée qu'elle mourrait d'une semaine à l'autre, et qu'un nouveau chat poserait problème, quand bien même Irma lui avait suggéré de la coucher sur son testament en tant qu'héritière du chat.

Il y avait eu un article dans le journal sur des chats-robots japonais qui s'occupaient de personnes âgées. C'était source d'économies, puisqu'il n'était plus nécessaire de salarier des aides-soignants humains croulant sous leur charge de travail. La photo du journal montrait des vieillards japonais à la mine grise, ressemblant eux-mêmes à des automates, matous artificiels sur les genoux. Pourquoi diable ces chats devaient-ils être des robots ? s'était demandé Siiri.

« Ça ne reviendrait quand même pas si cher, des vrais chats ? »

Là-dessus, Irma « entrava », et elle se mit à calculer combien coûterait l'entretien de chats, arrivant à la conclusion que ce serait plus cher que l'entretien des vieux. La Finlande pullulait d'ardents défenseurs des animaux à cause de qui s'occuper de bêtes était devenu une activité très surveillée. Il fallait du calme, la lumière du soleil, suffisamment de place, des promenades régulières, des distractions propres à chaque espèce, une nourriture variée et maints avantages sur lesquels il ne fallait même pas compter quand on était une personne âgée.

« Même les poules sont libres et heureuses, de nos jours, grâce à ces militants !

– Moi, j'ai vu qu'il y avait rue Snellmaninkatu un magasin de nourriture pour chiens », raconta Siiri, et elles rirent gaiement à l'idée que dans leur jeunesse, à la place de ce magasin de saucisses pour chiens se trouvait probablement une boucherie où l'on ne vendait guère que des os.

« Quelle tenue vas-tu porter pour les funérailles de Tero ? » demanda soudain Irma, comme si ce genre d'occasion laissait le choix.

Ces douze dernières années, Siiri avait assisté à tous les enterrements dans la même robe de laine noire, mais Irma avait l'embarras du choix, et elle avait envie de consulter Siiri sur la question.

« Ça va être un vrai défilé de mode ! » dit-elle avec enthousiasme.

Elle disparut dans son dressing après avoir resservi du vin rouge à Siiri, afin que celle-ci ne s'ennuyât pas dans l'intervalle. On entendit des petits cris et des froufrous, puis Irma réapparut dans une large robe noire et un petit bibi rond et se mit à faire des tours sur elle-même.

« Elle est trop grande, tu es plus tassée qu'avant », dit Siiri.

Irma s'arrêta, tendit une jambe et lança un regard funeste au miroir de l'entrée par-dessus son épaule.

« Tu as raison. »

Beaucoup de personnes âgées ne se donnaient pas le mal d'acheter de nouveaux vêtements quand ils se ratatinaient, si bien que leurs tenues pendaient disgracieusement. D'ailleurs, sur leurs vieux jours, les gens n'avaient en général plus la force de s'intéresser à leur apparence, alors que pour Siiri c'était tout le contraire : plus elle vieillissait, plus elle voulait être élégante. Elle allait tous les mercredis chez le coiffeur, et se faisait faire une permanente deux fois par an : elle avait du mal à laver et à arranger ses cheveux elle-même, et de plus, aller chez le coiffeur était précisément le genre de petit plaisir que Siiri aimait dans la vie.

« C'est vrai que toi, tu penses même à t'épiler les poils du menton chaque matin », constata Irma en se regardant dans le miroir avec inquiétude.

La résidence comptait trop de pensionnaires à l'apparence déplorable. Ils avaient beau avoir été commissaire aux comptes, responsable commercial, infirmière, chef de chantier ou professeur, au bout du compte ils se traînaient dans des survêtements sales, bavette au cou, pour aller à leur séance de chant collectif. On avait parfois l'impression qu'ils n'avaient plus la moindre estime de soi.

La résignation était inéluctable, mais pas le renoncement. Irma et Siiri en avaient souvent parlé. Le monde tournait beaucoup trop autour de la vie professionnelle, puis quand on était libéré du travail, on n'était toujours pas libre, on était otage de son âge, d'une infinité de journées vides. Pas étonnant que la génération de leurs enfants s'oppose de toutes ses forces à la vieillesse. Chaque jour, on lisait dans les journaux l'histoire d'un retraité qui disait fièrement n'être pas prêt pour la chaise à bascule.

« C'est quoi le problème avec les chaises à bascule ? demanda Irma. Je me balance tous les jours sur ma chaise, et je trouve ça très amusant. J'ai entendu à la radio que se balancer était bon pour le cerveau. Enfin, je crois qu'ils parlaient des enfants.

– Ce qui est bon pour les enfants est bon pour nous », conclut Siiri avant de revenir à son sujet de prédilection.

Si seulement les actifs comprenaient qu'une carrière n'est qu'une infime partie de l'existence. Si ses enfants à elle avaient moins travaillé, ils ne seraient pas tombés malades de bien-être avant l'âge de la retraite.

« Et après, on fait de nous des "anciens" machins. Ancien prote, ancien télégraphiste, ancienne sténodactylo. Moi, mon métier n'existe même plus ! »

Irma avait toujours su se concentrer sur l'essentiel. Elle avait fait des études d'infirmière, mais ayant fait tellement d'enfants elle avait surtout été femme au foyer. Elle ne se privait jamais de dire que de ses six enfants, seul le dernier avait été conçu volontairement. Siiri soupçonnait que pour les enfants d'Irma nés par accident, cette histoire n'était pas forcément bonne à entendre, mais Irma était d'un autre avis.

« Les enfants non désirés sont les vrais enfants de l'amour ! s'écria Irma d'une voix stridente depuis son dressing. En plus personne n'avait de moyens de contraception, il aurait fallu aller les chercher du mauvais côté du Pitkäsilta. Les enfants arrivaient comme ça, et c'était pareil pour tout le monde. Simplement les autres n'en parlent pas comme moi, parce que moi au moins j'en ai fait un exprès. Tes enfants à toi, comment ils sont venus au monde ? »

Siiri avait toujours voulu une famille nombreuse. Elle avait été heureuse de faire trois enfants en bonne santé. Mais Irma avait raison. Les enfants arrivaient, ces choses-là n'étaient pas programmées. Avant on avait peur de la grossesse, et maintenant on avait besoin de remédier à l'infertilité, avec des traitements hors de prix, parce que les gens ne trouvaient plus moyen de faire des enfants.

Irma réapparut et tourna autour de la table. Elle portait un élégant tailleur noir, avec une jupe aux bords délicatement plissés.

« Elle est bien celle-là. Tu l'as achetée quand ?

– C'était pour l'enterrement de mon gendre. Dis donc, ça fait bientôt cinq ans. Alors non, celle-ci j'ai dû l'acheter l'année dernière, mais je ne sais plus pour l'enterrement de qui. Peut-être mon beau-frère. »

Quand on avait quatre-vingt-dix ans passés, on devenait un professionnel des enterrements. Ce vendredi soir, Siiri et Irma étaient fin prêtes : elles avaient commandé les fleurs à la gentille fille chez le fleuriste de Katajanokka, préparé leurs tenues, et les médicaments d'Irma étaient dans la dosette qu'elle gardait sur le plan de travail de la cuisine, près du cubi de rouge. Dès le matin, Siiri avait placé sur la chaise de l'entrée son coussin vert, pour se souvenir de l'emporter à la chapelle, car les chaises y étaient fort dures. Elles décidèrent d'aller se coucher plus tôt que d'habitude, ou au moins d'aller lire au lit, et se souhaitèrent de beaux rêves.

« Et arrange-toi pour ne pas mourir cette nuit. Je n'irai pas sans toi à l'enterrement de Tero, dit Siiri.

– *Döden, döden, döden !* »

La voix d'Irma résonna dans la cage d'escalier.

VI

Les vieux les plus vaillants du Bois du Couchant se rendirent en tramway, ce samedi-là, aux funérailles de Tero Lehtinen. L'ambassadeur prit un taxi et la Dame au grand chapeau partit avec lui ; personne n'y trouva rien à redire. L'ambassadeur n'avait aucun problème aux jambes, mais il était habitué à se déplacer et à boire aux frais de la princesse, et ce n'était pas à quatre-vingt-dix ans qu'il allait perdre ses mauvaises habitudes, tout le monde pouvait le comprendre. Irma savait qu'en outre, l'ambassadeur était franc-maçon.

« Ils ont leurs propres médecins, différents de nos docteurs qui changent tout le temps au centre médical. Des médecins qui leur donnent toutes les pilules et tous les billets de transport sanitaire qu'ils veulent », pérora Irma pendant qu'ils attendaient le tramway sur l'allée de Munkkiniemi.

Il y avait un changement à faire, et ils durent marcher de l'avenue Mannerheimintie à la rue Helsinginkatu pour passer du 4 au 8. Les nouveaux venus d'Espagne n'apprécièrent pas du tout : les feux rouges leur faisaient perdre un temps précieux, se plaignirent-ils. La femme, qui s'appelait bel et bien Margit, Margit Partanen, donnait particulièrement de la voix et de la mauvaise humeur. C'était une dame imposante, qui se tenait bien droit et se teignait les cheveux en noir bien que cela ne la rajeunît nullement.

« Titres de transport, s'il vous plaît », dit une petite contrôleuse sur le pont arrière dès que le 8 quitta la rue Runeberginkatu.

Le couple Partanen n'avait pas de billets, et Margit eut beau parler allemand, rien n'y fit. Leur voyage de funérailles leur revint cher, et c'était d'après Margit la faute de Siiri Kettunen, qui avait insisté pour emprunter les transports en commun.

« À ton enterrement, tu iras gratis, lança Irma pour détendre l'atmosphère.

— Pas sûr, rectifia Anna-Liisa. Le défunt doit laisser à ses héritiers l'argent des obsèques. On ne fait pas payer aux autres ce genre de sauterie. J'ai une assurance exprès pour ça.

— Ah oui, moi aussi ! » s'écria Siiri avec effroi, alors qu'une assurance est censée garantir sérénité et sécurité.

Mais elle venait de se souvenir que son assurance prendrait fin quand elle aurait quatre-vingt-quinze ans.

« Ça veut dire que si je ne meurs pas bientôt, j'aurai dépensé l'argent de mon assurance en pure perte.

— Alors il faut que tu meures », dit Irma en se remémorant comment, petites filles, elles regardaient les chantiers de construction des maisons en brique de Töölö, sans même s'étonner de voir des femmes contraintes de porter de lourdes charges de briques sur des échafaudages manifestement dangereux. *Döden, döden, döden.*

« Pas demain la veille que j'économiserai pour mon propre enterrement ! Alors que je n'y serai même pas, dit Margit en reprenant le sujet de conversation déjà oublié. Tu n'auras qu'à me mettre dans un cercueil en carton », ajouta-t-elle à l'intention de son mari, qui regardait par la fenêtre de nouveaux immeubles bizarres.

Les toits mangeaient la moitié de la surface visible, et les balcons avaient l'air de petits cubes amovibles.

« Bien sûr que tu seras à ton enterrement, remarqua Irma. Dans ton cercueil en carton.

– Ça fait une éternité que je t'ai pas baisée », chuchota Eino Partanen à sa femme, quand bien même tous les résidents de l'escalier A savaient que cette affirmation était fausse puisqu'ils entendaient continuellement les petits cris de Margit.

Elle était dure d'oreille, et n'était donc certainement pas au courant qu'elle faisait tant de bruit. D'ailleurs, elle n'entendit pas ce que lui murmurait son mari dans le tramway, malgré son appareil auditif. Ces machins ne marchaient jamais. On mettait un appareil auditif aux vieux dans une seule oreille, uniquement pour prévenir tout le monde qu'ils n'entendaient pas. Si l'on avait voulu que les appareils auditifs fussent réellement utiles à leurs porteurs, on en aurait mis deux, comme pour les enfants.

« Mais pourquoi faut-il payer nos lunettes nous-mêmes alors que l'État nous paie nos Sonotones ? » demanda Irma, et les autres restèrent cois.

Ils arrivèrent à l'heure à la chapelle et laissèrent leurs manteaux dans l'étroite entrée toujours bondée. Les gens se bousculaient en ouvrant leurs paquets de fleurs, puis se demandaient où jeter les emballages. Un sympathique bedeau barbu reconnut Irma et guida le groupe vers les bonnes places, tel un portier d'autrefois. La chapelle était belle à l'intérieur, lumineuse, spacieuse, de proportions agréables. La meilleure place pour un enterrement était à gauche du cercueil, vers le milieu, ni trop près ni trop loin. On voyait les proches et le pasteur, et on entendait tout, même si les messages d'adieu inscrits sur les couronnes de fleurs étaient lus avec une diction pour le moins défaillante. Siiri et Irma n'arrivaient pas à comprendre pourquoi en Finlande, pays où nul n'exprimait jamais ses sentiments, il fallait tout d'un coup se mettre à parler du défunt devant tout le monde ; mais pour Anna-Liisa, c'était une part essentielle du processus de deuil collectif. Les rubans des couronnes de fleurs affichaient toutes sortes de messages bizarres et futiles en souvenir de Tero Lehtinen.

« Les anges de Finlande se rappelleront de toi, lut un fort bel homme, lui-même semblable à un ange.

– Se souviendront », corrigea Anna-Liisa en tapotant de son psautier le dos de la chaise de devant.

Le bel homme était venu à l'enterrement en gilet de cuir. Plusieurs hommes, d'ailleurs, arboraient le même genre d'accoutrement. Siiri regardait, fascinée, cet homme parler d'anges à côté du cercueil. Si quelqu'un avait été angélique, c'était bien Tero Lehtinen, avec ses fossettes et ses longs cheveux.

« Chauve, c'est une coiffure ? demanda Irma à Siiri d'une voix trop forte. Il n'est pas naturellement chauve, celui-là.

– De nos jours, les hommes veulent être chauves même jeunes, chuchota Siiri, ce à quoi Irma répondit, vive comme l'éclair :

– Oui, sauf ceux qui rêvent d'un chignon. »

Elles se mirent à rire, puis la honte les envahit aussitôt, car il était parfaitement inconvenant de glousser et de faire des messes basses à l'enterrement d'un jeune homme.

Vint leur tour de s'approcher du cercueil : toute une opération ! Les cannes frappèrent le sol, Siiri fit tomber son coussin, les déambulateurs se bloquèrent entre les bancs, et l'appareil auditif de Margit Partanen se mit à siffler, ce qu'elle-même n'entendit évidemment pas. Le grand et bel ange les aida, enleva les rubans des couronnes qui bloquaient le déambulateur d'Anna-Liisa et ramassa le coussin de Siiri.

« Mille mercis, dit Siiri au garçon, en reprenant son coussin vert d'un air un peu hésitant.

— De rien, dit l'ange en regardant Siiri de ses yeux bleus et tendres. Sympa, le coussin.

— Les pensionnaires de la résidence du Bois du Couchant remercient leur cuisinier Tero pour leurs instants de plaisir quotidiens », lut l'ambassadeur de sa voix tremblante de ténor, donnant aux « instants de plaisir » une inflexion si suspecte que certains dans l'assemblée se retinrent de rire et non plus de pleurer.

Irma donna un coup de coude à Margit Partanen et la somma d'agir sur les sifflements de son appareil. Margit détacha l'engin et le fourra d'urgence dans son sac à main. Il continua d'y siffler pendant toute la cérémonie, rivalisant avec les ronflements de la Dame au grand chapeau.

La directrice Sundström et la chef de service Hiukkanen n'assistant pas aux obsèques, elles ne purent prendre acte de la participation massive des pensionnaires au chagrin des proches de Tero. L'absence de Pasi, l'assistant social, était également une grande déception. Le groupe de pensionnaires n'avait pas prévu de se rendre ensuite à la cérémonie du souvenir, mais quand le cercueil eut été porté jusqu'au corbillard, Irma marcha énergiquement vers la mère de Tero, se présenta et se mit à bavarder. Malheureusement, il était difficile de soutirer à la mère éplorée quoi que ce fût d'intéressant, tant elle était égarée par le chagrin et les médicaments.

« Mais comment est-ce qu'il a pu faire ça ? » bredouilla-t-elle.

VII

Le mercredi, Irma participa à une réunion d'un club de lecture, chez sa bru, quelque part au diable vauvert, probablement dans l'est d'Helsinki ou à Espoo. Elle était censée avoir lu le livre de Georges Perec, *La Vie mode d'emploi*, mais elle l'avait trouvé si rasant et alambiqué qu'elle avait abandonné à mi-chemin. Il était sans doute destiné aux moins de quatre-vingt-dix ans.

« Tu t'es arrêtée au milieu ? Mais alors comment tu as pu participer à la discussion ? » demanda Siiri avec inquiétude.

Irma se contenta d'agiter la main et de rire gaiement dans le cliquetis de ses bracelets d'or.

« Bah, j'y étais surtout comme mascotte. Ils me demandent de participer parce qu'ils ont peur que je sois seule. Ils me croient sénile et ne s'attendent pas du tout à ce que je comprenne de quoi ils causent. C'est ça qui est bien avec le grand âge, on peut se comporter comme on veut et personne ne se formalise. Ma bru offre à chaque fois des bagels incroyablement bons, c'est pour ça que j'y vais. Je fais bien attention à y emporter une pastille d'amaryllis. »

Elle sauta dans un taxi sur la place Laajalahti, devant le restaurant japonais, et Siiri continua en tramway. D'abord le 4, puis un tour et demi sur le 3. Au terminus du 3, au niveau du zoo, elle dut attendre quelques minutes. C'était un peu cérémonieux, il fallait juste rester debout le temps que le conducteur eût terminé sa cigarette. À un terminus digne de ce nom, un tramway faisait une petite boucle, comme le 4 à Munkkiniemi et à Katajanokka. La boucle que Siiri préférait, c'était celle du 6 et du 8, à Arabianranta. Quand on la prenait à bonne vitesse, on avait de délicieux picotis dans le ventre.

Le conducteur avait laissé la radio allumée ; on y disait que la Finlande comptait une quantité exceptionnelle de polyconsommateurs d'alcool et de drogue, bien plus que dans les autres pays européens. Partout ailleurs, on s'adonnait soit à l'un soit à l'autre. C'était dans la jeunesse et dans le troisième âge qu'il y avait le plus de polyconsommateurs. Voilà qui paraissait ahurissant. Au Bois du Couchant, tout le monde buvait de l'alcool en toute insouciance et gobait des pilules en quantité, certes, mais sur ordonnance. Siiri se contentait de prendre parfois du vin rouge pour tenir compagnie à Irma, et chaque matin une pilule pour la glycémie, car elle avait le diabète des vieux, comme tous les autres. C'était dû au fait qu'on était soit trop gros soit trop maigre. Était-elle une polyconsommatrice ? *Quid* d'Irma, qui ne buvait rien d'autre que du vin rouge et avalait toutes sortes de médicaments ? Le médecin serbe qui avait prescrit à Siiri sa pilule du diabète ne lui avait rien dit des dangers de la polyconsommation, il avait juste essayé de lui faire changer son alimentation et boire son café sans sucre, mais elle lui avait répondu qu'à quatre-vingt-quatorze ans, on pouvait manger n'importe quoi sans mourir.

Le conducteur termina enfin sa cigarette, et le voyage reprit vers Alppila. C'est là que se trouvait, derrière le parc d'attractions, un des bâtiments préférés de Siiri, le foyer paroissial d'Alppila. Sa blanche beauté l'apaisait toujours étrangement. Ou peut-être était-ce en fait une église ? Les églises étaient souvent des grosses boîtes anonymes, par exemple à Munkkiniemi :

on voyait, devant une mocheté en brique grise, des gens qui demandaient aux passants où était l'église. Au bout du compte, on avait mis un clocher et une croix sur la mocheté en question, pour aider les gens à se repérer. Siiri s'était étonnée de l'absence totale de cloches dans le clocher, et la femme pasteur avait expliqué que les cloches étaient sur CD.

« Mais c'est aussi compliqué de monter dans le clocher pour mettre le CD que pour sonner les cloches, non ? avait continué Siiri pour faire l'imbécile, mais le pasteur n'avait pas le sens de l'humour.

– Il n'y a que le haut-parleur dans le clocher, pas le lecteur de CD. »

Le compartiment du tram 3 s'anima. Une femme incohérente mais bien habillée se mit à soliloquer, d'une voix claire et si bien posée que même Anna-Liisa aurait apprécié.

« Les laboratoires d'Helsinki accueillent un grand nombre de rats. Ces derniers apportent des bactéries et des maladies, et le business de la greffe d'organes est florissant, surtout en Espagne, pays qui a un accord avec la Finlande. Même les organes des vieux les intéressent, les reins, les foies, tout est bon à prendre. Dans notre laboratoire, les couloirs étaient pleins de grandes boîtes remplies de foies et de reins, des boîtes en styromousse qu'ils ont cachées dans la cave, mais moi j'ai tout vu. »

La dame assise à côté de Siiri prit un appel, couvrant de ses décibels l'histoire des rats et des greffes d'organes de la folle.

« Tu fais les patates ? » cria-t-elle sans dire bonjour ni se présenter ; c'était courant.

Par « faire les patates », elle entendait manifestement faire cuire les pommes de terre. Son mari ou son fils

51

allait faire cuire les pommes de terre, et tout serait sur la table quand elle rentrerait du travail. Le mari de Siiri n'avait jamais fait la cuisine, il en était incapable. C'était déjà bien quand il épluchait ses patates. La folle avait changé de sujet.

« Et un jour quand je parlais dans le tram, un homme qui ressemblait à Paavo Lipponen, notre ancien Premier ministre, est monté. Il habite à Töölö. Je suis passée devant chez lui, mais on ne peut pas y aller en tram parce qu'à Töölö, ils vivent en vase clos, et les gens normaux n'ont pas le droit de voir chez eux, même depuis la fenêtre d'un tram. Je sais aussi où habite Kai Korte[1]. Plus personne ne se souvient de Kai Korte. Mais près de un million de gens ont la même machine que moi. La machine qu'ils nous mettent à l'intérieur et qui donne des inflammations génitales. »

Les gens se jetaient des coups d'œil, certains s'éloignèrent d'elle, certains parlèrent plus fort qu'avant dans leur portable, et, en face de Siiri, une écolière au visage criblé de piercings ricana nerveusement à plusieurs reprises. Siiri aurait voulu se décontracter, profiter des beaux bâtiments ou des voix d'enfants, car la scène de la semaine précédente, à la table de jeu, continuait de la tracasser. Personne n'avait revu Reino ni Olavi Raudanheimo après que Reino avait été transféré au Foyer collectif.

« Moi, je crois qu'ils les ont drogués pour les faire passer pour fous », avait dit Irma plus tôt le matin, en buvant du café chez Siiri, avant son club de lecture.

Elles avaient toutes deux entendu des histoires atroces sur des vieux qu'on assommait à coup de médicaments.

---

1. Kai Korte (1922-1992), haut fonctionnaire, chancelier de la justice.

Des gens qui semblaient souffrir de démence sévère redevenaient parfaitement sensés quand le traitement s'arrêtait. Un vieillard qui avait oublié son nom reconnaissait soudain tous ses proches et même ceux du voisin. Elles n'arrivaient pas à comprendre comment une telle chose pouvait arriver, à quoi cela pouvait bien servir d'abrutir un vieux. Ça ne permettait sans doute pas de faire des économies. Laisser mourir coûtait moins cher.

La femme au discours incohérent se mit à augmenter le volume, se grisant de ses propres mots jusqu'à l'extase. Le conducteur lui jeta un coup d'œil inquiet dans le rétroviseur, mais il ne pouvait pas intervenir.

« Moi je vous le dis, Kai Korte était un type bien, mais même lui, depuis son petit cercle de bobos, qu'est-ce qu'il pouvait y faire si les rats des labos ont des bactéries et si les gens ont des inflammations génitales ? Les chercheurs devraient manger leurs rats. En Chine on mange du rat, et ils ont une meilleure médecine que nous ! Ils transportent les rats dans des boîtes en styromousse, je les ai vus ! »

Siiri s'enfuit du tramway à l'arrêt de la gare ferroviaire, comme beaucoup d'autres voyageurs, en plaignant le conducteur qui allait continuer son trajet avec la folle. Elle regarda la gare ferroviaire et la Makkaratalo, la « maison-saucisse », les deux édifices les plus vilains d'Helsinki, et se demanda comment Eliel Saarinen et Viljo Revell avaient pu aussi bien faire œuvre de laideur que de sublime, la maison-saucisse et le Palais de verre pour Revell, la gare ferroviaire et le Palais de marbre de Kaivopuisto pour Saarinen. Et pourquoi à Helsinki on appelait « palais » des maisons minuscules.

VIII

Cela faisait longtemps que Siiri et Irma n'étaient pas passées par l'escalier C, et elles errèrent donc un peu avant de trouver la porte d'Olavi Raudanheimo, au premier étage. Au Bois du Couchant, on n'avait pas l'habitude de sonner à l'improviste chez les gens, car il ne fallait pas déranger les voisins. D'ailleurs c'était la même chose dans les vrais immeubles, après tout la résidence n'était pas un kolkhoze. Pour ceux qui voulaient retrouver des amis, ou même des inconnus, il y avait toujours les espaces de convivialité. En plus de la table de jeu, on y trouvait un coin presse, et dans le hall, une énorme télévision qu'on appelait le « tableau ». Elle était constamment allumée, diffusant des concours de chant et des émissions culinaires, et deux ou trois grands-mères sourdes étaient toujours affalées devant pour se divertir.

Olavi Raudanheimo ne leur ouvrit pas. Elles crurent entendre des bruits derrière la porte, il était évident qu'il y avait quelqu'un. Irma cria par le trou de la serrure, quand bien même il n'y avait aucun trou, seulement une grosse serrure oblongue. Mais Olavi n'entendit sans doute pas. Reino leur avait raconté qu'une grenade avait explosé juste à côté de Raudanheimo pendant la guerre, après quoi son ouïe n'avait plus valu grand-chose.

« Monsieur Raudanheimo ! Monsieur Raudanheimo ! appela Irma d'une voix criarde, comme seule sait le faire une nonagénaire qui a pris des cours de chant dans sa jeunesse. C'est Mme Kettunen et

Mme Lännenleimu, de l'escalier A ! Les deux-pièces en location !

– Mais pourquoi tu dis ça ? grommela Siiri. Il s'en moque bien, de notre escalier et de notre type de bail.

– Il faut bien qu'il comprenne qui nous sommes. Autrement il n'osera pas ouvrir la porte, expliqua Irma avant de se remettre à crier, d'une voix encore plus perçante : Siiri Kettunen et Irma Lännenleimu aimeraient bien vous voir, Olavi Raudanheimo ! J'ai des cheveux courts permanentés, j'ai pris des rondeurs sur mes vieux jours, alors que jeune j'étais très élancée, et j'ai une robe bleue, de vraies perles autour du cou et de belles boucles d'oreilles avec des brillants, et pour ce qui est de Siiri, elle a toujours un pantalon long et un… C'est quoi cette mandille, un manteau de laine ? »

Le petit manège d'Irma commençait franchement à agacer Siiri. Elle regarda alentour, fâchée, et avisa soudain Virpi Hiukkanen à l'autre bout du long couloir. Virpi lui jeta un regard glacé et s'avança d'un pas tranquille. Irma, ignorant tout de cette menace imminente, continua de hurler sans s'inquiéter. Virpi n'était plus qu'à quelques mètres, et Siiri n'arrivait pas à parler, elle se contentait de tirer anxieusement sur la manche d'Irma.

« Nous ne sommes pas avec Erkki Hiukkanen ! » hurla Irma dans la serrure, pile quand Virpi les rejoignit.

Siiri se décomposa, telle une collégienne dans le bureau du principal.

« Cessez ces bouffonneries. Il est important que les pensionnaires du Bois du Couchant se voient garantir tranquillité et intimité, dit Virpi avec un sourire forcé, mais dès la phrase suivante elle ne fut plus que rageuse invective. Qu'est-ce qui vous prend toutes les deux ? Pourquoi allez-vous beugler à la porte d'inconnus ?

De quel droit êtes-vous là ? On dirait que vous n'avez aucune idée du règlement du Bois du Couchant ! Ici on respecte la tranquillité de chaque pensionnaire, et les perturbatrices dans votre genre mettent en péril toute la sécurité de la résidence. Il faut peut-être que j'appelle la police ou l'ambulance pour vous calmer ? »

Elle les regarda d'un air de défi et remonta ses grandes lunettes en plastique, comme pour se donner un surcroît d'autorité. Siiri fut prise de vertiges et dut s'accrocher au bras d'Irma.

« Je crois que je vais m'évanouir », dit-elle, mais elle resta debout, soutenue fermement par Irma.

Sa vue se troubla, et elle dut rassembler ses maigres forces pour arriver à respirer calmement.

« Il n'y a que la solitude qui soit garantie ici, pas l'intimité ! s'écria Irma en conduisant Siiri sur une chaise Biedermeier toute grinçante. Siiri Kettunen va avoir une attaque à cause de vous ! Il se passe tout le temps des choses hautement suspectes ici, dans votre service, et vous ne trouvez rien d'autre à faire qu'espionner les gens sains d'esprit dans les couloirs ! Vous devriez avoir honte. Où se trouve Olavi Raudanheimo ? Où avez-vous fourré le prote Reino Luukkanen ? Qu'est-ce qui se passe ici au juste ? »

Siiri n'eut pas d'attaque : ce devait être une simple arythmie comme elle en avait parfois. Mais ce n'était pas quelque chose d'anodin non plus, et un voile noir lui tomba bel et bien devant les yeux quelque temps. Heureusement, les couloirs du Bois du Couchant étaient équipés, pour ce genre de situations, de toutes les chaises laissées par les défunts pensionnaires. Quand elle rouvrit les yeux, Virpi Hiukkanen se tenait à deux mètres de là, l'air effrayé, regard fixé sur Irma qui tenait la main de Siiri. La chef de service n'essaya nullement de leur venir en aide, elle se contenta de ruminer sa gomme à mâcher, de sortir son téléphone, comme si elle avait plus important à faire, puis de s'en aller sans rien dire.

« Et il y en a qui disent que soigner les gens, c'est une vocation », siffla Irma en prenant une bouteille de whisky dans sa poche.

Elle força Siiri à boire au goulot, et lui essuya le front avec son mouchoir en dentelle.

« Ce n'est pas le mouchoir dans lequel Reino s'est mouché ? »

Elles pensaient que Virpi était allée chercher son tensiomètre, étant donné que toute l'équipe soignante croyait que n'importe quel problème de vieux se soignait en mesurant la tension artérielle. Mais comme un quart d'heure plus tard Virpi n'avait toujours pas reparu, Irma raccompagna Siiri à son appartement. Elle l'aida à s'allonger sur le lit, lui enleva ses chaussures et la couvrit d'un plaid. Puis elle alla dans l'entrée et essaya d'appeler à l'aide, car Siiri était très pâle et ne respirait toujours pas normalement.

Les services obligatoires, au Bois du Couchant, incluaient un système d'alarme tout simple : si un pensionnaire avait besoin d'aide, il lui suffisait de décrocher le téléphone quelques instants, et du personnel accourait prestement. Certes, toute mesure prise consécutivement à l'appel était payante, comme d'ailleurs l'appel lui-même, mais le système faisait partie des services de base. Irma décrocha le combiné et écouta. Personne ne répondit, personne n'accourut. Suivant les instructions, elle posa le combiné sur la table, le regarda quelques instants avec fureur et écouta de nouveau. Puis elle jura *sotto voce*, raccrocha brutalement et descendit voir si elle pouvait trouver quelqu'un de sensé.

Siiri s'endormit sur son lit. Quand elle se réveilla, la chambre était pleine de monde. Irma discutait avec quatre inconnus, dont un seul semblait comprendre le finnois. Irma essaya en suédois, en français et un peu en russe, sans résultat. Heureusement, celui qui parlait finnois, l'unique homme du groupe, était calme et sympathique.

« Siiri Kettunen, se présenta Siiri en lui tendant la main.

— Elle a l'air de revenir à elle, dit le garçon, puis il entoura d'un Velcro la main qu'elle lui tendait et mesura sa tension artérielle. La tension est bonne. Pas besoin d'ambulance. Si elle a une nouvelle crise, allez à l'hôpital en taxi. Plus la peine de nous appeler. »

Il rangea son nécessaire de premiers soins, et les jeunes étrangères partirent à sa suite. Irma s'effondra dans un vieux fauteuil, épuisée, et expliqua que Virpi avait appelé l'ambulance parce qu'elle n'avait pas su quoi faire d'autre.

Le garçon sympathique était de l'ambulance, comme la fille basanée en blanc, et les deux autres filles étaient les nouvelles stagiaires indonésiennes du Bois du Couchant. Irma ne se rappelait pas où était l'Indonésie, et Siiri n'arrivait pas à comprendre pourquoi des stagiaires étaient venues l'observer.

« Ils les ont chargées d'espionner ! » éclata Irma.

Elle était d'avis qu'au Bois du Couchant, tout était lié.

« Y compris la mort de Tero. *Döden, döden, döden* », chuchota-t-elle à Siiri avant de partir.

Trois jours plus tard, Siiri Kettunen reçut par la poste une facture de 19 euros d'une compagnie appelée Emergencio : « Trajet ambulance sans caractère d'urgence, pas de premiers soins. Code X5. »

IX

En revenant de chez le coiffeur, Siiri Kettunen rencontra devant les ascenseurs un homme qui lui parut familier sans l'être complètement. Comme il était si gênant de ne pas reconnaître des gens qu'on connaissait, Siiri, comme à son habitude, le salua et se présenta au cas où.

« Antti Raudanheimo », répondit l'homme, qui était un peu grisonnant mais de belle stature.

Ce devait être le fils d'Olavi Raudanheimo. Le même visage mince avec un nez droit. C'était un malin : il avait sauvé son père du Bois du Couchant en le transférant à l'hôpital de Meilahti, où Olavi se trouvait toujours. Il parla d'un « terrible incident », et Siiri comprit qu'il parlait du viol sous la douche, même s'il n'employait pas ces mots. Mais l'affaire était très délicate, c'était une forme de maltraitance, et le fils d'Olavi comptait bien porter plainte. Il avait essayé d'en discuter avec Mme Sundström, mais la directrice ne voulait pas croire que quelque chose d'aussi terrible pût arriver dans la résidence.

« Elle est très gentille, mais n'a pas l'air très au courant de ce qui se passe ici », dit Raudanheimo junior.

Ils restèrent si longtemps dans le hall à parler d'Olavi que Siiri commença à s'inquiéter. Elle n'arrivait plus à se concentrer sur ce que disait son interlocuteur : elle jetait des coups d'œil incessants dans le couloir de l'administration, ou derrière elle, quand bien même elle ne voyait aucun mouvement suspect. Puis elle se rappela qu'à la résidence, les murs avaient des oreilles, et elle attrapa le fils Raudanheimo par le bras pour l'attirer plus près.

« Je crois qu'il vaut mieux éviter de parler de tout ça ici », chuchota-t-elle.

Il la regarda, médusé.

« Est-ce qu'il s'est passé ici d'autres choses que le terrible incident de mon père ? »

Siiri l'invita chez elle, même si elle ne le connaissait pas et pensait n'avoir jamais fait entrer d'homme dans son appartement. Mais le fils d'Olavi avait l'air d'être un homme fiable et solide, il la regardait dans les yeux et parlait d'une ferme voix de baryton. Il entra chez Siiri mais n'enleva pas son manteau : il s'assit simplement à la table et se mit à parler, longuement et minutieusement. Il était presque plus vétilleux qu'Anna-Liisa, et il arriva sans doute à Siiri de s'assoupir, mais heureusement elle était sur la chaise dure de la cuisine, qui grinçait dès qu'elle bougeait, et non dans son confortable fauteuil. Fatigue et grincements l'empêchaient d'enregistrer tout ce que disait Raudanheimo junior ; elle savait qu'Irma lui en tiendrait rigueur plus tard. Au moins un fait lui resta bien présent à l'esprit : le fils d'Olavi Raudanheimo s'était débrouillé pour faire sortir son père du service fermé, où Olavi avait été assigné à résidence comme Irma l'avait dit.

« Savez-vous s'il y avait aussi au Foyer collectif l'ami de votre père, le prote Reino Luukkanen ? Un grand monsieur en pantalon de jogging, avec une barbe mal rasée...

— Ça, je ne sais pas, s'excusa le fils Raudanheimo. Je n'ai pas vraiment compris qui étaient tous ces pauvres gens. Il y avait un homme qui dormait dans la même chambre que mon père, mais je n'ai aucune idée du temps qu'il avait passé là ni de ce qu'il portait comme

60

pantalon. Et sa barbe n'était pas plus négligée que celle de tous les autres, là-bas personne ne s'occupe de ça. »

Siiri se leva et alla chercher une bouteille de vin rouge dans son cagibi, mais Antti Raudanheimo refusa de boire en pleine journée.

« Oui, moi non plus en général je ne bois pas comme ça, mais il paraît que le vin rouge est bon pour la santé. Il contient des particules qui ralentissent le vieillissement. Vous ne voulez pas en prendre quelques gouttes ? » demanda-t-elle, mais il dit qu'il devait retourner à son travail.

Siiri le raccompagna et prit l'ascenseur avec lui. Il pensait travailler encore trois ans avant de prendre sa retraite, il avait deux fils adultes et une femme très agréable. Il eut un rire enjoué en disant au revoir à Siiri ; sa poignée de main était virile et rassurante. Siiri était assez excitée après tous ces événements. Le vin rouge l'avait bel et bien ravigotée. Elle resta un moment dans le hall, perplexe, regrettant que la cantine du Bois du Couchant ne fût pas un vrai restaurant où l'on aurait pu se payer un petit verre, au moins en soirée. Les pensionnaires en étaient réduits à boire un dernier verre tout seuls dans leurs cagibis respectifs, avant d'aller dormir. Enfin de toute manière ce n'était pas encore le soir.

« Cocorico ! »

Irma et Anna-Liisa revenaient de l'atelier bricolage de l'escalier C, et Irma se précipita pour montrer à Siiri un bizarre rouleau de carton parsemé de morceaux de peluche.

« C'est un mouton, je te le donnerai peut-être comme cadeau de Noël.

– Moi je n'ai rien fait. Je les ai juste regardés

s'amuser, s'empressa de préciser Anna-Liisa pour éviter que Siiri ne la crût aussi sénile que les autres.

— Ah, c'est merveilleux que vous soyez là ! Vous avez cinq minutes ? On va s'asseoir sur les canapés pour être tranquilles.

— Tu es tout excitée, constata Anna-Liisa en rangeant son déambulateur à côté d'une chaise.

— J'ai bien l'impression que Siiri a rencontré un élégant jeune homme ! » dit Irma en riant et en sortant son jeu de cartes, par automatisme.

Ses lunettes, son rouge à lèvres et son porte-monnaie étaient déjà sur la table.

« Oui, et je l'ai même invité dans mon appartement. »

Irma cria d'allégresse, arrêta de vider son sac à main et entreprit au contraire d'y remettre les affaires qu'elle en avait sorties. Même Anna-Liisa tourna sa bonne oreille vers Siiri. Cette dernière résuma rapidement ce qu'Antti Raudanheimo lui avait dit, ou du moins ce qu'elle en avait retenu, et surtout ce qu'elle pensait de ces histoires d'aller-retour au service fermé.

« Quelle horreur quand on y songe, c'est un vrai cauchemar. Toutes ces histoires me rendent malade, j'ai mal à la tête et les oreilles qui sifflent. Mais bref, Olavi Raudanheimo est maintenant au Hilton, il a l'esprit tout à fait clair, aucun signe de démence.

— Tu veux dire à l'hôpital de Meilahti, corrigea Anna-Liisa. Pour ce qui est de porter plainte, il faut des témoins. Y a-t-il qui que ce soit qui ait assisté à cet incident qualifié de terrible ?

— On n'a que le récit d'Olavi, dit Siiri l'air triste. Pas sûr que la police y croie.

— Bien sûr que si ! s'écria Anna-Liisa en tapant sur la table, comme si toutes ces histoires lui apportaient un supplément d'énergie. Ce serait le comble, qu'on n'écoute pas un ancien combattant ! »

Siiri et Irma savaient qu'elle avait encore raison, ce qui cette fois était une bonne chose. Toutes trois étaient rassurées de voir que le fils de Raudanheimo se chargeait de l'affaire avec autant de sérieux, et que certaines personnes avaient encore une famille digne de ce nom. Le fait que Sinikka Sundström fût peu désireuse de croire ce qu'on lui avait dit de l'épisode de la douche ne surprenait personne. Elle était foncièrement bienveillante, mais surmenée. Ces derniers temps, elle était plus nerveuse que d'habitude, un peu distraite. Certains employés étaient partis, d'autres en plus de Pasi et Tero. Il y avait toujours eu un roulement important, mais cet automne le rythme s'était accéléré, au point que Sundström elle-même n'arrivait manifestement plus à suivre.

« Ah mais je ne sais pas ! Demande à Virpi. Ou à quelqu'un d'autre », criait Sundström, paniquée, quand quelqu'un se risquait à lui demander pourquoi tel aide-soignant n'était pas là, pourquoi le physiothérapeute avait annulé tous ses rendez-vous ou pourquoi l'animatrice n'était pas venue diriger l'atelier calembours. Les animatrices, au Bois du Couchant, étaient des jeunes filles dont le métier consistait à inventer des occupations pour les résidents. Elles pensaient que les chansons des années 30, les films en noir et blanc et le bricolage permettaient aux vieux de mieux se porter.

On leur proposait aussi de la rééducation et des jeux mnémotechniques. On avait collé aux murs des images et des énigmes en guise de mémoparcours. C'étaient des fleurs, des bateaux, des maisons et des animaux qui ressemblaient à des cadeaux de fête des mères réalisés par des élèves de maternelle. Siiri Kettunen était particulièrement affligée par un dessin collé à côté de sa porte et qui représentait une famille de lapins en vadrouille. Mais Irma était curieuse de nature et avait fait tellement de mémoparcours qu'elle ne se rappelait plus combien. Anna-Liisa allait à intervalles réguliers « contrôler sa mémoire » lors des activités d'après-midi de l'animatrice, car elle savait que la mémoire se dégradait d'autant plus lentement qu'on utilisait sa cervelle. Elle entamait chaque journée par des mots croisés, et le soir elle révisait les pronoms interrogatifs correspondant aux quinze cas grammaticaux du finnois, afin de rester en pleine possession de ses moyens.

« C'est de l'autotraitement et ça économise les deniers publics », affirmait-elle toujours avec fierté.

La rééducation était un concept très large, qui pouvait inclure à peu près n'importe quoi, de la trituration d'orteils au massage. Pour les hommes, elle était obligatoire et gratuite, car il s'agissait d'anciens combattants, mais les femmes devaient payer leur rééducation, bien que nombre d'entre elles eussent servi comme infirmières de guerre, parfois même sur le front, comme Siiri. Bon d'accord, elle n'avait fait que laver des cadavres et les mettre dans des cercueils. Ce n'était pas une activité militaire à proprement parler, mais ce n'en était pas moins dur pour une jeune fille. Les cadavres de la guerre d'Hiver étaient gelés et il fallait d'abord les réchauffer, ceux de la guerre de Continuation étaient pleins de vers et dégageaient des miasmes intolérables[1].

---

1. La guerre d'Hiver s'est déroulée pendant l'hiver 1939-1940, et la guerre de Continuation de juin 1941 à septembre 1944.

Siiri et Irma allaient parfois à la gym ou à la pédicure par simple pitié pour les aides-soignants. Elles ne comprenaient pas bien pourquoi on les rééduquait.

« Pour la mort, bien sûr, disait Irma. *Döden, döden, döden.*

— Mais bon sang, pourquoi tu répètes tout le temps ton *döden* ? » demanda Anna-Liisa, quasi furieuse.

L'auteur suédoise Astrid Lindgren, qui elle aussi avait vécu très vieille, avait raconté dans un entretien télévisé que quand elle discutait au téléphone avec sa sœur, elles parlaient le plus souvent des gens morts dernièrement ; après s'être rendu compte qu'elles ne parlaient que des morts et de la Faucheuse, elles avaient pris pour habitude d'entamer leurs conversations par la litanie : « *Döden, döden, döden.* » C'est là qu'Irma avait trouvé cela. Elle lisait toujours les livres d'Astrid Lindgren.

« Emil est mon préféré, il me rappelle exactement mon troisième fils, celui qui s'est enfui en Chine pour travailler. C'était un vrai Emil quand il était petit, tout mignon et vraiment intenable.

— J'ai entendu dire que le cuistot s'était pendu, dit Anna-Liisa.

— Je lis toujours les Moumines aussi. Qu'est-ce qu'ils sont malins ces bouquins ! »

D'après Irma, avec l'âge les gens ressemblaient de plus en plus à des Moumines.

« À la fin, on ne sait même plus si on a devant soi un homme ou une femme, et même quand on arrive à savoir, en fait peu importe. Imaginez comme ce serait amusant si nous aussi on avait une queue. On pourrait la tenir en angle droit à chaque fois que les aides-soignants veulent qu'on fasse de l'exercice, comme Papa Moumine dans la crèche des émules.

— Eh ben les filles, je vous y prends à paresser ! »

Jenni-de-la-Gym interrompit leur conversation à bâtons rompus. Elle sourit énergiquement, leur fit une petite tape amicale et agita son bâton de gymnastique comme pour les attirer. Son vrai nom n'était pas forcément Jenni, mais elles appelaient Jenni-de-la-Gym toutes les petites rééducatrices, comme c'était leur nom le plus vraisemblable.

« Il est encore temps de venir à la gym avec bâton ! Et aujourd'hui vous aurez aussi le droit de jouer à la balle ! »

Anna-Liisa et Irma promirent gentiment de participer à la séance de rééducation, et elles allèrent chercher leur tenue de gym à leur appartement. Siiri n'était pas intéressée. Se trémousser avec des bâtons et des balles lui semblait humiliant, surtout quand les déhanchements devaient se faire devant un miroir grand comme un mur où tout le monde avait l'air si vieux et ridé qu'on s'y reconnaissait à peine. À tout prendre, Irma avait raison, elles ressemblaient à des Moumines, avec leurs tenues de sport toutes grises.

Siiri sortit, prit le tram 4 et se retrouva par hasard devant chez Stockmann, alors qu'elle avait pensé changer et prendre le 10 au dépôt. Elle dut prendre la rue Aleksanterinkatu, traverser le rayon parfums et le kiosque à journaux de chez Stockmann, jusqu'à l'arrêt de l'avenue Mannerheimintie. Le 10 arriva bientôt, elle le prit pour aller voir le vieil Hôpital chirurgical, qui lui aussi serait bientôt désaffecté. Les journaux disaient qu'on dépensait des centaines de millions pour construire à Meilahti de nouveaux hôpitaux coûteux et pouvoir se débarrasser de beaux bâtiments anciens. Plus la médecine progressait, plus les soins étaient chers, puisque les gens étaient en bonne santé, vivaient vieux et ne mouraient plus dans le temps imparti.

Après être revenue devant la statue du Marski[1], Siiri prit le 6 et alla jusqu'au marché de Hietalahti. C'est là que se trouvait la halle marchande dessinée par Selim A. Lindqvist, la plus belle d'Helsinki. Au retour, elle descendit sur le Bulevardi et jeta un œil au café Ekberg, où elle n'était jamais allée, et n'irait pas non plus aujourd'hui quand bien même Irma disait toujours que c'était un endroit très amusant. Irma y avait souvent des réunions d'anciens camarades de classe.

Siiri traversa le parc de la Peste vers la rue Yrjön-katu et s'arrêta pour regarder le bas-relief de Wäinö Aaltonen sur le mur de l'immeuble Suomi, avec le cheval massif et l'ange bizarrement grand, passa devant la piscine sans parvenir à se rappeler le nom de l'architecte, se demanda depuis quand elle n'était plus allée se baigner, ne s'en souvint pas, fit un détour par l'arrière de l'affreux Forum et par le musée Amos Andersson, son mari lui manqua, elle emprunta la rue Simonkatu et attrapa enfin son cher tram 4 à l'arrêt du Palais de verre.

Elle faillit s'endormir dans le tram, et se sentit si fatiguée en descendant qu'elle resta quelques instants à son arrêt pour respirer tranquillement. Elle s'appuya sur sa canne et aperçut entre les arbres le Bois du Couchant, pénible bâtiment en béton des années 70, avec son toit plat et ses petites fenêtres. Il n'était sans doute pas possible de faire quoi que ce fût de beau avec du béton. Puis soudain se peignit dans son esprit le beau Tero aux cheveux longs, pendu, le visage gonflé, noir et déformé, les jambes flasques agitées par un souffle d'air. C'était à ça que les pendus

1. Surnom du maréchal Mannerheim, héros national finlandais.

ressemblaient, à la télévision. Mais d'où pouvait bien surgir cette vision atroce, si intense et réaliste ? Si elle l'avait voulu, elle aurait pu examiner les détails effroyables du cadavre de Tero, toucher sa chemise rouge à carreaux, mais elle savait que tout cela n'était que le produit de son imagination à vif. Elle ferma les yeux pour se débarrasser du pendu, mais l'image ne disparut pas ; le bourdonnement dans sa tête ne fit qu'augmenter. Elle fut prise de vertiges, sa canne lui échappa et elle dut se cramponner à la rampe de l'arrêt pour rester debout. Elle espéra que sa nausée ne serait pas suivie de vomissements, puis elle se rendit compte qu'elle pleurait.

X

« Cocorico ! »
L'appel résonna dans le hall de l'hôpital de Meilahti.
« Où étiez-vous ? »
Irma avait eu le temps de s'inquiéter du retard de Siiri et Anna-Liisa, car contrairement à son habitude elle était arrivée à l'heure, et avait dû patienter à la réception du « Hilton » quatre bonnes minutes. Le CHU de Meilahti avait beaucoup changé depuis la dernière visite de Siiri, quand elle y était passée voir son mari, vers le tournant du millénaire. Sans Anna-Liisa, elle n'aurait sans doute pas trouvé le bâtiment

surnommé Hôpital-triangle, dont le hall avait été badigeonné d'un orange criard.

« On se croirait dans le métro », dit Irma.

Elle avait vu que les murs s'ornaient de photographies artistiques d'Helsinki, et elle voulait les observer plus en détail pour voir si une Helsinkienne de dixième génération pouvait en reconnaître ne serait-ce qu'une. Anna-Liisa et Siiri n'étaient guère enthousiasmées par ce jeu de devinette ; elles allèrent plutôt demander dans quel service se trouvait Olavi Raudanheimo. Siiri demanda au gardien d'écrire l'étage et le numéro de la chambre sur un papier, et ainsi équipées, elles cheminèrent le long de la ligne blanche peinte sur le sol, comme on les y avait invitées.

Elles marchaient à la queue leu leu, se figurant être des élèves de maternelle qui se tenaient à une longue corde pour ne pas se perdre lors de leur excursion au zoo ou au musée. Siiri imagina que c'était un test de la police de la route : dans les films, c'était comme ça que les policiers forçaient les automobilistes à marcher droit, pour voir s'ils avaient bu trop d'alcool. Peut-être était-ce pour cela que le sol de l'hôpital était peint de lignes droites : pour pouvoir vérifier à quel point les visiteurs étaient beurrés. Irma se vit funambule dans un cirque, mais elle eut du mal à rester sur le trait, et en fin de compte elle fut prise d'un vertige qui la contraignit à renoncer.

En allant de la sorte, elles ne se rendirent pas du tout compte de là où la ligne les avait menées. Après avoir fait une halte pour qu'Irma s'éclaircît les idées, elles se rendirent compte qu'elles étaient dans les sous-sols, alors que la chambre d'Olavi était au onzième étage. Elles durent demander leur chemin plusieurs fois avant d'arriver à bon port. Anna-Liisa ne voulait pas croire qu'il fallût descendre encore de deux étages pour pouvoir ensuite remonter, et Irma exigea de vérifier auprès d'un vrai médecin, de préférence un professeur en médecine, que la ligne blanche n'avait aucune espèce d'importance.

« Le personnel est très aimable, dit-elle avec satisfaction. Bien meilleur qu'au Bois. Ils se sont même arrêtés pour parler et ils n'avaient pas le regard fuyant. »

Anna-Liisa aussi était satisfaite.

« Ils parlent même un bon finnois. Avez-vous remarqué que ce monsieur a bien utilisé le subjonctif ? C'est de plus en plus rare. Il n'a pas dit "Je ne pense pas que vous avez" mais bien "que vous ayez". Et il a vraiment prononcé la particule de négation, là où tout le monde l'omet. Avec tous les "j'pense pas" et les "j'sais pas" qu'on entend partout, ça change. »

Olavi avait eu une bonne chambre, avec seulement quatre lits et un WC commun. Le calme y régnait, car il n'y avait pas de télévision branchée sur des inepties assourdissantes. Et la fenêtre permettait de voir au loin, jusqu'à l'île de Lauttasaari, et même jusqu'à Espoo. Siiri, Irma et Anna-Liisa admirèrent le paysage et se lancèrent bien vite dans une petite dispute sur l'endroit précis où commençait Töölö, mais ensuite un compagnon de chambrée d'Olavi, qui se présenta comme un « gars d'la ville », intervint dans la discussion.

« Stenbäckinkatu, dit-il en toussant fort. C'est la rue où commence Töölö. »

Anna-Liisa était manifestement d'un autre avis, et Irma était curieuse de savoir si l'homme était un ivrogne, car pour elle, un homme qui se qualifiait de « gars d'la ville » était nécessairement alcoolique.

Mais en fin de compte, aucune des deux ne dit rien, car elles se rappelèrent qu'elles étaient venues pour Olavi Raudanheimo, qui était assis sur son lit, très maigre mais apparemment en bonne forme.

« Ah mais ils vous traitent comme un pacha ici, commença gaiement Irma, mais Anna-Liisa entra directement dans le vif du sujet, telle une inspectrice chevronnée.

– Qu'est-ce qui s'est passé sous la douche ? Vous rappelez-vous ce qui est arrivé ensuite ? Avez-vous un témoin ? »

Siiri aurait voulu parler aussi du prote, au cas où Olavi aurait été au courant de ce qui était arrivé à Reino. Mais Olavi avait du mal à fournir des réponses éclairantes. Il dit qu'il avait atterri au service de démence du Foyer collectif et était maintenant bien content de se retrouver au Hilton. Du Foyer collectif, il ne se rappelait rien, et n'aurait même pas su qu'il y avait été si son fils ne le lui avait dit.

« Ils m'ont fait plein d'examens et m'ont trouvé plein de trucs », dit-il presque avec fierté, comme s'il eût parlé de ses exploits. Après qu'il se fut vanté de plusieurs kystes, hernies et occlusions, Anna-Liisa en eut assez et exigea de savoir comment la plainte avançait.

« Nous ne sommes pas venues parler symptomatologie », expliqua-t-elle en voyant qu'Olavi prenait peur.

Il se mit à pleurer. Il pleurait différemment du prote, pas en écumant et en jurant, mais doucement, tout en retenue et modération. Le spectacle prit aux tripes les trois visiteuses. Le poivrot eut la bonne idée d'aller fumer sur le balcon, et les autres malades de la chambre avaient à peine l'air vivant. Aussi Olavi put-il tant bien que mal raconter ce qui lui était arrivé.

« J'avais demandé qu'un des infirmiers se charge de me laver et de me nettoyer, commença-t-il. Vu que j'étais quand même un peu gêné quand c'étaient des jeunes femmes qui lavaient mon vieux corps infect. Je me disais qu'avec un homme ce serait plus naturel, et à aucun moment je n'ai pensé qu'un homme... comme si... enfin d'une certaine façon... pourrait se dire que... »

Il se remit à pleurer. Irma lui tapota l'épaule, Siiri lui prit la main et Anna-Liisa arrangea les plis du dessus-de-lit.

« Nous comprenons, Olavi, dit Anna-Liisa, d'une façon qui laissait entendre qu'elle était une experte et avait déjà croisé toutes les déviances sexuelles possibles et imaginables. Et puis il y a une vraie pénurie d'infirmiers hommes. »

Olavi expliqua que Jere était un nouvel infirmier, dont il ne se rappelait pas le nom de famille, mais son fils avait promis de se renseigner. Comme Jere était nouveau, ce matin-là, il y avait avec lui l'assistant social, Pasi.

« Alors vous avez bien un témoin ! l'interrompit Siiri.

— Non, c'est plutôt lui qui a le plus... J'ai pleuré, je les ai suppliés de me laisser sortir de la douche, mais ils n'arrêtaient pas de rire et de... C'était... désagréable, horrible. Vous me croyez, hein ? » demanda doucement Olavi en les regardant, de sorte qu'elles virent dans ses yeux son immense honte et son humiliation.

Irma prit son mouchoir en dentelle dans son sac mais ne l'offrit pas à Olavi.

« L'infirmier est donc homosexuel, dit Anna-Liisa.

— Pas nécessairement. En tout cas pas complètement, fit Irma en se mouchant bruyamment.

– Je ne pourrai plus venir au Bois du Couchant, soupira Olavi. Mais mon fils ne peut pas me prendre chez lui, et je ne suis pas assez malade pour cet hôpital. Je n'ai aucune idée de là où je pourrais aller. »

Sa voix s'évanouit presque entièrement, et il tourna son regard vers la fenêtre. Bouleversées et ne sachant plus quoi dire, les trois visiteuses restèrent immobiles pendant une éternité, puis le silence devint oppressant.

« On va bien trouver quelque chose, dit Siiri sans savoir ce qu'elle voulait dire, puis elle arrangea l'oreiller d'Olavi.

– On sait que Pasi a été renvoyé au moment de la mort de Tero. Ou bien était-ce seulement après sa mort ? Est-ce que quelqu'un se souvient du nom de famille de Pasi ? »

Anna-Liisa se donnait beaucoup de mal pour susciter une nouvelle conversation, mais personne n'eut le temps de réagir car une grosse infirmière amena dans la chambre, avec un bruit effroyable, un chariot de distribution de repas.

« Ça n'a pas l'air d'être du grand standing ici finalement », dit Irma en regardant la bouillie flasque dans les assiettes.

L'infirmière transpirait et avait l'air acariâtre. Il leur sembla qu'il était temps de partir, et dans leur hâte elles n'eurent même pas le temps de dire correctement au revoir à Olavi.

Dans le tramway, Siiri se rendit compte qu'elle avait oublié sa canne à l'hôpital, et elle décida d'aller la chercher dès le lendemain matin. Elle tenait à faire les choses pénibles le plus vite possible, sans procrastiner ; c'était plus simple que de laisser s'accumuler les choses à faire. Son fils mort de l'alcool avait toujours eu plus de problèmes avec les choses qu'il n'avait pas faites qu'avec le peu qu'il se donnait la peine de faire. Siiri avait du mal à comprendre en quoi elle avait raté son éducation. Ou celle de tous ses enfants, à vrai dire, car le fait que sa fille eût créé une entreprise de yoga avant de se faire nonne n'était pas franchement rassurant non plus.

Siiri n'avait pas vraiment besoin de sa canne, mais elle avait coûté la peau des fesses et faisait bien son office, comme disait souvent Irma.

« Moi, avec Jojo-la-Canne, je n'ai jamais de problème : elle finit toujours par me retrouver », prétendit Irma le matin au moment du café, avant que Siiri ne partît pour l'hôpital.

Siiri s'adressa à la réception du Hilton, mais les jeunes filles derrière le comptoir ne savaient rien de sa canne. Elle avait une vague idée de l'endroit où la canne avait pu rester : dans la chambre panoramique d'Olavi Raudanheimo. Elle décida de s'y rendre, puisqu'elle se rappelait le chemin. « Vague idée » signifiait « souvenir », mais un souvenir si incertain qu'elle n'aurait juré de rien. C'était sans doute de ce sentiment que parlait Irma quand elle parlait d'un étrange instinct, ou d'entraver.

Olavi Raudanheimo fut ravi de voir Siiri le surprendre au milieu de son déjeuner. On déjeunait vraiment tôt, dans les hôpitaux ; c'était sans doute nécessaire, puisque les patients étaient réveillés très tôt pour le petit déjeuner. À vrai dire, ce matin-là, Olavi avait été réveillé encore plus tôt, à cinq heures et demie, pour se faire prendre la température. Il ne comprenait pas l'utilité de la chose car il ne se rappelait même pas avoir eu de la fièvre récemment. Mais les hôpitaux étaient pleins de ces pratiques obsessionnelles auxquelles il fallait bien se plier. Le plateau contenait une assiette blanche, l'assiette contenait une pomme de terre et une substance grise.

« Sans doute une sauce au porc, dit Olavi. Je ne suis pas sûr. Je n'ai pas encore trouvé de bout de viande.

– Vous devriez peut-être faire un vœu, au cas où vous tomberiez sur un morceau de porc », dit Siiri, et Olavi rit de bon cœur, sans toucher davantage à son repas.

Ils prenaient tant de plaisir à ce bavardage que Siiri oublia pourquoi elle était venue ; elle se dit qu'elle avait sûrement voulu poser une question sur le prote, puisqu'elle avait oublié la veille. Olavi savait que Reino s'était retrouvé au Foyer collectif, dans le service de démence sévère ; son fils avait éclairci ce point.

« Un homme en bonne santé, et même pas si vieux, dit-il très sérieusement. Il n'a que quatre-vingt-sept ans, non ? »

Olavi était bien informé sur tout. Siiri ne comprenait pas comment des gens pouvaient être aussi facilement transférés parmi des demeurés. Après tout, même la maladie d'Alzheimer n'arrivait pas comme ça d'un seul coup. Mais Olavi expliqua que n'importe qui avait l'air d'être dément quand on lui avait donné suffisamment de médicaments.

« C'est ce que m'a dit mon fils. Et donc Reino est là-bas, attaché à son fauteuil roulant, et il a oublié son propre nom. Une infirmière russe lui change sa couche une fois par jour et lui fait avaler de la bouillie à la cuiller. Beau destin pour un ancien combattant. »

Le fils d'Olavi l'avait sauvé du service fermé en le faisant interner dans un hôpital. Et c'est ainsi qu'Olavi s'était rapidement remis d'une démence lourde.

« Une vraie guérison miraculeuse ! Ici, on ne fait rien avant d'avoir évacué du cerveau les médicaments qui s'y trouvent. Mais Reino n'a pas d'enfants et personne pour l'aider. Son seul fils est mort il y a deux ans, d'une attaque en faisant son jogging. Ce fou s'était mis au sport du jour au lendemain. »

Quand la sauce au porc d'Olavi eut pris une consistance solide, il l'écarta puis ouvrit le journal. Ils s'amusèrent à lire ensemble les nouvelles du jour. Le journal parlait d'une résidence à services intégrés qui était conjointe à une crèche. Cela leur parut une bonne idée. Les enfants dynamiseraient le quotidien de la résidence, et les vieux aideraient les aides-soignants harassés à surveiller les enfants. Ils pourraient manger ensemble, dessiner, chanter et lire, et l'on n'aurait plus besoin d'animateurs pour inventer des ersatz d'activités à destination des vieux. Mais le journal indiquait aussi que l'expérience avait dû être interrompue parce que les parents avaient envoyé de nombreuses plaintes : les vieux étaient dangereux pour les enfants, imprévisibles, instables, et ils avalaient des médicaments trop forts.

Siiri et Olavi rirent de l'article au point d'en avoir les larmes aux yeux. Ensuite Siiri s'en alla, sans sa canne. Enfin elle évitait de dire « s'en aller », car cela signifiait mourir. Une gentille dame avait une fois quitté le Bois du Couchant pour emménager dans son appartement avenue Solnantie, parce qu'elle trouvait qu'à la résidence tout le monde était vieux et édenté. On crut longtemps qu'elle était morte, jusqu'au jour où elle était montée dans le même tramway que Siiri.

« Ah mais alors vous n'êtes pas morte, lui avait dit Siiri sans réfléchir, avant de s'expliquer : On nous a seulement dit que vous vous en étiez allée. »

XI

Irma avait inscrit dans son calendrier que c'était son tour de réserver une table de restaurant pour la prochaine réunion d'anciens camarades. Elle demanda à Siiri de l'accompagner car elle avait décidé que cette fois la réunion se tiendrait dans un vrai restaurant et non pas au café Ekberg.

« T'accompagner ? Tu ne peux pas appeler le restaurant et réserver une table ? » s'étonna Siiri, qui ne connaissait pas les restaurants d'Helsinki et aurait bien du mal à aider son amie.

– Ah non, je n'appellerai personne, je préfère passer au restaurant. C'est plus drôle ainsi. Et il faut bien que j'essaie le restaurant d'abord, pour éviter d'être ridicule si on découvre que c'est mauvais, ensuite on m'accuserait, j'aurais l'air fin ! On y va en taxi, dit Irma, ravie de faire preuve d'initiative.

– Mais c'est pas trop cher d'y aller en taxi ? »

Irma n'avait pas de bons de transport comme l'ambassadeur, mais sa fille lui avait dit que comme elle n'avait pas de voiture, elle avait les moyens de prendre un taxi tous les jours si ça lui chantait. Siiri n'arrivait pas à être à l'aise en taxi, elle avait l'impression de commettre un péché. Irma était en tout point plus désinvolte qu'elle, elle aimait bien tout ce qui était un peu osé, comme le whisky et la cigarette.

Ravies de voir que pour une fois il y avait une employée au comptoir d'information de la résidence, elles lui demandèrent d'appeler un taxi.

« Ça fait 2 euros, dit l'employée avant de prendre le téléphone.

– Tiens donc, c'est le même prix que pour faire porter un sac-poubelle au local à ordures, dit gaiement Irma en tendant un billet de 50 euros.

– Tu n'as pas de plus petites coupures ? » s'effraya Siiri, mais Irma affirma que quand on prenait de l'argent dans le mur, il n'en sortait que de grosses coupures, on n'avait pas le choix.

Un taxi se présenta, mais il posa immédiatement problème. Le flanc de la voiture affichait une femme nue à gros seins et le numéro d'un service sexuel, or Siiri ne pouvait envisager de monter dans ce genre de véhicule pornographique ; Irma lui dit d'arrêter son char, et que personne ne les prendrait jamais pour des travailleuses du sexe.

« Ni pour des clientes ! » fit-elle en riant de bon cœur, puis elle s'assit sur une large tache blanche qui ornait la banquette arrière.

Le problème suivant fut la destination. Irma demanda au chauffeur s'il pouvait leur conseiller un restaurant agréable pour une réunion de bacheliers de la promotion 1940, mais l'homme n'était de toute évidence pas helsinkien. Irma songea alors au restaurant Lehtovaara.

« Quelle adresse ? » demanda le chauffeur.

Il serrait le volant des deux mains et regardait droit devant lui, dans le vide.

« Ah ben c'est la rue Mechelininkatu. Au coin de Mechelin et d'une autre rue, tout près de la bibliothèque de Töölö », dit Irma en se mettant du rouge à lèvres.

Ces informations auraient pu suffire à mettre le taxi en branle, mais le chauffeur s'obstinait à demander l'adresse. Il avait sur le tableau de bord un bidule dans lequel il fallait apparemment écrire l'adresse, autrement pas moyen d'avancer.

« Oh, lala, fit Irma en claquant son miroir de poche. Alors écris dans ta machine Mechelininkatu 8, mettons. Avec un *c* et un *h*.

– Escalier C ou H ?

– Peu importe l'escalier. Disons A. »

Le taxi se mit en branle, mais évidemment l'adresse qu'avait donnée Irma était erronée. Elle poussa un glapissement dans la rue Mechelininkatu, avant le magasin Etola, et dit au chauffeur de s'arrêter. Mais ce dernier affirma qu'on ne pourrait tourner à gauche qu'au niveau de l'hôpital Kivelä, et il continua effrontément sur sa lancée.

« C'est toujours comme ça avec les taxis, dit Siiri à Irma avec un petit air de triomphe ; si ça n'avait tenu qu'à elle, elles auraient fait tout le trajet en tramway.

– Quand même pas toujours, là le type n'a pas franchement la compétence requise », dit Irma à voix basse.

Elle regarda par la fenêtre et se mit à gesticuler, en agitant ses bracelets d'or devant le visage de Siiri.

« Regarde ! Regarde là tout de suite, comme c'est beau les reflets du monument à Sibelius dans les rayons du soleil ! C'est vraiment une belle statue ! Celle-là, tu ne la verras jamais en schtramvay, et tu ne pourras pas non plus aller au Lehtovaara. »

« Schtramvay » était une autre des expressions farfelues d'Irma, l'un de ses petits chachous l'avait inventé enfant, comme aussi le fait qu'une mouche devait se dire « muchuche ». Mais Irma avait raison. Siiri avait réfléchi à la question après que la folle des laboratoires avait hurlé dans le tramway ses pensées sur Paavo Lipponen et Kai Korte. Pourquoi les tramways n'allaient-ils pas à Töölö ? Tous suivaient le même trajet, sur l'avenue Mannerheimintie, alors que certains auraient pu emprunter les rues Topeliuksenkatu et Mechelininkatu.

« Vous n'êtes sans doute pas d'Helsinki ? » demanda Irma au chauffeur tout en cherchant son porte-monnaie dans son sac à main.

Elle avait déjà déballé sur la banquette une dosette, un mouchoir en dentelle, une montre, deux paires de lunettes, un collant de rechange et une flasque de whisky.

« Non.

– Vous venez d'où ? De Vaasa ? »

La banquette s'ornait maintenant d'un lecteur de glycémie et du porte-monnaie d'Irma, avec dessus le grand Post-it jaune indiquant en gros caractères 7245.

« Je viens d'Azerbaïdjan. »

Irma paya le taxi avec un billet de 50 mais le chauffeur refusa de le prendre parce qu'il n'avait pas la monnaie, ni l'appareil permettant de vérifier si c'était un vrai billet. Il essaya de la faire payer par carte bancaire, mais là un étrange instinct souffla à Irma que la fille du comptoir d'information lui avait rendu de la petite monnaie quand elle avait commandé le taxi. Elle dit au chauffeur de mordre le billet pour voir si c'était un faux. Siiri se sentit faible, car elle trouvait l'air vicié et l'atmosphère bizarre dans le taxi.

« Pourquoi tu as pensé qu'il était de Vaasa ? demanda-t-elle tandis qu'elles descendaient de taxi puis restaient quelques instants devant le Lehtovaara à respirer l'air frais.

– Il parlait un aussi mauvais finnois que les své-cophones d'Ostrobotnie. Mais où diable ça peut bien être, l'Azerbaïdjan ? Comment ils peuvent obtenir le diplôme de taxi finlandais, là-bas ? »

Elles s'avisèrent alors que le Lehtovaara était fermé. Elles étaient dans un sacré pétrin. Il n'y avait ni station de taxi ni rails de tramway à proximité. Comment allaient-elles quitter la rue Mechelininkatu ? Siiri s'inquiétait déjà à l'idée qu'elles allaient devoir se servir du téléphone portable d'Irma.

« Attends, je viens d'entraver ! On va aller à la bibliothèque de Töölö ! »

C'était une idée géniale. Elles aimaient toutes les deux beaucoup la bibliothèque de Töölö, la plus belle œuvre d'Aarne Ervi ; à côté d'elle, tout le quartier de Tapiola ressemblait à une banale banlieue de béton. La bibliothèque avait ceci de rare qu'elle était à la fois belle vue de dedans et de dehors. Certains bâtiments n'étaient beaux que du dedans, comme l'hôpital de Kivelä ou le nouvel opéra. Celui-là, quel gros tas de blocs ! Mais quelle beauté une fois à l'intérieur. Siiri et Irma marchèrent longuement dans les divers étages de la bibliothèque et admirèrent les rampes, les escaliers, les fenêtres, la lumière et les paysages. À la fin, un sympathique bibliothécaire vint vers elles et leur proposa son aide.

« Cherchez-vous un livre précis ? Avez-vous perdu quelque chose ? demanda-t-il d'une voix forte, en parlant lentement et en actionnant de façon si outrée les muscles de son visage qu'Irma et Siiri se mirent à glousser.

– Non, merci. Nous avons besoin d'un taxi. Pouvez-vous nous en commander un ? » demanda gentiment Irma.

Le bibliothécaire ne se troubla qu'un instant, et commanda un taxi. Il ne leur fit rien payer pour le service, alors même que commander un taxi devait être aussi cher et compliqué dans une bibliothèque qu'à la résidence.

Le nouveau taxi était conduit par un jeune Finlandais,

peut-être même un Helsinkien. Il avait un blouson en cuir et des yeux bleus amicaux. Quand il ouvrit la porte à Siiri et la regarda dans les yeux en lui lançant un sourire avenant, elle eut l'impression qu'elle l'avait déjà vu quelque part.

Il leur conseilla le restaurant de l'hôtel Kämp. Il prononçait le nom comme il s'écrivait, si bien qu'elles ne comprirent d'abord pas de quoi il parlait. Puis elles se réjouirent vivement, car elles ignoraient que le Kämp avait rouvert ses portes.

« C'est là que Sibelius et Kajanus[1] avaient l'habitude de prendre un verre, dit Irma au chauffeur.

– Ben eux, je les connais pas, mais le restaurant est bon. »

Tout d'un coup il freina à fond et lâcha d'affreux jurons. Siiri vacilla et faillit se cogner la tête contre l'appui-tête du siège avant, mais Irma lui tomba dessus et elles s'affalèrent contre la portière.

« Pardon », dit Irma en relevant la tête du giron de Siiri, bien que ce ne fût en rien sa faute. Elles se regardèrent ébahies, puis se mirent à rire quand elles constatèrent qu'elles étaient en vie. Le chauffeur en revanche ne leur jeta pas un coup d'œil, il ne semblait guère s'intéresser à ce qui se passait sur la banquette arrière.

« Le tram, bordel ! Quelle invention de crétins ! »

Il n'aimait pas les tramways, c'était assez clair. Siiri se sentit mal à l'aise, Irma sourit d'une joie maligne. Le chauffeur estimait que les tramways devraient être interdits. Ils tuaient des gens, bloquaient la circulation, déraillaient et coûtaient cher.

« Les tramways pèsent si lourd qu'ils cassent leurs propres rails. Et ils accueillent si peu de gens en fait !

1. Chef d'orchestre finlandais (1856-1933).

82

Vous avez déjà vu un métro foncer sur une voiture ?
Hein ? »

Un grand chauve, dont les yeux bleus les regardaient
d'un air de défi dans le rétroviseur. Où avaient-elles
pu le rencontrer ? Siiri réfléchit activement, mais
aucun de ses étranges instincts ne semblait en état
de marche.

« Eh non, vous n'en avez jamais vu, parce que les
métros roulent sous terre. Et vous n'avez pas vu non
plus la façon dont ce tramway a failli nous foncer dessus
à l'instant. Qu'on nous vire les trams et qu'on mette
un métro à la place. Tout en sous-sol. Plus besoin de
se les geler aux arrêts, plus de collisions et de gens
renversés. Même vous vous ne prendriez pas le taxi,
si on avait un vrai métro à Helsinki. On n'aurait plus
du tout besoin de taxis.

– Mais alors vous n'auriez pas de travail, dit Irma
avec inquiétude.

– C'est vrai, mais en fait, mon vrai métier c'est
cuisinier.

– Cuisinier ? Mais alors vous pourriez venir travailler à la résidence du Bois du Couchant, vu que
notre cuistot est mort. Peut-être le connaissiez-vous ?
Il s'appelait Tero ou Pasi. »

Irma parlait comme s'il n'y avait au monde qu'un
seul cuisinier appelé Tero. Parfois, elle était si simplette
que Siiri avait honte.

« Tero Lehtinen ? » Il tourna son regard vers elles.
« Oui, le Bois du Couchant. »

C'est alors que Siiri se rappela où elle l'avait rencontré : à l'enterrement de Tero ! C'était lui qui avait
si joliment parlé des anges, qui les avait aidées à
accéder au cercueil et lui avait ramassé son coussin,

et lui aussi qui lui avait jeté un regard étrangement inquisiteur, tout comme à présent.

« Je crois que nous nous sommes déjà rencontrés, dit Siiri, et il acquiesça ; il les avait reconnues mais pensait qu'elles ne se souviendraient pas de lui. Nous sommes vieilles, c'est vrai, mais il y a certaines choses dont nous nous souvenons quand même. Par exemple une belle paire d'yeux bleus. »

Elle regretta immédiatement de se mettre ainsi à flirter alors qu'on était censé parler de Tero. Irma prit son miroir et son peigne dans son sac à main et entreprit d'arranger sa coiffure, ayant compris que le chauffeur n'était pas un simple chauffeur mais une personne déjà croisée.

« Qu'est-ce que vous savez de la mort de Tero ? Anna-Liisa laisse toujours entendre qu'elle est bien informée à ce sujet, mais je ne la crois pas vraiment. Plein d'histoires sordides circulent à la résidence, et Anna-Liisa a tendance à se complaire là-dedans. C'est une autre pensionnaire du Bois du Couchant, elle est locataire dans l'escalier A comme nous, mais elle n'a qu'un studio, alors que nous, nous avons des F2 vraiment spacieux. Bon, c'est vrai que ces imbéciles ont regroupé le salon et la cuisine, je n'aime pas du tout ça quand on voit l'évier depuis le canapé, mais bon, ce n'est pas le sujet. Vous n'avez pas l'air d'être un vrai chauve, c'est juste que vous voulez être chauve et que vous vous êtes rasé les cheveux, n'est-ce pas ? Est-ce qu'il faut se les raser chaque matin, comme la barbe ? Tero avait de très longs cheveux, et d'une belle teinte. Vous étiez un bon ami de Tero ? Parfois je crois qu'il se faisait même une queue-de-cheval. »

Ils étaient arrivés devant le Kämp, côté rue piétonne. Le chauffeur coupa le taximètre et le moteur, puis se tourna vers elles, sans donner l'impression de vouloir être payé pour le trajet. Il parla d'anges, en ajoutant pour une raison inconnue des allusions aux Enfers. Les anges en question s'étaient renseignés sur ce qui se passait au Bois du Couchant, et ils n'étaient pas contents de ce qu'ils avaient appris. Et tout était apparemment lié à la mort de Tero. Siiri et Irma s'arrachaient les cheveux pour essayer de comprendre le récit laconique que leur faisait le chauffeur.

« Tero n'a pas tenu le coup, dit-il en conclusion.

– Tero aussi était un ange ? demanda Siiri.

– Non, trop sensible pour tous ces trucs. Il faisait plutôt dans la pédale. Mais c'était un ami.

– Et sinon, ces anges des Enfers, ce sont des sortes de troupes d'élite de la police ? demanda Irma d'un air sérieux, mais le chauffeur répondit presque avec colère que les anges étaient tout sauf des flics.

– Alors ce sont des criminels, c'est ça ? » insista-t-elle, avec un courage certain puisque leur interlocuteur venait d'expliquer qu'il était lui-même un de ces anges.

Il ne répondit pas, se contenta d'émettre un grognement peu engageant. Elles se dirent que la conversation était terminée, et Irma prit son porte-monnaie pour payer la course.

« Il se passe pas mal de choses dans votre résidence, et la police s'en fout complètement. »

Elles ne voyaient pas le rapport entre la police et le Bois du Couchant, et se demandaient toujours si l'homme était un bandit ou pas. Mais il voulait manifestement leur dire quelque chose, si bien qu'Irma lui proposa d'arrêter de faire le taxi pour le moment et de venir déjeuner au Kämp avec elles. Il eut d'abord l'air surpris, puis il dit que c'était une bonne idée.

« Je m'appelle Irma Lännenleimu, et voici mon amie Siiri Kettunen », dit Irma une fois qu'elles furent descendues devant le Kämp.

L'homme dit s'appeler Mika, prénom qui comme Pasi et Tero leur faisait l'effet d'un coup de hache.

« Pardon, j'ai mal entendu ton nom de famille, Mika. On peut se tutoyer, hein ? »

Irma lui serra la main et ne la lâcha pas avant qu'il ne se fût présenté jusqu'au bout.

« Korhonen. Mon nom de famille c'est Korhonen, donc Mika Korhonen, quoi. Appelez-moi Mika.

– C'est moi qui offre le déjeuner, Mika », dit Irma, et ils entrèrent dans le Kämp, qui était un peu différent de ce qu'Irma et Siiri avaient pensé.

Trop de plastique et de fioritures un peu partout, on voyait que tout était neuf et non authentique. Mais elles n'en dirent rien, pleines de tact, pour ne pas froisser leur ami Mika Korhonen. Elles ne savaient pas quoi manger car la carte regorgeait de mots bizarres qu'elles ne comprenaient pas. Les rations étaient infinitésimales. Voilà ce qu'était devenue la nourriture depuis que ce n'était plus une nécessité vitale mais un passe-temps recherché. C'était tout autre chose pendant et après la guerre, et on ne s'amusait pas avec.

« Toi aussi tu fais ce genre de petits… plats ? » demanda Siiri à Mika, qui répondit qu'il était plutôt amateur de plats traditionnels.

Il savait même faire des choux farcis, ce qui était plutôt rare. Il avait travaillé à la cantine de l'université, dans le bâtiment principal, jusqu'à ce qu'ils fissent appel à un sous-traitant.

« Dire qu'en Finlande on ose sous-traiter la nourriture ! protesta Irma.

– Le propriétaire a changé et je me suis fait virer. Je me suis mis à faire le taxi », expliqua Mika.

Les deux femmes eurent tellement pitié de lui qu'elles commandèrent du vin rouge, mais il refusa de boire, comme il avait sa voiture devant la porte.

« Stationnement interdit, dit-il avec un beau sourire.

– Ah oui, c'est vrai que tu n'aimes pas la police, fit Irma, et ils trinquèrent ; Mika à l'eau, Irma et Siiri au vin rouge, pendant qu'Irma expliquait qu'elle ne buvait jamais rien d'autre que du vin rouge, et que c'était une chance d'avoir pris un taxi au lieu de venir en schtramvay comme Siiri l'aurait voulu.

– Le problème, au Bois du Couchant, c'est la mafia gay », dit Mika, et aussitôt Irma et Siiri furent tout ouïe.

Elles ne comprenaient pas tout, et savaient qu'elles allaient oublier la moitié de ce qu'elles entendaient, mais elles se donnaient beaucoup de mal pour ne pas perdre le fil. Mika parlait de médicaments mais semblait les confondre avec des drogues. Siiri ne comprenait pas en quoi un traitement prescrit à des vieux par un médecin pouvait être dangereux pour des jeunes.

« La came ça marche aussi pour vous. Mais là c'est légal.

– Moi je ne prends que mon antidiabétique », s'empressa de dire Siiri pour que Mika ne se fît pas une fausse idée d'elle.

Irma prit sa dosette dans son sac à main et commença à se demander ce qu'étaient au juste tous ces comprimés colorés.

« Là c'est ma pastille de glucose, et là mon médicament pour m'endormir, il est très doux, ce n'est pas un somnifère, ça aide juste à dormir vite, pouf. Ça, c'est mon amaryllis, et ça, c'est pour la tension, et ces deux-là je ne sais pas ce que c'est finalement. Tu sais, toi ? »

Mika ne savait pas. Siiri eut l'impression que de nouveaux médicaments étaient apparus dans la dosette d'Irma. Mika prit une pilule de chaque et dit qu'il allait se renseigner. Elles furent rassurées. Cela voulait bien dire qu'il avait envie de les aider. Ou peut-être avait-il l'intention de vendre les pilules d'Irma à quelque malfrat ? Sans doute pas, car c'était un jeune homme de bonne compagnie, calme et charismatique à sa façon. Un grand garçon qui faisait des choux farcis. Les maris de Siiri et d'Irma n'avaient jamais fait la cuisine, ils ne savaient même pas se faire du café à la machine. Une fois, Veikko avait dû se faire cuire un œuf car Irma avait une forte fièvre ; on avait alors découvert que même un œuf peut brûler, devenir noir à l'extérieur et vert à l'intérieur. Irma prit un malin plaisir à décrire la façon dont leur cuisine avait failli partir en fumée parce que Veikko avait tenté de survivre en se faisant cuire un œuf. Mika rit de bon cœur.

« Tu m'as l'air d'être un homme courageux et plein d'humour, dit Siiri. Est-ce que tu aurais assez d'humour et de courage pour oser venir nous voir au Bois du Couchant ? »

Mika sourit aimablement, les remercia pour l'invitation et promit de passer les voir. Irma et Siiri en furent enchantées, et Irma paya l'addition avec deux billets de 50 euros. Elle demanda à Siiri de calculer combien le déjeuner avait coûté en nouveaux marks, mais Siiri refusa de le dire car Irma avait promis de les inviter, et cela ne se faisait pas de s'étonner ouvertement du total d'une addition.

« Ah mais, ma fête d'anciens camarades ! » s'écria Irma, et c'est seulement alors que Siiri se rappela pourquoi elles s'étaient lancées dans cette équipée.

Le serveur était à leur table, en train de compter la monnaie, et Irma entreprit d'expliquer qu'elle devait faire une réservation pour dans deux semaines, le mercredi midi.

« Nous avons une fête d'anciens camarades, avec une de mes classes, tous les premiers mercredis du mois. Avec mes autres classes ce n'est pas aussi souvent. J'ai redoublé quatre fois, à l'époque, et maintenant qu'il reste si peu d'anciens, moi on m'invite à toutes les fêtes. C'est très amusant. Le premier mercredi du mois c'est déjà dans deux semaines, non ? Le temps passe à une vitesse folle, pas vrai ?

– Oui, répondit le serveur un peu déconcerté. Pour combien de personnes, la réservation ?

– Ah ben ça, je n'ai aucun moyen de le savoir ! s'esclaffa Irma en agrippant le bras du serveur comme s'il venait de faire une blague comique au plus haut point.

– Vous ne savez pas combien de personnes il y aura à déjeuner ?

– Mais non. Il en meurt chaque semaine ! *Döden, döden, döden.* J'ai quatre-vingt-douze ans, mais je ne suis pas assez intelligente pour prédire combien j'aurai d'anciens camarades encore en vie le premier mercredi du mois. Vous pouvez comprendre cela, non ?

– Certainement », répondit le serveur avant de faire venir le maître d'hôtel.

En fin de compte, c'est Mika qui régla la question, en homme du monde. Il réserva pour la classe d'Irma une table de dix personnes pour le premier mercredi de mars, qui était dans une semaine.

« Et on va mettre une clause de décès, que le personnel ne soit pas surpris s'il y a un peu moins de monde que prévu », dit Mika au maître d'hôtel ; et quand un homme de cette taille dit des choses à voix basse, il n'est nul maître d'hôtel qui ne se soumette à sa volonté.

Mika les reconduisit au Bois du Couchant, et en chemin, Irma et Siiri expliquèrent ce qu'était le Symposion, qui était Robert Kajanus et pourquoi Gallen-Kallela avait peint Oskar Merikanto à partir d'un navet. Mika ne voulut pas être payé pour la course, mais Irma jugeait qu'il devait être rémunéré, et elle le força à prendre un billet de 50 euros.

« Mais tu en as combien de billets comme ça ? demanda Siiri tandis qu'elles arrivaient chez elles, chacune cherchant sa clé dans son sac à main.

— C'était le dernier, répondit-elle avec nonchalance. Mais je peux en prendre d'autres dans le mur. Et puis quand il n'y en aura plus, on mangera à nouveau du gratin de foie un peu moisi. Ah, quelle belle journée ça a été ! »

XII

Siiri Kettunen se rendait chez Irma pour un café soluble, uniquement vêtue de sa chemise de nuit à petits pois, quand elle remarqua un paquet sur sa boîte aux lettres. Au Bois du Couchant, tout le monde avait devant sa porte, dans le couloir, une grande boîte aux lettres, au lieu de la fente métallique qu'on trouvait sur la porte des vrais appartements. La chef de service Virpi Hiukkanen avait expliqué que c'était là aussi une façon de respecter la vie privée des résidents et d'améliorer la sécurité. Siiri s'étonna de voir ce paquet. Elle ne recevait jamais rien, même pas des lettres ou des cartes postales. Juste des prospectus. De plus, il n'était que 9 heures du matin et le facteur ne passait pas si tôt. Elle prit le paquet et alla chez Irma.

« Ne l'ouvre pas », dit celle-ci. Elle non plus n'était pas habillée. Elle lisait un journal, assise en peignoir dans son fauteuil à décor de feuilles de rose, et regarda le paquet d'un air suspicieux. « Il n'y a même pas de nom d'expéditeur. »

C'était vrai. En fait, le paquet n'était même pas adressé à Siiri, si bien qu'il était impossible de savoir s'il lui était bien destiné. Peut-être l'avait-on simplement oublié sur sa boîte aux lettres. Ou peut-être venait-il de quelqu'un du Bois du Couchant.

« Ah, mais alors tu as vraiment un admirateur ! s'enthousiasma Irma en jetant son journal par terre. Qui est-ce que ça peut être, vu que le prote est au service fermé ? Lui, pour le coup, il soupirait activement, il t'appelait la belle au Bois du Couchant.

– Ne dis pas n'importe quoi !

– Ah, mais ça pourrait être le mari de Margit Partanen, continua Irma, qui prenait grand plaisir à ce genre de fadaises. Margit est tout le temps bougonne, et lui, il a manifestement de la virilité à revendre, ça s'entend tous les après-midi dans le couloir. Il t'a beaucoup regardée, à l'enterrement de Tero. »

Elle fit bouillir de l'eau, réchauffa de la soupe de pois au micro-ondes et prit dans son armoire un gâteau au chocolat déjà entamé : elle avait des restes sur les bras car certains de ses petits chachous n'étaient pas venus la voir la veille. Siiri trouvait bizarre que les petits chachous n'invitent jamais Irma chez eux ou au restaurant, et préfèrent venir chez elle et mettre les pieds sous la table, comme s'ils étaient encore des enfants. Le gâteau et la soupe allaient étonnamment bien avec le café soluble.

« Le gââteau, corrigea Irma. Le gââteau et la sou-soupe de pois, c'est comme ça qu'on dit. Un peu de vin rouge ? »

Siiri fit remarquer qu'il n'était que 9 heures, mais Irma refusa de la croire et lui versa un plein verre.

« Comment tu pourrais avoir du courrier s'il n'était que 9 heures ? »

Siiri dut tout réexpliquer : le paquet n'avait même pas de timbres. Ce n'était pas le facteur qui l'avait apporté.

« Ah oui, c'est vrai, dit Irma en prenant une longue gorgée de rouge. Du vin et du gââteau, ça c'est du nanan. Crois-moi, ça vient du mari de Margit. Qu'est-ce qu'il y a dedans ? Pourquoi tu ne l'ouvres pas ? Et si c'était une petite culotte ?

– Mais tu es complètement folle ! » s'emporta Siiri.

Elle rappela à Irma qu'elle venait de lui interdire elle-même d'ouvrir le paquet, mais son amie n'était pas dans un grand matin. Siiri décida de descendre le paquet à l'administration de la résidence, car il était indubitablement louche.

« Attends, je viens d'entraver ! » proclama Irma entre deux grands *slurp*.

Puis elle esquissa une grimace malencontreuse – la cuiller d'argent, la soupe de pois et le vin rouge n'allaient pas très bien ensemble.

« Le paquet vient d'Erkki Hiukkanen. Il demande pardon de m'avoir surprise nue un matin il y a long-temps. Je n'ose plus dormir à poil, alors que j'adore ça. Regarde, j'en suis réduite à mettre des pantalons en soie et des chemises quand je dors, à cause du concierge !

– Mais Irma, le paquet était sur *ma* boîte aux lettres »,
dit Siiri, passablement désespérée.

Irma se demanda si l'intendant général avait pu
confondre leurs boîtes aux lettres, et si l'heure était
assez avancée pour qu'elle s'accordât le whisky que le
médecin lui avait prescrit, étant donné que le vin rouge
était mauvais. Il devait être gâté. Elle croyait boire trop
peu de vin rouge, et qu'à cause de cela son vin avait
le temps de se gâter avant que le cubi ne fût vide.

« Il faudrait suggérer aux Alko[1] de proposer des
boîtes individuelles plus petites. Le vin est plus léger
à porter dans un cubi que dans une bouteille en verre,
et il se trouve que j'aime bien faire à pied l'aller-retour
vers l'Alko de Munkkivuori. »

Siiri descendit avec son mystérieux paquet, et ne
remarqua qu'une fois dans l'ascenseur qu'elle était
en chemise de nuit. Irma avait réussi à la perturber à
son tour. Ou bien c'était le paquet, enfin toute cette
histoire. Elle fit demi-tour, alla à son appartement,
s'habilla et se reprépara à descendre. Tout allait très
lentement, mais après tout elle avait du temps, toujours
du temps. Le temps pouvait même s'acheter, de nos
jours. Le petit ami de la fille de son petit-fils lui avait
acheté du temps sur son billet de tramway, et comme
ça elle n'avait jamais besoin de payer pour voyager.
Elle chercha longuement sa canne et ne la trouva nulle
part. Mais qu'importe, elle se débrouillait très bien sans.
Elle pensa bien à prendre le paquet, en revanche, juste
avant de fermer la porte derrière elle.

Le rez-de-chaussée était déjà animé. L'ambassadeur
jouait aux cartes avec le couple Partanen, et quand bien

1. Magasins d'État ayant en Finlande le monopole de la vente
de vins et d'alcools forts.

même Siiri ne croyait pas un mot de ce qu'avait raconté Irma, elle se sentit un peu gênée en leur compagnie.

« C'est quoi ce paquet ? demanda l'ambassadeur.

– Ben en fait, je ne sais pas », dit Siiri en essayant de voir comment réagissait le mari de Margit Partanen. Il ne réagissait pas. Il paraissait n'avoir jamais rencontré Siiri.

« Eino Partanen, agronome », dit-il en se levant et en lui tendant la main.

À vrai dire ils n'avaient jamais officiellement fait connaissance. Les nouveaux pensionnaires du Bois du Couchant se mêlaient peu à peu aux autres, subrepticement, et il y en avait même dont personne ne savait rien. De sorte que le mari de Margit n'était peut-être pas aussi incohérent qu'il pouvait le paraître. Siiri se présenta donc aussi, sans préciser son métier, mais avant qu'ils ne pussent se serrer la main, Margit força son mari à se rasseoir et à se taire.

« Pourquoi vous ne l'ouvrez pas ? » s'étonna l'ambassadeur, et Siiri expliqua qu'elle allait le rendre.

L'ambassadeur entreprit d'évoquer les genres de paquets qu'il avait dû ouvrir lors de ses passionnantes missions diplomatiques au moment de la guerre froide, dans des pays communistes, mais personne ne l'écoutait. Margit morigénait son mari tremblotant. Siiri souhaita bonne continuation à la tablée puis se rendit au bureau de la directrice Sundström, où brillait encore la pâle lueur d'une bougie, manifestement pour améliorer l'ambiance.

« Ah tiens, quelle surprise, dit gaiement Sinikka Sundström en demandant à Siiri de s'asseoir. Comment vas-tu ?

– J'ai reçu un paquet. »

Siiri aimait entrer dans le vif du sujet, et de plus il était inutile de fatiguer la directrice plus qu'il n'était nécessaire. Elle donnait une nouvelle fois l'impression d'avoir pleuré toute la nuit, elle avait les cheveux collants et les yeux rougis. Siiri eut pitié d'elle.

« Je pense que ce paquet est une erreur. Il n'y a pas de nom, ni le mien ni celui de l'expéditeur. Je me suis dit que vous pourriez regarder ce que c'est que ce paquet et à qui il appartient. »

Sinikka Sundström regardait, terrifiée, le paquet de Siiri. Elle n'osait même pas y toucher, elle croyait vraisemblablement que c'était une bombe. Siiri retournait le paquet entre ses mains et souriait, pour faire comprendre à Sundström qu'il ne s'agissait pas d'un attentat. La directrice était pétrifiée. Siiri essaya de l'aider.

« Peut-être que je devrais l'apporter à quelqu'un d'autre ? L'affaire relève sans doute plutôt du responsable qualité Pertti Sundström ou de l'intendant général Erkki Hiukkanen ? »

Une expression soulagée apparut sur les traits de la directrice. Elle saisit son téléphone et demanda à Virpi Hiukkanen de venir. L'instant d'après, la chef de service se tenait devant l'étagère des dossiers, sans rien dire, ruminant sa gomme à mâcher. Siiri la soupçonnait d'être une fumeuse repentie, autrement aucun adulte sensé n'aurait ainsi mâchonné du chewing-gum en permanence.

« Tu peux aider Siiri ? Elle est un peu embarrassée par ce paquet, dit Sinikka Sundström en les reconduisant à sa porte et en leur donnant de petites tapes sur l'épaule pour se calmer elle-même. Bonne journée ! Salut ! »

Virpi ne regarda même pas Siiri ; elle retourna à son bureau en quelques longues enjambées. Siiri lui courut après. Quand elle fut entrée, la chef de service claqua la porte, colla sa gomme à mâcher dans un bol sur la table et se saisit du paquet.

« Où tu as trouvé ça ? Qu'est-ce que tu essaies d'insinuer ? Pourquoi es-tu allée porter le paquet à Mme Sundström ? »

Puis elle reprit sa respiration, effleura ses cheveux fins et essaya de reprendre plus calmement.

« Les principes de base de la résidence du Bois du Couchant incluent, en plus de la sécurité, le respect de la vie privée », dit-elle comme si l'énumération de ces principes de fonctionnement était un mantra apaisant.

Mais le mantra ne fonctionna pas. Trois secondes plus tard, Virpi Hiukkanen était lancée et n'arrivait même pas à s'asseoir. Elle s'agitait d'avant en arrière, et hurlait si fort que même un dément sourd comme un pot au fin fond du Foyer collectif devait tout entendre.

« Qui t'a apporté ce paquet ? Qui et à quelle heure ? Tu l'as ouvert ? Ne fais pas l'innocente, je te connais. Tu dois me dire tout ce que tu sais de ce paquet. Tout ! Dis-moi qui te l'a donné ! Ou bien c'est toi qui l'as mis là ? Et tu l'as mis où ? »

Irma Lännenleimu aurait été la femme de la situation. Elle seule aurait su se défendre devant la crise de rage folle de Virpi. Siiri imaginait la façon dont Irma aurait dit que la résidence garantissait uniquement la solitude, et non le respect de la vie privée, mais elle se sentit faible et ses yeux se brouillèrent.

« Aidez-moi, dit-elle en s'appuyant sur le bord de la table, mais Virpi ne s'arrêta pas.

– Ne joue pas les femmes fragiles. Qui t'a laissé ce paquet ? Dis-moi la vérité !

– J'ai la tête qui tourne », réussit encore à dire Siiri avant de tomber sur le plancher.

Un choc sourd retentit, bien que Siiri ne fût qu'une petite vieille toute menue : elle avait emporté dans sa chute une chaise et une partie des piles de papiers qui traînaient sur le bureau.

Quand elle reprit conscience sur le sol du bureau de la chef de service, il n'y avait plus personne. Elle n'avait aucune idée du temps pendant lequel elle était restée couchée là toute débraillée. Elle eut honte et tenta de se lever, mais cela ne marcha pas comme d'habitude. Elle dut attendre un instant. Elle fit bouger ses yeux : ils semblaient fonctionner normalement. Le silence régnait, sauf que sa tête sifflait et vrombissait, mais c'était normal à son âge. Elle remua prudemment ses deux pieds : ils bougeaient et paraissaient intacts. Elle leva les mains en l'air. La main droite lui faisait un peu mal, ainsi que son flanc. Elle se préparait à se mettre en position assise quand le téléphone de Virpi Hiukkanen se mit à sonner. Aussitôt, celle-ci surgit du couloir pour répondre.

« Tu es encore là, toi ? » dit-elle à Siiri en l'enjambant. Le coup de téléphone fut bref. La chef de service dit simplement : « C'est moi qui l'ai. Je te rappelle. »

Puis elle raccrocha, et enjamba de nouveau Siiri, de sorte que celle-ci eut un aperçu du jupon noir que Virpi portait sous sa jupe, et se demanda en un éclair comment il pouvait encore y avoir des gens pour porter des jupons dans le monde moderne. C'était si malcommode.

« Tu peux venir m'aider ? » cria Virpi dans le couloir.

Une jeune infirmière stagiaire entra, sans apparemment s'étonner le moins du monde de trouver Siiri Kettunen gisant par terre chez la chef de service. Elle la releva sans rien dire, avec des gestes tâtonnants, peu assurés, et la poussa vers l'ascenseur. Siiri avait du mal à croire qu'une jeune infirmière ne sût même pas aider quelqu'un à marcher en douceur, sans lui faire mal. Qu'est-ce qu'on leur apprenait dans leur école d'infirmières ?

« Pardon, mais j'ai un peu peur, dit la fille. Je n'ai jamais rencontré de personnes âgées. Nous, on s'entraîne avec des mannequins.

– Tu n'as pas de grand-mère ? demanda Siiri étonnée, en se soustrayant à la poigne brutale de la stagiaire.

– Mamie a soixante-sept ans, elle n'est pas trop vieille.

– Pas comme moi ! Tu pourrais être mon arrière-petite-fille. Et si je t'adoptais ? »

La fille se risqua enfin à rire. Siiri lui donna des conseils sur la façon d'offrir son bras à quelqu'un, sans s'y agripper de force. Elles allèrent ainsi bras dessus bras dessous jusqu'aux ascenseurs, et Siiri dit qu'elle se débrouillerait sans aide pour la suite, car elle se sentait déjà plutôt forte à côté de cette petite froussarde.

« Qu'est-ce qui vous est arrivé, là-bas ? demanda la stagiaire d'un air inquiet.

– Je crois que j'ai eu une crise d'arythmie, dit Siiri, mais la fille ne la crut pas, car d'après elle les arythmies pouvaient être fatales, alors que Siiri allait bien.

– Vous vous êtes juste évanouie. Ça arrive à cet âge-là, à ce qu'on nous a dit. C'est tout à fait bénin. Rappelez-vous de boire beaucoup d'eau chaque jour. »

L'ascenseur arriva sur ces entrefaites. La petite stagiaire fragile fit de grands signes démonstratifs à Siiri et s'en retourna si vite que sa queue-de-cheval virevolta avec énergie de droite et de gauche. Siiri l'aimait bien, cette fille : un jour, elle deviendrait une bonne infirmière.

Seule dans l'ascenseur, elle se disait que tout, dans sa vie, avait été ordinaire : jeune, les douleurs de croissance, les douleurs menstruelles, la peur de la grossesse et de l'enfantement ; à l'âge mûr, la fatigue, l'aboulie, l'insomnie et la migraine ; vieille, les élancements, les picotements, les raideurs, la tête qui vrombit, les oreilles qui sifflent, et désormais les arythmies cardiaques. Mais pas la mort. Elle se sentit de nouveau prise de faiblesse. Sa tête la martelait. Elle s'adossa à la cloison de l'ascenseur et s'accrocha à la rampe des deux mains. Dans le miroir, une femme affreusement vieille et blême la regardait.

« *Döden, döden, döden* », salua-t-elle le monstre du miroir avant de marcher lentement vers son appartement.

À la porte, elle s'avisa qu'elle avait laissé le mystérieux paquet dans le bureau de Virpi Hiukkanen, et se dit qu'après tout, c'était là sa place.

« Quelle joie quand on n'a aucune obligation et qu'on peut faire un roupillon à tout moment », se dit-elle à haute voix, puis elle s'allongea sur le lit, soupira et ferma les yeux.

Voilà de quoi elle aurait l'air quand elle mourrait, espérait-elle. Heureux ceux qui mouraient dans leur sommeil.

XIII

« Mais quel paquet ? » demanda Irma tandis qu'elles dînaient chez Siiri.

Cette dernière avait réchauffé des crêpes au sang : elles aussi étaient souvent en promotion au « N'y-allez-pas ». Une boîte suffisait amplement pour deux personnes, et les crêpes étaient délicieuses avec de la confiture d'airelles.

Irma aussi avait fait la sieste, ce qui était une bonne chose, car si elle avait bu du whisky et du vin rouge en continu depuis son café du matin, Dieu sait dans quel état elle aurait été. Du coup, elle ne se rappelait pas ce qui s'était passé le matin. Siiri réexpliqua tout. Quand elle en arriva, dans son récit, au bureau de Virpi Hiukkanen et à la crise d'arythmie, Irma se fâcha tout rouge. Elle trouvait absolument scandaleux que dans une résidence pour vieux fussent employés des gens qui ne s'intéressaient aucunement au bienêtre d'autrui.

« Mais c'est illégal, de laisser une vieille évanouie par terre ! Comme si c'était quelque chose de bénin !

– Il n'y a sûrement pas de loi à ce sujet, dit Siiri pour la calmer, mais Irma était bien lancée.

– Oh que si, il y a bien une loi pour garantir la sécurité des vieux. Ils ont des règles précises sur la façon de promener des cochons, alors tu penses ! J'ai lu dans le journal que les cochons doivent être dehors chaque jour, et que quand ils ne sont pas habitués, leurs jambes souffrent de ces promenades incessantes. Je trouve ça plutôt comique. »

Elle rit joyeusement, se moucha dans un mouchoir en dentelle et réfléchit un moment.

« Si on pouvait former les vieux pour en faire des trouveurs de truffes, on ferait d'une pierre deux coups. D'une pierre deux schtroumpfs, comme dit un de mes petits chachous. Les vieux et les cochons se promèneraient ensemble dans la forêt, et ils trouveraient des truffes – ça fait même trois schtroumpfs ! Ou alors des champignons : il paraît que les gens ne savent plus faire la différence entre une russule et un hydne. Au fait, la truffe, c'est un champignon ? »

Siiri n'en savait rien, donc Irma continua son baratin. Une fois, avec son mari, elle avait mangé à Prague des truffes que le serveur rabotait sur une balance postale pour faire une portion qu'on payait en fonction du poids. Elle poussa un long soupir, regretta muettement son défunt mari, puis se rappela tout d'un coup de quoi elles parlaient à l'origine.

« Il faut qu'on envoie une plainte à propos de Virpi Hiukkanen. Je m'en charge. Tu as du papier et un stylo ? »

Avant que Siiri n'eût le temps de répondre, Irma fouillait déjà dans ses tiroirs et regardait de vieilles photos.

« Qui est cette beauté ? » demanda-t-elle en examinant un cliché de Siiri en habit d'infirmière de guerre.

Siiri donna à Irma du papier et un stylo, en se demandant à quelle autorité on pouvait bien adresser une plainte dans ce genre de cas.

« Il doit bien y avoir un endroit », dit Irma d'un ton décidé, puis elle déclara qu'elle allait sans plus attendre écrire au conseil d'administration de la résidence. « Ils doivent bien en avoir un. Leur histoire de responsable qualité qui travaille au Port de pêche, ce n'est pas sérieux. »

Elle s'assit à la table et, tout en écrivant, posait toutes sortes de questions auxquelles Siiri n'avait pas les réponses.

« Combien de temps tu es restée évanouie ? Virpi t'a vraiment accusée à cause du paquet ? Est-ce que tu as demandé de l'aide avant de tomber dans les pommes ? Quelqu'un avait déjà constaté tes problèmes d'arythmie ? »

On aboutit au bout du compte à une plainte tout à fait crédible. Siiri était fière d'Irma, et pleine de reconnaissance, car Irma avait bien raison : un tel traitement ne pouvait être toléré dans aucune résidence. Ni aucun autre endroit, à vrai dire.

« Si tu voyais une dame évanouie dans la rue, tu crois que tu l'enjamberais comme ça avant de continuer ton chemin ? » demanda Irma en la regardant, les yeux flamboyant d'une colère attisée par sa haine de l'injustice.

Elles étaient convaincues que le conseil d'administration du Bois du Couchant se pencherait sur la question. Elles prirent dans la bibliothèque de Siiri le dossier de renseignement de la résidence, le classeur bleu distribué à tout le monde. Il y était expliqué que le Bois du Couchant était une propriété de la fondation Soin et amour des personnes âgées, dont le conseil d'administration comprenait quatre inconnus, et Virpi Hiukkanen.

« Comment peut-elle être son propre chef ? » s'étonna Irma.

Elles décidèrent de rédiger quatre plaintes et de les envoyer personnellement aux autres membres du conseil d'administration. Siiri avait encore des enveloppes et des timbres du dernier Noël.

« Des timbres de Noël ? Tu es sûre qu'ils sont encore bons ? »

Mais comme les timbres portaient la mention *première classe*, ils devaient être bons, même s'ils représentaient des lutins du père Noël. Ce fut un rude travail que d'écrire la même lettre encore trois fois, mais Siiri fit du café soluble, et quand elle sortit le vin rouge de son armoire à produits de ménage, Irma se porta tout de suite mieux.

« Senior abandonné à son sort », tel était le titre de la plainte. On y expliquait ce qui s'était passé, où et quand, et à la fin on exigeait une résolution rapide de l'affaire, et au moins des excuses. Siiri voyait cette dernière doléance d'un mauvais œil car elle trouvait repoussante la perspective de voir Virpi Hiukkanen venir lui présenter des excuses. Celle-ci ne ferait que simuler son regret, et elle risquait de prendre Siiri dans ses bras en signe de contrition. Ce serait encore pire que les sempiternelles accolades de Sinikka Sundström, car Virpi était une femme dure et osseuse. C'était bizarre, cette manie d'étreindre au lieu de serrer la main. Le fils de Siiri, celui qui était mort d'obésité, lui aussi étreignait à tout bout de champ alors qu'il n'arrivait même pas à faire le tour de son ventre avec ses bras. Et qu'il était mignon quand il était petit ! Siiri n'avait jamais oublié l'image de son fils assis dans son landau blanc, et souriant, toujours souriant. Quand par hasard il pleurait, il ne criait pas, ses grandes larmes coulaient sur ses joues mais il restait tranquille et avait l'air d'un ange.

« Moi je crois au pardon. Le Nouveau Testament est bien meilleur que l'Ancien », dit Irma, mais elle n'en dit pas davantage, car elle savait que Siiri ne s'intéressait pas à ces questions.

Elles partirent aussitôt mettre les lettres à la poste. À la grande surprise de Siiri, Irma proposa de prendre le schtramvay jusqu'au centre-ville.

« On ne peut pas déposer ce genre de lettres dans la boîte aux lettres de la résidence. Virpi n'aura aucun mal à venir les lire. Je n'ai aucune confiance en cette femme, ni en son mari. »

À la grande poste près de la gare ferroviaire, elles ne trouvèrent pas de boîte où mettre leurs lettres ; elles trouvèrent en revanche toutes sortes de babioles, des lutins, des tasses, des tabliers, des porte-clés.

« Est-ce qu'il y a un endroit où on peut déposer les lettres, ou est-ce que les bureaux de poste ne servent plus à ça ? demanda Irma à une caissière assise derrière des barres chocolatées et des catadioptres.

– Ah, ben vous pouvez me les laisser », dit la demoiselle.

Elles lui laissèrent les quatre lettres, regardèrent un instant alentour et se disputèrent pour savoir si cette poste était encore la poste centrale, s'il était possible que le même architecte eût dessiné la maison de la Poste et la piscine olympique, si la poste centrale était plus efficace qu'une autre poste, si une poste centrale était bien nécessaire, et pourquoi diable quelqu'un déciderait de transférer la poste centrale en banlieue, à Pasila, alors que Pasila avait déjà la bibliothèque centrale ; puis elles remarquèrent qu'il y avait une bibliothèque dans le bureau de poste, et elles allèrent y lire les journaux. Mais il n'y avait aucune nouvelle intéressante, juste des petites ministresses qui se crêpaient le chignon, des interviews de célébrités inconnues et quelques tribunes sur le mauvais traitement dont étaient victimes les personnes âgées. Siiri put donc convaincre Irma de repartir pour une virée dans le tram n° 6. Il fallait bien sûr commencer par se rendre à l'arrêt suivant en empruntant le 10, dont Irma n'aimait pas l'odeur.

« C'est sans doute ça, la myrrhe dont parle la chanson des Petits Chanteurs à la croix de bois, dit-elle avant de chanter le passage, de sa voix de fausset. *Et ils s'empressèrent d'aller quérir l'or, l'encens et la my-y-rrheu, la my-y-rrheu.* »

Siiri était ravie de voir Irma de bonne humeur, et

elle chanta avec elle sans honte. Les tramways voyaient passer tellement de personnages improbables que deux mamies chanteuses ne détonneraient guère. Elle savait qu'Irma adorerait le Bulevardi, et la façon dont le tramway, par cette belle journée ensoleillée, contournait un pâté de maisons en passant par la plage, après le marché de Hietalahti.

Irma s'extasia devant les vieilles bâtisses du Bulevardi, qui étaient trop imposantes au goût de Siiri. Les maisons sans fioritures lui plaisaient davantage, or il n'y en avait que quelques-unes sur le Bulevardi. L'une d'entre elles avait de larges balcons particulièrement admirables.

« Tu veux dire ce truc fonctionnaliste couleur vert caca d'oie ? Il est d'un ennui ! » s'écria Irma, avant de pousser des soupirs à la vue du vieil opéra.

Elle fredonna l'air de Chérubin jusqu'à leur arrivée au marché. L'Université technique lui paraissait plus élégante que le château présidentiel, et pendant un moment elles se demandèrent pourquoi les appartements de réception présidentiels s'appelaient château, alors que c'était juste une maison.

« Sapristi, on dirait bien qu'ils ont transformé le marché de Hietalahti en stationnement ! s'étrangla Irma.

– Oui, et dans la halle ils vendent des antiquités et non plus de la nourriture, dit Siiri.

– Tu as remarqué que les antiquités aujourd'hui, c'est vraiment n'importe quoi ? Des bols et des tabourets tout ce qu'il y a de plus ordinaires sont vendus comme des antiquités. Par contre, Wenzel Hagelstam, il est formidable. J'espère qu'ils n'arrêteront jamais son émission. Ou alors j'appellerai Yleisradio. Attends, elle passe bien sur Yleisradio ? Ah oui, mais maintenant ça doit être un autre présentateur. Quelle plaie. »

Irma se montra volubile durant tout le trajet. Elles descendirent du 6, reprirent le 10, puis le 4 au niveau du dépôt. Irma admira tellement les bâtiments qu'on avait l'impression qu'elle ne s'arrêterait jamais. Auparavant, elle avait qualifié d'indécents les murs du vieux palais des Congrès, et traité de gribouillis le maquillage noir de deux jeunes filles, tout cela sur un volume inutilement élevé. Heureusement les filles avaient des écouteurs sur les oreilles et écoutaient du rock si fort que leur vacarme résonnait dans tout le tramway et qu'elles n'entendirent pas les brocards d'Irma.

Au niveau de l'université de sciences médicales, Irma se tut un moment, regarda Siiri et demanda :

« Pardon mais tu es qui ? »

Siiri ne comprenait pas ce qu'Irma voulait dire ; elle dit qu'elle était une infirmière stagiaire venue de Kuopio, qu'elle descendait en droite ligne de Napoléon, mais cela ne fit pas du tout rire Irma, qui prit un air anxieux et demanda où on l'emmenait.

« À la maison, Irma », fit Siiri, et en disant cela, elle ne percevait que trop clairement ses battements de cœur désordonnés.

Elle se mit à transpirer. Paniquée, elle prit la main d'Irma et essaya de paraître sereine. « Je suis ta bonne amie Siiri Kettunen, et je te ramène au Bois du Couchant, chez nous.

– J'aime le son du cor le soir au fond des bois, répondit Irma tandis qu'un sourire reparaissait dans ses yeux. *Döden, döden, döden.* »

Irma était de nouveau elle-même et put donc se remettre à dégoiser à plein régime. Siiri ne l'écoutait plus ; elle se demandait, effrayée, si les soudaines incohérences d'Irma étaient des conséquences normales de la vieillesse, comme tout ce qui leur arrivait, ou si c'était quelque chose dont il fallait s'inquiéter. Et s'il lui arrivait la même chose, comment le saurait-elle ?

XIV

Irma et Anna-Liisa forcèrent Siiri à voir un méde-cin. Elles pensaient que les évanouissements de Siiri n'avaient rien d'anodin et qu'il fallait faire des exa-mens. Pour Siiri, tout cela était inutile car si le médecin lui découvrait une anomalie cardiaque, elle en serait en fait soulagée. Elle préférait mourir d'un problème cardiaque que d'un cancer ou d'un Alzheimer. Et en aucun cas elle n'accepterait de se faire soigner dans l'espoir de fêter un jour son centenaire au Bois du Couchant et de recevoir une accolade de Sinikka Sundström. C'était ce qui arrivait aux malheureux qui atteignaient un âge suffisant. La semaine précédente, un pauvre hère âgé de cent deux ans, complètement gâteux, s'était vu couvrir de fleurs et de gâteaux alors même que personne ne connaissait ne fût-ce que son nom : ni les aides-soignantes ni lui-même.

Mais Irma était devenue très méfiante en toutes circonstances, et elle soupçonnait Virpi Hiukkanen de se mêler de tout ce qui concernait les pensionnaires, y compris leur santé.

« Tu devrais prendre un tuteur, dit-elle à Siiri. Les vieux gâteux dont la famille est aux abonnés absents sont des morceaux de choix pour le Bois du Couchant. Si Virpi dit que tu es démente, ta fille la croira. Elle vit dans un cloître à l'autre bout du monde, alors tu penses. Est-ce qu'il y a au moins des téléphones, chez elle ? Alors qu'un tuteur pourra vraiment te défendre. Dans le journal, ils disaient que tous les vieux doivent avoir un tuteur.

– Tu penses qu'il faut me mettre sous tutelle ? »

Siiri était un peu vexée, même si elle essayait de ne pas prendre au sérieux les propos d'Irma, qui était de plus en plus souvent incohérente. Elle se souvenait aussi d'avoir lu que la paranoïa comptait parmi les symptômes d'Alzheimer, et elle s'alarmait de voir Irma développer de nombreux signes de démence. Irma n'en était pas moins obstinée, et ne lâchait jamais le morceau quand il était question de médecine. Elle était d'avis que leur plainte pour négligence envers personne âgée devait être accompagnée du certificat d'un médecin quant aux arythmies de Siiri, autrement personne n'accorderait foi à leur histoire. Elle argumentait sans relâche, et Siiri s'étonna fort de la voir si experte en matière de rédaction et de traitement des plaintes.

« Oh, c'est que j'en ai déjà fait. Deux plaintes au bureau provincial de l'Uusimaa. Enfin, maintenant ça s'appelle autrement, comme ils ont supprimé les provinces, je crois. Comment peut-on s'amuser à supprimer des provinces ? Imagine si un jour on nous dit que le Savo n'existe plus. Ce serait quand même pas piqué des hannetons. »

Siiri était surprise de cette histoire de plaintes au bureau provincial, car Irma n'en avait jamais dit un mot.

Irma expliqua qu'elle s'était plainte des facturations indues et des perpétuels changements de personnel.

« Chaque semaine ils changent les filles qui travaillent ici. La plupart ne parlent même pas finnois. En plus, on manque vraiment de personnel, c'est trop dur pour elles aussi puisqu'elles doivent être partout à la fois, affirma-t-elle, et soudain un étrange instinct lui livra le nouveau nom du bureau provincial de l'Uusimaa : Ah oui, le CRÉT, le Centre régional pour l'économie et les transports ! Quel nom idiot, tu ne trouves pas ? On sent tout de suite que c'est géré par des CRÉTins ! »

Se plaindre auprès de ces centres était largement inutile, à ce qu'elle disait. D'autres avaient déjà essayé. La grosse dame de l'escalier A s'était plainte parce qu'on lui faisait ses piqûres d'insuline n'importe comment, mais elle était morte avant même de recevoir un accusé de réception. Mme Kukkonen, l'aveugle, s'était plainte elle aussi parce qu'on ne lui donnait pas à manger tous les jours et que quand par hasard on lui apportait un repas, il était froid.

« Un garçon lui jetait sa part de gratin sur la table et la laissait se débrouiller. Et maintenant Mme Kukkonen est démente et dans le service fermé », expliqua Irma.

Elle ajouta que quand une plainte était traitée avant la mort d'un résident ou son basculement dans la démence, le CRÉT ou tel autre centre envoyait une gentille inspectrice boire un café avec Sinikka Sundström.

« Et c'est toujours la même ! Ritva Niemistö. Ben tiens, je me rappelle même son nom. Ensuite elle écrit des rapports où elle constate que le fonctionnement du Bois du Couchant est conforme. Et ses avis sont solennellement placardés sur le mur de l'ascenseur, tu as remarqué ? »

Effectivement, Siiri avait déjà vu ces avis, sans soupçonner qu'ils fussent dus à Irma et à ses plaintes. Son amie était manifestement bien plus rusée qu'il n'y paraissait. Peut-être ses bizarreries occasionnelles étaient-elles une pure comédie, avec Irma on ne pouvait jamais savoir. En tout cas, Siiri promit d'aller voir un médecin ; la secrétaire lui fixa un rendez-vous étonnamment proche, pour dans seulement deux semaines, quand Siiri lui expliqua qu'il s'agissait d'un problème cardiaque chez une femme de quatre-vingt-quatorze ans.

« Comme si c'était urgent ! » dit-elle à Irma en riant.

XV

Au centre médical, une femme médecin qu'elle n'avait jamais vue attendait Siiri Kettunen. Elle était si jeune que Siiri ne put s'empêcher de demander si une petite fille comme ça pouvait vraiment être médecin. C'était une erreur. Ce n'est que quand la petite doctoresse se fâcha que Siiri se rappela que les journaux venaient de sortir une foule d'articles sur de faux médecins.

« Dites-moi plutôt ce qui vous amène », dit la demoiselle médecin après avoir copieusement chapitré Siiri.

Elle lui dit d'enlever son pull, écouta ses poumons avec un stéthoscope glacé qui faillit stopper net le cœur de Siiri, et rédigea une demande d'examens urgents à l'hôpital de Meilahti. Apparemment, le stéthoscope était pour les médecins une sorte de grigri, comme le tensiomètre pour les infirmières.

« Je peux faire venir une ambulance », dit le médecin, mais Siiri trouvait cela disproportionné, si bien qu'elle remercia poliment pour l'auscultation et promit de se rendre à son examen du cœur par le premier tramway.

À Meilahti, elle attendit deux heures et demie. Avant d'être admise à ses examens urgents, elle eut le temps de lire des *Picsou Magazine*, de résoudre sept sudokus et d'apprendre par cœur l'édito d'un vieux numéro de *Santé Magazine* sur l'huile d'argousier et les problèmes de muqueuses sèches. Le spécialiste, un très bel homme, comprit ce que Siiri savait déjà : elle avait des troubles du rythme cardiaque. Il lui expliqua en long et en large qu'il souhaitait lui faire subir de nouveaux examens, et lui implanter un appareil contrôlant son cœur.

« Mais ça me ferait marcher sur quel rythme ? Pas sur un rythme de valse, j'espère, comme dans la chanson. Difficile de tout faire sur trois pas quand on n'a que deux pieds, dit Siiri pour badiner un peu, mais le médecin était on ne peut plus sérieux.

– Un générateur et des câbles, donc nœud sinusal, pulsation maximale… éventuellement chirurgie élective ou microprocesseur… le cas échéant capteur et appareil télémétrique… bref, c'est pratiquement sans risque. »

Siiri écouta attentivement, puis dit qu'elle avait quatre-vingt-quatorze ans et qu'elle refusait qu'on lui implantât le moindre « machin » qui risquerait de prolonger sa vie.

« C'est une toute petite opération, qu'on pratique sous anesthésie locale. On place le pacemaker sous la peau et on rattache les câbles au cœur, en suivant la veine. Ça vous épargnera certains inconforts et améliorera votre qualité de vie, dit le médecin.

– Vous êtes vraiment sûr ? Et à votre avis, qu'est-ce qui fait qu'un vieux a une vie de qualité ?

– Eh bien... Si l'on en croit les chercheurs, le sujet vieillissant... Enfin disons qu'une bonne santé est toujours la base pour avoir une vie de qualité. Les problèmes d'arythmie peuvent devenir très dangereux si on les néglige.

– Vous voulez dire que dans le pire des cas, je pourrais mourir, c'est ça ? demanda Siiri qui se sentait pleine de force et d'énergie. Vous êtes encore un jeune homme, vous ne savez peut-être pas qu'être vieux, c'est avant tout s'ennuyer. Les jours s'écoulent lentement, rien ne se passe. Les amis et les proches sont morts, et la nourriture n'a plus de goût. Il n'y a rien d'intéressant à la télévision, et la lecture fatigue les yeux. On a envie de dormir, mais le sommeil ne vient pas, et on se retrouve à veiller la nuit et à somnoler le jour. On a toutes sortes de crampes, ça n'arrête jamais, des petites crampes mais quand même. La moindre bricole ne peut se faire que lentement, laborieusement, par exemple se couper les ongles du pied. Est-ce que vous pouvez vous imaginer que ça devient un jour la croix et la bannière, une épreuve qu'on essaie à tout prix de remettre à plus tard ? »

Le médecin regarda sa montre avec nervosité, et promit de prescrire à Siiri des séances de pédicure remboursées par la Sécu. Il lui tourna le dos et se plongea dans son écran d'ordinateur.

« Pour en revenir au pacemaker, si l'on en croit les chercheurs, ce genre de petite opération médicale peut avoir une importance décisive pour améliorer votre bien-être, et en plus cela allongerait votre espérance de vie. Donc pour vous, d'après l'avis du...

– Dans ce cas l'affaire est réglée, l'interrompit-elle soulagée. Mettez cet appareil à quelqu'un de plus jeune, ou à quelqu'un de gros, qui se porte un peu trop bien et risque de mourir en faisant son jogging. Même mes fils sont morts. Et le fils de Reino, le prote. Et d'autres encore. Nous, les vieux, on ne meurt jamais, même quand on n'attend que ça. Des fois, dans notre résidence, on parle du fait que vous, les médecins, vous ne comprenez pas bien que la mort est quelque chose de très naturel. La vie se termine par la mort, et ça n'a aucun sens de proposer à quelqu'un de mon âge une plus grande espérance de vie, ou de nous interdire le sucre dans le café. Ce n'est quand même pas la faute de la médecine si les gens finissent par mourir de vieillesse. »

Il se retourna et la regarda, médusé.

« Mais vous êtes dans une forme éclatante, pourquoi diable devriez-vous mourir ? Votre dossier méd...

– Parce que tout le monde doit mourir », dit Siiri.

Pour donner plus de force à ses propos, elle serra les mains puissantes du spécialiste dans ses vieilles mains ridées, afin de lui faire comprendre que les dossiers, les chercheurs et les pacemakers n'y changeraient rien.

« Vous aussi vous mourrez un jour. Et j'espère que vous serez alors à un âge où vous comprendrez ce que c'est que mourir, et où vous ne résisterez pas. Peut-être même que vous attendrez la mort, comme moi et mon amie, au Bois du Couchant. Même en nous mettant à tous des pacemakers, vous ne changerez pas grand-chose à notre quotidien. Je vous remercie donc de tout mon cœur. J'ai besoin de votre avis médical, et je vous remercie de le rédiger. Est-ce que je peux en avoir deux exemplaires ? Je ne vous demande rien d'autre, si ce n'est de prendre bien soin des jeunes qui n'ont même plus la force de travailler. Même les aides-soignants sont épuisés, au point que nous nous sentons un peu seuls à la résidence. »

Le médecin avait l'air gêné. Il retira de force ses mains de la poigne que Siiri avait voulue amicale, courut à son lavabo, se désinfecta les mains, arrangea sa cravate et sa blouse, se rassit sur sa chaise et se remit à fixer l'écran, comme si l'ordinateur savait vraiment quelque chose et pouvait lui donner la solution à ce problème. Puis il se redressa, prit son dictaphone et se mit à marmonner, en jetant des coups d'œil réguliers à Siiri.

« … par ailleurs en forme pour son âge virgule a de l'énergie et une mémoire en bon état virgule refuse en revanche le pacemaker point on respecte la volonté de la patiente étant donné son grand âge point. »

Il s'arrêta de dicter et demanda à Siiri si elle désirait des médicaments pour améliorer son humeur en plus des médicaments pour son cœur.

« Pour faire quoi ? demanda-t-elle, sincèrement surprise.

– Ils pourraient être utiles, étant donné votre… situation. Vous pourriez retrouver votre joie de vivre. »

Siiri Kettunen se leva et s'apprêta à dire à cette andouille ses quatre vérités sur la vie et la mort, mais elle pensa à son cœur et à ses conduits décrépits, et se contenta de respirer un grand coup et de dire qu'elle n'avait pas besoin de poudre de perlimpinpin. Elle n'en avait jamais pris, même quand son mari était mort. Mais le médecin insista.

« Des somnifères pourraient pourtant vous faire du bien : vous avez dit que vous restiez éveillée la nuit, alors qu'on pourrait facilement éviter cela. »

Siiri commençait à désespérer, elle avait l'impression qu'elle ne s'en tirerait pas sans une pile d'ordonnances. Les journaux avaient parlé de l'obligation de résultats qui accablait le secteur public. Les résultats professionnels se mesuraient par des chiffres, si bien que la protection de l'enfance était perçue comme d'autant plus efficace que les prises en charge par la Protection maternelle et infantile étaient plus nombreuses, et un médecin du public ne touchait manifestement son salaire que quand il avait envoyé son patient se faire opérer ou qu'il avait rédigé suffisamment d'ordonnances.

« Cela n'a rien à voir, dit le médecin avec lassitude. J'essaie juste de vous aider et de faire mon travail le mieux possible. »

Siiri comprit qu'elle avait été malpolie. Le médecin faisait sans doute un travail assez compliqué comme ça, ce n'était pas la peine d'en rajouter. Il avait fait de longues études pour pouvoir prescrire des somnifères à des vieux, qu'est-ce que ça serait si tous ses patients refusaient les gélules et les pacemakers ? À son âge, il n'avait pas besoin de savoir ce qu'était la vie de nonagénaire. Et ce n'était pas sa faute si Siiri avait vécu trop longtemps. Elle le remercia pour cette consultation très réussie, et retourna à l'arrêt du tram. C'était un si beau jour de début d'hiver qu'elle décida de marcher jusqu'au prochain arrêt, vers la ville, comme ça, juste pour voir le somptueux immeuble Auratalo conçu par Erkki Virkkunen, et toujours fringant malgré la réfection ratée de ses chambranles.

XVI

Irma et Siiri eurent envie de parler de Mika Korhonen à Anna-Liisa. Elles trouvaient étrange que Mika eût été si gentil, promettant même de passer les voir, et que finalement il n'eût donné aucune nouvelle. La pensée cartésienne d'Anna-Liisa leur serait certainement d'une aide précieuse. Mais quand elles arrivèrent à la table de jeu de l'espace de convivialité, Anna-Liisa disputait une réussite avec l'ambassadeur, qui mit longtemps à comprendre qu'on souhaitait le voir partir. Le pauvre éprouvait un insatiable besoin de compagnie depuis que le prote avait été relégué au service de démence. Plusieurs de ses enfants étaient morts, et les survivants habitaient à l'étranger. Irma n'était pas surprise : quand on traîne sa famille aux quatre coins du monde, les enfants ne s'attachent pas à la Finlande et finissent dans tel ou tel pays étranger. Elles lui promirent de jouer à la canasta avec lui une autre fois, s'il consentait à aller à l'auditorium écouter un exposé sur « La solitude dans le quotidien du sujet âgé ».

« Il a un problème d'homophobie, dit Anna-Liisa quand Siiri et Irma lui eurent parlé de Mika Korhonen.

– Il avait pourtant l'air en bonne santé, protesta Irma.

– Il a bien parlé d'un problème, mais je crois que c'était plutôt une histoire de mafia », dit Siiri en essayant de se concentrer sur l'essentiel.

Elles étaient si excitées qu'elles parlaient sans s'écouter, se mélangeaient les pinceaux et négligeaient d'évoquer les points importants, si bien qu'elles ne faisaient qu'embrouiller encore l'affaire.

Anna-Liisa décida de dérouiller ses compétences de conférencière, en improvisant un bref exposé sur l'évolution du sens des mots d'origine étrangère en finnois : le nom commun *mafia* était un excellent exemple, puisqu'il était difficile de croire que Mika Korhonen eût voulu dire qu'il y avait au Bois du Couchant une organisation criminelle.

« À mon avis c'est justement ce qu'il a voulu dire, dit Siiri avec énergie, car elle venait de remettre de l'ordre dans ses pensées. Irma à l'inverse était en pleine déroute :

– Le fils de ma fille est homo et c'est quand même un adorable petit chachou, tout comme son compagnon d'ailleurs. Ils m'apportent toujours du gââteau quand ils viennent me voir, et quand j'y pense ils viennent assez souvent, vu qu'évidemment ils n'ont pas d'enfants. Même si j'ai justement entendu à la radio que les hommes devraient avoir le droit de faire des enfants entre eux. Mais comment ils vont faire ? D'ailleurs mon petit-fils a officialisé son compagnon, et ils ont adopté un petit chien noir.

– Les chiens ne s'adoptent pas, dit Anna-Liisa, discréditant les pittoresques idées d'Irma.

– Mais si, parce que c'est un enfant trouvé, ce chien. Ils l'ont fait venir d'Espagne en avion, et mon petit-fils a dû, avec son compagnon officialisé, écrire plein de requêtes et de papiers pour qu'ils puissent devenir les parents du petit orphelin, enfin du chien quoi. Ils l'ont toujours avec eux en voyage, moi-même j'ai eu plusieurs fois sa visite ici, et je lui donne du gratin de foie mais ça ne lui convient pas, apparemment il lui faut du vrai foie de porc de chez le boucher. Pour un chien errant, je t'en foutrai ! »

Irma rit joyeusement, et Siiri commença à s'agacer

car même Anna-Liisa était plus intéressée par le chien des petits chachous d'Irma que par Mika Korhonen. Puis elle se rappela ce que Mika avait dit de Pasi, l'assistant social. Mika pensait que Pasi était une vieille connaissance de la police.

« Ah bon, il a dit ça ? fit Anna-Liisa soudain attentive. Est-ce que ça veut dire que Pasi est un criminel, comme votre Mika, ou bien qu'il collabore avec la police ?

— Ah ben ça, je sais pas. Pasi est apparemment lié au fait que Tero se soit retrouvé en détention préventive. Euh, est-ce que ce que je dis a un sens ? » Siiri se sentait désagréablement embrouillée, et la façon qu'avait Anna-Liisa de jouer les interrogatrices n'arrangeait rien. « Il me semble que Mika a dit que Sinikka Sundström avait essayé de se concilier la police en renvoyant Pasi. Ça doit être ça.

— Excusez-moi, c'est qui Sinikka Sundström ? » demanda Irma.

Siiri ressentit un choc, comme si quelqu'un l'avait frappée à la tête. Affolée, elle se tourna vers Anna-Liisa, qui, pas troublée pour un sou, répondit calmement à la question, sans se moquer, sans blaguer, ce qui n'était pas habituel chez elle. Elle avait sans doute remarqué, tout comme Siiri, qu'Irma avait de plus en plus de moments de confusion. Après avoir tranquillisé Irma, Anna-Liisa se tourna vers Siiri, l'air sérieux, et l'engagea à rapidement contacter Mika Korhonen, car lui pourrait sans doute les aider.

« Mais nous n'avons pas son numéro de téléphone ! » s'écria Siiri catastrophée.

Comment avaient-elles pu être aussi stupides ? Et comment Mika avait-il pu être aussi distrait ? Ou peut-être était-il vraiment un criminel, qui voulait simplement leur soutirer d'utiles informations ? Peut-être avait-il tout inventé ?

« Garde ton calme, dit Anna-Liisa, comme si Siiri avait été une adolescente incapable de se rappeler une déclinaison au moment de l'interro. Il n'a pas pu tout inventer, il était au courant de certaines choses avérées. Et si c'est un criminel, il va falloir que nous nous y intéressions de plus près. »

Évidemment elle avait raison. Siiri admirait le courage d'Anna-Liisa, qui semblait pleine d'enthousiasme à l'idée d'éclaircir les menées d'une organisation criminelle au cœur du Bois du Couchant. Mais il y avait sans doute une dizaine de Mika Korhonen rien qu'à Helsinki, et elles ne savaient même pas où il habitait. Fallait-il se mettre à téléphoner à tous les Mika Korhonen de l'annuaire ?

« Les gens ne mettent plus leurs coordonnées dans l'annuaire. C'est sur Internet maintenant tout ça. Et puis on peut le chercher sur Facebook, dit Anna-Liisa en prononçant ce dernier mot comme si c'était de l'italien.

– Et si on décidait de faire tous nos déplacements en taxi ? proposa Siiri. Peut-être qu'un jour on retombera sur le taxi de Mika. »

Elle espérait que sa proposition ramènerait Irma sur terre, mais celle-ci était dans un profond sommeil, mal assise sur une chaise d'hôpital, la tête pendante, molle, pitoyable, et son sac à main violet était tombé par terre. Elle faisait si peu de bruit qu'un instant elles la crurent morte. Mais elle respirait, Dieu merci, même si elle ne se réveilla pas quand Anna-Liisa lui décocha une énergique chiquenaude sur le bras.

XVII

Deux semaines après sa visite chez le médecin, Siiri reçut par la poste un avis médical sur son arythmie, deux ordonnances et de foisonnantes considérations sur la raison pour laquelle aucun pacemaker n'avait été posé. Siiri aima particulièrement la phrase : « La patiente paraît lucide pour son âge. » Le médecin avait imprimé deux copies de son avis, ce qui là aussi était bien aimable. Siiri se rendit séance tenante chez Irma pour lui montrer comme elle avait bien fait avancer les choses : elle n'était peut-être pas jugée « en pleine possession de ses facultés », mais « lucide », c'était déjà pas mal. La parole d'un spécialiste accélérerait sûrement le traitement de leur plainte au conseil d'administration de la fondation Soin et amour des personnes âgées.

Mais Irma ne lui ouvrit pas la porte. Siiri savait qu'Irma était là car on entendait, beaucoup trop fort d'ailleurs, un concerto pour piano de Mozart. Heureusement, elles s'étaient donné l'une à l'autre des clés de rechange. On n'était jamais trop prudent : elles pouvaient très bien oublier leur sac à main quelque part, ou la porte pouvait se refermer pile quand elles étaient à la boîte aux lettres en chemise de nuit. Erkki Hiukkanen facturait 25 euros pour l'ouverture d'une porte, et elles se refusaient à payer une telle somme à un sous-fifre paresseux. Virpi et Erkki Hiukkanen habitaient dans un grand appartement au dernier étage du Bois, et descendre de là-haut pour ouvrir la porte d'une petite vieille ne représentait pas un effort considérable. De nombreux pensionnaires portaient toujours leurs clefs autour du cou, comme les écoliers des années 70, y compris Anna-Liisa, mais Siiri était d'avis qu'une femme devait garder ses clefs dans un sac à main. Elle se rendit justement compte qu'elle avait oublié le sien sur la table de la cuisine. Elle n'avait donc pas ses clefs sur elle, et encore moins celles d'Irma. Il ne lui restait qu'à taper du poing sur la porte d'Irma en hurlant à pleins poumons, ce qu'elle fit un bon moment, donnant quelques coups de pied pour faire bonne mesure ; la musique s'arrêta enfin et Irma vint ouvrir.

« Mais qu'est-ce que c'est que ce vacarme ? Tu as pété un boulon ou quoi ? »

Siiri, un peu gênée, expliqua ce qui s'était passé et Irma promit de faire du café soluble et d'aller prendre des cornets de glace au congélateur. Siiri s'assit dans le vieux fauteuil à feuilles de rose d'Irma et montra à celle-ci les documents médicaux.

« Mais ta plainte, elle concerne quoi ? » demanda Irma, et Siiri se sentit défaillir.

Ses mains se mirent à trembler, elle essaya de remettre les documents dans leur enveloppe. Elle ne réussit qu'à les chiffonner, elle ne savait plus où les mettre. La table d'Irma était couverte d'un fouillis d'objets, de classeurs laissés pêle-mêle, alors que d'habitude son appartement était propre et net. Irma mangeait avec délice son cornet à la confiture de plaquebière, tout en regardant Siiri avec de grands yeux étonnés.

« Dis donc, est-ce que tu t'es déjà inquiétée pour ta mémoire ? » dit finalement Siiri, abordant avec courage un sujet auquel elle s'était préparée plusieurs fois.

Il lui fallait absolument savoir si Irma était consciente d'avoir régulièrement de graves absences. Aucun sujet n'était tabou pour elles, donc il n'y avait rien à craindre.

« Bah, tu veux rire ! dit Irma en agitant la main comme pour chasser un essaim de muchuches. Oublier son sac à main, ça peut arriver à tout le monde, même à des plus jeunes. Par contre, ce qui m'inquiète, c'est le petit manège de Virpi Hiukkanen. Elle s'est mise à m'espionner. Au fait, tu es assise à ma place. »

Siiri se leva du fauteuil et s'assit poliment sur le canapé. Elle se rappela qu'Irma et elle s'étaient copieusement moquées du mari d'Irma, Veikko, qui considérait comme sacrés son fauteuil et sa place à table, et qui ne dissimulait pas son agacement quand quelqu'un s'y asseyait par accident. La lumière jaune du lampadaire éclairait bizarrement le visage d'Irma tandis que celle-ci parlait à voix basse, en jetant des regards méfiants à l'entour. Elle raconta qu'elle avait arraché les câbles des caméras de surveillance et qu'elle avait enlevé le téléphone mural parce que les conversations étaient écoutées en bas, dans les bureaux du personnel. Elle prétendit de surcroît qu'une bonne part de ses papiers importants avait disparu. C'était pour ça que la table était couverte de dossiers.

« Tous mes papiers médicaux étaient dans le classeur vert, bien rangés. Mais ils me l'ont chouravé. »

Siiri passa les classeurs en revue. Il n'y en avait aucun de vert. Elle se dirigea vers la bibliothèque. Irma avait presque un mètre de romans d'Eeva Joenpelto, tous les Moumines en double, du Singer, du Lindgren, du Lagerlöf et quelques livres récents par-ci par-là, tous dans l'ordre alphabétique par auteur, et deux étages d'albums photo. Après avoir fait le tour de la bibliothèque, Siiri s'intéressa aux piles sur la table du téléphone, mais ne trouva ni papiers médicaux ni classeur vert.

Irma termina son deuxième cornet, se leva, ouvrit le dressing de sa chambre et y farfouilla quelque temps.

Après un moment, elle sortit la tête du placard et demanda :

« Attends, qu'est-ce qu'on cherche déjà ?

– Ce qu'on cherche ? écuma Siiri. On vient de passer la moitié de la journée à chercher Dieu sait quoi parce que tu t'es mis en tête des bêtises invraisemblables, comme quoi quelqu'un aurait voulu te piquer tes papiers ! Et puis à quoi tu crois qu'il va te servir, ton classeur vert ? Tu te souviens ? Celui avec les vieilles ordonnances et les certificats.

– Ah oui, celui-là. Justement, c'est un peu bizarre. Il y a quelques mois, j'ai demandé à Virpi Hiukkanen de me donner mes papiers médicaux et les autres documents qui me concernent, mais elle a refusé. C'est quand même curieux, non ? J'ai bien le droit de lire ce que les gens écrivent sur moi, les avis médicaux et tous ces trucs. Il se passe des choses si étranges ici ces derniers temps... Je me suis mise à avoir peur de tout. »

Quelqu'un était venu voler le classeur vert parce que les données la concernant contenaient quelque chose de suspect, sans doute des erreurs ou des diagnostics trafiqués. Irma était survoltée mais elle gardait une jambe dans son dressing et tenait toujours deux caleçons en soie à la main. Siiri la fit asseoir sur son cher fauteuil, lui versa un verre de vin rouge, remit les caleçons en soie dans le dressing et se rendit compte qu'Irma en avait au moins une vingtaine de semblables dans un tiroir de l'étagère.

Irma but avidement, presque d'une seule gorgée, son grand verre de vin, puis elle fut prise de faiblesse. Elle dit laborieusement quelques mots auxquels Siiri ne comprit pas grand-chose, si ce n'est qu'Irma voulait aller se coucher, bien qu'il ne fût que 15 heures. Elle l'aida à se mettre au lit et vérifia qu'elle avait pris ses médicaments au moment voulu. Sur la table de nuit se trouvaient deux dosettes pleines de pilules. Siiri eut l'impression qu'il y avait encore plus de médicaments que quand ils les avaient comptés, avec Mika, au Kämp. Irma avait tout bien avalé, y compris les deux premières prises du jour, celle du matin et celle du midi. Pourquoi diable avait-elle besoin de tant de médicaments, alors qu'elle pétait la santé ?

XVIII

Assise dans le tramway à sa place habituelle, Siiri essayait de voir derrière l'hôpital d'Eira. C'était là que se trouvait la Villa Johanna, amusante foucade de son architecte préféré Selim A. Lindqvist, et qui avait de faux airs de triangle du côté de la rue Tehtaankatu. Quand elle repérait une maison, Siiri avait coutume d'énumérer le plus possible de bâtiments du même architecte à Helsinki. Pour Selim A. Lindqvist, c'était facile : deux de ses maisons se jouxtaient au 13 et au 11 de la rue Aleksanterinkatu.

Au Terminal olympique, le 3B devint 3T, et Siiri décida d'y rester jusqu'à l'arrêt du nouvel opéra. Puis elle prendrait le 4 pour retourner au Bois du Couchant. Cela faisait deux heures qu'elle allait au gré du tram, qu'elle repoussait le moment du retour en prétextant tel trajet intéressant ou tel bâtiment cher à son cœur, car la simple pensée du Bois du Couchant lui causait une sensation désagréable. Elle ne voulait pas voir Virpi Hiukkanen, elle ne voulait pas penser à l'état de confusion et de méfiance maladive d'Irma, et elle ne savait pas comment partager tous ses problèmes avec Anna-Liisa, qui était toujours si ordonnée et pragmatique que Siiri se sentait idiote à côté d'elle. Et Mika Korhonen n'avait toujours pas donné de nouvelles.

Une petite fille fort bavarde était assise avec sa mère à côté de la machine à composter ; elle était amusante avec son chapeau à oreilles d'ours.

« Et donc à mon avis les garçons sont des idiots, à part Oiva. Ah mais tu sais, j'aimerais mieux ma poupée Monster High maintenant plutôt qu'à Noël, parce que là j'en ai qu'une et c'est pas drôle de jouer avec juste une. J'aimerais bien Draculaura, tu t'en souviendras ? »

La maman avait de gros sacs de divers magasins sur les genoux, elle avait l'air épuisée et ne prêtait aucune attention à sa fille. Mais celle-ci ne baissa pas les bras.

« Maman, pourquoi il y a des gens qui n'ont pas d'enfants ? Pourquoi mamie n'a pas d'enfants ? Hein maman ?

— Tu peux être sûre que ta mamie a des enfants, autrement ce serait pas ta mamie », dit un poivrot sur la banquette d'à côté.

La petite fille, ravie de ce nouvel interlocuteur, quitta sa place et s'approcha de lui, tandis que sa mère regardait toujours la pluie qui tombait sur la vitre du tram.

« Mamie c'est la petite amie de grand-père, elle est beaucoup plus jeune que maman, donc elle peut faire des enfants quand elle veut, mais maman aimerait bien que ça n'arrive pas, et grand-père on n'est pas trop sûrs. Tes enfants ils s'appellent comment ? Tu as un travail ? Non ? Mais tu fais quoi, alors ?

– Je traîne au parc ou dans les tramways.

– Génial ! Je veux faire comme toi quand je serai grande ! »

Le tramway négocia avec grâce les virages de Kamppi que Siiri aimait tant, et les voyageurs dressèrent l'oreille, curieux d'entendre la réaction du poivrot aux projets d'avenir de la petite.

« Tu es dans quel parc ? Moi le plus souvent je vais à celui de Lapinlahti, mais il est quand même petit.

– Ah, ça m'arrive d'y aller. C'est sympa comme parc.

– Et puis je vais aussi au parc Väinämöinen, mais seulement en hiver.

– Des fois je vais sur le rocher de Temppeliaukio, y a une chouette vue.

– Ah, ça je connais pas. Il y a des balançoires ? Moi j'aime bien faire de la balançoire, et toi ? »

À ce moment, la mère de la petite fille se réveilla, prit ses sacs, se leva et descendit à l'arrêt de la rue Arkadiankatu, en tirant sa fille derrière elle. Le poivrot fit un signe d'au revoir à celle-ci, et elle lui adressa un large sourire édenté, les pieds dans la neige fondue de l'abribus. Les catadioptres de la salopette de la petite fille brillaient fort dans la nuit noire. Siiri aussi eut envie de lui faire au revoir, mais elle se contenta de regarder avec gratitude cette petite créature à oreilles d'ours qui, sans le savoir, avait illuminé sa journée.

Le reste du trajet jusqu'à l'avenue Mannerheimintie se fit dans un fervent silence. À l'arrêt du 4, l'écran disait qu'il n'y avait que deux minutes d'attente, mais le tramway ne venait pourtant pas. Siiri se lassa de rester debout dans le vent froid, prit le 10, et faillit s'endormir tant tout y était figé. Elle eut un sursaut à Tullinpuomi et se crut folle en voyant que le tram tournait dans la rue Tukholmankatu au lieu de continuer tout droit. Elle vit avec soulagement que les autres passagers étaient aussi médusés qu'elle.

« On n'est pas dans le 10 là ? lui demanda une jeune femme au regard intelligent.

— C'est ce que je croyais, répondit Siiri en souriant. Enfin, ça ne me dérange pas de passer par ici, comme j'habite à Munkkiniemi.

— Moi, il faut que j'aille à l'hôpital de Tilkka, dit la jeune femme avec inquiétude. Je prends bientôt mon service.

— Vous êtes infirmière ? Mais c'est une résidence, Tilkka, maintenant, non ? » demanda Siiri, que le sujet intéressait, mais le tramway s'arrêta devant l'Auratalo et la femme s'empressa de descendre.

Le conducteur souriait d'un air gêné. Siiri le reconnut, c'était ce jeune homme qui écoutait toujours de la musique classique en conduisant, comme aujourd'hui ; Siiri avait plusieurs fois discuté avec lui. Elle alla vers lui et demanda ce qui n'allait pas.

« Ben, je me suis trompé de route. J'écoutais la *Septième* de Bruckner et je n'ai pas fait gaffe que j'étais sur l'itinéraire du 10.

— Il ne faut pas écouter la *Septième* quand vous conduisez le 10.

— C'est vrai, mais Bruckner n'a pas de *Dixième*, même s'il a bien écrit dix symphonies. La première porte le numéro zéro. Enfin vous me direz que zéro n'est pas un numéro.

— Mais vous m'aviez dit que vous écoutiez aussi Mahler. Lui, il a bien une symphonie n° 10, non ?

– Elle est inachevée. Et ce trajet aussi, j'en ai bien peur. »

Il contacta le central. Siiri trouvait à chaque fois passionnant de voir un conducteur recueillir instructions et informations auprès de mystérieuses instances supérieures. Parfois la police demandait à récupérer à tel ou tel arrêt un vieux échappé de l'hôpital, parfois un accident imposait des modifications d'itinéraire. Après avoir entendu les instructions dans son haut-parleur, le conducteur se pencha sur le microphone.

« Chers passagers, je me suis trompé. Je suis désolé. Je suis obligé de continuer vers Munkkiniemi. Ceux qui ont besoin du 10 peuvent descendre ici et marcher jusqu'à Mannerheimintie, un autre tram va bientôt arriver. »

Siiri était fière de lui : il reconnaissait ouvertement son erreur, ce dont tout le monde n'était pas capable. Certes, dans sa bouche, Munkkiniemi semblait un endroit absolument effroyable, où l'on ne se rendait que quand on n'avait pas le choix.

« Ben justement, là je n'ai pas trop le choix », fit-il.

Siiri resta à côté de lui et le voyage reprit, toujours avec Bruckner. Heureusement la *Septième Symphonie* était assez longue pour les accompagner sur toute la durée du tour de pénalité.

« Eh oui. Bruckner c'était un vrai de vrai », dit le conducteur avec un soupir.

Siiri s'était d'abord dit qu'elle tiendrait compagnie au conducteur sur tout le trajet le long de la plage de Munkkiniemi, pour le soutenir moralement, mais rester debout à côté de la porte la fatigua vite, si bien qu'elle descendit à son arrêt, au début de l'allée de Munkkiniemi.

« Bonne fin de trajet et merci pour cette revigorante aventure. Je vais marcher d'ici au terminus », dit-elle au conducteur, car elle trouvait amusant d'appeler le Bois du Couchant le « terminus ». Le conducteur rit de bon cœur.

« Ah ah ça marche ! Et moi je vais essayer de retrouver le chemin du mien ! »

XIX

« Qu'est-ce que tu as ? demanda Siiri, inquiète de voir qu'Irma ne voulait pas lire le journal, pas même la rubrique nécrologique. Tu es malade ? »

Tous les dimanches, après avoir bu leur café soluble, Siiri et Irma ouvraient le journal, et Irma demandait : « *Finns det någo roliga döda*[1] *?* » Malheureusement, il y avait de moins en moins de morts amusants au fil des jours, car les meilleurs s'en étaient déjà allés. Si elles ne trouvaient aucune connaissance parmi les morts, elles lisaient à haute voix les messages de deuil et essayaient d'en déduire quel genre de personnes les morts de la semaine avaient été de leur vivant. Les bonnes semaines, les défunts pouvaient leur fournir ainsi plus d'une heure de bonne humeur ; mais ce jour-là, Irma ne regarda même pas les annonces.

1. En suédois dans le texte : « Y a-t-il des morts amusants ? »

« Irma, tu es déprimée ou quoi ? Tu as arrêté de prendre tes pastilles de glucose ? »

Irma ne répondit pas. Elle s'était endormie sur son fauteuil. Malgré tous ses efforts, Siiri n'arriva ni à la réveiller ni à la mettre dans une position plus confortable. Se sentir démunie la fit angoisser, et un chagrin mêlé de panique la força à se livrer à de petites tâches inutiles. Elle tournait en rond, déplaçait des objets et déblatérait toutes sortes d'enfantillages pour essayer de réveiller Irma, car elle avait lu quelque part que l'ouïe est le dernier sens qui fonctionne chez l'être humain.

« *Döden, döden, döden* », finit-elle par chuchoter dans l'oreille d'Irma, puis elle regagna son appartement.

Mais Irma était bien loin de mourir. À peine Siiri eut-elle jeté un œil aux annonces de baptême, en souriant d'un petit bébé baptisé du nom de Toivo, comme son frère, qu'elle entendit des coups furieux frappés contre le mur voisin. C'était Irma qui tapait avec Jojo-la-Canne, appelant à l'aide. Siiri laissa tous les Toivo, les Teuvo et autres jolis bambins sur la table, et fila chez Irma. Les clés étaient dans son sac à main, mais celui-ci n'était pas à sa place dans l'entrée. Elle le chercha un peu partout, au hasard, et commençait déjà à s'énerver quand elle l'aperçut dans la salle de bains. Quel imbécile avait bien pu mettre son sac à main sur le lave-linge ?

Irma était toujours assise dans son fauteuil, elle serrait le coussin à feuilles de rose sur ses genoux et se balançait légèrement d'avant en arrière, fredonnant doucement. Sa canne était par terre. Ses yeux regardaient dans le vide, et quelque chose lui coulait de la bouche.

« Qu'est-ce qui t'arrive ? demanda Siiri, effrayée.

– Ah, merci d'être venue. Vous êtes nouvelle ici ? Pourquoi il n'y a toujours que des nouveaux ici ? »

Siiri ne savait que dire. Elle n'avait pas envie de mentir, mais en même temps elle n'arrivait pas à envisager de dire tout de go à Irma que celle-ci ne tournait pas rond. Cependant, il n'était pas temps de réfléchir. Le téléphone était arraché du mur et il fallait immédiatement amener Irma chez les aides-soignants, quand bien même elle la prendrait pour une infirmière thaïlandaise ou pour sa propre mère.

« Tu arrives à te lever ? » demanda Siiri, avant d'entreprendre de la soutenir elle-même.

Ce n'était pas facile : elle n'avait pas la force des infirmiers, ni leurs méthodes. Après avoir longuement sollicité les vestiges de ses muscles, elle réussit à déplacer Irma, et elles finirent par atteindre l'ascenseur, puis le bureau de la chef de service. Pendant toute cette opération, elles ne dirent pas un mot : Siiri n'osait pas, et Irma ne pouvait pas. Elle se contentait de regarder son reflet inexpressif dans le miroir de l'ascenseur.

« Ah voilà, Irma a encore pété les plombs, c'est ça ? » dit Virpi en les voyant, comme si Irma et Siiri passaient la voir tous les jours pour lui faire part de leurs lubies.

Elle mesura la tension d'Irma, feuilleta des papiers et écrivit quelque chose sans les regarder.

« Bon, je peux avoir mes papiers médicaux mainte-nant ? demanda soudain Irma. Et vous pourriez aussi me rendre mon classeur vert, celui que vous êtes venue me chouraver. Je sais qu'il est chez vous. »

Virpi se tourna vers elle avec un air suspect, comme quelqu'un qui voit sa victoire assurée. Elle arrangea ses lunettes, mit sa gomme à mâcher dans un bol, prit son téléphone et appela quelqu'un, sans se présenter.

« Mêmes symptômes, dit-elle en regardant Irma. Non, cette fois-ci elle n'est pas agressive, seulement incohérente et paranoïaque.

– Ça suffit maintenant ! hurla Siiri, sans penser à ses conduits décrépits ou à rien d'autre. À qui est-ce que vous racontez ce mensonge ? Mme Lännenleimu n'a rien de paranoïaque ! »

Elle déversa sur Virpi toute sa peur et toute sa colère, la dégradation progressive de l'état d'Irma, l'augmentation de sa médication, ses soupçons quant à la disparition de ses papiers. Virpi la regarda d'un air neutre, sortit une seringue et força Siiri à sortir du bureau. Avachie sur sa chaise, Irma était repartie dans son monde, elle ne voyait rien de ce qui se passait autour d'elle.

« Les professionnels de santé n'ont pas besoin d'intrus qui viennent gêner leur travail », siffla Virpi d'un ton fielleux en fermant la porte au nez de Siiri. Cette dernière alla d'un pas chancelant se reposer sur le canapé de l'espace de convivialité. Elle avait peur et se sentait défaillir. Son cœur battait trop vite, mais au moins battait-il, et quand elle leva le regard, elle vit Virpi pousser à grande vitesse un fauteuil roulant dans lequel se trouvait Irma, la tête penchée, inanimée, comme si elle dormait profondément. Siiri, les larmes aux yeux, essaya de crier le nom d'Irma, mais aucun son ne sortit de sa bouche.

« Je bats les cartes » ? demanda l'ambassadeur.

Siiri regarda le vieil homme, toujours aussi scrupuleusement vêtu d'une cravate et d'une veste de smoking, et qui lui jetait un regard suppliant, comme un chien espagnol attendant d'être adopté. Elle n'eut pas la force de refuser une canasta. À vrai dire, une partie de cartes lui semblait être la seule chose à faire.

« … *neben, über, unter, vor, zwischen*. Pas sûr que la neige soit toujours là à Noël. Ah, j'ai un 2 ! »

Siiri prit un mouchoir dans son sac à main, sécha ses larmes et s'étonna d'être devenue si sensible ces derniers temps.

<h1 style="text-align:center">XX</h1>

À la résidence, on remarquait à peine que c'était Noël. Erkki Hiukkanen, l'intendant général, installait un sapin tout décharné dans l'espace de convivialité, un groupe d'enfants passait chanter des chants de Noël, et les gens de l'atelier bricolage essayaient de réaliser des *himmeli*, des mobiles traditionnels en paille. Beaucoup de pensionnaires allaient passer les fêtes dans leur famille, mais ceux qui restaient dans la résidence étaient de plus en plus nombreux.

Siiri avait souvent été chez les enfants de sa fille pour Noël, mais cette année, ils avaient prévenu bien à l'avance qu'ils partaient tous ensemble faire un safari en Afrique du Sud. Elle était un peu dépitée de voir que quand ils allaient tous ensemble quelque part, elle n'en était plus. Mais après tout, sa fille non plus ne passait pas Noël avec ses propres enfants depuis qu'elle était devenue nonne dans un cloître en France. Et puis pour rien au monde on n'aurait pu persuader Siiri de passer Noël aux antipodes, au milieu de la famine et des maladies.

C'est ainsi que, par la force des choses et en partie de son propre chef, Siiri resta seule pour Noël, au Bois du Couchant, bien tranquille. Elle n'offrit pas de cadeaux et n'en reçut pas. Il est vrai qu'elle n'avait plus besoin de rien. La Dame au grand chapeau avait essayé de mettre en place un système effroyable où chacun aurait donné des cadeaux à tous les autres, lors d'une cérémonie collective où l'un des hommes se serait déguisé en père Noël.

« Ce sera moi le père Noël ! » s'était évidemment écrié le prote, mais même lui n'était pas enthousiaste à l'idée des cadeaux.

À quoi bon. L'ambassadeur aurait acheté des cadeaux trop chers et la Dame au grand chapeau des pas assez chers. Seule la directrice, Sinikka Sundström, avait essayé de perpétuer au Bois du Couchant la tradition des cadeaux, mais cette année, elle avait renoncé à ses beaux principes : elle avait donné à tout le monde un papier annonçant que la directrice souhaitait recevoir des participations financières en prévision d'un voyage plutôt que des fleurs et des boîtes de chocolats.

La veille de Noël, Siiri dormit longtemps, se fit du vrai café et lut le journal avec soin. Cela lui prit une bonne heure. Elle écouta à la radio des chants de Noël, satisfaite qu'il y eût encore Yle Radio 1 pour diffuser des programmes dignes de ce nom. Mais soudain, une émission scientifique se mit à parler des cellules-souches, des satellites géostationnaires et des glandes anales du chien. On ne voyait pas bien le rapport avec Noël. Siiri éteignit la radio et regarda sa montre : il restait deux heures avant le repas de Noël au rez-de-chaussée. Pour l'instant c'était la prière, et ensuite il y aurait le « bingo des tartes » ; elle n'avait aucune envie d'y participer.

La plupart des employés étaient en vacances, y compris Virpi et Erkki Hiukkanen, ainsi bien sûr que la pauvre directrice, qui avant ses vacances avait pris deux semaines de congés maladie et s'apprêtait à partir en Inde pour apaiser ses nerfs mis à rude épreuve par des vieux déchaînés. Pendant les vacances de Noël, au Bois du Couchant, on employait plus de remplaçants que d'habitude, surtout des musulmans puisqu'ils n'avaient pas de Noël. La situation était assez cocasse : un groupe de fervents chrétiens chantait des cantiques, mangeait du jambon et faisait des cochons en pain d'épice sous la direction de petites musulmanes.

Siiri avait acheté chez Alepa un petit jambon cuit ; elle coupa quelques tranches pour se faire de maigres sandwiches. Elle relisait le *Jérusalem* de Selma Lagerlöf pour la énième fois, elle n'avait jamais réussi à le terminer. Elle avait mis sur la table une nappe de Noël rouge qui venait de la maison familiale ; la nappe était bien trop grande pour une table d'un deux-pièces en résidence, mais elle l'avait pliée en quatre et l'avait bien repassée pour faire quelque chose de joli. Elle disposa deux chandeliers en laiton sur les taches de vin rouge, et alluma les bougies pour créer la bonne atmosphère. Quelle atmosphère ? Que signifiait Noël pour elle, au juste, à part que le temps passait et que ça faisait encore une année qui prenait fin avant sa fin à elle ? Combien de fois avait-elle fêté son dernier Noël ?

Toivo, son petit frère, avait formulé un théorème mathématique sur le temps subjectif. Il avait dessiné plusieurs paraboles pour illustrer le fait qu'une même année était nettement plus longue dans la vie d'un enfant de trois ans que dans celle d'un nonagénaire. Et pourtant, le temps s'écoulait plus vite pour un enfant que pour un vieux. Ou était-ce le contraire ? Peut-être que pour un vieux, le temps s'écoulait plus vite mais aussi d'une façon plus ennuyeuse, c'était sans doute plus charitable ainsi. Elle aurait voulu que Toivo lui réexplique ses calculs, elle ne se souvenait plus des détails.

Mais Toivo était mort, comme tous ses autres frères et sœurs. Et son mari et ses deux fils, et même son chat. Son mari lui manqua soudain avec une intensité pénible, ainsi que tous ses morts, ses fils quand ils étaient petits et qu'ils jouaient dans la cour, mal vêtus ; rester seule et bien tranquille pour Noël ne lui semblait plus une si bonne idée. Rien à faire, il fallait chercher une occupation. Elle essaya de faire un mot croisé, mais elle ne connaissait pas les gens et les choses auxquels renvoyaient les définitions : « Artiste rap et présentateur télé », « Le petit ami d'un ministre en a ». Le sudoku était plus facile. Après avoir résolu deux grilles, elle sentit un léger vertige et se rendit auprès de son jambon ; elle se fit un gros sandwich et se versa du vin rouge dans un verre à lait.

« *Döden, döden, döden* », trinqua-t-elle avec elle-même, avant d'attaquer son buffet froid de Noël.

D'un autre côté c'était tout de même merveilleux de ne pas avoir à préparer un repas de fête pour toute la famille, sueur au front, sans l'aide de personne. Tous ces harengs, ces gratins, ces *rosolli*[1], pfou lala, ces tartes, ces pains d'épice… Et il fallait d'abord saler le jambon avant de le cuire… Elle préférait faire comme maintenant, se contenter d'étaler sur du pain une tranche d'un bon jambon préparé par quelqu'un d'autre.

Finalement, peut-être qu'Irma lui manquait encore plus que sa famille morte. Siiri n'arrivait plus à s'ima-

1. Salade de pommes de terre, carottes et betteraves, mets traditionnel de Noël en Finlande.

giner la vie sans la joyeuse compagnie d'Irma. Mais elle ignorait où se trouvait son amie. Depuis que Virpi Hiukkanen l'avait rangée quelque part, on n'avait plus de nouvelles.

Siiri lui avait posé la question, mais Virpi lui avait rétorqué que tout ce qui avait trait à l'état de santé des pensionnaires était confidentiel et ne pouvait être communiqué qu'à la famille. Ce qui était vrai, d'ailleurs. Siiri avait plusieurs fois essayé de téléphoner à Tuula, la fille d'Irma, mais sans réussir à la joindre. Et elle ne connaissait pas assez bien les petits chachous pour pouvoir les appeler.

Irma avait coutume de passer Noël en famille, elle appréciait beaucoup d'avoir presque tout son monde à la même table, ne s'énervait pas quand on lui servait en guise de plats de Noël des rouleaux de printemps et des tajines, et n'avait rien contre le fait de se voir offrir par ses petits chachous des chèvres, des moutons et des arbres. C'était dans le cadre d'œuvres de bienfaisance et d'aide au développement. Irma ne voyait jamais la couleur de ses cadeaux, mais chaque année elle se félicitait de l'accroissement de son troupeau et de son domaine forestier.

« Et dire qu'une citadine de dixième génération comme moi peut sur ses vieux jours devenir tout d'un coup bergère et garde forestière ! »

Siiri essaya de se persuader qu'Irma passait, cette année encore, son Noël en famille. Ils étaient sans doute dans leur maison de campagne, assez grande pour accueillir toute la tribu sur les rives du Lohjanjärvi. Irma serait heureuse, elle compterait ses petits chachous et se ferait offrir une nouvelle chèvre du Brésil ou une vache africaine, et la menace d'Alzheimer serait loin, très loin.

XXI

Le sapin décharné avait déjà perdu ses aiguilles quand Siiri quitta enfin son appartement. L'arbre se trouvait à l'emplacement de la table de jeu, ce dont l'ambassadeur était fort chagrin.

« Et on les fout où nous nos cartes maintenant ? » fit-il d'un ton hargneux.

Personne ne réagit, sauf Margit Partanen qui s'empressa de mettre son mari à l'écart avant qu'il ne proférât des insanités.

Eino Partanen avait un Parkinson bien avancé, sans doute aussi un Alzheimer et une démence lourde, mais comme Margit savait que le service fermé était un endroit atroce, elle avait décidé d'être l'auxiliaire de vie de son propre mari. C'était à première vue assez saugrenu, mais Margit était contente de recevoir 150 euros par mois sur son compte pour s'occuper de son mari à la résidence, vingt-quatre heures sur vingt-quatre, d'une semaine à l'autre. À vrai dire, on la payait surtout pour permettre qu'aucun des aides-soignants du Bois du Couchant ne perdît son temps à s'occuper d'Eino. Ce dernier était en fauteuil roulant, en général complètement incohérent, et il ne parlait que pour dire des grossièretés dont sa femme pensait mourir de honte. Cela dit, la maladie ne lui avait pas ôté toutes ses forces, puisque les habitants de l'escalier A profitaient toujours des manifestations sonores des ébats du couple.

Anna-Liisa était assise à une table. Pour une fois, Siiri était bien contente de la trouver là car il lui fallait absolument parler avec quelqu'un. Anna-Liisa l'écouta, imperturbable, les mains sur le logo Rebel de son déambulateur rouge, puis elle lui répondit :

« Tu pleureras plus tard. Irma n'est pas morte. Pour l'instant. Chaque chose en son temps.

– Écoute, moi je pense qu'ils ont mis Irma au service fermé », réussit enfin à dire Siiri.

Elle avait tourné et retourné l'idée dans sa tête, mais ne savait pas trop quoi en faire. Parfois, elle pensait être elle-même folle, paranoïaque et Dieu sait quoi, mais le plus souvent elle craignait surtout d'avoir raison.

Anna-Liisa resta un moment silencieuse, ce qui était plutôt bon signe d'après Siiri. Quand elle se lançait tout de suite dans un exposé, elle le faisait sans réfléchir à ce qu'elle disait, uniquement pour garder la parole et faire admirer son savoir.

« C'est fort possible », dit-elle finalement, en pliant une serviette qui traînait là pour en faire un triangle de plus en plus minuscule. Avec elle, tout devenait triangle, même les sacs plastique : c'était une de ses habitudes dont elle était très fière.

« Ils y ont enfermé le prote quand il a raconté le terrible incident d'Olavi Raudanheimo. Olavi lui-même aurait subi le même sort si son fils ne l'avait pas sauvé en l'envoyant à Meilahti. Irma avait écrit plusieurs plaintes, et bien argumentées en plus, ce qui aggravait son cas. La dernière concernait la chef de service, c'était après que celle-ci t'avait abandonnée par terre. Son isolement est vraisemblablement une mesure de rétorsion. »

Anna-Liisa parlait d'un ton mûrement réfléchi, pesant ses mots et articulant soigneusement. Tout ce qu'elle disait était effroyable. Mais Siiri était soulagée d'entendre quelqu'un d'autre dire avec la voix de la raison ce qu'elle craignait sans vouloir y croire. Peut-être n'était-elle pas folle, en fin de compte.

« Vraiment, on ne sait plus que croire, expliqua-t-elle à Anna-Liisa. Virpi Hiukkanen disait qu'Irma était paranoïaque. C'est un des symptômes de la démence, et ça permet de se débarrasser facilement des gens soupçonneux.

– C'est la démence qui est un symptôme, pas la paranoïa, corrigea Anna-Liisa tout en réfléchissant. Irma a demandé à voir son dossier médical, n'est-ce pas ? Et on lui a dit non. Virpi ne voulait pas le lui donner. »

Siiri aussi avait réfléchi sur ce point, mais sans réussir à en déduire quoi que ce fût. Peut-être quelqu'un avait-il falsifié le contenu du dossier d'Irma, pour que son transfert au Foyer collectif parût tout à fait justifié.

« J'ai peur de m'y retrouver moi aussi, au service fermé, avec toutes ces histoires. Qu'est-ce qu'on peut faire ? »

Anna-Liisa ne répondit rien, et sa pause de réflexion prit des proportions telles que Siiri commença à perdre espoir. Anna-Liisa était sans doute aussi perplexe et désemparée qu'elle. Elles tombèrent dans un silence morose, regards perdus dans le vide. Un ange en papier dansait au bout d'un bâton sur une table, l'ambassadeur poussait de petits gémissements en faisant une patience derrière le sapin, et un peu plus loin on entendait le *boum-boum* de la cassette de fitness dont se servait Jenni-de-la-Gym. À la télévision, des enfants faisaient flamber des gambas.

C'est là qu'arriva une chose extraordinaire. Siiri Kettunen leva son regard de l'ange en papier et vit quelque chose qu'elle avait presque oublié ; elle sut tout de suite que c'était la solution à tous leurs problèmes.

XXII

Un homme bien bâti se tenait devant Siiri et Anna-Liisa ; il les regarda de ses yeux bleus bienveillants et leur tendit une étoile de Noël.

« Je vous souhaite de joyeux Noëls. Même si c'était hier.

– Mika Korhonen ! » s'exclama Siiri comme si l'ange Gabriel venait de descendre sur terre, et pour elle c'était tout comme car nul autre que Mika ne pouvait résoudre pour elle cet embrouillamini qui devenait jour après jour plus inextricable.

« Tu ne trouves pas que c'est drôle comme mot, "embrouillamini" ? Ça ne ressemble vraiment à rien », dit Siiri à Mika en se blottissant dans ses bras.

Ce n'était guère dans ses habitudes, mais l'étreinte puissante de ce grand gaillard en cuir était précisément ce dont elle avait besoin pour se rassurer en cette seconde.

« Il est tout de même curieux d'employer le pluriel pour souhaiter un joyeux Noël, même si l'on s'adresse à plusieurs personnes, leur fit remarquer Anna-Liisa, et Siiri s'aperçut qu'elle ne l'avait pas présentée à Mika.

– Je te présente mon amie Anna-Liisa Petäjä, dit-elle à Mika, qui tendit sa main puissante.

– Professeur de finnois, maître ès lettres, ravie de vous rencontrer, monsieur Korhonen. »

Anna-Liisa serra la main de Mika, manifestement satisfaite de la force de sa poignée.

« Ça marche. Appelez-moi Mika. Et où est votre amie toujours joyeuse ? J'ai une fleur pour elle aussi. Elles sont pas chères, en ce moment.

– Les étoiles de Noël, ou poinsettias comme les appellent les botanistes, contiennent du poison », commença Anna-Liisa, mais à ce moment Siiri les invita, Mika Korhonen et elle, dans son appartement, trouvant qu'ils y seraient plus en sûreté.

On ne pouvait jamais savoir qui, parmi les vieux avachis à côté, avait encore toute sa tête et risquait de rapporter leur conversation en haut lieu. Dieu tout-puissant, qu'est-ce qu'elle était devenue paranoïaque !

Tandis qu'ils se dirigeaient vers l'ascenseur puis longeaient le couloir jusqu'à l'appartement de Siiri, Mika regardait autour de lui avec curiosité. Parfois, il reniflait et grimaçait : il y avait sans doute dans toute la résidence des odeurs étranges pour les profanes, un mélange de désinfectants et de sécrétions auquel les pensionnaires s'étaient tant bien que mal habitués. Siiri ouvrit la porte de son appartement et se lamenta de n'avoir pas effacé les traces de son petit déjeuner. Elle s'empressa de remettre les choses en place et d'essuyer la table. Anna-Liisa aussi venait pour la première fois, et se livrait donc à une exploration en bonne et due forme. Elle gara son déambulateur devant la bibliothèque et inspecta les livres d'un air approbateur, même s'il n'y avait là que les œuvres préférées de Siiri, et ses dernières acquisitions. Elle avait laissé la plupart de ses livres à un bouquiniste avant de déménager dans la résidence. Il avait voulu lui donner quelques billets de cent en échange, mais Siiri n'avait rien voulu entendre, car pour elle les bouquinistes étaient des bienfaiteurs de l'humanité, qui sauvaient les livres et répandaient la bonne parole.

Mika regarda les photos encadrées du mari et des enfants de Siiri, jeta un coup d'œil dans la chambre puis s'assit sur le canapé, qui semblait plus petit que d'habitude quand quelqu'un prenait la moitié de la place pour lui tout seul. C'était un drôle de canapé bas, incurvé, qui venait de chez Stockmann et accompagnait Siiri depuis les années 30. Elle disposa les fleurs sur la table et demanda si ses invités voulaient du café avec du *sex*. Elle dit cela de l'air le plus naturel du monde, puisque c'est ainsi qu'elles disaient toujours avec Irma. Mika eut un rire gêné, et Anna-Liisa jugea utile d'expliquer pourquoi les vieux Helsinkiens prononçaient ainsi le mot finnois signifiant « biscuit ».

« ... c'est une façon d'adapter la prononciation suédoise du mot *kex* au finnois, mais il est vrai que parfois cela peut prêter à confusion.

– Oh pas de problème, le café avec du sexe, j'en ai vu d'autres vous savez », dit Mika en tambourinant sur la table avec ses doigts.

Anna-Liisa fronça les sourcils d'un air soupçonneux.

« Tu veux dire que l'expression t'était déjà familière ? »

Siiri dut élever la voix pour remettre la conversation sur le droit chemin. Elle rappela poliment à ses invités que cette petite collation ne se prêtait guère au sexe, car le but était de parler d'Irma. Puis elle raconta tout d'un seul coup, comme si on venait de lui retirer un bâillon. Elle évoqua dans le désordre les dossiers médicaux, les trous de mémoire, les brusques endormissements, la multiplication des médicaments, l'apathie, le dossier vert disparu, le paquet suspect, les plaintes, la crise de rage de Virpi Hiukkanen et le moment où celle-ci l'avait laissée toute seule par terre. Anna-Liisa corrigeait, reprenait et complétait à la moindre occasion.

« Effectivement, porter des jupons me semble assez inhabituel de nos jours. »

Mika écoutait, sans poser de questions, sans interrompre. Siiri se sentit chancelante, d'une légèreté étourdissante, quand elle eut fini d'évoquer toutes les angoisses qu'elle avait gardées pour elle ces derniers mois. Anna-Liisa était pleine d'énergie. Elle se rappela le viol d'Olavi Raudanheimo, et décrivit avec un luxe de détails, d'une façon franchement gênante par moments, l'image qu'elles s'en étaient faite.

« Et depuis, le prote est dans le service fermé, mais pour ce qui est d'Olavi là je ne me souviens plus où il se trouve. Tu sais, toi, Siiri ? »

Siiri avait complètement oublié Olavi et sa chambre avec vue au Hilton ! Il se passait tellement de choses que la mémoire ne pouvait plus tout retenir. Même Tero et Pasi semblaient de lointains fantômes, en cet après-midi pluvieux de décembre, alors que naguère tout le Bois du Couchant bruissait encore de leur destin, et que Siiri croyait qu'elle ne se remettrait jamais de la brusque disparition du jeune cuisinier.

« J'ai l'impression qu'Irma nous a dit, lors d'un de ses moments de lucidité, qu'Olavi avait été transféré à l'hôpital de Laakso, au service des maladies chroniques, non ? » demanda Anna-Liisa après avoir fouillé dans ses souvenirs.

C'était probablement cela. Reino en revanche, le prote, ne manquait à personne, même l'ambassadeur n'avait plus reparlé de lui. Siiri s'inquiéta à l'idée que Mika pût les tenir pour de pauvres vieilles gâteuses, incapables d'expliquer clairement les choses. Mais il ne dit rien de désobligeant, il demanda simplement le nom et le numéro du fils Raudanheimo.

« Houlà, mais nous n'avons pas tout ça, dit Siiri désespérée. Nous n'avons même pas ton numéro à toi. »

Mika lui jeta un bref coup d'œil mais ne fit aucun commentaire sur ce point. Un ange passa, et Anna-Liisa dissipa la gêne en émettant l'hypothèse qu'Irma avait peut-être les coordonnées du fils Raudanheimo, vu qu'elle était si curieuse et entreprenante quand elle avait encore toute sa tête.

« Elle avait coutume d'écrire tous les noms et numéros importants sur des Post-it qu'elle mettait sur les murs et les portes, alors évidemment c'est farfelu mais en l'occurrence ça va peut-être nous aider.

– On va voir ça, proposa Mika. Vous avez les clés, j'imagine ? »

Siiri et Anna-Liisa prirent peur, car elles trouvaient inconvenant de pénétrer ainsi chez autrui. Mika leur assura que ce serait uniquement pour aider Irma, de sorte que Siiri finit par accepter.

Elles furent choquées de voir dans quel état se trouvait l'appartement. Irma avait beaucoup d'affaires, mais elle veillait toujours à bien les ranger, en faisant des piles propres et cohérentes. Mais cette fois, tout était sens dessus dessous, comme si quelqu'un était passé avant eux pour fouiller les affaires d'Irma. Même les armoires de la cuisine étaient ouvertes, et l'évier était rempli des aliments secs et des sacs de farine qu'Irma stockait dans l'éventualité d'un coup dur. Il y avait des boîtes de médicaments sur le canapé et sur les tables, pêle-mêle, et seuls les Post-it semblaient n'avoir pas été déplacés. Il y en avait sur les murs, sur les miroirs, sur les portes, et tous disaient : « Pense bien à la glace et au whisky. »

« Comme si elle risquait d'oublier d'en acheter »,

grogna Anna-Liisa d'un air désapprobateur, pour masquer sa stupéfaction.

« Quelqu'un est venu chercher quelque chose ici », dit Mika. Il examina les boîtes de médicaments, et Siiri eut l'impression qu'il en mettait certaines dans une poche de son gilet en cuir.

« Et en a profité pour rendre autre chose », remarqua Anna-Liisa en ramassant avec une souplesse inattendue un classeur vert.

Mika attrapa le classeur, le feuilleta rapidement et le fourra dans son sac à dos. Il dit qu'il était obligé de partir mais qu'il reviendrait dimanche pour nettoyer l'appartement d'Irma. C'était évidemment bien aimable de sa part.

XXIII

Siiri était dans le 6, sur l'avenue Hämeentie, elle regardait la pluie de janvier et admirait les maisons qui jouxtent le parc Alli Trygg, quand un groupe d'élèves de maternelle monta dans le tram. N'osant pas leur adresser la parole, elle se contenta de les regarder discrètement pendant qu'ils expliquaient à d'autres voyageurs qu'ils allaient au trou de souris. Manifestant son étonnement, une dame demanda comment de si grands enfants tiendraient tous ensemble dans un trou de souris.

« Mais vous êtes bête, le Trou de souris c'est un théâtre, c'est pas un vrai trou », dit une petite fille à la tête pleine de nattes, et ils rirent tous beaucoup de la bêtise de la dame.

Ils descendirent à l'arrêt de la rue Lautatarhankatu, mais quand les portes se fermèrent, la fillette aux nattes était toujours là, paniquée, pauvre petite chose dans son gilet fluorescent. Comme personne ne faisait rien, Siiri s'approcha d'elle, la prit par la main et lui promit de l'aider, même si elle ne savait pas encore comment. L'enfant arrêta aussitôt de hurler, visiblement convaincue que cette vieille dame inconnue saurait la sauver de tous les périls. Siiri se présenta et lui demanda son nom.

« Julia. Julia Omppupomppu. J'ai quatre ans. »

Elle leva trois doigts. Pour être sûre, Siiri demanda aussi le nom de sa mère. Il faudrait qu'elle puisse contacter la famille s'il s'avérait que le Trou de souris n'existait pas. Elle se demanda où elle pourrait trouver une cabine téléphonique, ou un endroit où elle pourrait téléphoner à la mère de la petite, mais elle ne trouva rien. Même dans les restaurants, il ne devait plus y avoir de téléphones publics.

« Bah ma maman c'est Mme Omppupomppu, tiens. »

La petite expliqua qu'il y avait deux Siiri dans sa classe. Elle voulut savoir comment s'appelait la maman de Siiri, et quel âge elle avait. Après avoir situé sa nouvelle amie sur sa petite carte du monde, Julia Omppupomppu se mit à évoquer toutes les merveilles dont est faite la vie d'une fillette de quatre ans.

« Aujourd'hui c'est jeudi, alors c'est le jour de la sortie. Lundi c'est le jour des jouets mais c'était hier. Demain, on était en Thaïlande avec Mme Omppupomppu, on y est restés deux semaines alors c'est pour ça que j'ai mes nattes. Chez nous, comme animaux, on a des phasmes, parce que maman est allergique aux vrais animaux, aux chats et aux chiens, et aux cochons d'Inde, et aux gerbilles, et aux lapins, mais pas aux serpents. Mais moi je veux pas de serpents. »

Elles descendirent à l'arrêt suivant et marchèrent jusqu'au Trou de souris, qui était bel et bien un théâtre, comme Julia Omppupomppu l'avait dit. Dieu sait ce que c'était que des phasmes, mais peut-être qu'elle en avait vraiment à la maison, après tout. Une des maîtresses se trouvait devant le théâtre, le téléphone à l'oreille, l'air inquiet. Quand elle les vit, elle se précipita pour arracher Julia Omppupomppu à la main de Siiri.

« Tu étais où ? C'est pas possible de partir comme ça toute seule ! On a failli appeler la police ! Tu es vraiment impossible, il y a toujours des problèmes avec toi. Tous les autres sont déjà à leur place. »

Sa façon d'enguirlander la fille rappelait les employés de la résidence. Elle ne remarqua même pas Siiri, qui se retrouva soudain toute seule dans la rue, sans plus savoir pourquoi. Comment s'était-elle retrouvée à Vallila ? Ou était-ce Sörnäinen ? La petite fille était-elle réelle, ou avait-elle tout imaginé ?

Prise de tournis, elle traversa la rue et sauta dans le premier tramway qui passait. C'était le 6. Le rire et les galéjades d'Irma lui manquaient, elle croyait entendre sa voix intarissable et le tintement de ses bracelets. Elle crut même sentir un instant le parfum un peu douceâtre qu'utilisait son amie. Elle en eut les larmes aux yeux et la respiration oppressée. Comment avait-elle pu, par moments, trouver Irma fatigante ? À présent elle aurait tout donné pour l'écouter sept fois d'affilée raconter l'histoire de son mari montant la bibliothèque et criant « bordel ». Ou était-ce « putain » ? Décidément elle perdait la tête.

Siiri sursauta quand elle vit, après la station de métro de Sörnäinen, la drôle de maison Art nouveau de la fondation Ebeneser, dessinée par la première femme architecte finlandaise, Wivi Lönn. Avait-elle donc changé de tramway ? Le 6 n'était pas censé passer par ici. Elle était sûre d'avoir pris le 6 devant le Trou de souris, mais cela remontait à quelque temps. Ou bien se trompait-elle ? Elle se sentit la gorge serrée en songeant à quel point on pouvait perdre toute lucidité sans s'en rendre compte. Est-ce qu'elle parlait toute seule ? Au moins, elle avait toujours son sac à main, et son porte-monnaie était toujours dans sa poche à fermeture Éclair, mais elle ne voyait sa canne nulle part ; peut-être était-elle venue sans. Elle fut prise d'une envie d'extérioriser sa panique comme si elle aussi avait quatre ans, pour voir si quelqu'un la prendrait par la main pour la ramener chez elle, mais à la place elle se leva pour demander au conducteur ce qui s'était passé. Mais celui-ci restait enfermé dans sa cabine et refusait de répondre. Siiri n'arrêtait pas de toquer à la vitre, et en fin de compte le conducteur cria :

« Les billets s'achètent par portable ! »

Siiri se dirigea d'un pas chancelant vers une place pour invalides et s'y effondra, bien qu'elle évitât en général de les utiliser car il y avait toujours des vieux en moins bon état qu'elle. Elle avait des vertiges, et de lourds bourdonnements dans les oreilles. Elle se sentait indiciblement fatiguée. La faim était sans doute la cause de tout. Peut-être n'avait-elle rien mangé après son petit déjeuner ; mais pas moyen d'en être sûre. Il faisait noir dehors mais il était impossible d'en déduire l'heure, puisqu'en cette saison il faisait toujours sombre. Elle regarda sa montre, mais n'arriva pas à voir les aiguilles sans ses lunettes, et elle n'avait pas la force de les prendre dans son sac.

Une dame à l'air sympathique vint la voir et se pencha devant son visage pour lui parler. Était-elle censée reconnaître cette femme ?

« C'est le 8, qui part d'Arabianranta et va à Jätkä-saari. Vous avez un ticket ? »

Jätkäsaari, « l'Île-aux-mecs », était un nom affreusement laid : plus qu'à un quartier, cela faisait penser à une prison ou à un lieu de perdition. Bref, un endroit pour « gars d'la ville », aurait dit Irma. Siiri ne savait pas où ça se trouvait. Mais doux Jésus, un trajet de la plage d'Arabie à l'Île-aux-mecs ? Que venait faire dans cette galère une vieille dame honnête comme elle ?

La dame la regarda d'un air inquiet et se mit à parler de plus en plus fort, en déformant son visage d'une façon risible.

« Vous savez comment vous vous appelez ? Et quel jour on est aujourd'hui ? »

Siiri se rappela son amie Julia Omppupomppu, qu'elle avait jugée un peu bébête, et elle se mit à rire. La pauvre Julia ne connaissait pas son véritable nom de famille et ne distinguait pas aujourd'hui de demain. La dame lui faisait subir le même genre d'examen qu'elle-même un instant plus tôt avec la petite Julia, quatre ans.

« Peut-être que moi aussi je devrais mettre un gilet fluorescent. Aujourd'hui on est jeudi, c'est mon jour de sortie, et je m'appelle Arrière-grand-maman Omppu-pomppu. Si vous me permettez, je descends ici, au nouvel opéra. Merci pour votre gentillesse. »

Elle laissa la femme à l'air inquiet dans le 8 et rentra chez elle se reposer. Enfin le Bois du Couchant n'était pas vraiment « chez elle », c'était juste une solution raisonnable pour les gens qui n'étaient pas encore morts. « En attendant le crématorium », comme le prote disait toujours. Ah mais d'ailleurs, il était mort maintenant, ce bon Reino, ce baratineur de vieilles dames, ce frotteur des maisons de retraite, qui disait que Siiri était la plus jolie fille du Bois du Couchant. L'ambassadeur avait annoncé sa mort au milieu d'une partie de canasta, avait notifié d'un air dégagé le décès de son vieux camarade de caserne, *neben, über, unter, vor, zwischen*. Anna-Liisa avait ajouté que la mort était, de fait, la seule porte de sortie du service fermé.

XXIV

Siiri finit par mettre la main sur Tuula, qui était parmi les enfants d'Irma la seule qu'elle eût faite de son plein gré. Tuula avait fait deux ou trois fois le tour du monde, elle avait passé Noël sur une île du Pacifique, puis s'était envolée pour des congrès au Mexique et en Corée du Sud, et n'avait donc pas pu répondre quand Siiri l'avait appelée. Tuula était médecin, une vraie scientifique, toujours très pressée, spécialisée dans les revêtements de prothèse et les conduits auditifs de l'enfant ; Irma et Siiri ne voyaient pas bien le rapport entre les deux sujets.

« Effectivement, maman est dans une situation regrettable, dit Tuula. Mais qu'est-ce qu'on y peut, c'est l'âge. Heureusement vous êtes bien soignées, au Bois du Couchant. Maman est en sécurité au Foyer collectif, ils ont pu la prendre vite comme je me suis servie de mes relations pour avoir un avis favorable sur sa démence lourde. Il y en a qui se retrouvent à attendre des mois parce qu'ils ne connaissent pas les bonnes personnes. Mais Dieu merci, au Bois du Couchant, ils ont fait ça vite. Moi et mes frères, on ne peut pas s'occuper d'elle. Tu n'es peut-être pas au courant, mais j'ai deux chevaux, ça me donne beaucoup de travail ; c'est du travail agréable évidemment, mais du coup tu comprends bien qu'ils me prennent tout mon temps libre. »

C'était donc vrai. Irma était au service fermé, depuis de nombreuses semaines déjà, elle y passait de mornes journées pendant que sa fille prenait des avions pour étudier les conduits auditifs et que ses petits chachous passaient Noël sur l'île de Tonga Tonga. Et toutes ces semaines, Siiri n'avait fait que se lamenter, incapable de faire quoi que ce fût, si ce n'est s'introduire chez Irma avec un ange qu'elles ne connaissaient ni d'Ève ni d'Adam, pour y voler un classeur vert qui avait déjà été volé une fois.

La fille d'Irma ne comprit rien du tout quand Siiri lui dit que toute cette histoire de démence était une invention de la chef de service, et que ça se passait tout le temps comme ça au Bois du Couchant. Siiri essaya d'expliquer en détail de quoi il retournait.

« Quelles plaintes ? »

Tuula s'énerva franchement quand Siiri évoqua le fait qu'Irma était devenue la bête noire du personnel. Elle parla de l'administration provinciale, du CRÉT, et de la fondation Soin et amour des personnes âgées. Ah, et puis du classeur vert et des médicaments qui se multipliaient, bien sûr.

« Mais qu'est-ce que tu racontes ? En Finlande on ne prescrit pas n'importe quoi. De plus, les plaintes concernant la santé ne se traitent pas dans les CRÉT. Tu confonds avec les centres communaux, non ? J'ai l'impression que tu inventes toutes ces histoires. Tu es un peu fatiguée, tata Siiri, non ? »

Tuula n'avait pas eu le temps de passer voir sa mère au service fermé, et elle ne connaissait pas les conditions qui y régnaient. Elle dit à Siiri de faire confiance aux professionnels de la santé, et se réjouit quand celle-ci lui demanda l'autorisation d'aller voir Irma.

« Oui, toi évidemment tu as le temps pour ces trucs. Je vais prévenir l'administration pour qu'ils te donnent un droit de visite. Moi je ne pourrai pas venir avant peut-être la fin du mois prochain, je vais être overbookée après tous mes congrès. Et puis il y a les chevaux. Enfin ça ne me pose pas de problèmes de conscience comme je ne risque pas de manquer à ma mère, elle ne se souvient même pas de son propre nom. »

Cette conversation leur laissa un goût amer à l'une et à l'autre. Heureusement, il y avait tout de même des anges en ce bas monde, comme Mika Korhonen, un véritable don du ciel. Il avait nettoyé énergiquement l'appartement d'Irma, comme il l'avait promis, en jetant les farines vieilles de neuf ans, les biscottes périmées et en remettant toutes les affaires à leur place. À vrai dire, Mika n'appréciait sans doute pas beaucoup d'être considéré comme un ange, car il n'était pas un ange au sens propre, c'était un type d'ange spécial, d'après ce que Siiri avait compris. Il appartenait à un club international où l'on s'occupait de motos et de bienfaisance. Mais Siiri n'arrivait pas bien à s'intéresser aux activités associatives de Mika, car conduire des motos lui paraissait dangereux. L'essentiel c'était qu'il voulait, pour une raison inconnue, les aider ; à la différence des petits chachous d'Irma, qui n'avaient servi qu'à accélérer son transfert au service de démence.

« Je le fais pour Tero, avait dit Mika. Il est mort pour rien. »

Il était pressé et n'était même pas resté pour un café soluble. En partant, il avait dit qu'il allait voir le bon ami de Tero, Pasi, qu'il avait qualifié de « balance ». Il disait que Pasi avait besoin d'une bonne leçon, et qu'il allait s'en charger lui-même. Siiri Kettunen aurait été bien en peine de donner des leçons à qui que ce fût, et puis elle ne connaissait pas bien ce Pasi : au Bois du Couchant, il était tout le temps dans son bureau, et il s'occupait des gens qui avaient besoin d'allocations et compensations spéciales.

« Et moi pas question que je me remette à donner des leçons ! éclata Anna-Liisa tandis que, peu après l'épisode Tuula, elles disputaient une crapette dans l'espace de convivialité. Tu ne peux pas t'imaginer ce que c'est que d'enseigner pendant quarante-deux ans les cas grammaticaux du finnois à des adolescents. À cet âge-là, l'être humain n'est pas encore mûr pour comprendre à quoi sert la grammaire. Alors que c'est si important. Tu sais ce que c'est que l'ablatif ?

— Non, et je ne veux pas le savoir. Dans le journal, j'ai lu qu'il ne faut pas se surcharger le cerveau avec des connaissances superflues. Il faut se concentrer sur l'essentiel, quand les capacités s'amenuisent. »

Elles faillirent se disputer à ce sujet, et Siiri dut finalement demander pardon car elle se rendait compte qu'elle avait blessé Anna-Liisa. En gage de son pardon, Anna-Liisa se lança dans un exposé détaillé sur les cas propres à la langue finnoise.

« … et pour distinguer le comitatif et l'abessif, je leur disais que le *com*itatif c'est quand on est en *com*pagnie de quelqu'un, alors que l'*ab*essif c'est quand quelqu'un est *ab*sent. Pas mal comme moyen mnémotechnique, hein ? »

Siiri trouvait que l'abessif lui était présentement plus utile que le comitatif : en l'absence d'Irma, Siiri n'avait goût à rien, et il n'y avait personne pour l'aider à ramener son amie. Mika Korhonen se concentrait sur Pasi, la fille d'Irma ne comprenait rien à rien, et Tuukka, le petit ami de la fille de son petit-fils, ne l'appelait plus depuis longtemps. Siiri avait l'impression que le monde entier avait déménagé sur Internet, et Siiri n'y avait pas accès. La seule lueur d'espoir dans ces ténèbres émanait du service fermé. Elle irait bientôt y retrouver Irma.

XXV

Les funérailles du prote eurent lieu un jour de semaine, à une période durant laquelle la température descendit enfin en dessous de zéro et où la pluie incessante se transforma en neige. Cela faisait maintenant trois jours que celle-ci tombait sans discontinuer, et les transports étaient sens dessus dessous. Les agents municipaux se dépêchaient de faire de la place pour les voitures, si bien que toute la neige était déversée sur les trottoirs et dans les cours. Avec un fauteuil roulant ou un déambulateur, il ne fallait même pas songer à avancer ne fût-ce que de deux mètres.

Ils commandèrent deux taxis pour handicapés grâce aux bons de transport de l'ambassadeur. Le premier accueillit Anna-Liisa, Siiri et l'ambassadeur lui-même, le second les époux Partanen et la Dame au grand chapeau, qui avait repris du poil de la bête et s'était remise à faire du porte-à-porte. Pour Siiri et Anna-Liisa, il s'agissait de mendicité : elle prenait partout du café et des viennoiseries, tout en prétendant vouloir parler de Jésus. Elle ne tardait jamais à sortir sa vieille Bible tout en posant des questions intimes à ses interlocutrices.

« Je n'ai pas encore de conception bien claire là-dessus », lui avait un jour dit Siiri en voulant faire preuve de tact, mais c'était une erreur. Par la suite, la Dame au grand chapeau lui avait infligé un traitement spécial, voyant en elle un terrain propice. Aussi la Dame lui était-elle devenue pénible, et Siiri veilla à ne pas se retrouver dans le même taxi qu'elle.

On ne pouvait accéder à l'entrée du crématorium en voiture. Les chauffeurs de taxi durent laisser leurs passagers à un coin de rue, les abandonnant à leur sort avec leurs fauteuils roulants et leurs déambulateurs, avant de remettre les gaz. Les vieux faillirent rater la cérémonie, tant il leur fallut du temps pour avancer dans les congères en se poussant les uns les autres. La neige s'amassant sur les roues des fauteuils, toute progression était quasi impossible. La canne de l'ambassadeur se coinça dans le déambulateur d'Anna-Liisa, la Dame au grand chapeau tomba dans la neige cul par-dessus tête, et Margit Partanen avait tous les symptômes d'une attaque cardiaque.

« Pas d'inquiétude, on finira toujours au crématorium à un moment ou à un autre ! » s'écria gaiement l'ambassadeur.

La sacristine, une pauvre femme chétive et sans

manteau, accourut enfin à la rescousse. Après avoir fait entrer tous les fauteuils roulants, les déambulateurs et les vieillards, elle était moite de transpiration. Ils essayèrent de tous tenir dans le petit narthex tout en se débarrassant de leurs manteaux et chapeaux et en déballant leurs couronnes de fleurs. Ici non plus il n'y avait pas de poubelles pour les emballages, comme d'ailleurs dans aucune église ou chapelle, ce qui était tout de même étrange. Anna-Liisa suspendit son déambulateur à un porte-manteau, car elle jugeait qu'il allait encombrer et que sa couleur rouge n'était pas appropriée.

Le vieux crématorium était un endroit sinistre, petit mais bruyant et austère. La porte située au fond de la salle inspirait particulièrement l'effroi, car le four se trouvait derrière. Siiri n'avait jamais aimé la façon dont le cercueil glissait sur ses rails vers le four, accompagné par les regards embarrassés de l'assistance. Dans sa tête, elle imaginait toujours des flammes ardentes dignes du purgatoire, quand bien même Anna-Liisa lui avait expliqué que le corps brûlait par effet de la chaleur et non des flammes, et que tout se passait par simple pression d'un bouton, comme pour faire du café. Siiri trouvait que les enterrements étaient plus beaux dans la chapelle de Hietaniemi, qui pour un bâtiment dessiné par Theodor Höijer était particulièrement sublime. Elle ne savait même pas qui avait conçu ce crématorium disgracieux.

À part eux, il n'y avait pour ainsi dire personne aux funérailles du prote. Ils étaient assis du côté gauche, aux quatrième et cinquième rangs, car ils ne voulaient pas se trouver trop près du cercueil quand il partirait pour son dernier voyage. De l'autre côté du couloir, il n'y avait que deux hommes de la famille de Reino ; ils ne les avaient jamais rencontrés.

« On est ses neveux, dit l'un d'entre eux en hochant la tête d'un air amical.

— Ah oui, vous êtes venus pour capter l'héritage, dit l'ambassadeur avec un certain manque de tact, mais cela fit sourire les deux hommes.

— Oh, tonton Jaakko n'a rien laissé. Tout a servi à payer la résidence.

— On est à l'enterrement de Jaakko ? demanda Eino Partanen, qui n'avait même pas de costume noir, seulement un jogging noir et un pull.

— Mais au moins il y était en sécurité, on ne s'inquiétait pas pour lui.

— C'est l'enterrement du prote, tais-toi donc », rétorqua Margit Partanen à son mari, tout en regrettant qu'il n'y eût pas sur le fauteuil roulant de bouton pour baisser le volume de son mari.

Les funérailles furent particulièrement ratées ; tous se sentirent désolés pour le prote. Au moins, le pasteur se contenta d'un bref discours, et les neveux se retinrent de déclamer de la poésie funèbre, mais malgré cela la Dame au grand chapeau s'endormit au beau milieu. Approcher du cercueil en fauteuil roulant leur prit encore une fois beaucoup de temps, et comme c'était en général le prote qui prononçait les éloges funèbres, ils furent bien en peine de savoir comment procéder cette fois.

« En souvenir de nos belles parties de bridge, dit finalement l'ambassadeur d'une voix balbutiante, ce qui ne pouvait qu'énerver Anna-Liisa.

— Le prote organisait des parties fines ? Avec qui ? Et il s'appelait Jaakko alors ? » cria Eino Partanen à sa femme quand ils approchèrent du cercueil, mais à ce moment-là l'organiste entama un cantique et Eino dut se passer d'explications.

Personne ne chanta, comme Irma n'était pas là, et Siiri se sentit de nouveau mal à l'aise. Comme Irma aurait aimé être ici avec eux ! Mais elle était dans le service fermé, attachée à son lit, sans rien pouvoir faire d'amusant.

La cérémonie du souvenir se tint au restaurant Perho, rue Mechelininkatu, et fut d'un ennui mortel. Le service, assuré par des étudiants de l'école hôtelière, y était à chaque fois d'une extrême lenteur. Un jour, un serveur avait apporté une salière à Siiri au lieu du café qu'elle avait demandé, et il n'avait corrigé son erreur que vingt minutes plus tard.

Les neveux du prote étaient déneigeurs, ils faisaient tomber sur la tête des gens la neige accumulée sur les toits. C'étaient des hommes très taciturnes, mais même eux, Irma aurait su s'y intéresser. Elle aurait posé des questions farfelues sur ce qu'un déneigeur peut bien faire en été. Anna-Liisa fit de son mieux pour nourrir la conversation.

« Avec toute cette neige, on ne peut aller nulle part en déambulateur. On a tous vu suffisamment de neige à notre âge, maintenant on s'en passerait bien. »

Il y eut un semblant de discussion sur le sujet, mais Siiri n'y participa pas. Elle regarda par la fenêtre et essaya de noyer son mal-être dans un café léger. Ces pingres de neveux ne proposèrent même pas de gâteaux. Les vieux repartirent en tramway, car personne n'avait de téléphone portable et que le personnel du Perho ne savait pas commander de taxis conventionnés.

Une fois chez elle, Siiri se souvint que le prote s'appelait Reino, alors que les neveux avaient toujours parlé de leur oncle Jaakko. Ce n'était pas le bon enterrement !

« *Döden, döden, döden* », dit-elle à voix haute, et elle se mit à rire au point d'en avoir des crampes.

XXVI

La sonnette d'entrée sonna si fort et de façon si pressante que Siiri bondit hors de son lit en faisant tomber son journal. Elle mit sa robe de chambre, mais oublia ses pantoufles sous le lit tant elle se dépêcha d'aller ouvrir, un peu nerveuse. Elle recevait rarement des visiteurs à l'improviste, surtout des visiteurs utilisant la sonnette. Elle dut s'arrêter un instant et prendre appui sur la table, car le bourdonnement dans sa tête s'intensifiait désagréablement, avec tout ce remue-ménage. Elle s'exclama « Cocorico ! » pour dire à son visiteur de ne pas s'en aller, mais le regretta aussitôt, sentant bien qu'elle aurait pu trouver quelque chose de plus intelligent à crier.

Quelle ne fut pas sa joie quand la porte s'ouvrit sur Mika Korhonen et son blouson de cuir ! Elle lui sauta au cou mais eut aussitôt un mouvement de recul car Mika semblait tendu et très pressé.

« C'est du sérieux, là. Ce serait bien que tu éteignes cette symphonie. »

Il entra sans autre forme de procès, et ne voulut même pas de café soluble.

« C'est un concerto pour grand orchestre et soliste, c'est le *Concerto pour piano n° 3* de Beethoven », dit Siiri en éteignant le tourne-disque.

Elle avait l'impression que Mika était là pour une raison bien particulière, et qu'il serait bon de faire venir Anna-Liisa en qualité de témoin. Mika ne dit rien, il s'assit sur le petit canapé et fouilla dans son sac. Siiri lui demanda d'enlever ses bottes boueuses, et il obéit poliment. Il avait des chaussettes trouées, même pas en laine : Siiri sut aussitôt ce qu'elle lui offrirait comme cadeau, un jour, quand elle y penserait. Elle-même n'aimait guère tricoter, mais Margit Partanen tricotait chaque jour et elle pourrait lui faire des chaussettes de laine en un clin d'œil.

Anna-Liisa arriva étonnamment vite pour une vieille femme en déambulateur. Maintenant qu'elles avaient passé davantage de temps ensemble, Siiri avait remarqué qu'Anna-Liisa n'en avait pas vraiment besoin pour se déplacer. Elle était encore fort agile, et elle marchait assez vite. Mais Anna-Liisa disait qu'elle aimait son déambulateur parce qu'il l'aidait à garder l'équilibre. Elle le considérait comme un moyen de prévenir toute chute inutile. La société dépensait énormément d'argent parce que les vieux faisaient n'importe quoi, se déplaçaient en chaussettes, sans aide, et se brisaient les os. On disait que la plupart des accidents avaient lieu à la maison.

Mika prit dans son sac une large pile de papiers qu'il posa sur la table.

« Ça, c'est le dossier médical d'Irma Lännenleimu, avec quelques autres petites choses, tout ce qui se trouve à son nom dans les documents du Bois du Couchant. »

Siiri et Anna-Liisa regardaient les papiers, effarées.

Tellement de renseignements sur Irma ? Alors il y avait peut-être sur elles aussi, dans les archives du Bois, de ces gros dossiers façon Stasi ? Anna-Liisa prit les devants. Elle se mit à interroger Mika comme s'il était un morveux de quinze ans qui avait oublié la classification des déterminants indéfinis.

« Où as-tu trouvé ces papiers ? Qui t'a permis de les prendre ? Sont-ce les originaux ou des copies ?

– Je les ai volés, répondit Mika avec un calme souverain, au milieu du silence, et il laissa les deux femmes reprendre leur respiration, avant de continuer : J'ai eu les clefs par Pasi. Tout le trousseau. Pasi collabore avec votre chef de service, celle qui a une boîte qui embauche les aides-soignants.

– Virpi Hiukkanen ? Mais c'est justement elle qui l'a mis à la porte ! » intervint Siiri.

Mais elle avait tort, quand bien même elle avait raison.

« Eh ouais. Ils sont toujours en business, rapport à Tero. Et vous savez comment s'appelle sa boîte ?

– Ah non, ça on n'a pas demandé.

– Agence de recrutement Macro. Tu parles d'un nom d'agence ! »

Mika était parfois un peu bizarre et pas très clair. Voilà qu'il éclatait d'un rire gras à cause du nom de l'entreprise de Virpi Hiukkanen, en bredouillant quelque chose qu'elles ne saisirent pas. D'après lui, aussi bien la police que Pasi collaboraient avec Virpi Hiukkanen, ce qui ne pouvait pas être vrai. Siiri n'osa pourtant pas le contredire, car Mika avait quelque chose d'effrayant depuis qu'il s'était mis à voler à cause d'elles.

« Sommes-nous dorénavant tes complices ? » demanda Anna-Liisa avec sa solennité habituelle, en redressant le dos, tel un haltérophile. Elle ressentait une discrète excitation à l'idée de ce nouveau rebondissement. Mika leur donna les papiers d'Irma, qui étaient des copies des originaux, et dit qu'elles pouvaient les garder avant une ultime mise en garde :

« Ça vous fera pas plaisir à lire. »

Puis il partit aussi vite qu'il était venu. Il remettait déjà ses bottes quand Siiri lui demanda quand ils se reverraient et comment il faudrait procéder pour la suite. Mika ne pouvait rien promettre.

« Occupez-vous de vos trucs, moi je m'occupe de Pasi », dit-il en refermant la porte.

Elles restèrent bouche bée. Siiri ne comprenait pas pourquoi Pasi était devenu si important, et ne voyait pas bien quel était le but de Mika dans tout cela. Anna-Liisa ne disait rien, mais elle finit par prendre la pile de papiers laissée par Mika et son courage à deux mains pour la lire, comme s'il s'agissait de noter des copies de bac blanc. Elle resta longtemps silencieuse, puis elle interrompit sa lecture, se pencha en arrière et soupira :

« Mika avait raison. Ça ne fait pas plaisir à lire. »

Elle demanda un verre de whisky, ce qui pour Siiri était du jamais-vu. Siiri prit un peu de vin rouge en l'honneur d'Irma. Finalement, Irma avait été beaucoup plus téméraire qu'elles ne l'avaient cru, elle avait envoyé des plaintes véhémentes à tout le monde, y compris au médiateur du Parlement et au ministre des Affaires sociales – et toutes ses lettres avaient atterri sur le bureau de l'administration du Bois du Couchant.

Nous avons bien reçu votre plainte, qui sera traitée dès que possible, disait un courrier envoyé du Parlement et daté de trois ans plus tôt. Le médiateur du Parlement n'avait ensuite plus donné signe de vie, mais on savait bien qu'il vivait toujours.

« Mais tout cela n'a rien à voir avec son dossier médical », dit sérieusement Anna-Liisa.

Quelqu'un n'en avait pas moins rangé les documents relatifs au traitement des plaintes d'Irma avec ledit dossier. Il y avait aussi quelques lettres émanant du bureau provincial de l'Uusimaa, la première datant de cinq ans, d'autres plus récentes, et leur lettre commune aux membres du conseil d'administration de la fondation Soin et amour des personnes âgées.

Le pire était cependant les notes concernant la santé d'Irma. Cela faisait plus d'un an que le personnel donnait de fausses informations sur Irma aux divers médecins du centre médical. On remarquait chez elle méfiance permanente, paranoïa aiguë, agressivité occasionnelle et de graves troubles de la mémoire qui tendaient à se multiplier. Les échanges avec les médecins ne s'étaient faits que par courriel ou par téléphone, et maintes ordonnances avaient été rédigées sans voir la patiente. La conclusion était sans appel : *Les troubles ne cessant de s'aggraver, la seule solution est un transfert au Foyer collectif, la fille de la patiente s'occupe de l'avis médical.*

« Si seulement ils lui avaient donné un rendez-vous avec un médecin, quelqu'un aurait bien vu qu'elle n'était pas malade, dit Anna-Liisa d'une voix inhabituellement sombre.

— Caboche fonctionnelle, comme elle disait toujours. Enfin sauf qu'en décembre elle était très perturbée, fatiguée, et même un peu avant déjà, comme c'est écrit. Et elle était de plus en plus méfiante. Est-ce que… tu crois qu'ils auraient pu…

— C'est clair comme de l'eau de roche. Ils emploient

164

une polymédication qui influe sur le système nerveux pour rendre les vieux malades. Quelqu'un a conçu un projet à long terme visant à frapper Irma de démence. »

Irma s'était vu prescrire des médicaments pour l'anxiété, l'agitation, l'insomnie, la raideur musculaire, les douleurs intenses, la dépression et Dieu sait quoi encore : des doses toujours plus importantes et des ordonnances qui s'allongeaient toute l'année, surtout en automne. Comme si chaque médicament causait un nouveau symptôme qu'il fallait traiter par le médicament suivant, dans une chaîne interminable.

Siiri se sentit mal. Son esprit n'était plus que néant et attente de la mort. C'était le bon moment pour s'endormir à jamais. Elle n'arrivait pas à comprendre comment ces gens pouvaient faire ça. Avoir une vieille de plus dans le service fermé ne pouvait tout de même pas rapporter tant de subventions municipales ! Alors pourquoi la fondation Soin et amour des personnes âgées se lançait-elle dans des manœuvres aussi compliquées ? Il y avait des moyens plus simples de réduire au silence quelqu'un qui se mettait à envoyer des plaintes.

« Je pense qu'il n'y a aucune institution qui s'occupe de vérifier que les choses se passent comme elles devraient, dit Siiri d'un ton accablé. Et les articles dans les journaux ne changent rien à rien.

— Un bon vieux est un vieux mort, énonça lugubrement Anna-Liisa, avant de finir son whisky et d'ajouter : Et ne dis pas *döden, döden, döden*. Tu as des nouvelles d'Olavi Raudanheimo ?

— Je n'y pensais même plus. Ça fait trop de choses. Tu t'en vas ? »

Les papiers d'Irma n'avaient pas fait perdre à Anna-Liisa sa capacité d'action. Elle avait sa gym sur chaise qui commençait à 11 heures, et après le déjeuner elle avait l'intention d'aller jouer au bingo à l'auditorium avec l'ambassadeur. Elle essaya d'y faire venir Siiri, mais en vain.

« Je ne serai jamais assez toquée pour me mettre au bingo. C'est tes clefs, ça ? Ne me dis pas que ce sont les miennes, parce que j'ai l'impression que je ne les ai jamais vues. »

Il y avait un trousseau sur la table. Ce n'était ni celui d'Anna-Liisa ni celui de Siiri.

« Mika nous les aurait laissées… exprès ? »

Siiri regarda le trousseau de plus près. Il portait trois clefs, avec une étiquette : *Foyer collectif.*

XXVII

« Siiri chérie, c'est moi, tu as le bonjour du rez-de-chaussée ! Et j'ai de bonnes nouvelles ! Quelqu'un a trouvé ta canne à l'hôpital de Laakso. »

Au fil de l'hiver, Siiri s'était de temps en temps demandé où sa canne avait disparu, mais elle n'avait pas pris la peine d'en acheter une nouvelle. Sur les trottoirs glissants, cela lui aurait pourtant été utile, le gel ayant fait des routes un danger mortel. Et voilà que la directrice Sundström lui téléphonait, plus enjouée que d'habitude, comme pour proclamer l'évangile. S'adressant à elle comme à une petite fille, elle félicita Siiri d'avoir bien pensé à mettre sur sa canne une étiquette avec ses nom et adresse. Siiri demanda poliment à Sinikka Sundström comment ses vacances de Noël s'étaient passées, mais elle s'en mordit les doigts.

« C'était fan-tas-tique ! Tu ne peux pas imaginer ce que c'est que l'Inde, c'est un endroit en tout point merveilleux. Beaucoup de touristes n'y vont que pour profiter des hôtels et des plages, et ils ne voient pas la pauvreté des gens, qui est vraiment poignante. Nous y sommes restés trois semaines, avec Pertti, et nous avons pu nous familiariser avec les problèmes de l'Inde, en particulier en ce qui concerne les enfants. Imagine, Siiri, il y a là-bas des dizaines de milliers d'orphe-lins, analphabètes et malades, mais si mignons... Le fait de les voir m'a tellement touchée que j'ai décidé d'aider les orphelins indiens. Donc on a lancé, ici, au Bois du Couchant, une grande collecte en faveur des enfants indiens. Tu voudras bien participer, Siiri, n'est-ce pas ?

– À vrai dire j'ai donné pas mal d'argent à Noël pour la collecte de la Fraternité des anciens combattants.

– Ouiii, je comprends que les problèmes de l'Inde te paraissent un peu abstraits. Mais ces orphelins n'ont même pas de chaussures à se mettre, et ils ont vraiment besoin de notre aide, à nous qui vivons dans l'abondance. Et puis en Finlande, il n'y a plus que deux ou trois malheureux anciens combattants encore en vie.

– Oui oui, sans doute.

– Enfin bon, on pourra parler de tout ça une pro-chaine fois. J'ai beaucoup de photos merveilleuses avec les orphelins indiens, et quand tu les verras toi aussi tu seras très touchée. Ah mais au fait, malheu-reusement, il faut que tu ailles toi-même chercher ta canne à Laakso, ici personne n'a le temps de t'aider. Là on a tous la tête dans le guidon, et il y a tellement de travail que je crains pour la santé de mes subordonnés. Travailler avec les seniors, c'est dur, tu sais, et puis ce n'est pas très intéressant ni gratifiant. Personne ne pense à nous remercier, ici. Et le salaire est minuscule, comme la société ne comprend pas l'importance de ce qu'on fait. Bref, avec tout ça, c'est très dur de trouver des employés dans une résidence, et cette semaine encore on est en sous-effectif. »

Siiri se prépara à partir dès qu'elle fut débarrassée de Sinikka Sundström. Elle chercha son peigne et son miroir de poche, remarqua le trousseau de clefs de Mika, voulut tout mettre dans son sac à main mais ne le trouva nulle part, puis l'avisa finalement sur la chaise de l'entrée, oublia de se coiffer, perdit ses lunettes de vue avant de s'apercevoir qu'elle les avait sur la tête, se demanda où était sa canne et se souvint qu'elle partait justement la chercher. Alors qu'elle mettait son manteau, elle entendit quelqu'un trifouiller la serrure de sa porte avec une clef. Elle se figea et regarda le battant s'ouvrir lentement. Il n'y avait pas de lumière dans la cage d'escalier, et la première chose qu'elle vit pénétrer chez elle fut une boîte à outils.

Elle ne s'étonna pas outre mesure de voir que la boîte à outils était portée par le concierge, Erkki Hiukkanen, vêtu de sa salopette bleue et de sa sempiternelle casquette. Il se glissa à l'intérieur sans un bruit, en regardant derrière lui, tâtonna à la recherche de l'interrupteur et fit un bond en découvrant que Siiri était dans l'entrée, à deux pas de lui. Paniqué, il ferma la porte, lâcha sa boîte à outils et repoussa sa casquette vers l'arrière. Après quelques secondes, il se mit à bredouiller qu'il était venu vérifier les tuyaux de la salle de bains. Siiri répliqua qu'ils avaient toujours bien fonctionné depuis qu'elle habitait là.

« Ah bon. Mais en fait on vérifie les tuyaux de tout le monde, parce qu'il y a eu des plaintes », mentit Hiukkanen, et Siiri le fit entrer, sans pour autant changer son programme.

Elle ne voulait pas rester assise à le regarder mettre les mains dans sa tuyauterie.

Dans le tramway, Siiri essaya de se rappeler à quel moment elle était passée à l'hôpital de Laakso. Comment diantre sa canne s'était-elle retrouvée là ? Elle n'osait plus guère se fier à sa mémoire. La veille encore, Virpi Hiukkanen était venue la chercher à la table de jeu, au milieu d'une canasta, pour prendre sa tension. Siiri aurait pu jurer qu'elle n'avait rien demandé de tel. Elle avait même dû payer.

« Siiri, tu ne te souviens pas alors qu'on en a discuté il n'y a pas longtemps, c'est pareil pour nous tous ici », avait dit Virpi comme si elle-même s'incluait dans le lot.

Elle avait traîné Siiri dans son bureau et lui avait posé des questions sur ses arythmies et sur sa joie de vivre. Siiri n'avait pas compris à quoi tout cela rimait.

« Mais tu es allée en décembre chez le cardiologue de l'hôpital de Meilahti pour évoquer tout ça. Tu ne te rappelles pas ? »

L'interrogatoire de Virpi avait été désagréable, et Siiri manifesta son agacement, car sa tension était parfaitement normale.

« Hep hep hep, pas d'agressivité », lui avait rétorqué Virpi.

Siiri s'était fâchée tout rouge, avait dit au revoir et merci et avait regagné son appartement. L'ambassadeur et Anna-Liisa avaient dû finir leur canasta à deux, ce dont Siiri se désolait car elle avait eu deux jokers dès le départ. Mais tout cela s'était-il bien passé la veille ? Ou l'avant-veille ? Autant ne pas y réfléchir, se dit-elle en descendant à Tullinpuomi. Elle ne le saurait jamais, ou alors un jour peut-être, comme disait Irma. Siiri s'arrêta pour regarder le soleil briller sur les murs de l'Auratalo, puis traversa l'avenue Mannerheimintie et monta vers Laakso.

La confusion régnait à l'hôpital, et il fallut longtemps à Siiri pour trouver quelqu'un qui eût le temps de l'écouter.

« Ah heu, là j'sais pas trop vous dire où faudrait la chercher vot'canne. Z'avez regardé sur Internet ? demanda la jeune fille de la loge des "Informations".

– Il faut que j'aille sur l'Internet pour trouver ma canne ? Alors ça se passe où ? » demanda poliment Siiri.

C'est là que la jeune fille parut comprendre que Siiri n'arriverait jamais à trouver sa canne sur un ordinateur. Elle promit de se renseigner et demanda à Siiri de patienter dans la salle d'attente. Pendant ce temps, Siiri se rappela qu'Olavi Raudanheimo avait été transféré au service des maladies chroniques de Laakso, avant Noël, mais elle n'était jamais allée le voir là, seulement dans sa chambre avec vue, au Hilton. C'était le jour où Olavi s'était vu servir de la sauce au porc toute diluée et où ils s'étaient amusés à lire ensemble le journal.

La gentille fille revint avec sa canne à la main.

« Je vous présente Jojo-la-Canne, mon fidèle compagnon ! s'exclama Siiri comme aurait pu le faire Irma, et la jeune fille lui fit un si ravissant sourire qu'elle osa lui demander comment la canne s'était retrouvée à Laakso.

– Parce que je ne me rappelle pas être venue ici. Mais peut-être que je ne me rappelle pas tout, je suis si vieille.

– On l'a trouvée dans les affaires d'un patient, dit la jeune fille, et Siiri eut comme une illumination.

– Olavi Raudanheimo ! Mais bien sûr, j'ai oublié ma canne chez lui au Hilton, et ensuite il a été transféré ici avec tout son saint-frusquin. Du coup, tant que j'y suis je pourrais en profiter pour passer le voir. Vous sauriez me dire dans quel service il est ? »

La fille prit un air gêné et dit qu'il était impossible de lui rendre visite car M. Raudanheimo n'était plus à l'hôpital.

« Oh lala, où est-ce qu'il a encore été transféré ?

– Il a été… il s'en est allé, il… nous a quittés, enfin il est… mort. »

Elle prétendit qu'il était mort de vieillesse. Mais Siiri savait bien que la médecine finlandaise avait éradiqué cette cause de décès avant même la naissance de la jeune fille, sans doute parce que c'était la seule activité humaine qu'elle ne parvînt pas à maîtriser. En fin de compte, la fille alla chercher une infirmière, qui expliqua d'un ton amical et rompu à l'exercice que l'hôpital n'était pas habilité à divulguer les causes précises de décès des patients à des gens extérieurs.

« Tout ce que je peux vous dire, c'est que M. Raudanheimo, au cours des dernières semaines, a absolument refusé de s'alimenter, y compris par intraveineuse. Cela a causé pas mal de problèmes et de réunions du personnel, enfin vous voyez de quoi je parle. »

L'infirmière lança à Siiri un regard éloquent, et celle-ci comprit ce qui s'était passé. Elle avait déjà entendu parler de ce genre de choses. Irma lui avait parlé de sa cousine Sylvi, dont les enfants l'avaient mise dans une maison de retraite tellement horrible qu'elle avait arrêté de manger, pour en finir.

« Tu comprends, pour en finir, comme la grosse dame de l'escalier A.

– Elle a eu trop d'insuline, c'est ça ?

– Idiote ! Mais non, ma cousine n'avait pas le diabète, même pas le diabète des vieux comme moi et un peu tout le monde. Ma cousine s'est suicidée en faisant la grève de la faim comme Gandhi, mais elle évidemment personne n'est venue l'en empêcher parce qu'un vieux qui meurt, c'est une bonne chose, tout comme c'est une bonne chose que Gandhi ne soit pas mort, enfin si bien sûr à la fin il est mort, mais pas à cause de sa grève de la faim. Sylvi a arrêté de manger, et comme elle était déjà pingre avant, elle est morte en deux semaines. Rien de plus simple, quand on est vieux et maigre. Si on pense bien à ne pas boire non plus, on est tout de suite très mal en point. Et pour peu que tu aies pensé à rédiger des directives anticipées, personne ne peut venir te coller des tuyaux et des boutons pour te nourrir de force comme une *oye*. »

Irma s'acharnait à dire « je m'assoye, faut qu'je voye, une oye », uniquement pour énerver Anna-Liisa, qui à chaque fois mettait autant d'acharnement à corriger sa prononciation. Et elle traitait les gens maigres de « pingres » parce que sa belle-mère l'avait une fois qualifiée ainsi quand elle était encore maigre. La belle-mère en question était svécophone, et ne s'était mise à parler finnois que pour des raisons politiques.

« Une fennomane ! » se réjouissait Anna-Liisa à chaque fois qu'elle entendait cette histoire.

XXVIII

Il fallut donc encore aller à un enterrement à la chapelle de Hietaniemi. Cette fois, elles firent bien attention à être au bon endroit au bon moment. Siiri, Anna-Liisa et la Dame au grand chapeau prirent le 4 et le 8, quoique Siiri fît tout son possible pour persuader la Dame au grand chapeau d'y aller en taxi. Mais le taxi de l'ambassadeur, qu'il affrétait grâce à ses bons de transport, était déjà surchargé puisque Eino et Margit Partanen y étaient montés avec leurs fauteuils roulants, et la Dame au grand chapeau n'osait pas se déplacer seule.

Siiri pensa bien à prendre son coussin vert, ce qui était une bonne chose car les bancs de la chapelle étaient terriblement durs, et comme elle était passablement pingre elle s'asseyait directement sur ses os, ce qui à la longue était fort douloureux.

Ils ne savaient pas qu'Olavi Raudanheimo avait une famille nombreuse et beaucoup d'amis. Il avait toujours été si solitaire, au Bois du Couchant. Mais la chapelle était pleine de monde, il y avait même des camarades de classe de Raudanheimo, et plusieurs collègues de l'époque où il était appariteur au département de pathologie de l'université ; l'ambassadeur reconnut plusieurs amis francs-maçons qu'ils avaient en commun. La famille ressemblait à tout et n'importe quoi, il y avait même une fille qui avait le visage plein d'anneaux métalliques.

« Ce sont des piercings, des genres de bijoux. Ils les mettent un peu partout, au nombril, dans les parties génitales… », expliqua Anna-Liisa, et l'ambassadeur rit à gorge déployée.

Siiri aida Anna-Liisa avec son déambulateur et oublia sa canne sur le banc quand ce fut leur tour d'aller au cercueil. Margit Partanen était devenue très adroite avec le fauteuil roulant de son mari. Elle avait assommé ce dernier avec des drogues si puissantes qu'il resta silencieux pendant toute la cérémonie. Elle s'en vanta ouvertement, à un moment où la Dame au grand chapeau était dans un profond sommeil.

« Repose en paix, Olavi », dit Anna-Liisa d'une voix de tragédienne après avoir déposé sa couronne de fleurs sur le cercueil.

Elle avait prévenu qu'elle avait l'intention de dire quelque chose, aussi Siiri s'attendait-elle au moins à du Uuno Kailas ou à du Runeberg ; elle fut donc déçue de voir Anna-Liisa dire si peu de choses, et sur un ton de fossoyeur. C'est là qu'elle s'aperçut qu'elle avait toujours son coussin vert à la main, ce qui était gênant. Elle n'avait plus le choix, il lui fallait assumer et rester là courageusement, coussin sous le bras, objet de tous les regards, en se disant comme Irma qu'à un âge aussi avancé, elle pouvait faire tout ce qui lui passait par la tête.

La famille Raudanheimo chanta merveilleusement les psaumes, et Siiri trouva toute la cérémonie très réussie. Le pasteur était une femme pleine de douceur et de sagesse, qui ne parla pas de voyage et d'autres clichés habituels, mais qui parla d'Olavi comme si elle l'avait connu. Elle évoqua aussi avec délicatesse le fait qu'Olavi avait le droit de mourir au moment souhaité, dès lors que le monde était intolérable à un homme de bonne volonté comme lui ; ou quelque chose dans ce goût-là.

Ils n'eurent pas le cœur d'aller à la cérémonie du souvenir au restaurant Laulumiehet, malgré les invitations pressantes du fils Raudanheimo.

« Vous aurez déjà tant d'invités, vous n'avez pas besoin que nous venions nous surajouter », dit poliment l'ambassadeur.

Siiri put demander au fils d'Olavi où en était son dépôt de plainte, bien qu'elle eût d'abord pensé qu'un enterrement n'était pas le lieu approprié pour cela. Le fils Raudanheimo avait l'air si solide qu'elle avait finalement jugé pouvoir se le permettre. Huit jours après la mort de son père, il avait reçu de la police criminelle d'Helsinki une lettre annonçant que le procureur avait requis une ordonnance de non-lieu, sans donner les motifs.

« La police a dû être soulagée de voir que mon père était mort et que l'affaire pouvait être enterrée. Autrement, ils auraient dû attendre exprès qu'il casse sa pipe, vu que le dossier était trop sensible pour faire une vraie enquête. En tout cas, quand j'ai appelé votre directrice, Sundström, c'était comme si on lui avait annoncé qu'elle échappait à la prison à vie. Elle a failli fondre en larmes, la pauvre. »

L'ambassadeur expliqua qu'il avait jadis essayé d'apprendre à des étrangers à prononcer le mot finnois signifiant « ordonnance de non-lieu », *syyttämättäjättämispäätös*, mais que cela n'avait rien donné de convaincant. D'ailleurs, dans toutes les autres langues il fallait plusieurs mots voire plusieurs phrases pour dire la même chose, mais en finnois il suffisait de ce mot tout simple. Anna-Liisa et l'ambassadeur sourirent à l'évocation de ce fait, comme si la glorieuse destinée de la langue finnoise reposait entièrement sur leurs frêles épaules.

« Un autre mot intéressant était *raparperi-inkivääräjäädyke* (parfait rhubarbe-gingembre), ça personne n'arrivait à le dire. On en servait souvent à l'ambassade, au dessert, et c'était toujours amusant de voir les Roumains, les Français ou les Asiatiques essayer de dire *raparperi-inkivääräjäädyke.* »

Siiri proposa à l'ambassadeur d'enseigner à ses amis anciens diplomates soviétiques la prononciation de la phrase « cette absconse ordonnance de non-lieu occasionna un embrouillamini qu'on commémora subséquemment par des parfaits rhubarbe-gingembre », ce qui fit beaucoup rire l'ambassadeur, surtout l'idée des diplomates soviétiques. Anna-Liisa, en revanche, garda un air pincé.

XXIX

« Siiri ? Qui ça Siiri ? » demanda l'aide-soignante à la porte du Foyer collectif.

Son insigne indiquait le nom exotique de Yuing Pauk Pulkkinen. Siiri expliqua qu'elle était venue voir Irma Lännenleimu, et répéta qu'elle avait une autorisation de visite demandée exprès par la fille d'Irma et signée par Sinikka Sundström.

« Irma ? Qui ça Irma ? » demanda Yuing Pauk Pulkkinen, et Siiri se demanda d'où sortait cette énergumène.

Pulkkinen dit qu'elle ne faisait que passer et ne connaissait donc pas les patients.

« Nous ne faisons tous que passer », dit Siiri, mais Pulkkinen ne comprit pas.

Elle fit entrer Siiri dans une sorte d'équivalent de leur espace de convivialité, tout en parlant tout le temps, de travail intérimaire, de missions urgentes, de salaires de misère et des problèmes de M. Pulkkinen avec l'alcool. Elles se rendirent dans une cage de verre, sans doute le bureau des aides-soignantes ou leur salle de repos, et Pulkkinen entreprit de feuilleter des papiers sur la table. Elle trouva le dossier d'Irma et montra à Siiri dans quelle chambre se trouvait son amie.

Le Foyer collectif bénéficiait d'un éclairage criard et de meubles institutionnels standard, comme si le service de démence était un espace de démonstration de l'administration publique. L'odeur de produits chimiques, d'urine et de cire était envahissante, et Siiri avait du mal à respirer.

« Ça veut dire quoi "exprès" ? » demanda Pulkkinen tandis qu'elles longeaient le couloir.

Toutes les portes étaient fermées ; dans au moins deux des chambres, on entendait des hurlements. Le couloir se terminait par un sauna désaffecté, à côté duquel se trouvait la chambre d'Irma. Pulkkinen partit vaquer à ses occupations et Siiri entra avec appréhension dans la petite chambre, dont le mur s'ornait d'un poster du Vésuve et la fenêtre s'ouvrait sur les parois de béton de l'immeuble d'en face. Sur le lit de droite gisait une femme, et une autre somnolait sur un fauteuil roulant auquel on l'avait attachée. D'un pas hésitant, Siiri s'approcha de cette dernière, qui ne réagit pas du tout quand elle la toucha prudemment. La femme était affalée dans son fauteuil roulant, le regard vitreux, des restes de nourriture sous le col, et avait l'air étrangement grosse, comme gonflée. Ses cheveux sales, sans soins, se hérissaient dans tous les sens, et elle avait de longs poils au menton. C'était un spectacle d'une tristesse sans bornes. Siiri vit que la femme portait un collier de perles qui lui était familier, et elle comprit que cette pitoyable créature était sa chère amie Irma Lännenleimu. Quelque chose de froid lui parcourut le corps, gela ses membres et ses pensées, et lui donna l'impression de se trouver dans un caveau. Elle n'arrivait plus à bouger les mains, elle était là, debout, à fixer l'étrange personne devant elle. Et dire qu'Irma avait toujours tellement veillé à sa propreté ! Elle mettait toujours des robes élégantes, même en semaine. Et voilà qu'elle portait les guenilles d'autrui, un bas de jogging vert, trop large, et un tee-shirt annonçant en lettres clinquantes « *I'm sexy* ».

« *Döden, döden, döden* », dit Siiri d'une voix brouillée, pour stimuler son amie.

Mais Irma ne réagit pas, et continua de fixer le mur sans ciller. Siiri avait les larmes aux yeux, elle aurait voulu crier et se jeter par terre, mais elle était obligée de se maîtriser. Elle se laissa tomber sur le lit, à côté du fauteuil roulant, prit la main d'Irma, la serra avec l'énergie du désespoir, puis lui caressa la joue. Elle était extraordinairement douce, comme celle d'un bébé.

« Tu me ramènes en Carélie ? » demanda l'autre grand-mère, qui était vêtue d'une salopette renforcée, et attachée au lit par des sortes de harnais. Elle regardait Siiri attentivement, avec ses petits yeux noirs. « On chante ? »

Siiri sursauta en voyant ce regard fixé sur elle. Mais chanter lui parut une bonne idée. Elle adressa un sourire reconnaissant à la grand-mère, poussa un long soupir et chanta un peu timidement *Les collines de Carélie*, puis un peu plus franchement *Le coucou chante dans le lointain*, pour faire plaisir à la grand-mère carélienne, avant d'entonner *Aukusti de mon cœur*. Irma l'avait chantée à son examen de chant, à l'école primaire, et avait eu un « moins » alors qu'elle était bonne chanteuse, mais l'institutrice avait estimé que c'était une chanson cochonne parce qu'elle disait « Plus de pantalon, plus de chemise, plus de chaussettes, plus de chaussures, ah, Aukusti de mon cœur, tu n'as plus rien ! » Irma avait expliqué plusieurs fois que la chanson parlait d'un homme ivre qui s'endort après avoir trop bu, se retrouve parmi des cadavres, dans un charnier dont il ressort nu comme un ver. C'était certes un choix surprenant de la part d'une petite fille, mais à l'époque tout le monde chantait la chanson d'Aukusti sans réfléchir au sens du texte.

Quand Siiri arriva au moment où Aukusti se retrouve à poil, Irma revint à la vie.

« Plus de pantalon, plus de pantalon ! essaya-t-elle de chanter, mais Yuing Pauk Pulkkinen apparut alors à la porte.

– Non non, on garde pantalon. On ne va pas toilettes, vous avez couché », cria-t-elle à l'oreille d'Irma, et Siiri vit que cela lui faisait mal, et que la douleur la mettait en colère.

Elle brailla, hurla, et quand Pulkkinen l'attrapa des deux mains, elle la mordit. Pulkkinen lâcha prise et poussa un cri, dans cet ordre. Siiri était effarée : elle ne reconnaissait pas Irma dans cette vieille femme enragée, elle ne comprenait rien de ce qui se passait.

Irma continua la chanson d'Aukusti, comme si c'était un geste politique, si fort que sa voix devint un étrange beuglement. La vieille Carélienne se mit à prier à haute voix, et Yuing Pauk Pulkkinen partit en courant se soigner. Irma se calma aussitôt et reprit la chanson au début, doucement, avec application, de sa voix haut perchée. Elle souriait à part soi, le regard perdu, et semblait heureuse.

« ... plus de pantalon, plus de chemise, plus de chaussettes, plus de chaussures, ah, Aukusti... »

Siiri était si fascinée par Irma, par cette étrangère qu'elle était devenue et dont le comportement et les pensées étaient incompréhensibles, qu'elle ne se rendit pas compte que Pulkkinen était revenue. Soudain elle fut à côté d'Irma, elle se pencha derrière elle, lui baissa le pantalon et lui planta une seringue dans la fesse d'un geste sûr et professionnel. Tout se passa à une vitesse inconcevable. Irma poussa un cri à fendre l'âme. Siiri remarqua qu'elle-même criait aussi, puis elle se leva d'un bond, furieuse, mais resta figée sur place, comme en suspens. Elle bredouilla le nom d'Irma, l'étreignit, puis, éperdue, la sentit s'affaisser peu à peu : la tête d'Irma retomba en arrière et ses yeux se fermèrent. Pulkkinen ne perdit pas de temps à contempler la scène : elle empoigna Siiri et lui fit comprendre qu'elle devait partir immédiatement pour ne pas causer d'autres problèmes au Foyer collectif.

La prière de la Carélienne était devenue une imploration exaltée qui s'entendait loin dans le couloir, tandis que Pulkkinen traînait Siiri par le bras en la grondant comme si elle était une petite fille échappée de son école maternelle. La porte du service se verrouilla dans son dos : le son résonna dans ses oreilles, qui sifflaient tellement que peu à peu tout autour d'elle ne fut plus qu'un gigantesque et sombre grondement. Elle avait du mal à comprendre où elle était. Elle avança seule dans le couloir, d'un pas chancelant, essoufflée et égarée ; elle comprit qu'elle était en train de se réveiller, ô combien lentement, d'un affreux cauchemar qui n'était que trop réel.

XXX

Anna-Liisa et Siiri étaient assises dans le tram 3, en direction du quartier d'Eira. Siiri essayait d'évoquer ses expériences au Foyer collectif, bien que tout fût encore passablement confus. Une fois remise du choc de sa première visite, elle était passée voir Irma au moins deux fois par semaine, parfois trois.

« Irma ne m'a pas reconnue une seule fois. Je n'ai pas le droit de la faire sortir, ni même de lui faire faire quelques pas.

– Mais elle est tout le temps dans son fauteuil roulant ? Elle n'est pourtant pas paralytique. »

Tous les patients étaient attachés à leur lit ou à leur fauteuil roulant, car il était ainsi plus facile de s'en occuper. Aux heures de repas, on n'avait qu'à pousser leur fauteuil roulant sous la table. Ensuite on leur donnait deux cuillerées d'une vague purée, une aide-soignante s'occupait de douze patients à la fois, et si l'un d'eux rechignait à manger, elle en déduisait qu'il n'avait pas faim et elle le ramenait *illico presto* dans sa chambre, où il était libre de contempler ses quatre murs. Quand Siiri avait essayé de nourrir Irma, quelqu'un était rapidement intervenu. Aider les vieux à se nourrir était le travail d'aides-soignantes dûment formées, ce n'était pas permis à n'importe qui. En donnant à manger à Irma, Siiri entravait son processus de rééducation, à ce qu'on lui avait dit.

« Son processus de rééducation ! Et ils n'ont pas honte ? siffla Anna-Liisa. Le but de leur satané service de démence n'est pas de rééduquer. C'est de stocker, jusqu'à l'heure du crématorium. »

Chaque jour, l'aide-soignante de garde changeait, mais il n'y en avait jamais plus d'une à la fois, souvent une réfugiée sachant à peine parler finnois. En général, elle était assise dans la salle de repos, occupée à boire du café et lire le journal. Au Foyer collectif, Siiri n'avait jamais vu personne passer du temps avec les patients.

La presse évoquait souvent des instituts où les vieux se faisaient masser les épaules, vernir les ongles, faire des papillotes, et où patients et employés prenaient leur café ensemble, dans de belles tasses. Le service fermé du Bois du Couchant était d'une tout autre espèce. Siiri était la seule visiteuse : qui aurait bien pu vouloir rendre visite à toutes ces momies ? Elles inspiraient un tel chagrin. Même Tuula, la fille d'Irma, s'imaginait que sa mère n'avait nul besoin d'elle. Comment était-ce possible ? À tout moment on entendait des voix, dans les chambres, appeler à l'aide, demander une infirmière, mais les aides-soignantes n'y prêtaient aucune attention. Et elles donnaient aux patientes des numéros.

« La numéro 7 ? Elle hurle tout le temps, ça ne veut rien dire. On lui a changé sa couche ce matin. »

Elles traversèrent Eira sans dire un mot. Siiri songeait qu'il faudrait attraper le 1A quelque part. Il s'agissait tout de même de la ligne de tram la plus septentrionale du monde, et cela faisait une éternité qu'elle n'était pas allée à Käpylä. Elle pourrait y admirer les vieilles maisons en bois, c'était un peu comme aller à la campagne. En matière de contact avec la nature, cela lui suffisait ; elle n'était pas spécialement amatrice de paysages champêtres, pas comme Irma qui encore l'été dernier avait à toute force voulu aller à la campagne s'asseoir sur la véranda de sa villa.

Tuukka, le petit ami de la fille de son petit-fils, avait appelé deux jours plus tôt. Son appel avait été un peu embarrassant car il prétendait qu'elle avait fait faire des travaux. Elle en était restée baba. Craignant d'avoir encore oublié quelque chose d'important, elle n'osait rien répondre. Elle avait remarqué qu'il valait mieux se taire que de révéler un problème de mémoire.

« La fondation Soin et amour des personnes âgées a facturé plusieurs centaines d'euros une réparation de la tuyauterie. En plus, tu as toujours cette facture de ménage toutes les deux semaines, et depuis octobre tu paies des frais de service majorés. Tu sais à quoi ça correspond ? »

Elle ne savait pas. Ou ne se rappelait pas. Tuukka fut terriblement aimable, il promit de mettre un peu d'argent sur son compte pour lui éviter d'être dans le pétrin. La belle-mère d'Irma disait toujours qu'elle était dans le pétrin, quand l'argent venait à manquer. Et en cas de tuile vraiment conséquente, la belle-mère donnait l'ordre d'aller chercher des patates chez les Valtonen, des voisins agriculteurs qui aidaient les Lännenleimu dans toutes les situations périlleuses.

Anna-Liisa ne sembla guère intéressée par l'appel de Tuukka et les factures de Siiri. Elle avait passé presque tout le trajet sans rien dire. Mais quand le tram arriva sur la place du marché, elle prit Siiri par l'épaule et la fit s'approcher. Siiri fut ébahie par la poigne puissante d'Anna-Liisa : aussi puissante que celle de son mari sur son lit de mort, quand elle le croyait déjà fini. Puis Anna-Liisa dit avec détermination, comme si elle évoquait des secrets d'État :

« Il faut que nous y allions ensemble. La nuit. »

XXXI

Elles élaborèrent un Plan, en l'honneur duquel Anna-Liisa invita pour la première fois Siiri dans son studio. Il était mal éclairé, avec des livres partout, sur le rebord de la fenêtre, par terre, de hautes piles de livres et une forte odeur de poussière. Siiri ne savait pas qu'Anna-Liisa lisait encore chaque jour. Elles évoquèrent combien il était amusant de relire vieux tous les livres qu'on avait aimés jeune.

« C'est la quatrième fois que je lis l'*Histoire des Forsyte*, de Galsworthy, dit Siiri, tout excitée, avant d'éternuer.

— Ah oui, moi j'aime mieux les *Buddenbrook*, mais je crois que je n'aurai quand même pas la force de le lire quatre fois.

— Il faut bien que ça me serve à quelque chose de tout oublier ! »

Siiri avait pris le trousseau de clefs laissé par Mika. Elle l'avait soigneusement gardé sur elle ces dernières semaines, afin de ne pas l'oublier quelque part où Erkki Hiukkanen aurait pu le trouver. Elle était certaine que ce trousseau était de la part de Mika un signe pour les inciter à agir. Et elles venaient enfin de comprendre ce qu'il fallait faire.

Au début, elles comptaient aller à tour de rôle explorer de nuit les couloirs du Bois du Couchant, comme pour cartographier le chemin entre leur escalier et la porte du Foyer collectif. Elles ouvriraient la porte avec leurs clefs et observeraient ce qui s'y passait la nuit. Et ensuite, après ces premières approches, elles réaliseraient le Plan proprement dit. Oh, comme Mika serait fier d'elles, s'il savait !

« Et si je tombe sur Virpi Hiukkanen en pleine nuit ? demanda Siiri, soudain effrayée à cette idée.

– Pas d'inquiétude ! Elle te croit complètement gaga. Tu n'auras qu'à lui demander qui tu es et ce que tu fais là, et elle te renverra simplement à ton appartement. Mais quoi qu'elle te dise, il ne faudra surtout pas lui donner les clefs.

– Toi aussi tu me crois gaga ou quoi ? »

Là-dessus, Anna-Liisa se proposa de lire de vieux livres à voix haute. Elle trouvait cela amusant, et comme les yeux de Siiri se fatiguaient vite, c'était exactement ce qu'il lui fallait. Elles décidèrent d'inaugurer sans plus attendre ce nouveau passe-temps. Anna-Liisa fouilla un moment dans son amas de livres, en prit un sur son congélateur, le caressa comme si c'était un chat, le remit là où elle l'avait pris puis se pencha avec effort sous la table du téléphone, dans l'entrée, où elle trouva ce qu'elle cherchait. C'était *La Maison chancelante*, de Maria Jotuni, un roman que Siiri n'avait pas relu depuis des décennies. Anna-Liisa erra encore quelques instants avant de trouver ses lunettes sur sa table de nuit, puis se carra dans un fauteuil et alluma la lampe. Elle jeta à celle-ci un regard noir.

« Ces ampoules écologiques, qu'est-ce que c'est lent à s'allumer ! Et puis elles font moche, dans de vieilles lampes, sans compter qu'elles éclairent trop faiblement. »

Anna-Liisa attendit quelques secondes, ouvrit *La Maison chancelante* d'un geste plein d'emphase, renifla l'intérieur du livre, toussota deux fois puis se mit à lire. Siiri, quant à elle, était assez confortablement assise sur un coin de canapé dur, à côté d'une pile de livres ; elle appuyait sa tête contre un coussin sentant le renfermé. Il faisait sombre dans la pièce, la voix basse d'Anna-Liisa était comme un ruisseau au friselis régulier, et l'atmosphère était étrangement chaleureuse bien que l'histoire de Lea et Toini fût placée dès leur enfance sous le signe de l'alcool et de la mort.

« Siiri, tu dors ? » demanda Anna-Liisa avec colère en la voyant somnoler sur le canapé.

Siiri piquait du nez de façon intempestive de plus en plus souvent, c'était devenu incontrôlable. La semaine précédente, elle s'était même endormie dans le tramway. Le conducteur qu'elle connaissait, l'amateur de Bruckner, était venu la réveiller au terminus et lui avait expliqué qu'elle avait déjà fait un tour et demi.

« As-tu seulement entendu ce qui se passait dans le deuxième chapitre ? » demanda Anna-Liisa.

Siiri fut bien obligée de lui demander pardon, car elle n'avait pas la moindre idée de là où son amie en était arrivée. Sa façon de lire était assez monotone, et en l'entendant on était franchement tenté de s'endormir.

« Bon, des perles aux cochons, quoi. On reprendra Jotuni une autre fois », dit Anna-Liisa d'un air sombre.

Elle referma le livre avec un claquement réprobateur qui fit s'envoler un petit nuage de poussière et le posa, avec ses lunettes, sur la pile la plus proche.

« Dans ce cas, parlons peu mais parlons bien. À ton avis, est-ce que nous pouvons commencer nos investigations nocturnes dès cette semaine ? Je peux me dévouer pour commencer.

– À la bonne heure. Tu es beaucoup plus courageuse que moi. Si tu t'y colles cette semaine, j'irai à mon tour en début de semaine prochaine. Ça me paraît un bon plan pour entamer le Plan, non ?

– Notre planning me paraît un peu plus lent que ce qui selon moi conviendrait, mais voyons d'abord comment je m'en tire. Il faudra que je me procure les outils nécessaires dès que possible. »

Siiri commençait à bien aimer Anna-Liisa. Ce n'était pas si mal tombé qu'elles se retrouvent toutes les deux à élaborer un Plan secret. Quand on arrivait à un âge aussi avancé, les gens avec qui on se retrouvait à passer ses dernières années, c'était un peu la loterie… Ceux qu'au fil des années on s'était choisis comme amis étaient tous morts. Il restait si peu de personnes du même âge qu'il n'était plus question de choisir, il fallait faire avec. Au Bois du Couchant, ces survivants d'une même génération étaient Anna-Liisa, Siiri, la Dame au grand chapeau, l'ambassadeur et les époux Partanen, et tous étaient très différents les uns des autres.

« Foutaises, dit Anna-Liisa. Tu sais bien que la maison est pleine de nouveaux pensionnaires que nous ne connaissons pas. »

Elle avait évidemment raison. Nombre de pensionnaires ne restaient pas longtemps au Bois, et on n'avait pas le temps de faire connaissance avec eux. Les gens qui arrivaient maintenant dans la résidence étaient en plus mauvais état que naguère, quand bien même ils étaient plus jeunes qu'elles. Pour Anna-Liisa, c'était dû à la politique.

« La mode est aux soins à domicile, parce que c'est moins cher que tout le tralala des maisons de retraite. Si un vieux accepte de rester seul chez lui, on lui offre tous les services imaginables. Des coiffeurs, des animateurs, des gens pour lui faire faire le tour du pâté de maisons, et nous ici on n'a rien de tout cela. Les maisons de retraite, c'est vraiment quand on n'a plus le choix. »

Anna-Liisa s'arrêta ensuite avec enthousiasme sur l'expression « relation thérapeutique », invention linguistique récente qu'elle trouvait assez réussie. Avant qu'elle ne se mît à pérorer sur les problématiques du développement linguistique et l'éthique des innovations langagières, Siiri continua sur le thème de la relation thérapeutique, car pour elle le signifié comptait plus que le signifiant. Une bonne relation thérapeutique n'impliquait pas que les soins fussent particulièrement bons, mais simplement que les vieux soient en assez petit nombre pour ne pas épuiser la société. Avec Irma, elle avait lu dans un journal que c'était au Japon qu'on voyait les pires relations thérapeutiques, parce que la population y vieillissait encore plus vite qu'en Finlande ; Irma n'avait pas compris comment on pouvait vieillir plus vite à un endroit qu'à un autre. Cela fit rire Anna-Liisa.

« Ah, lala, il faut vraiment que nous ramenions Irma. Bientôt nous ne pourrons plus du tout rire, sans elle. »

C'était leur Plan. Quand chacune d'entre elles aurait fait son exploration et qu'elles auraient une idée fiable de ce qui se passait la nuit au Bois du Couchant, elles enlèveraient Irma pour la ramener chez elle et la sauver !

XXXII

« La nuit, ici, c'est encore plus calme qu'au cimetière », dit Anna-Liisa en buvant le café du midi chez Siiri.

Cette dernière n'avait pas fermé l'œil de la nuit, tant elle avait peur pour Anna-Liisa. Mais l'exploration s'était bien passée, et aucune d'entre elles ne se sentait fatiguée car le Plan était désormais bel et bien enclenché, et d'ici peu elles passeraient aux choses sérieuses.

« Il n'y a personne à l'administration. Il n'y a que le service fermé qui soit éclairé, mais il m'a semblé que l'aide-soignante dormait. »

Anna-Liisa avait dessiné un schéma détaillé des caméras de surveillance situées entre l'escalier A du Bois du Couchant et le Foyer collectif ; elles étaient très nombreuses. Elle dit à Siiri de bien s'équiper pour sa propre exploration : il lui faudrait absolument une lampe de poche et un poignard, ainsi qu'un sac à dos si possible.

« Moi j'ai toujours un poignard dans mon sac à main, dit-elle, mais Siiri ne voyait pas en quoi elle pouvait avoir besoin d'un poignard en pleine nuit, et d'ailleurs elle n'en avait pas.

— Un couteau de cuisine, ça ira ? Enfin c'est vrai qu'il ne coupe plus beaucoup. En tout cas je ne prendrai pas de sac à dos. Je n'ai pas envie de jouer les scouts.

— Je te donnerai mon poignard.

— Mais alors, il ne sera plus dans ton sac à main. Est-ce que tu vas réussir à dormir sans ton poignard ? »

dit Siiri pour rigoler, mais elle ne recueillit qu'un « hum » désapprobateur.

Anna-Liisa prit dans son sac à main son couteau à manche en bouleau madré et le posa solennellement sur la table, comme s'il avait appartenu au maréchal Mannerheim en personne. Quoique vieux et usé, le poignard était dangereusement coupant, et il n'avait pas d'étui. Il avait sans doute une longue et intéressante histoire, mais Siiri n'osa pas se renseigner sur ce point. Il avait l'air important pour Anna-Liisa, qui pour le moment était concentrée sur le Plan et sur ses notes, qu'elle lisait courbée, lunettes sur le nez.

« Le dernier couloir, du hall à la porte du Foyer, n'est pas aussi long que je pensais. Il y a soixante-treize pas. Du bureau de Sundström à la table de jeu, trente et un pas seulement, j'ai mesuré ça vite fait en passant. C'est vraiment peu. Et c'est un peu inquiétant, ça veut dire que de là-bas on peut nous entendre. » Elle leva le regard, posa ses lunettes sur son papier et redressa le dos, ce qui lui rendit toute sa prestance. « À ton avis, en combien de temps Irma va-t-elle récupérer, une fois qu'elle ne prendra plus ses médicaments ? »

Siiri n'était plus entrée dans l'appartement d'Irma depuis que Mika Korhonen y avait fait le ménage. Elle préférait faire une chose à la fois. Et puis quelque chose la chiffonnait. Elle n'arrivait pas à comprendre pourquoi l'appartement de son amie avait été à ce point chambardé. L'idée même lui paraissait repoussante, elle essayait de ne pas y penser. Qui avait fait cela et pourquoi ?

« Quelqu'un du personnel, dit Anna-Liisa comme si c'était une évidence validée par une enquête policière. Ils cherchaient des preuves pour pouvoir la garder au service de démence. »

Siiri songeait encore au classeur vert d'Irma, qui n'était plus nulle part et qui soudain refaisait son apparition au milieu d'un désordre indescriptible.

« Élémentaire, dit Anna-Liisa avec un toussotement. Ils ont pris le classeur, et ensuite ils l'ont remis là pour couvrir leurs traces.

– Pour couvrir leurs traces ? Mais il n'y avait que ça, des traces !

– Il n'y en a plus, maintenant que Mika Korhonen a fait le ménage. Tu as pensé à ça ? Pourquoi ton cher ange, Mika, était-il si pressé de couvrir les traces de quelqu'un d'autre ? Ou peut-être était-ce lui qui y était allé la première fois ? D'ailleurs c'était son idée, à l'origine, de cambrioler l'appartement d'Irma, mais si l'on réfléchit bien, il avait déjà les clefs du Bois du Couchant dans son sac à ce moment-là. As-tu remarqué qu'il a mis vraiment beaucoup de boîtes de médicaments dans sa poche ? Moi je ne lui fais pas confiance, à cet homme. Il est un peu trop au courant de ce qui se passe ici, pour un chauffeur de taxi. »

Anna-Liisa était déchaînée, elle avait les joues rouges et la voix tremblante, elle qui en général était si modérée. Siiri était sans voix, elle ne s'attendait pas à une telle envolée, et tout ce que son amie disait lui semblait terriblement plausible. Et dire qu'elle s'était imaginé qu'Anna-Liisa croyait, comme elle, que Mika Korhonen était fondamentalement bon et voulait les aider.

« Pourquoi irait-il aider des vieilles mamies désargentées comme nous ? » insista Anna-Liisa.

Siiri s'inquiéta de la voir serrer les poings.

« Je… je me suis dit qu'il s'était pris d'affection pour nous et… et que nous… avions une sorte d'ennemi commun, comme Tero était son ami et que, comment

191

dire… tout ça a un rapport avec… le suicide de Tero, tu ne crois pas ? »

Anna-Liisa ne répondit rien. Peut-être réfléchissait-elle. Siiri n'était pas convaincante quand elle essayait de défendre Mika, tout était si flou, si imprécis. Comment avaient-elles pu, avec Irma, faire confiance à un chauffeur de taxi qu'elles ne connaissaient pas, déjeuner avec lui sur un coup de tête ? Et Siiri l'avait même invité chez elle, cet étranger avec son manteau à tête de mort. Oh, elles auraient bien besoin d'Irma !

« Non, c'est Irma qui a besoin de nous. Siiri Kettunen, nous allons devoir tout faire nous-mêmes. »

XXXIII

Folle d'angoisse, Siiri marchait à pas de loup vers le service des déments. Elle portait les pantoufles qu'Anna-Liisa lui avait conseillé d'enfiler pour éviter de faire trop de bruit dans les couloirs. Dans l'ascenseur, elle eut l'impression que le feulement du moteur réveillerait toute la ville. Le cœur battant, elle avança le long des bureaux de l'administration jusqu'à l'espace de convivialité, en s'étonnant de l'aspect si différent que prenait ce lieu familier la nuit. Aucun vieillard endormi nulle part, personne en train de lire son journal, même la télévision était muette. Quelqu'un avait oublié son déambulateur au milieu du hall, et les paquets de cartes de l'ambassadeur attendaient des joueurs sur la table couverte de feutrine.

Tel un robot, elle continua son périple vers le long couloir de l'escalier B, au bout duquel se trouvait la porte verrouillée du Foyer collectif. Soixante-treize pas, d'après Anna-Liisa. Siiri se perdit dans ses calculs après cinquante ; le pas d'Anna-Liisa était de toute évidence plus long que le sien. Les ampoules s'allumaient toutes seules sur son passage, conférant à la scène un caractère lugubre. La lampe de poche dans sa main était parfaitement inutile ; elle se demanda pourquoi Anna-Liisa en avait eu besoin. Ou bien était-ce pour fouiller les recoins et les armoires ? Sa nervosité l'empêcha de se rappeler si cela faisait partie de leur Plan.

Elle localisa les caméras de surveillance évoquées par Anna-Liisa, et se figura qu'un pauvre homme s'astreignait présentement à la regarder sur ses écrans. Elle fit halte à côté d'une des caméras et l'examina. C'était un appareil rond, dans une coupole de verre : cela rappelait plutôt une ampoule, et Siiri n'aurait jamais compris qu'il s'agissait d'un équipement de surveillance si Anna-Liisa ne lui avait pas fait un petit exposé sur les caméras espionnes, en lui expliquant que de nos jours il y en avait partout, même dans les taxis.

« *Döden, döden, döden* », chuchota Siiri, en dirigeant par précaution le faisceau de sa lampe vers l'engin. Si c'était vraiment une caméra, autant ne pas se rendre trop visible. Elle se sentit prodigieusement rusée tandis qu'elle comptait trois de ces prétendues caméras, ainsi qu'un machin qui devait être une alarme incendie ou un purificateur d'air. Finalement c'était amusant, cette petite exploration nocturne.

Tandis qu'elle approchait du Foyer collectif, elle entendit des cris étouffés. Encore un pauvre dément qui appelait en vain à l'aide, sans savoir si c'était le jour ou la nuit. Ce n'était pas la voix d'Irma, même si à vrai dire Siiri ne pouvait être sûre de rien, car lors de sa crise de rage au milieu de la chanson d'Aukusti, la voix d'Irma était devenue absolument méconnaissable. Cette fois, c'était une sorte de faible plainte.

Siiri éteignit la lampe de poche et se tint un moment à la porte du service fermé. Elle vit derrière la vitre une frêle aide-soignante dormir dans une chaise à bascule, un ours en peluche bleu clair entre les bras. Le Foyer était plein de ces nounours pour enfants, elle ne savait pas pourquoi. Peut-être étaient-ils destinés aux aides-soignantes. Elle regarda par la fenêtre du couloir, et le temps d'un éclair elle crut voir quelqu'un courir dans le jardin enneigé. Au même moment, elle parvint à mieux distinguer les voix à l'intérieur. Il semblait y avoir plusieurs personnes qui hurlaient. Pourquoi l'aide-soignante ne se réveillait-elle pas ?

Siiri ne savait pas depuis combien de temps elle était là, mais elle s'avisa soudain qu'il y avait de la fumée derrière la porte. Elle sentit une odeur désagréable, et vit que la fumée venait du couloir des patients et pénétrait dans le réfectoire, où l'aide-soignante dormait avec son ours en peluche. Quand la fumée atteignit le couloir où se trouvait Siiri, son état de tension se mua lentement en une peur irrépressible.

« Au feu ! Au secours, il y a le feu ! » cria-t-elle d'une voix aiguë, sans songer qu'elle n'était pas censée être en train de fouiner à la porte du service fermé.

Bien que Siiri frappât des deux poings à la porte, l'aide-soignante ne se réveillait pas. Paniquée, frénétique, elle se sentait bonne à rien et idiote de ne pas savoir quoi faire. La fumée ondoyait autour de l'aide-soignante, et soudain elle se rappela qu'elle avait la clef de Mika dans son sac à main.

« Heureusement que moi aussi j'ai un peu de l'étrange instinct d'Irma », marmonna-t-elle en cherchant la clef.

Ses mains tremblaient, et la fermeture Éclair de la poche latérale se coinça. Elle l'arracha, prit la clef et l'enfonça des deux mains dans la serrure. Elle craignit que l'alarme ne se déclenchât, mais la pensée d'Irma au milieu des flammes la força à ouvrir la porte. L'âcre odeur de fumée s'engouffra dans le couloir, piquant les yeux et irritant la gorge. Siiri entra sans plus attendre et commença par tenter de réveiller l'aide-soignante, malgré son envie de courir au plus vite dans la chambre d'Irma. On entendit dans les chambres les cris de détresse de plusieurs patients. La fumée venait apparemment de l'autre bout du couloir. La fille se réveilla en sursaut et, de peur, se mit à hurler.

« Allons allons, vous n'avez rien à craindre, la tranquillisa Siiri. Il y a un incendie, et il faut agir vite. Vous, vous appelez les pompiers, moi je vais voir les patients.

– Où ? Un incendie ? Que j'appelle qui ?

– Le numéro d'urgence, le 112. Vous donnez votre nom, vous expliquez qu'il y a le feu et vous leur dites l'adresse exacte.

– Mais on est à quelle adresse, là ? Où je peux trouver ça ? Où est le téléphone ? »

Siiri accompagna la petite hystérique dans la salle de repos, écrivit sur un papier les renseignements nécessaires et partit chercher Irma. Elle se sentait étrangement calme, comme si elle savait exactement de quelle façon procéder. Elle alluma la lampe de poche, qu'elle était finalement heureuse d'avoir prise, car sans cela elle n'aurait rien vu. Il y avait déjà beaucoup de fumée dans le couloir, et au bout de quelques pas, Siiri remarqua qu'il y avait des flammes dans le sauna. Il fallait sortir Irma de là au plus vite. Elle se précipita dans la chambre, où régnait un calme absolu. Les deux grands-mères dormaient à poings fermés, et il y avait étonnamment peu de fumée. Elles étaient attachées à leur lit. Siiri sut gré à Anna-Liisa de lui avoir confié son sacré poignard, qui lui permit de trancher les liens d'Irma et de la Carélienne en deux temps trois mouvements.

« Tu me ramènes en Carélie ? On va chanter ? » demanda la Carélienne.

Irma dormait. Siiri essaya de la réveiller en lui pinçant le lobe de l'oreille et en la secouant par les épaules. Elle entendit de loin les cris des autres patients et se demanda avec effroi comment elle pourrait leur porter secours à tous. Elle fonça dans les autres chambres avec son poignard pour évaluer l'urgence de la situation. Peut-être était-ce l'occasion de libérer tous les déments. « Libérer » au sens littéral ! Ils pourraient faire une révolution !

Dans la chambre suivante, deux vieilles, bien réveillées celles-là, appelaient à l'aide. Siiri essaya de les rassurer en prétendant que tout allait bien, et elle joua de son poignard pour trancher leurs sangles. Dans le premier lit, les sangles lâchèrent facilement, mais celles du deuxième lui donnèrent plus de mal, et elle se coupa le pouce. Tandis qu'elle suçait sa coupure pour arrêter l'hémorragie, deux pompiers surgirent dans la pièce. Ils avaient l'air médusés.

« Enfin ! » s'écria Siiri tout en continuant à s'en prendre aux sangles, comme une folle furieuse, sans même se soucier du fait que son sang tachait toute la literie.

Un des pompiers tenait une hache. Sans rien dire, ils agrippèrent Siiri d'une main experte.

« Bon, tout ira bien maintenant… La fumée a dû vous réveiller… On va s'en aller bien gentiment… Donnez-moi ce poignard, pas de bêtises… »

Ils traînèrent Siiri hors de la chambre tout en essayant de la calmer – elle-même trouvait pourtant qu'elle gardait un sang-froid sans faille au milieu de cette catastrophe abominable. Elle refusa de leur donner le poignard, et ils se mirent à parler comme si elle n'était pas là, s'imaginant qu'elle ne comprenait rien à rien.

« Et y en a beaucoup ici des tarées dans son genre ?

– Ils m'ont dit quatorze.

– Alors ça va, notre équipement devrait suffire.

– Oui. Laisse tomber, elle n'a qu'à garder son poignard. Il y a juste cet étage, et à mon avis ils sont tous plutôt légers à porter. Et puis il y en a comme celle-là qui arrivent à marcher. »

Siiri ne dit rien. Elle avait l'impression qu'il était plus simple de jouer les démentes que d'expliquer pourquoi elle se baladait avec un poignard dans le Foyer collectif à 3 heures du matin. Elle demanda aux pompiers de sauver d'abord les vieilles qui se trouvaient au fond du couloir, Irma et la Carélienne, parce que l'incendie avait pris à côté de leur chambre, dans le sauna. Ils l'abandonnèrent dans le hall et partirent sans rien répondre.

Il régnait dans l'espace de convivialité de la résidence une atmosphère tout autre qu'un instant auparavant. Des pompiers, des ambulanciers et des policiers couraient en tous sens, tirant des tuyaux, criant des ordres dans leurs talkies-walkies. Les Hiukkanen se tenaient près du mur : Virpi était en nuisette transparente, mais Erkki avait eu le temps de mettre des vêtements d'extérieur et même des bottes. La petite aide-soignante était toujours hystérique, et la chef de service s'ingéniait à l'enguirlander.

Siiri essayait d'attirer l'attention des hommes en uniforme.

« J'ai vu quelqu'un qui courait dehors. Il faudrait peut-être vérifier si ce n'était pas un patient ?

– Siiri Kettunen ! Mais qu'est-ce que tu viens foutre ici ? »

Virpi Hiukkanen fut devant Siiri en quelques rapides enjambées. Elle la reconduisit chez elle, alors que selon Siiri elle aurait dû surveiller les opérations d'extinction jusqu'au bout et s'assurer qu'aucun patient du service de démence ne fût en danger. Cette histoire de silhouette courant dehors ne l'intéressait pas le moins du monde.

« Merci, je peux rentrer toute seule, dit Siiri tandis que Virpi la poussait vers l'ascenseur.

– Mais quelle horreur ! Tu as la main en sang ! » s'écria Virpi avec effroi avant de détourner la tête.

Siiri refusa d'aller où que ce fût avant d'avoir vérifié qu'Irma allait bien et avait été mise en sécurité, loin des flammes. Virpi faisait des va-et-vient, criait alternativement sur Siiri et sur la pauvre aide-soignante, qui pleurait comme une gamine, le nounours entre les bras.

« Tu n'as pas le droit de circuler ici toute seule la nuit ! lança Virpi à Siiri.

– Parce qu'il faut un permis spécial, ici ? demanda Siiri d'un ton de défi, et là, Virpi se mit à hurler si fort qu'elle postillonna et que son chewing-gum tomba par terre.

– Vraiment je te comprends pas ! C'est quoi ton problème ? Tu passes tes journées à aller partout et à faire suer tout le monde. Cet incendie, c'est le comble. Je vais donner ton nom à la police, et tu seras tenue responsable de tous les dégâts que tu as commis au Bois du Couchant. Et n'espère pas t'abriter derrière ton grand âge, ça n'est pas une excuse pour faire n'importe quoi. Hors de ma vue ! Toi, tu n'as personne ici sous ta responsabilité, va-t'en ! »

Siiri dut s'asseoir un instant pour reprendre haleine. Elle pressa sur sa coupure un mouchoir qu'elle trouva au fond de son sac à main. Erkki Hiukkanen s'affala à côté d'elle, les pompiers lui ayant fait comprendre qu'il les gênait. Il était complètement abattu et n'arrivait à rien faire d'utile. Quand il regardait droit devant lui de cette façon, il ne paraissait pas très différent des déments qu'on rassemblait dans le hall ou qu'on transportait sur des civières dans les ambulances. La neige, en fondant sous ses bottes, formait une large mare sur le sol.

Après une attente pénible, Siiri vit qu'Irma était à son tour guidée vers une ambulance. Elle arrivait à marcher, mais elle avançait courbée, d'un pas lent et hésitant. Deux pompiers l'accompagnèrent poliment et l'aidèrent à monter. À l'intérieur, ils l'allongèrent sur le bat-flanc, puis les portes se fermèrent et l'ambulance se mit à avancer au pas, sans sirène ni gyrophare, comme un corbillard quittant la chapelle.

Quand le véhicule eut disparu dans les ténèbres, Siiri resta là, l'esprit vide, à regarder la cour qui se vidait. À l'intérieur aussi, le raffut s'évanouit peu à peu. Policiers et pompiers reprirent leur matériel et partirent fissa vers un nouveau sinistre, en un autre endroit. La petite aide-soignante commanda un taxi, la voix tremblante, et rentra se coucher ; Virpi Hiukkanen se retira dans son bureau. Ne restaient qu'Erkki Hiukkanen et Siiri Kettunen, côte à côte sur le canapé. Sa coupure au pouce ne saignait plus. Elle remit le mouchoir poisseux et le poignard dans son sac, puis se leva.

« Bon, ben c'est pas le tout. Je vais peut-être pouvoir me rendormir », dit-elle en partant, soulagée.

Connaître l'étendue des dégâts causés par l'incendie ou savoir comment Erkki Hiukkanen se remettait de cette épreuve ne l'intéressait pas, l'essentiel était de sortir Irma du service fermé. C'était l'objectif de leur Plan, mais il faut bien dire que rien ne s'était passé comme prévu.

XXXIV

Mille rumeurs circulèrent bientôt sur ce qui s'était passé la nuit de l'incendie. Certains affirmaient que Siiri Kettunen avait mis le feu ; la Dame au grand chapeau était persuadée que le coupable était Erkki Hiukkanen. L'ambassadeur était d'avis que les motifs du délit étaient économiques : d'après lui, il était d'usage d'organiser un incendie quand il y avait des irrégularités dans la comptabilité.

Même la presse en avait parlé. Anna-Liisa lut à Siiri un article où Virpi Hiukkanen déformait les faits et prétendait être arrivée la première sur les lieux.

« À 2 heures du matin, j'ai compris que quelque chose clochait », mentait-elle effrontément. L'article expliquait que Virpi et Erkki Hiukkanen s'étaient montrés efficaces, prompts à venir au secours des gens.

« Tous les pensionnaires de la résidence ont pu être sauvés, et l'incident n'a fait aucun blessé. »

« Tu parles. C'est du journalisme de bas étage, dit Anna-Liisa avec dédain. Ils ne disent même pas ce qui a causé l'incendie. Tu as une idée, toi ? Après tout tu étais sur place, pas comme les autres qui prétendent tous détenir la vérité. »

Siiri ne savait trop que penser, bien qu'elle eût beaucoup réfléchi à la question. Elle allait dire quelque chose sur la remise attenante au sauna, quand Virpi Hiukkanen entra soudain chez elle, sans frapper, avec ses propres clefs. Siiri eut un grand sursaut, et même Anna-Liisa sembla effrayée.

« Comment ça se passe ici ? Tout va bien, Siiri ? »

Virpi était de bonne humeur, elle allait à gauche à droite, jetant des regards attentifs autour d'elle. Elle tapota le crâne de Siiri, ne s'intéressa pas à Anna-Liisa, remarqua le journal ouvert à l'article sur l'incendie, elle le feuilleta puis passa dans la cuisine de Siiri.

« Qu'est-ce qui a causé l'incendie ? »

Anna-Liisa lança sa question sans prévenir, au milieu des allées et venues de Virpi, avec l'assurance tranquille de ceux qui ont souvent posé à l'improviste des questions sur l'accord du participe passé. Virpi s'arrêta, puis répondit sans regarder vers elles :

« Le sauna du Foyer collectif. La police est en train d'enquêter. Et à vrai dire ça ne relève pas de mon domaine de compétence, mais de celui de Sinikka Sundström.

– Qu'est-ce que vous cherchez dans mon appartement ? » demanda Siiri, ce à quoi Virpi répondit qu'elle était venue voir comment elle allait.

Elle essayait manifestement de les embobiner. En partant, elle leur cria depuis l'entrée :

« Quand tu auras récupéré, viens donc bavarder chez moi ! Avant d'aller raconter tes trucs à la police. Tu as bien pris tes médicaments ? Ta dosette est pleine. »

Elle claqua la porte. Siiri essaya de lui crier qu'elle pourrait au moins sonner quand elle passait à l'improviste, mais c'était peine perdue, Virpi était déjà loin.

« Elle est nerveuse à cause de toi, dit Anna-Liisa. Tu es devenue dangereuse pour elle. »

Cette idée plaisait beaucoup à Anna-Liisa, mais Siiri était beaucoup moins enthousiaste. Comment pourrait-elle expliquer à Virpi Hiukkanen ce qu'elle faisait au Foyer collectif à 3 heures du matin ? Et les policiers ? Prévoyaient-ils de l'interroger ? Y avait-il quelque part sur Internet une vidéo qui la montrait en train de pénétrer par ses propres moyens dans le service de démence ?

Elle demanda à Anna-Liisa de parler d'autre chose. Cette histoire d'incendie la rongeait, elle passait le plus clair de son temps au lit. Anna-Liisa s'occupait d'elle chaque jour avec zèle, lui apportait à manger, l'aidait à se rendre aux toilettes et lui tenait compagnie.

« Jamais je n'aurais pensé être le dernier chêne encore debout, dit enfin Anna-Liisa après un long silence. Je me suis toujours trouvée plutôt chétive, je pensais mourir avant les autres. Et voilà où j'en suis. C'est quand même étrange. »

Siiri s'étonna un peu de ces propos. S'il y avait bien quelqu'un de solide, c'était Anna-Liisa. Elle était si inébranlable qu'on ne pouvait effectivement que la comparer à un chêne.

« Mon nom de famille, c'est Petäjä, le pin. C'est un joli nom mais il ne me va pas du tout. »

Petäjä était le nom du deuxième mari d'Anna-Liisa. Ils s'étaient séparés après la guerre, car il avait développé un caractère violent et imprévisible. La guerre l'avait perturbé, et comme Anna-Liisa ne lui avait pas fait d'enfants, il s'était mis à l'accuser de tout ce qui n'allait pas dans sa vie. Un ami avocat avait organisé le divorce en toute discrétion, mais il n'était pas facile d'être une femme divorcée dans les années 50. Tout le monde disait du mal d'elle, partout où elle allait, et surtout dans la petite ville où elle avait travaillé quelque temps.

« Tu peux imaginer qu'une femme divorcée ne valait guère plus qu'une putain. »

En disant ce mot affreux, elle baissa la voix, à la limite du murmure, et adopta une prononciation dramatique insistant sur les consonnes. Elle raconta qu'un jour, quand elle était jeune enseignante, elle était allée travailler en pantalon et qu'après cela les on-dit s'étaient déchaînés, car une femme n'avait le droit de mettre un pantalon que pour skier. Elle avait fini par en avoir assez et par déménager à Helsinki pour fuir la calomnie.

Siiri regarda son amie et remarqua pour la première fois combien elle était grande et maigre, à la fois chétive et impressionnante. Jamais auparavant elle n'avait songé à la fragilité d'Anna-Liisa, tant celle-ci était énergique et savante. Sa voix aussi était expressive, forte, tout le contraire d'une voix de vieille. Et on découvrait maintenant qu'Anna-Liisa n'était pas du tout une vieille fille, elle avait même été mariée deux fois !

« Donc tu dis que ce Petäjä était ton deuxième mari ?

— Oui. Mon premier mari étudiait la médecine quand la guerre d'Hiver a éclaté. Nous nous sommes mariés à la hâte, avant son départ au front, ça paraissait plus sûr. Il est tombé au tout début de la guerre. Il a pris une balle dans le genou. Tu parles d'une cause de décès ! Personne ne pouvait être secouru, comme il y

203

avait tellement de blessés et que les conditions étaient très dures. Enfin, tu sais ça, tu étais bien infirmière sur le front, non, pendant la guerre de Continuation ? »

Anna-Liisa était manifestement une pacifiste pur jus. Elle faillit se fâcher quand Siiri parla de mort héroïque, et elle demanda, le regard enflammé, ce qu'il y avait d'héroïque dans le fait de mourir d'une hémorragie en pleine forêt à cause d'une blessure minuscule. Pour elle, le pire dans le concept de héros était qu'on n'avait même pas le droit de pleurer les disparus. Elle aussi, elle avait marché fièrement, la tête haute, comme si c'était un honneur que d'être veuve à vingt et un ans. Elle n'avait jamais pleuré, même quand elle était seule, bien qu'il lui semblât que tout espoir avait déserté sa vie.

« Et maintenant que j'ai quatre-vingt-dix ans, je me mets à rêver de lui, et je remarque que je le pleure toujours, alors que je ne me rappelle même pas à quoi il ressemblait. Toi aussi, ça t'arrive d'avoir des souvenirs lointains qui te reviennent maintenant à l'improviste ? Qui te forcent à y penser même si tu n'en as aucune envie ? »

Siiri pensait à son petit frère, Voitto, qui était mort le dernier été de la guerre de Continuation. Lui aussi, il était interdit de le pleurer. Mais parfois, Siiri avait entendu sa mère verser des larmes en secret, la nuit. Personne ne parlait de lui, mais sa photo de bachelier prise en uniforme fut encadrée et mise au-dessus du piano, en signe d'un deuil silencieux. Siiri n'avait pas beaucoup de souvenirs de son frère. Elle se rappelait qu'il l'embêtait souvent, qu'une fois par exemple il avait cassé exprès sa belle poupée, sa seule poupée : il lui avait arraché la tête à coups de pied tout en regardant sa sœur droit dans les yeux et en riant. Le gredin. Elle ne rêvait pas de Voitto, en revanche elle pensait parfois à sa mère qui avait été quelqu'un de très difficile. Elle avait longtemps cru que c'était du passé, jusqu'à ce que sa mère se mît à la hanter, dans ses rêves et dans ses pensées, malgré ses quatre-vingt-quatorze ans.

« C'est un peu bizarre, non ?

– Personne ne peut être destiné à vivre si vieux, dit Anna-Liisa après un instant de réflexion. Et pourtant, nous sommes là, condamnées à faire de l'aérobic dans une maison de retraite. Moi qui n'avais jamais fait de gym de ma vie. Tout ça c'est du passe-temps, c'est pour nous occuper pendant toutes ces années où l'on attend que tout s'arrête définitivement. Ce que je veux dire, c'est que la vie offre des surprises jusqu'au dernier moment, même à des nonagénaires comme nous. Qui aurait cru que toi et moi serions les seules amies l'une de l'autre ? Il y a encore dix ans, tu ne savais rien de moi, et moi rien de toi. Ou qui aurait cru qu'Irma se retrouverait au service de démence et que ton cœur flancherait sans prévenir ?

– Sans prévenir ? Anna-Liisa, j'ai quatre-vingt-quatorze ans. Et puis mon cœur n'a pas flanché.

– Mais ça fait bientôt une semaine que tu gardes le lit. Heureusement j'ai réussi à aller te faire laver les cheveux, aujourd'hui. Je pense qu'il serait bon de commencer à tout mettre en œuvre pour ramener Irma chez elle, où qu'elle puisse être en ce moment. »

Anna-Liisa avait une nouvelle fois raison. Elle cessa soudain sa logorrhée, prit ses affaires et se rendit docilement à la séance de chant collectif, bien qu'à l'école elle n'eût jamais dépassé 6 en chant et qu'elle tînt le chant pour une activité primitive.

Une fois seule, Siiri se leva de son lit et s'habilla,

pour la première fois depuis longtemps. Elle passa dans la cuisine pour chercher quelque chose à manger, et trouva près de l'évier une dosette pleine de pilules. Elle la regarda, interloquée, la tourna et la retourna. Voilà à quoi Virpi avait fait allusion en lui ordonnant de prendre ses médicaments. Mais Siiri ne s'était jamais servie d'une dosette, elle en était sûre et certaine. Elle se mit à avoir peur, au point que ses mains tremblèrent et qu'elle fit tomber la dosette. Et si c'était elle, la prochaine pensionnaire récalcitrante qu'on transférerait au service des déments ?

XXXV

La fille d'Irma, celle qui avait été faite exprès, fit soudain son apparition dans le couloir du dernier étage de l'escalier A ; elle avait l'air d'être perdue. Au début, Siiri ne la reconnut pas car leur dernière rencontre remontait à des années. Tuula grisonnait et avait pris pas mal de poids. Elle avait quelques mèches d'un rouge flamboyant dans les cheveux et de lourdes lunettes à branches de plastique, dont la monture portait les mêmes flammes rouges que ses cheveux.

« Tata Siiri, ça fait plaisir de te voir ! Dis-moi, c'est bien ici, non ? »

Tuula la serra si fort que pendant un instant, Siiri se dit que sa mère lui manquait vraiment. Mais c'était sans doute un vœu pieux.

« Je ne me rappelle pas bien où est l'appartement de maman. Ah, mais au fait, tu sais ce qui lui est arrivé après cette saleté d'incendie ? »

Siiri ne savait pas. Elle pensait à Irma chaque jour, et avait l'impression de s'inquiéter davantage pour son amie qu'elle ne s'était jamais inquiétée pour quiconque auparavant. Elle avait vu beaucoup de choses, dans la vie, mais rien d'aussi difficilement compréhensible.

« Alors écoute un peu ça ! »

La fille d'Irma avait la manie de se tenir tout près des gens à qui elle parlait. Siiri essaya de se décaler, mais Tuula suivit son mouvement jusqu'à la coincer contre le mur.

« Les patients du Foyer collectif ont d'abord été emmenés à l'hôpital de Haartman, d'où la plupart auraient dû revenir dès le lendemain, mais comme le Foyer collectif avait brûlé et que le Bois du Couchant n'avait de place nulle part, il a fallu leur trouver un lieu de substitution. »

Tuula parlait comme si elle lisait un rapport médical rédigé par ses soins. On appelait lieux de substitution divers types d'hébergements temporaires, écoles en préfabriqué et autres entrepôts où l'on pouvait transférer élèves et patients pendant les travaux de réparation.

« Ce qui complique les choses, c'est que tous ces déments ne relèvent pas spécifiquement du Bois du Couchant : ils dépendent des services de santé municipaux. Mme Sundström a été vraiment soulagée d'apprendre ça !

– J'avais plutôt l'impression qu'elle était tout sauf soulagée, ces derniers temps.

– Ah, eh bien, elle m'a dit qu'elle avait passé deux nuits blanches avant de comprendre ce simple fait déterminant pour l'organisation de son travail, à savoir que c'est à la ville qu'il revient de trouver à ses quatorze patients déments un lieu d'hébergement pour les prochains mois. En revanche, ce qui relève de son champ de responsabilité c'est de s'occuper des histoires d'assurance, et bien sûr de faire remettre le Foyer collectif en état aussi vite que possible. Ils ont déjà commencé les travaux ? »

Siiri ne savait pas. Cela faisait plusieurs jours qu'elle n'était pas descendue au rez-de-chaussée. Elle n'arrivait pas à détacher son regard du grand grain de beauté sous l'œil droit de Tuula, ni du poil noir qui poussait dessus.

« Mais pour en revenir à la troupe de déments du Bois du Couchant, après l'hôpital de Haartman ils ont été transférés à Suursuo, sauf une femme qui est morte de ses blessures, en soins intensifs à Meilahti. C'était quelqu'un de plutôt jeune, elle avait mon âge. Il restait donc treize personnes à placer.

– Quelqu'un est mort ? »

Siiri s'assit péniblement sur une chaise à côté de l'ascenseur. Elle avait l'impression d'être au milieu d'une pièce de théâtre. La fille d'Irma avait un nombre étonnant de mélodies aiguës et d'inflexions semblables à celles de sa mère, et elle aussi parlait avec les mains. Pourtant c'était quelqu'un d'autre, une étrangère.

« C'est une histoire incroyable, tu ne vas pas me croire. »

Tuula fit une pause pour ménager ses effets, et s'assit sur une autre chaise à côté de Siiri.

« Bon, en général à Suursuo on met les patients souffrant d'une démence auto-induite, c'est-à-dire des SDF alcooliques qu'on ne peut pas mettre à la rue parce qu'ils ont de graves troubles de la mémoire et du comportement. Il se trouve que je connais bien, même si je n'y suis jamais allée, enfin je n'y ai jamais travaillé, quoi. Les oreilles, c'est une spécialité tranquille, on n'a que des enfants et autres patients pas trop chtarbés ! »

Elle fit entendre un rire cristallin, comme celui de sa mère, et quand elle tapa la cuisse de Siiri, cette dernière remarqua que Tuula portait les bracelets d'or d'Irma. Elle était pourtant sûre d'avoir vu les mêmes au poignet d'Irma dans le service fermé.

« Tu ne prends pas trop à cœur ce que je te raconte, j'espère ? Tout ça est complètement absurde ! Enfin écoute, donc ils étaient à Suursuo, maman aussi, au milieu des poivrots, à attendre que la ville leur trouve un hébergement définitif. À ce moment-là, j'étais un peu abattue parce que j'avais entendu dire que ça pouvait prendre des années.

– Et donc Irma est…

– Non non ! La farce ne s'est pas arrêtée là, ça ne faisait que commencer. Bref, ils ont constaté qu'à Suursuo on ne pouvait pas caser tous les déments du Bois du Couchant, même en en mettant une partie dans les couloirs et dans la buanderie, il y en a même un qui s'est retrouvé à la morgue, tu parles d'un héberge-ment définitif, ah, lala, enfin moi j'ai réussi à trouver à maman une chambre décente, et bref là-bas ils ont envoyé les vieux se faire faire un bilan de santé, dans l'espoir que certains ne relèveraient plus du service public. Tu ne sais peut-être pas, mais il y a un système de points, et seuls ceux qui dépassent un certain seuil relèvent des services municipaux, c'est évidemment une histoire d'argent. Et donc les tests ont permis de montrer que huit des treize déments étaient en fait bien portants, et ils ont été dispersés dans quatre maisons de retraite différentes d'Helsinki. Imagine ! Encore des économies d'argent ! Et il y en a un qui s'est retrouvé à Turku, parce que avant le Bois du Couchant il habitait à Perniö, et donc on pouvait considérer qu'il relevait des services de Turku ! »

Tuula hurla de rire et essuya ses larmes. Siiri la regardait avec inquiétude car elle avait l'impression que sous la carapace de la fille d'Irma se dissimulaient tout de même des sentiments réels. Elle n'osait pas la consoler tant que Tuula continuait son déballage. C'était comme ça que certains se débarrassaient de leur angoisse.

« Apparemment une grand-mère avait encore un appartement en sa possession, alors ils l'ont renvoyée là-bas ! C'est là que j'ai dit à mon frère qu'on avait bien fait de vendre l'appartement de maman, malgré son opposition. Autrement ils auraient pu la mettre là-bas et s'en laver les mains. En plus, on a économisé les frais de succession, parce qu'on a fait en sorte que maman nous offre son appartement par petites donations successives. Tu sais, tata Siiri, c'est un peu dingue tout ça, même pour une professionnelle habituée aux méandres des soins hospitaliers comme moi, alors à plus forte raison pour les gens normaux.

– Là-dessus, tu as raison. J'en conclus donc qu'Irma est…

– Attends, ne va pas trop vite ! Tut, tut ! J'en étais au moment où il restait cinq patients sans affectation, y compris maman parce qu'ils lui avaient trouvé une fracture de la hanche qui nécessitait des soins, ce qui était une bonne chose parce que grâce à cette fracture ils l'ont mise dans la file d'attente pour le service d'orthopédie de l'hôpital de Töölö. Ils ont probablement trouvé un diagnostic de ce genre à tous ceux qui leur restaient sur les bras, et grâce à ça ils les ont refilés à d'autres hôpitaux ou à d'autres services de maladies chroniques. Pratique, hein !

« – Une fracture de la hanche ? Mais c'est arrivé quand ? »

Siiri refusait de croire qu'Irma se fût blessée au moment de l'incendie. Elle l'avait bien vue marcher sans problème jusqu'à l'ambulance.

« Oh, cette fracture c'est une vieille histoire, les déments se font tout le temps des trucs de ce genre, nous les médecins on a l'habitude. Le patient tombe de son lit, ou l'aide-soignant ne le tient pas assez fermement sous la douche, et voilà, un pauvre vieux fragile se casse les os, avec l'ostéoporose et tout ça, et une fois qu'il n'est plus de ce monde, il n'y a plus personne pour se demander s'il a mal ou non. Et s'il a mal, à quel endroit. Mais maman a eu de la chance, la radio a montré qu'elle avait ici, à droite, deux fractures, en fait.

– Oui. Irma a encore eu de la veine. C'est ce qu'elle dit à chaque fois qu'il lui arrive quelque chose.

– Et au moins la directrice du Bois du Couchant peut continuer bien tranquillement sa collecte d'argent pour les petits Indiens ! »

Siiri commença à se sentir mal. Elle ne savait pas la fille d'Irma si intarissable. Tuula la regarda, inquiète, lui prit la main et entreprit de la rassurer, pile au moment où Siiri cherchait à la rassurer elle.

« Tu as compris que je rigolais, hein ? Je ne pensais pas sérieusement que votre directrice ne soit pas à la hauteur. À vrai dire je ne voudrais pas être à sa place. Imagine un peu le genre de travail qu'elle a, tous les jours ici au milieu de vieux gagas, et voilà que quelqu'un met le feu à la maison ! »

Siiri était prise de vertiges. Son cœur battait si fort, si vite, qu'elle en sentait les coups jusque dans sa gorge. Elle n'arrivait plus à regarder le poil noir sur le grain de beauté de Tuula : il la révulsait. Elle fit un gros effort pour mettre ses idées sur d'autres rails.

« Et Irma, qu'est-ce qui va lui arriver ? Elle va pouvoir enfin rentrer ?

– Rentrer ? Tu veux dire au Foyer collectif ? Mais, Siiri chérie, elle ne peut pas y retourner avant que le bâtiment ne soit réparé. Tu te souviens qu'il y a eu là-bas un petit accident ? Tu t'en souviens, c'est bien. Et la réparation peut durer des mois. Tu comprends ? Tu comprends, c'est bien. Mais maman a été transférée à l'hôpital de Töölö, où elle sera opérée dès que possible. Tu comprends, dès que possible ? »

Siiri eut l'impression que la voix de Tuula lui parvenait en écho, avec un volume croissant. Elle dut se concentrer de toutes ses forces pour ne pas perdre le fil. Quand la fille d'Irma se demanda si sa mère aurait un jour vraiment besoin de remarcher, Siiri se rappela la guérison miraculeuse d'Olavi Raudanheimo, au Hilton, et comprit qu'en réalité, leur Plan avait considérablement progressé pendant qu'Irma se remettait de l'incendie. Personne ne songerait à l'opérer avant d'avoir vérifié son traitement.

« Des médicaments inutiles ? Qu'est-ce que tu veux dire ? J'ai vu là-bas un médecin intérimaire, un Russe qui travaille pour je ne sais plus quelle firme et qui a étudié le dossier de maman. Il m'a laissé entendre que j'avais négligé son traitement, comme si c'était moi qui devais m'occuper de tout ça. Il a prétendu qu'il y avait des doses inadaptées et des médicaments bizarres, mais bon, tout ça c'est des bisbilles entre confrères. Je ne l'ai pas pris personnellement, mais franchement je suis contente que ce Russe ne travaille pas là-bas en tant que permanent. »

Siiri put de nouveau respirer, et son cœur battit plus

calmement. Elle était reconnaissante à Tuula de ces dernières informations. Elle dit qu'elle était fatiguée et qu'elle allait se reposer, laissa Tuula la serrer trop fort dans ses bras, et retourna à son appartement. Elle ne se rappelait même plus pourquoi elle était sortie à l'origine, mais cela n'avait pas d'importance. Elle prit un peu de vin rouge dans son cagibi, vida son verre et tomba sur son lit sans ôter ses chaussures. Puis elle joignit les mains et pria. Elle n'avait plus prié depuis l'enfance, mais tout secours était bon à prendre.

« Cher Dieu, si tu es quelque part, aide-nous, fais que le médecin russe soigne Irma Lännenleimu aussi vite que possible. Elle au moins elle croit en toi. Amen. »

XXXVI

Loupe à la main, Siiri examinait un tas de pilules répandues dans une assiette creuse. Elle trouvait étrange que les comprimés ne fournissent aucune indication, pas de nom, de fabricant ou de poids, rien du tout. Elle ne distinguait même pas les pastilles d'amaryllis, les seules qu'elle était censée prendre quotidiennement. Il était intéressant de constater à quel point les médicaments étaient différents les uns des autres : ronds, petits, allongés, plats, gros, bleus, rouges, orange pâle, et bien sûr blancs.

Chaque jour, elle mettait les médicaments de sa dosette dans son assiette creuse, pour donner l'impression qu'elle les prenait bien consciencieusement. Une fois par semaine, sa dosette se remplissait comme par l'opération du Saint-Esprit. Le hasard faisait que les aides-soignants s'occupaient toujours de cela quand elle dormait ou qu'elle était absente, comme de bien entendu.

Quelqu'un qu'elle n'avait jamais vu lui avait certainement prescrit des calmants, des stimulants, une pilule pour dormir et une pastille pour se réveiller, alors que Siiri était en bonne santé et dormait bien. Il devait aussi y avoir, pour les troubles cardiaques, quelques comprimés qu'on avait essayé de lui refiler. Elle était certaine que les dosettes faisaient partie des subterfuges du personnel du Bois. Si elle prenait les médicaments, elle perdrait sa lucidité. Si elle rendait la dosette ou se permettait des remarques à ce sujet, son dossier verrait se multiplier les notes constatant la dégradation de son état : « Ne reconnaît pas ses affaires. Ne pense pas à prendre ses médicaments. Refuse les soins, refuse de coopérer. »

Siiri prit trois pilules dans la case du matin et dans la case du midi, les mit dans l'assiette creuse et plaça l'assiette dans l'armoire des denrées sèches, derrière la semoule de riz et la farine de sarrasin. Elle remit la loupe à sa place dans la bibliothèque, puis se ravisa et la mit dans le tiroir de sa table de nuit, où elle serait mieux cachée. Mais se souviendrait-elle bien de l'avoir mise là ? C'était un jour important et un peu angoissant, car elles avaient décidé, avec Anna-Liisa, d'aller voir Irma à l'hôpital de Töölö.

Elles appréhendaient tant ce moment qu'elles commencèrent par aller à Ruoholahti et Jätkäsaari, sur le nouvel itinéraire du tram 8, pour puiser des forces dans la découverte de quartiers récents. Ruoholahti semblait agréable. Il y avait beaucoup de monde, un grand super-marché, des bâtiments robustes, le Kaapelitehdas et des commerces attrayants, comme un restaurant népalais, le Centre aquariophile d'Helsinki, un spécialiste des cils, et bien sûr la mer.

Un nouveau pont avait été construit entre Ruoholahti et Jätkäsaari, et Siiri et Anna-Liisa eurent beau chercher, elles ne comprirent pas pourquoi il avait été baptisé du nom du compositeur Bernhard Henrik Crusell. Lequel n'avait sans doute guère dû venir à Helsinki, et en tout cas pas à Jätkäsaari.

« C'est toujours mieux que le pont de l'Horloge, à Pasila-Est. Le nom évoque Venise, mais l'aspect fait plutôt ex-RDA », dit Anna-Liisa tout en admirant le canal qui, après le pont du tramway, s'enfonçait dans Jätkäsaari.

Conformément à son nom, Jätkäsaari était un peu déprimant, mais d'une autre façon que ce qu'avait imaginé Siiri. Peut-être que l'endroit pourrait faire un vrai quartier, un jour. Pour l'instant, ce n'était que boue, tas de gravats, morceaux de tuyau et dalles de béton. Mais d'un autre côté, le nouveau quartier s'était vu doter de rails de tramway, ce qui était prometteur.

« Jamais nous n'avons été ici auparavant. Que diable serions-nous venues faire dans un port, même dans notre jeunesse ? dit Anna-Liisa d'un ton cinglant. D'autant plus que nous n'avons pas eu de jeunesse. »

La jeunesse n'avait été inventée que plus tard, quand elles étaient déjà monopolisées par le travail et la vie de famille, occupées à reconstruire la société sur les cendres de la guerre. Quand la guerre s'était terminée, Siiri était mère de trois enfants et ne songeait guère à regretter sa jeunesse enfuie.

« Et moi j'étais une veuve de vingt-cinq ans, divorcée de surcroît, compléta Anna-Liisa. La bête noire de toutes les femmes mariées de province. »

Elles regardèrent monter dans le tramway un homme à cheveux gris, grand, qui portait une épaisse queue-de-cheval et un jean bien qu'il eût au moins soixante-cinq ans. Il était de ces gens qui avaient eu une jeunesse si merveilleuse qu'ils refusaient d'y renoncer. Voilà les choses qui leur passaient par la tête et qu'elles se disaient pour essayer de se rassurer. Elles espéraient qu'Irma connaîtrait la même guérison miraculeuse qu'Olavi Raudanheimo après son arrivée à l'hôpital, mais ensuite elles se souvinrent de ce qui était arrivé à Olavi au bout du compte, et elles s'inquiétèrent de nouveau.

« Le Plan n'a pas exactement fonctionné comme prévu, dit Anna-Liisa, et Siiri se demanda s'il y avait vraiment dans sa voix le ton accusateur qu'elle croyait y deviner. J'espère seulement que tu ne finiras pas en prison.

– Qu'est-ce que tu racontes ?

– Eh bien, tu comprends sans doute que Virpi Hiukkanen veut t'accuser de l'incendie. La dosette aussi, c'était pour ça. Si tu avais gentiment pris tous tes médicaments, tu n'aurais pas tardé à être si incohérente que ta déposition aurait pu être ignorée et qu'ils auraient pu tout te mettre sur le dos. Mais à quelque chose malheur est bon, puisque nous n'avons plus besoin d'enlever Irma. D'ailleurs c'était une idée saugrenue. »

Siiri essaya de s'imaginer vivant les dernières années de sa vie en prison. Elle tint une conversation imaginaire avec Irma, comme elle faisait souvent dans les circonstances difficiles. Avant, elle avait des conversations imaginaires avec son mari, mais ces derniers temps son interlocuteur privilégié avait changé. Irma en plaisanterait sans doute, dirait que la prison ne serait peut-être pas pire que le Bois du Couchant, et alors ce serait moins dur d'envisager la chose.

Elles avaient quitté Jätkäsaari et Ruoholahti, et regagnaient Töölö en toute sécurité par la rue Mechelininkatu, en passant devant l'immeuble de la fondation Reitz. Le dernier étage était un musée où personne n'allait jamais, et le rez-de-chaussée était le restaurant Elite, qui était bien rempli. Quand Siiri était enfant, il y avait à la place de la maison un grand rocher où l'on pouvait jouer été comme hiver. L'immeuble avait ensuite été construit et son extraordinaire terrasse, qui donnait sur les quatre coins du parc, était devenue une curiosité de premier plan.

Elles descendirent à Töölöntori. Siiri s'arrêta pour admirer la maison Sandels, dessinée par Juha Leiviskä, et à laquelle Anna-Liisa n'avait jamais fait attention.

« C'est un bâtiment moderne ordinaire.

— Mais non, il est particulièrement beau, il a une manière assez bizarre de prendre la lumière et de la faire ressortir. Regarde-moi un peu ces fenêtres ! »

Anna-Liisa n'écoutait plus, elle descendait déjà à toute vitesse la rue Topeliuksenkatu.

L'hôpital de Töölö était dans un état indigne. Dès l'extérieur il semblait délabré, et à l'intérieur régnait un désordre sans nom. Des gens sortaient des poubelles, d'autres promenaient des patients sous sédatif, et vice-versa, dans la confusion la plus totale. La peinture s'effritait, les couloirs s'ornaient de vieux ordinateurs, de vieilles tables, de chaises, de lits, comme s'il s'agissait d'un lieu dédié au stockage de rebut et non d'un CHU. Un médecin travaillait au milieu des débris, de sorte que tout le monde pouvait le voir en train d'étudier sur l'écran le fémur d'un patient.

Anna-Liisa et Siiri trouvèrent Irma au troisième étage, dans une chambre de six personnes. Elle était couchée du côté gauche, dans le lit du milieu, et semblait déjà en bien meilleure santé dans les vêtements rouge clair de l'hôpital que dans le tee-shirt « *I'm sexy* » du Foyer collectif. Ses cheveux étaient lavés et peignés, elle semblait presque redevenue elle-même. Anna-Liisa resta à distance, mais Siiri s'assit avec enthousiasme à côté d'Irma et lui prit la main.

« Cocorico ! »

Irma ne la reconnaissait pas. Elle ne disait rien, ne souriait pas et ses yeux n'avaient plus leur petit éclat caractéristique, cette étincelle que Siiri avait tant espéré retrouver.

« Irma ! Anna-Liisa et moi on est venues voir comment ça se passe ici en attendant ton opération de la hanche. Irma ? C'est moi, Siiri, tu ne te souviens pas de moi ? »

Irma ne semblait pas comprendre où elle se trouvait, ni ce qui lui arrivait. Elle ne réagissait à rien. Déconcertée, Siiri se leva et alla retrouver Anna-Liisa. Elles restèrent longtemps sans rien dire, regardant Irma et attendant la suite des événements. Irma leur jeta un regard fixe, inexpressif, puis un sourire enjoué se dessina sur son visage. Elle tendit les bras vers Siiri et dit :

« Maman ! Tu es venue me voir finalement. Maman, je meurs de soif ! »

Siiri eut les larmes aux yeux et ne parvint pas à parler, elle ne put que serrer très fort son sac à main et déglutir.

« Donne-lui de l'eau. »

Ce n'est que quand Anna-Liisa lui donna un vigoureux coup de coude dans les côtes que Siiri put enfin agir.

« Ah oui, bien sûr, pardon. »

D'une main tremblante, elle prit un broc sur la table de nuit, versa de l'eau dans un verre, puis se rassit, épuisée, à côté d'Irma.

« Voilà, Irma, bois un peu, c'est de l'eau, là je n'ai rien d'autre à te faire boire. C'est moi, Siiri. Tu te rappelles, Irma, ta bonne amie Siiri ? Tu veux que je te chante la chanson d'Aukusti ? »

Irma but avidement, en quelques grandes gorgées bruyantes, comme elle faisait les rares fois où elle acceptait de boire de l'eau. Quand elle eut terminé son verre, elle le rendit à Siiri et regarda celle-ci dans les yeux, longuement, d'un air inquisiteur.

« Merci. »

Elle ferma les yeux et lui tourna le dos. Elle paraissait vouloir être tranquille. Siiri la borda, lui caressa un peu le dos, puis se releva en poussant un profond soupir. Elle regarda Anna-Liisa, désemparée, et constata avec surprise que celle-ci avait elle aussi les larmes aux yeux.

« Allons-nous-en, Siiri. Personne n'a besoin de nous, ici », dit-elle en faisant pivoter son déambulateur vers la porte.

XXXVII

Le comble fut atteint quand Sinikka Sundström et Virpi Hiukkanen se virent remettre des médailles en remerciement de l'héroïsme dont elles avaient fait preuve lors de l'incendie de la résidence. Siiri faillit s'étouffer dans son café soluble quand Anna-Liisa lui apprit la nouvelle.

« L'héroïsme ! Mais Sundström n'était même pas sur place. Et Virpi Hiukkanen s'est principalement employée à m'engueuler. »

Par pure curiosité, elles se rendirent à la cérémonie de remise des médailles qui avait lieu dans l'espace de convivialité et dans la cantine, qu'on avait pour l'occasion réunis en une grande salle commune, en ouvrant exceptionnellement les portes qui les séparaient. Les pensionnaires les plus mal en point avaient été placés sur les bords de la salle, dans leur fauteuil roulant ou dans leur lit, comme pour décorer les murs, et tout indiquait qu'une célébration d'importance nationale était sur le point de commencer. Le chœur de déments Les Chansonnets, de la résidence Vespérance, sise à Pikku Huopalahti, présenta *Rejoins enfin le sol de ta patrie*, et un petit agent des services sociaux de la ville fit un court discours qui avait probablement été écrit par Virpi Hiukkanen parce que c'était de l'enfumage de bout en bout.

« Mme Hiukkanen, chef de service, a été la première, à 3 heures du matin, à prendre conscience de l'incendie qui avait pris naissance dans le sauna du Foyer collectif suite à un problème d'électricité. Elle a rapidement appelé les secours et a dirigé les manœuvres de sauvetage, grâce à l'efficacité desquelles aucun des pensionnaires du Bois du Couchant n'a été blessé et les dommages matériels ont pu être circonscrits. »

On ne comprenait pas trop en revanche en quoi la directrice Sundström avait participé aux manœuvres de sauvetage. L'agent évoqua le fait que la décoration n'avait été décernée qu'à cinquante-deux valeureux héros avant Sinikka Sundström et Virpi Hiukkanen. La main tremblant de nervosité, l'agent entreprit d'attacher les médailles sur la poitrine de la directrice et de la chef de service, tandis que les pensionnaires suivaient silencieusement la cérémonie. Virpi n'avait pas son pull habituel, elle s'était trouvé une robe bleu clair qui lui faisait un teint livide. L'agent ne savait pas où il aurait dû glisser sa main pour accrocher le bout de ferraille sans violer la décence. Plus il hésitait, plus la bouche de Virpi se figeait, mais elle traita le fonctionnaire comme si c'était un vieillard en plein AVC, c'est-à-dire qu'elle ne fit pas un geste pour l'aider. À l'inverse, Sinikka Sundström afficha un sourire rayonnant, prit la décoration des mains de l'agent et la plaça elle-même sur le col de sa robe. Quand cela fut fait, l'agent se mit à applaudir, et les vieux applaudirent docilement à sa suite.

« La dernière fois, ils disaient que l'incendie avait commencé à 2 heures, chuchota Anna-Liisa à Siiri. Ils ont travaillé leur version des faits. Mais tu n'as pas quelque chose à leur dire ? Tu pourrais demander où était Sinikka Sundström à ce moment-là, puisqu'elle n'était pas sur les lieux. Ou pourquoi Virpi Hiukkanen n'est arrivée qu'à 3 h 30 ? Et où est l'aide-soignante qui a fait le 112 ? C'est bien elle qui a appelé les secours, et pas Hiukkanen, n'est-ce pas ? »

Mais Siiri n'osait pas ouvrir la bouche, car elle n'aurait pas dû se trouver au Foyer collectif cette nuit-là. Personne ne s'était encore demandé comment elle avait pu entrer dans le service fermé ; il ne serait venu à l'idée de personne qu'un résident pût avoir les clefs de toutes les portes de la maison. Siiri jeta à Virpi un regard perçant, mais celle-ci ne remarqua rien, elle se contentait de sourire en affichant sa décoration et le document qui lui avait été remis dans un cadre de boutique de bricolage ; elle étreignit son mari Erkki, sans qui, disait-elle, toute l'opération eût été vouée à l'échec. Sinikka Sundström aussi semblait béate de bonheur, comme si l'incendie était le coup de chance qu'elle attendait pour, de simple administratrice, devenir enfin une héroïne.

« Excusez-moi », dit la voix puissante de l'ambassadeur, du fond de la salle.

Il se leva et arrangea sa cravate avant de poursuivre.

« J'aimerais demander pourquoi des couches jetables facilement inflammables étaient conservées dans un sauna électrique ? Car la réserve de couches du Foyer collectif était bien dans le sauna, non ? Cela n'impliquait-il pas pour la sécurité un risque désormais avéré ? De plus, d'après ce que je sais, un des patients est mort à l'hôpital, des suites de ses blessures consécutives à l'incendie, contrairement à ce qu'on nous a ici laissé entendre. »

Un silence absolu envahit la salle. Sinikka Sundström s'empourpra mais continua de sourire, et lança un regard à Virpi qui triturait l'ourlet de sa robe et regardait d'un air pressant et impérieux son mari Erkki, sans résultat. Finalement, le digne pourvoyeur de décorations municipales fit un pas en avant et leva le regard vers la base du plafond, comme on le lui avait appris au club théâtre des employés de la mairie.

« Si j'ai bien compris… », commença-t-il.

L'espace d'un instant, il se crut sur la grande scène du Théâtre national, au début du monologue d'Hamlet, mais il reprit rapidement ses esprits, tout en prolongeant sa pause à un point tel qu'elle sembla un pur effet rhétorique.

« Si j'ai bien compris, l'affaire est l'objet d'une enquête approfondie qui n'est pas encore terminée. »

Les vieux se mirent à bavarder à qui mieux mieux. Chacun avait quelque chose à dire à son voisin, aux deux récipiendaires et à l'agent des services sociaux. Sinikka Sundström frappa dans ses mains et exigea le silence.

« Chers cli... euh, chers pensionnaires ! Il y a du café et du gâteau pour tout le monde au réfectoire, en l'honneur de nos décorations ! Je vous rappelle aussi la collecte pour les orphelins indiens : il est encore temps d'y participer. Il y a des tirelires sur les tables, et si les orphelins indiens vous intéressent, il y aura une présentation sur le sujet à l'auditorium après le café. »

Les aides-soignants roulèrent les vieux vers la cafétéria, et Siiri alla remercier l'ambassadeur pour sa courageuse intervention. Il était ravi de recueillir autant d'attention : autour de lui s'étaient rassemblés des gens pour le féliciter, en plus grand nombre qu'autour de Sundström et Hiukkanen. Anna-Liisa le gratifia d'une longue et forte étreinte.

« Vous aussi vous mériteriez une médaille », dit la Dame au grand chapeau, et quelqu'un proposa l'attribution d'un diplôme de courage civique.

Quand l'effervescence diminua, ils ne furent plus que six, le cercle des joueurs ou ce qu'il en restait, et ils décidèrent d'un commun accord d'esquiver le café officiel. L'atmosphère était passablement révolutionnaire, et Anna-Liisa proposa finalement de faire une grande sortie au café Fazer de Munkkivuori pour s'offrir une vraie collation.

« Qu'on se paiera nous-mêmes !

– Mais c'est long quand même pour aller là-bas, c'est compliqué », dit Margit Partanen, qui était avare et n'aimait pas vraiment Anna-Liisa, mais l'ambassadeur promit d'offrir des bons de transport à tout le monde, et ils décidèrent donc de prendre deux taxis conventionnés pour aller chez Fazer.

Les véhicules arrivèrent étonnamment vite après que l'ambassadeur eut donné 5 euros à la fille du comptoir d'information. Margit affirmait qu'il fallait parfois attendre les taxis conventionnés plus d'une heure, et qu'il fallait payer le prix d'un appel téléphonique pour chaque minute passée à attendre.

Les chauffeurs se montrèrent bien aimables, aidant chacun et chacune à monter dans les taxis, avec fauteuils roulants et déambulateurs. Le toit des véhicules était muni d'ampoules bleues, et il y avait à côté des sièges des supports pour des bouteilles et des verres.

« Il ne manque que le champagne ! » constata l'ambassadeur quand le taxi quitta la cour du Bois du Couchant pour l'avenue Perustie. Anna-Liisa se mit à rire à côté de lui.

« Je ne sais pas trop comment ça marche, ces taxis, et d'ailleurs je ne vais jamais à Munkkivuori. Vu que les tramways n'y vont pas. En fait, dépasser l'autoroute de Turku me semble un effort encore plus démesuré que franchir le Pitkäsilta », dit Siiri en riant.

Margit, en revanche, gardait un air sérieux.

« Un taxi ordinaire, ça se trouve facilement, mais un taxi conventionné, c'est une autre paire de manches. Le système est très mal pensé, si vous voulez mon avis. Les vieux et les invalides sont réduits à attendre sous la pluie, une heure parfois, sans savoir quand arrivera leur voiture. Si on doit être ponctuels, par exemple à une fête de famille ou à un concert, c'est l'échec assuré. Et après on voit débarquer une fille toute menue, qui n'arrive pas à mettre le fauteuil roulant dans le taxi.

Ou un Noir qui ne parle pas finnois et ne sait pas dire bonjour, dit Margit sans le moindre égard pour leur chauffeur, un Noir parlant un très bon finnois.

– Une personne de couleur, corrigea Anna-Liisa, mais Margit n'y prêta pas attention.

– Et Munkkivuori, on peut y aller en bus, évidemment. »

Quand Siiri prenait le bus, même pour une courte distance, elle se sentait mal. Quand son fils aîné était à l'hôpital de Jorvi avant sa mort, Siiri devait aller le voir là-bas, et une fois dans le bus elle avait eu mal au cœur au point de devoir descendre en cours de trajet, et elle n'avait aucune idée de là où elle se trouvait. En tram, ce genre de chose n'arrivait jamais : les rails permettaient toujours d'arriver à bon port et la suspension ne posait aucun problème, pas comme sur les routes de forêt cahoteuses d'Espoo. Même l'air était plus frais : dans les bus, il faisait toujours trop chaud.

« Vous devez avoir un complice à la mairie, parce qu'ils réfléchissent justement à faire passer le tramway à Munkkivuori, dit l'ambassadeur en riant tandis qu'ils attendaient sur le trottoir qu'Eino Partanen leur fût livré par une espèce de monte-charge à l'arrière du taxi. Ils posent des kilomètres de rail juste pour que Siiri Kettunen puisse aller chez Fazer manger des bagels ! Et la police vous a déjà interrogée ? »

L'ambassadeur lançait sa question comme si c'était une bonne plaisanterie, mais il était très sérieux. Siiri ne savait même pas si l'incendie était du ressort de la police. Pendant quelque temps, elle s'était inquiétée de l'éventualité d'un interrogatoire, mais comme il ne se passait rien et que Virpi Hiukkanen n'entrait plus en trombe chez elle pour lui parler de futilités, elle avait commencé à croire que l'incendie finirait à peu près comme l'affaire du viol d'Olavi Raudanheimo. On attendrait que les témoins meurent et on fagoterait vite fait une ordonnance de non-lieu, comme aux grandes années de la carrière diplomatique de l'ambassadeur.

« Mais vous, vous ne mourrez jamais, dit l'ambassadeur en tenant la porte du café Fazer à ses camarades. Le prote disait toujours que vous êtes la belle au Bois du Couchant. On ne vous donnerait pas plus de...

– Combien ? » demanda gaiement Siiri.

L'ambassadeur s'était mis dans une situation exigeant de la diplomatie. Quel âge fallait-il donner à une femme de quatre-vingt-quatorze ans qu'on cherchait à flatter ?

« Pas plus de vingt-sept ans, dit-il en riant, et c'était effectivement une solution acceptable.

– Dans ce cas tu n'as plus que soixante-dix ans à vivre », constata Anna-Liisa d'un ton un peu amer.

Ils commandèrent un assortiment de bagels, sans se soucier du prix, et demandèrent des cafés. Mais la jeune fille à la caisse refusa de leur porter leur commande.

« C'est du libre-service, ici. »

Porter eux-mêmes tous les plateaux leur prit un temps considérable. Anna-Liisa posa son café et sa part de gâteau « Ellen Svinhufvud » sur son déambulateur, l'ambassadeur s'occupa de son expresso et Margit Partanen mit d'abord son mari à côté de la fenêtre puis apporta leurs plateaux, l'un après l'autre. Siiri posa la brioche fourrée et la briquette de jus de la Dame au grand chapeau sur son plateau, et oublia sa canne, mais un charmant jeune homme la lui rapporta. Les viennoiseries étaient délicieuses, et le café si fort que Siiri y ajouta un peu de sucre.

« On dirait de la drogue », dit Margit, et Anna-Liisa lui demanda de leur en dire plus sur son expérience en matière de drogues.

L'ambassadeur reparla de l'incendie, expliquant qu'il avait déposé plainte aussitôt après avoir entendu le baratin de Sinikka Sundström, lors de la réunion d'information qui avait été organisée le lendemain de l'accident. Anna-Liisa lui tapota le bras et dit qu'elle était fière de son courage et de son initiative. Margit Partanen avalait sa tartelette à toute vitesse et faisait manger du gâteau aux amandes à son mari. Des morceaux de pâte et d'amande lui tombaient des lèvres, et Eino, entre deux bouchées, affichait un sourire béat.

XXXVIII

Les gens sonnaient à la porte de mille façons différentes, bien qu'une sonnette ne fût qu'un engin mécanique et non un instrument de musique. La façon dont un visiteur exigeait de se faire ouvrir trahissait son tempérament et son humeur. La personne qui sonnait présentement à la porte de Siiri était pleine d'énergie et manifestement pressée, voire paniquée ; ce n'était donc pas un pensionnaire du Bois du Couchant, ni une femme de ménage ni personne dont le métier impliquait de sonner aux portes, ce n'était pas Sinikka Sundström car cette dernière n'était ni énergique ni déterminée, et ce n'était pas Virpi Hiukkanen, qui au lieu de sonner entrait avec ses propres clefs. Ce devait donc être Mika Korhonen.

« Une belle journée de printemps », dit Mika avec un tel enthousiasme qu'il entra à grands pas sans se déchausser, quoique Siiri lui en eût déjà fait la remarque. Elle ne s'était d'ailleurs pas encore avisée que c'était déjà le printemps, tout du moins d'après le calendrier, vu qu'on était début mars. Les rues semblaient toujours couvertes d'un mélange de neige sale et de permafrost.

« À ton avis, quand Wecksell a écrit son poème *Demanten på marssnön*, il était où en Finlande ? Sans doute pas à Helsinki, car ici en mars il n'y a que des tas de neige grise et fondue, dit Siiri à un Mika bien perplexe. Pardon, c'était en suédois, en finnois ce serait *Le diamant sur la neige de mars*. C'est aussi une chanson de Sibelius, une de ses plus belles, mais moi j'aime encore mieux la chanson *Första kyssen*, je crois que c'est sur un texte de Runeberg, ça me rappelle toujours mon premier baiser. Figure-toi que c'était avec mon mari, et ici, à Munkkiniemi, avenue Linnatie, enfin maintenant elle s'appelle Hollantilaisentie. Je n'ai pas eu d'autre homme que mon mari. Tu sais, c'est lui qui est mort il y a douze ans.

– Ouaip. Alors pour l'incendie », dit Mika.

Il se mit à parler par à-coups mais avec prolixité, évoquant tout ce qui avait trait à l'incendie. Il était très fâché de toute cette histoire, c'est pour cela que son discours débordait et était difficile à suivre. Il cherchait ses mots, faisait de grands gestes avec ses gros poings et changeait tout le temps de position, sa voix était plus rauque que d'habitude et ses yeux bleus étrangement agressifs. Siiri fut obligée de se concentrer quand il en arriva aux problèmes de comptabilité, et se mit à confondre la réserve de couches avec une réserve de drogues.

« Pardon, mais il faut que je demande à Anna-Liisa de venir, si tu veux bien. Si on est deux gâteuses à t'écouter, on se rappellera peut-être un peu plus et on comprendra quelque chose. »

Anna-Liisa passait justement sa journée dans l'oisiveté. Elle avait laissé tomber la gym avec canne et était en train de lire les *Buddenbrook* dans son appartement quand Siiri appela.

« J'y serai dans trois minutes et quarante-cinq secondes », annonça Anna-Liisa, et elle arriva presque exactement au moment prévu. Elle serra la main de Mika et regarda avec colère ses chaussures boueuses.

« Tu ne sais pas te déshabiller ?

– Hein ? »

Siiri eut peur qu'Anna-Liisa ne se montrât impolie à cause des soupçons qu'elle avait vis-à-vis de Mika, mais en réalité elle se montra très amicale et se mit à flirter comme une petite midinette, plaisantant sur l'idée de déshabiller Mika. Ce dernier enleva docilement ses chaussures et les déposa dans l'entrée. Il y avait sur le plancher du salon une grosse flaque que Siiri s'empressa d'essuyer pour ne pas faire honte à Mika. Anna-Liisa s'assit sur le canapé et contempla avec satisfaction le remue-ménage qu'elle avait causé. Siiri porta la serpillière dans la salle de bains, s'assit à côté d'Anna-Liisa et demanda à Mika de prendre le fauteuil, car c'était toujours là que son mari s'asseyait.

« Ouaip. La place d'honneur », dit Mika.

Elles l'écoutèrent attentivement tandis qu'il continuait son exposé sur le fait que l'incendie n'était pas un accident et ne s'était pas allumé tout seul. Il n'était plus aussi furieux et belliqueux, mais les mouvements intempestifs de ses mains, la fixité de son regard et le battement continu de son pied trahissaient son agitation.

« Siiri a vu quelqu'un qui courait dehors ! s'écria Anna-Liisa.

– *Good point* », fit Mika avant de reprendre son compte rendu saccadé.

Il pensait que l'incendie avait détruit d'importantes pièces à conviction liées aux ordonnances, à la comptabilité et au commerce de stupéfiants. C'était sans doute la raison de son aigreur : il était frustré d'avoir perdu les documents qu'il cherchait.

« Et pourquoi as-tu pris des boîtes de médicaments dans l'appartement d'Irma ? » lui demanda soudain Anna-Liisa, alors qu'il était en train de parler du hockey sur glace russe, qui lui aussi était lié à la réserve de couches du Foyer collectif. Mika ne s'étonna pas le moins du monde, ne donna pas l'impression d'avoir été pris la main dans le sac : il expliqua qu'il s'était renseigné sur les médicaments vendus au marché noir et sur la façon dont ils circulaient. Les médicaments prescrits à Irma étaient apparemment des trucs très demandés.

« Pas possible ! » dit Siiri faute de mieux.

Elle était stupéfaite de ce qu'elle entendait, et d'une certaine façon la visite de Mika ne faisait qu'augmenter son anxiété et ses peurs. Ses propos étaient autant de sidérants aperçus d'un monde qui lui était, à elle, totalement étranger. Et pourtant, tout ce qu'il racontait s'était passé ici, dans ce Bois du Couchant qu'elles croyaient connaître. Il avait l'air affamé et fatigué, et Siiri s'avisa avec horreur qu'elle n'avait rien proposé à ses invités.

« Vous voulez du gratin de foie ? Je peux en réchauffer, à la poêle ce sera vite fait. »

Mika grimaça. Il n'aimait sans doute pas le gratin de foie, ce qui se comprenait aisément car il était si jeune encore, peut-être quarante ans. Siiri ne le lui avait pas demandé, et son âge était difficile à évaluer à cause de son crâne rasé, qui lui donnait l'air plus vieux qu'il n'était probablement. Anna-Liisa avait mangé à la cantine avec l'ambassadeur, de la purée et de la sauce bolognaise, et elle non plus n'avait pas très envie de gratin de foie.

Mika sortit soudain de sa poche une liasse de billets qu'il donna à Siiri. Il y avait une dizaine de coupures de cinquante euros toutes chiffonnées.

« De la part de Virpi Hiukkanen, dit-il d'un air de défi.

– Doux Jésus ! Qu'est-ce que ça veut dire ? » s'écria Siiri avec horreur.

Par cet argent, la chef de service cherchait sans doute à la corrompre, afin qu'elle n'allât pas tout raconter lors de son interrogatoire. Pourquoi Mika s'était-il allié à Virpi, contre elle ?

« Ton petit-fils, Tuukka : il a vérifié tes comptes et il a trouvé une quantité scandaleuse de facturations indues. Je suis allé en toucher deux mots à Hiukkanen, et elle a eu tellement peur qu'elle m'a filé du liquide. »

Siiri ne savait pas que Mika Korhonen et le petit ami de la fille de son petit-fils avaient fait connaissance, sans même le lui dire. Elle n'aimait pas l'idée que Tuukka fût mêlé à tout ça, car c'était un brave garçon.

« J'aurais voulu parler aussi au chef comptable, mais ce monsieur était introuvable. Hiukkanen était très pressée de me donner l'argent aussi sec, elle n'apprécierait sans doute pas que le comptable se rende compte de ces petits écarts en matière de prélèvements automatiques.

– On a un chef comptable, ici ? C'est le mari de la directrice, celui qui travaille au marché aux poissons ? »

Mika eut un petit rire, pour la première fois ce jour-là. Le « marché aux poissons » était en fait le Port de pêche, nouveau nom de quartier auquel Siiri n'était guère habituée. Mais le mari de Sundström était responsable qualité, alors que Mika était en quête d'un comptable.

« Et ce mec a pas mal de boulot, au Bois du Couchant, avec toutes les traces à couvrir, dit Mika.

– Eh ben on a tout ce qu'il faut en matière de chefs, par ici, constata Anna-Liisa. En revanche les employés c'est une autre affaire. »

D'après Mika, le cas de Siiri était simple. Comme elle n'avait pas commandé de femme de ménage, on ne pouvait pas lui facturer des ménages, non plus que des réparations de tuyauterie.

« Mais pourquoi t'a-t-elle donné à toi l'argent de Siiri ? s'étonna Anna-Liisa.

– J'ai dit que j'étais son tuteur. Elle n'a rien demandé de plus. Elle était tellement flippée. »

Siiri faillit crier. Tout d'abord Mika Korhonen volait les clefs du Foyer collectif, puis le dossier d'Irma, et maintenant il persuadait Tuukka d'enquêter sur des crimes et il prétendait être le tuteur de Siiri. Dans quel pétrin se trouvaient-elles au juste ?

« Mets ton nom sur ce papier », dit Mika en tendant à Siiri un stylo jailli de la poche de son gilet en cuir.

Les mains de Siiri tremblaient, tant elle avait peur. Heureusement, Anna-Liisa était là et pourrait témoigner si elle se mettait à cause de Mika dans une situation encore plus inextricable. Siiri dut aller chercher ses lunettes sur la table de nuit pour parcourir en détail le papier rédigé par Mika. Elle alla à droite puis à gauche, nerveuse, sans se rappeler ce qu'elle cherchait, puis son regard rencontra son sac à main sur l'évier. Quand elle eut trouvé ses lunettes au fond du sac, elle s'assit à côté d'Anna-Liisa pour étudier ce document où Siiri Hildegard Kettunen avait, deux semaines plus tôt, nommé comme tuteur Mika Antero Korhonen. Les marges et les paragraphes étaient bien mis en page, cela sautait aux yeux.

« Antero, c'est un nom de devin. Mais toi, pourquoi ton deuxième prénom est-il Hildegard ? demanda Anna-Liisa d'un air réprobateur. Tu ne m'avais pas dit que tu étais d'une famille fennomane ?

– C'est le nom de ma grand-mère, c'était bien avant que les fennomanes ne rejettent tous les noms un peu trop germaniques. Qu'est-ce que tu en dis, je peux mettre mon nom ? »

Au grand étonnement de Siiri, Anna-Liisa trouva le document irréprochable et n'y décela même aucune faute de grammaire. Comme Mika écrivait un finnois aussi pur, les soupçons d'Anna-Liisa semblaient s'évanouir, et toutes ses questions suspicieuses n'étaient plus qu'un lointain souvenir. Elle ne semblait plus penser que Mika pût être un piège tendu par Virpi Hiukkanen, ou son allié. Siiri regarda Anna-Liisa d'un air incrédule pendant que celle-ci hochait la tête d'un air solennel et approbateur.

« Signe. Irma t'avait justement dit que tu avais besoin d'un tuteur. Et vu que Mika s'est si bien renseigné, il sait sûrement aussi que tu n'as pas d'héritage faramineux à lui offrir en récompense si tu devais mourir demain. Au fait, Mika, voudrais-tu devenir aussi mon tuteur ? Je n'ai pas d'enfant, alors tu pourrais hériter de deux tapis et de quelques tasses en guise de dédommagement. »

Voilà que Mika et Anna-Liisa s'entendaient comme de vieux amis… ou comme les complices d'un crime. Mika rit des propositions d'Anna-Liisa et dit qu'il y consentait, à la condition qu'il n'eût pas à entasser chez lui les vieilleries d'Anna-Liisa ; et cette dernière ne se fâcha même pas. Dieu tout-puissant, si Siiri avait eu l'outrecuidance d'appeler « vieilleries » les trésors d'Anna-Liisa, c'eût été la dispute assurée.

« Ce genre de papier officiel peut-il être manuscrit ? » demanda Anna-Liisa à Mika, et ainsi ils écrivirent sur la table de Siiri un contrat par lequel Mika devenait aussi le tuteur d'Anna-Liisa.

Siiri signa son propre contrat, désormais apaisée, et Mika dit qu'elle avait maintenant un deuxième homme dans sa vie.

« Ne rêve pas trop », dit Siiri en riant.

Pour la première fois depuis longtemps, elle éprouvait une certaine insouciance. Après tout, pourquoi s'inquiéter, à quatre-vingt-quatorze ans ? Elle pourrait toujours mourir de vieillesse ou de faim si les choses se mettaient à aller vraiment mal. Au pire, la prison ne serait pas beaucoup plus ennuyeuse que la résidence sans Irma. Ce serait peut-être même une expérience intéressante.

« Bon d'accord, fit Mika. Et mets l'argent à la banque, que personne ne te le vole.

— Ah oui tiens, ils ont même volé mon joli petit miroir en argent, ici, tu imagines, dans mon propre appartement », s'empressa de répondre Anna-Liisa.

Elle saisit Mika par le bras et entreprit de se confier à son tuteur.

« Il n'avait sans doute pas beaucoup de valeur, ou plutôt il avait de la valeur sentimentale, car c'était le cadeau de mariage que mon père avait fait à ma mère, et donc c'était important, mais voilà ce qui se passe ici, il y a des gens qui prennent les affaires des pensionnaires. Maintenant, mon miroir a sans doute été vendu au plus offrant. Tu as dit qu'ils avaient des relations en Russie ? Il y a beaucoup de gens qui amassent des antiquités, en Russie. Tous ces nouveaux riches postcommunistes ne savent pas quoi faire avec leur argent, alors ils achètent les bijoux de famille des autres pour essayer de se donner un passé honorable.

– Les bijoux de famille ? » sourit Mika, sans avoir la force d'écouter davantage l'histoire du miroir d'Anna-Liisa.

Il partit aussi vite qu'il était venu. Il prit son sac, sauta dans ses chaussures et s'éclipsa, laissant derrière lui une nouvelle flaque sur le lino de l'entrée. Siiri ne demanda pas quand il repasserait, car il n'aurait de toute façon pas répondu.

« Mais maintenant nous avons une relation officielle avec lui ! » dit gaiement Anna-Liisa, puis elle demanda à Siiri d'aller chercher la bouteille de rouge dans son cagibi, afin qu'elles pussent boire à la santé de Mika Korhonen.

Siiri trouvait parfois qu'Anna-Liisa ressemblait de façon étonnante à Irma.

XXXIX

Anna-Liisa proposa de passer à la banque avant d'aller voir Irma à l'hôpital. Siiri n'était pas vraiment partante, car il était peu raisonnable pour une vieille personne de faire deux choses dans la même journée. Toute résistance fut cependant inutile, Anna-Liisa débordait de force et d'énergie. Elle avait d'ailleurs l'air tout à fait juvénile avec son nouveau chapeau rouge de saison.

Siiri avait déjà essayé de se rendre dans son agence, dans l'allée de Munkkiniemi, pour déposer les billets chiffonnés que lui avait donnés Mika. Mais elle avait trouvé la porte verrouillée en milieu de journée, et un écriteau annonçait qu'on n'entrait que sur rendez-vous et que l'agence ne s'occupait plus des questions d'argent. C'était un vrai scandale, car Siiri avait son compte dans cette agence depuis les années 30, quand bien même le nom de la banque avait changé plusieurs fois. À l'origine, c'était la Banque privée de Finlande.

« Ah, les svécomanes ! Moi, ma banque, c'était évidemment la Banque nationale », fit remarquer Anna-Liisa d'un ton désapprobateur.

Une affiche précisait que les agences les plus proches gérant de l'argent étaient à Lassila et à Leppä-vaara, et Siiri eut du mal à comprendre pourquoi elle devait souffrir de nausée et prendre le bus pour Espoo afin de déposer de l'argent sur son compte. Anna-Liisa affirma que Lassila était un quartier d'Helsinki et non d'Espoo, mais comme ce n'était pas accessible en tramway, elles décidèrent d'aller à l'agence de Punavuori. Le quartier leur semblait plus familier et à tous égards plus sûr que Lassila ou Leppävaara.

Dans le tramway, elles réfléchirent à ce à quoi pouvait bien servir une banque qui ne s'occupait plus des questions d'argent. Siiri évoqua les actions et les obligations, mais pour Anna-Liisa il s'agissait là aussi d'histoires d'argent.

« Ils veulent probablement parler des choses liées aux comptes bancaires. Ils ne veulent pas s'occuper des clients ordinaires, seulement de placements, de

SICAV et autres produits financiers qui rapportent beaucoup plus. »

La porte de l'agence de Punavuori était cassée. Elle était censée s'ouvrir automatiquement et n'avait donc pas de poignée. Elles crurent un instant que cette agence non plus ne voulait pas entendre parler d'argent, mais soudain se produisit un miracle et les portes s'ouvrirent.

« Ah voilà, sésame ! » s'écria Siiri.

Trois hommes d'âge moyen entrèrent en même temps qu'elles, vissés à leur téléphone portable, et ne remarquèrent même pas ces deux vieilles qui les esquivaient en se plaquant contre le mur. Siiri et Anna-Liisa les laissèrent passer devant, entrèrent dans la salle et regardèrent tranquillement tout ce qui les entourait. La banque ressemblait à une administration publique avec ses planchers en contreplaqué de bouleau, son écran de télévision et ses meubles banals. Il y avait des chaises disposées en ligne, comme au centre médical quand les gens attendaient leur rendez-vous. Aucune trace de la dignité du temps jadis, pas de voûtes ni de marbre, seulement des choses pratiques, fonctionnelles, barbantes.

Elles allèrent au distributeur de tickets de file d'attente, appuyèrent sur tous les boutons, dans le doute, et obtinrent les numéros 721, 13 et 221. Le grand tableau indiquait 438.

« C'est tout à fait comme le loto ! dit joyeusement Siiri, mais Anna-Liisa se mit à bougonner, alors que c'était elle qui avait eu l'idée de passer d'abord à la banque.

– À ce rythme-là, on n'arrivera jamais à l'hôpital. Il doit y avoir une erreur. »

Un peu à l'écart, devant les prospectus, se tenait sans rien faire un gardien en uniforme. Siiri lui demanda pourquoi le tableau indiquait 438 alors qu'elle avait les numéros 721, 13 et 221.

« Vous croyez que j'ai une chance de gagner avec ces numéros ? »

Le gardien dit qu'il était du service de sécurité et ne travaillait pas vraiment dans la banque, même s'il surveillait la bonne marche des opérations. Siiri comprit qu'elle était pour lui une faille potentielle dans la sécurité de la banque, et elles se résignèrent à s'asseoir et à attendre leur tour. Heureusement que Siiri avait son coussin vert, car les chaises étaient dures et désagréables. Un moment plus tard, elles comprirent qu'il y avait quatre files avec des numéros différents, et que dans la meilleure d'entre elles il y avait seulement trente-huit clients devant elles.

« Bien ! Tout va pour le mieux ! Encore deux heures d'attente », constata amèrement Anna-Liisa en arrangeant son chapeau rouge, dont les ornements scintillants, sous les halogènes, jetaient des éclairs.

Siiri proposa, pour passer le temps, de faire des jeux de langage, car elle savait qu'Anna-Liisa en était friande. Elles cherchèrent des adjectifs commençant par K, des verbes à initiale vocalique, des substantifs se terminant par S, ne trouvèrent aucun quartier d'Helsinki recommandable commençant par L, et à la fin Siiri déclina des mots aux cas que lui donnait Anna-Liisa. Anna-Liisa était très contente de Siiri, elle ne se doutait pas que cette dernière connaissait si bien les cas grammaticaux. Quand Siiri se rappela le comitatif grâce au moyen mnémotechnique qu'elle lui avait donné, Anna-Liisa ronronna de plaisir.

« 721 ! Bingo ! » s'écria Siiri en apercevant un de leurs numéros sur le tableau, et elle se rendit au pas de course vers le guichet n° 7.

Il lui arrivait toujours, par une vieille habitude, de faire des mouvements précipités, bien qu'il eût mieux valu s'en dispenser. Irma l'en blâmait souvent, elle affirmait qu'un jour Siiri trébucherait et se briserait les os. Et ensuite il lui faudrait passer le reste de sa vie au lit, immobile, et Irma n'avait aucune intention de lui apporter de la bouillie et du gratin de foie au lit.

« Même si je voulais, je ne pourrais pas être ton aide de proximité parce qu'ils ne veulent pas de nonagénaires pour ça », avait dit Irma, avant d'évoquer son cousin Tauno qui avait soigné sa femme gâteuse jusqu'à la tombe, sans y gagner un rond parce qu'il était trop vieux.

Et voilà qu'Irma devait attendre une opération de la hanche, uniquement parce qu'on l'avait jugée folle et attachée à un lit d'où elle était tombée sans que quiconque s'en avisât. Siiri préférait se casser les os en piquant un sprint mal maîtrisé qu'en restant couchée dans son lit.

Elle salua poliment la conseillère, mit ses billets sur le comptoir en essayant de les aplatir le mieux possible, et demanda que son compte fût crédité de la somme correspondante. Pour être sûre, elle écrivit son numéro de compte sur un papier, mais il s'avéra que c'était peine perdue.

« Il faut un IBAN.

– Mais là c'est mon numéro de compte, j'en suis sûre. Ou bien vous voulez le code PIN ?

– Il faut un IBAN. La norme de numérotation internationale, conforme à la réglementation européenne. »

Siiri n'avait aucune idée de ce que voulait dire cette fille, donc elle prit sa carte bancaire dans son portefeuille. Le bon numéro devait être dessus.

« Donc vous voulez mettre de l'argent sur votre compte ? Malheureusement ça ne va pas être possible. »

Siiri pensa avoir mal compris. Mais la conseillère répéta les deux phrases avec obstination, comme une débile mentale, car elle considérait Siiri comme une débile mentale.

« Donc vous voulez mettre de l'argent sur votre compte ? Malheureusement ça ne va pas être possible. »

L'une d'entre elles était forcément folle. Il n'était tout de même pas possible pour une banque de refuser aux gens de mettre de l'argent sur leur compte. Quel mal pouvait-il y avoir à cela ?

« Enfin… Vous pouvez déposer de l'argent sur un autre compte… Faire un virement, quoi, mais mettre du liquide sur un compte, ce n'est plus… plus vraiment l'usage. Vous devriez le garder, puisque de toute façon vous retirez de l'argent, parfois, non ? »

Siiri expliqua patiemment qu'elle n'avait pas besoin de grosses sommes en liquide, et qu'elle habitait dans une maison de retraite où il se passait des choses si étranges qu'il était bien trop dangereux de garder de grosses sommes d'argent sous son oreiller ou dans une boîte de gâteaux.

« Ah d'accord. Bon, peut-être qu'on peut faire un genre d'exception. Attendez un peu. »

Elle partit, puis revint avec un conseiller plus âgé. Ils murmurèrent dans leur coin en regardant les billets froissés de Siiri, comme si elle venait de les voler. Même le gardien était là, beaucoup trop près, derrière elle, prêt à s'interposer en cas d'altercation. Siiri serrait dans une main sa canne et son sac, dans l'autre main son coussin vert, et elle essayait de rester calme.

« Alors il y aura des frais bancaires sur le dépôt, ça fera 27 euros. Mais donc, vous pouvez déposer votre argent, c'est possible par dérogation, en fait.

– Kekkonen est devenu président par dérogation, dit Siiri en confirmant sa demande de dépôt malgré les frais.

– Je vous fais un reçu ? »

Siiri prit le reçu, remercia la conseillère et se rappela que dans le cas de Kekkonen, ce n'était pas du tout d'une dérogation qu'il s'agissait, mais elle n'eut pas la force de corriger sa bourde. Elle trouva Anna-Liisa en train de lire des *Picsou* dans la salle d'attente, parmi d'autres vieux. Siiri croyait qu'Anna-Liisa tenait la bande dessinée pour une sous-littérature, mais elle était en fait si absorbée par les événements de Donaldville qu'elle sursauta quand Siiri interrompit sa jouissance esthétique.

« *Picsou*, c'est différent, expliqua-t-elle. C'est dans *Picsou* que les enfants finlandais apprennent à lire. On y parle un finnois particulièrement bon et toujours actuel. Je m'y intéresse surtout d'un point de vue professionnel. »

Et en effet, Anna-Liisa se considérait toujours comme enseignante malgré ses quatre-vingt-treize ans. Jamais Siiri n'eût songé à voir le monde du point de vue d'une dactylo, mais c'était évidemment dû au fait qu'il n'y avait plus de machines à écrire et que le travail n'avait jamais beaucoup compté pour elle. L'enseignement prédisposait sans doute davantage à une forme d'éternité.

XL

« Cocorico ! » cria Irma de loin, et Siiri et Anna-Liisa comprirent qu'Irma s'était enfin remise de son traitement.

Certes, elle avait l'air toute petite et un peu étrangère, dans son lit de l'hôpital de Töölö, mais c'était toujours comme ça, à l'hôpital.

« Vous pensiez sûrement déjà que j'allais y rester. »

Siiri aurait voulu ronronner comme un chat, tant elle était heureuse qu'Irma fût de nouveau elle-même. Elle s'assit sur le lit, à côté de sa chère amie, et sentit une sensation chaude et agréable se répandre partout dans son corps, même dans les orteils, elle qui avait toujours froid aux pieds. Irma était manifestement étonnée de se retrouver à l'hôpital, et se demandait ce qui avait bien pu se passer. Qui d'autre aurait pu le lui raconter ? Sa fille faisait une escapade en Patagonie ou en Islande, et ni ses fils ni ses autres chachous n'avaient la moindre idée des événements du Bois.

« Ils ont été sacrément surpris de voir que j'avais de nouveau la caboche fonctionnelle. Ils pensaient que je resterais comme un légume pendant les dix prochaines années. Ma fête de centenaire aurait été bien ennuyeuse, vous imaginez ça ?

– Oh que oui, nous ne l'imaginons que trop bien », dit Anna-Liisa de son ton lugubre.

Elles furent bien obligées de lui toucher deux mots de ce qui s'était passé pendant l'hiver, mais il était difficile de savoir ce qu'elle comprenait, et dans quelle mesure elle pouvait appréhender tout cela. Anna-Liisa présenta courageusement les choses dans l'ordre chronologique, et Siiri observa la réaction d'Irma, se réjouissant de sa voix, de ses gestes et de son regard joyeux. Tout était à nouveau comme avant.

« Ça alors », disait souvent Irma. Ou elle secouait la tête et marmonnait : « Bon sang de bonsoir. » Parfois elle se montrait incrédule : « Non mais vous blaguez ! » Elle avait complètement oublié certaines choses pourtant importantes : « Quel Mika ? » Et au grand bonheur de Siiri, elle riait parfois, de sa voix claire, ou faisait entendre une manifestation de vive joie. Ce qui l'amusa le plus, ce fut sa crise de rage dans le Foyer collectif.

« Quoi, j'ai vraiment mordu la main de l'aide-soignante ? demanda-t-elle en s'essuyant les larmes avec un morceau de dentelle. Eh mince, je viens de pisser dans ma culotte ! »

C'était invariablement comme ça que se terminaient pour Irma les meilleures histoires.

Puis elle se mit à chanter la chanson d'Aukusti et voulut savoir à quoi ressemblaient ses beuglements pendant sa crise de rage. Siiri essaya de l'imiter au mieux, et Irma s'amusa beaucoup. Anna-Liisa resta interdite devant cette digression, car elle aurait voulu avancer dans son compte rendu. Elle se mit debout, s'appuya au rebord du lit d'Irma et frappa du poing quelques coups brefs.

« C'est à mon tour, je pense ! »

Irma et Siiri la regardèrent, surprises, puis Irma joignit ses mains avec enthousiasme.

« Il est joli ton nouveau chapeau ! »

Anna-Liisa frappa à nouveau quelques coups sur la tête du lit.

« Écoute bien, Irma ! En janvier, nous étions à l'enterrement du prote, et en février c'est Olavi Raudanheimo qui est mort, il s'est suicidé à l'hôpital en arrêtant de manger.

– Mais non ! »

Pour une fois, Siiri avait l'occasion de contredire Anna-Liisa.

« On n'était pas à l'enterrement du prote, on s'est trompés d'enterrement. Ah c'est une drôle d'histoire Irma, tu vas aimer.

– Attends ! Il y a une chose importante que nous n'avons pas du tout évoquée ! »

Anna-Liisa avait presque hurlé, mais elle se ressaisit aussitôt.

« C'est l'incendie du Foyer collectif, qui a pris naissance dans la réserve de couches.

– Oui oui, mais imagine, on s'est retrouvés à la cérémonie du souvenir d'un certain tonton Jaakko, et on était les seules personnes dans l'assistance !

– Siiri, tu es impossible. Concentre-toi ! »

Les yeux bruns d'Anna-Liisa jetaient des flammes effrayantes, et Siiri dut abandonner la lutte. Anna-Liisa poussa un soupir éloquent et entama son compte rendu d'une voix lasse.

« Comme vous vous en souvenez peut-être, la réserve de couches était auparavant…

– Tuula, tu pourras dire un petit bonjour à Siiri Kettunen, qu'elle passe me voir ici ? »

Siiri s'affola. Le regard d'Irma était de nouveau étrangement vide, comme à l'époque du service fermé, et elle la prenait pour sa fille. Peut-être que finalement Irma était définitivement atteinte, et la scène précédente n'avait été qu'un éclat de bonheur fugitif, ou le dernier chant du cygne avant la catastrophe finale. Quand elles s'en allèrent, Anna-Liisa lui assura cependant que tout était normal. L'état d'un dément pouvait varier d'un jour à l'autre, d'un moment à l'autre. Incohérence et lucidité pouvaient se succéder à un rythme rapide, en fonction notamment de la forme physique et de la fatigue.

« Irma s'est fatiguée parce que vous avez passé plus d'une heure à rabâcher des inepties, et de ce fait nous n'avons pas pu lui raconter toutes les choses importantes.

– Mais... Alors c'est vrai, Irma est vraiment démente ? Elle ne sera plus jamais comme avant ?

– La démence est un symptôme, pas un diagnostic, comme je te l'ai expliqué en long et en large. Mais bon, moi je ne suis pas médecin. On verra bien, au jour le jour.

– On ne le saura jamais, ou alors un jour peut-être. *Döden, död...* oh pardon, c'est vrai que tu n'aimes pas quand j'utilise les expressions d'Irma. »

Une fois chez elle, Siiri se trouva exténuée. Elle se sentait la tête vide et bourdonnante, et elle avait l'impression d'être de jour en jour moins productive. Elle se coucha et s'endormit au milieu d'un roman d'Eeva Joenpelto qui tomba par terre sans qu'elle s'en avisât. Elle fit un rêve hilarant où Irma était jeune et belle et dansait follement sur un grand parquet ; elle essayait de faire venir Siiri, mais en vain. Siiri se contentait de ronronner comme un chat, ravie de voir Irma danser.

XLI

Il y eut dans l'appartement d'Irma un fort bruit de vaisselle qui interrompit Siiri tandis qu'elle mangeait du gratin de foie. N'écoutant que son courage, elle alla immédiatement voir ce qui se passait. Voilà qui aurait beaucoup fait rire Irma si elle avait pu voir le spectacle !

Une meute de chachous se partageait les meubles d'Irma, comme si elle était morte et enterrée. Ses affaires avaient été disposées dans des cartons de déménagement, et tous les participants avaient de grands sacs où ils fourraient les objets qui leur plaisaient. Les cartons étaient marqués « pour les puces », « pour la maison de campagne », « déchets ». Les déchets étaient de loin les plus nombreux.

« On était tous d'accord pour faire comme ça, dit un joli garçon en attrapant le tableau préféré d'Irma.

– Puisque apparemment mamie ne reviendra jamais », continua un autre.

Siiri supposa que c'étaient les chers petits-enfants homosexuels d'Irma, dont elle parlait tout le temps. Ils étaient vraiment beaux, et regardaient droit dans les yeux en parlant.

Les autres aussi entreprirent de se défendre. Une femme qui avait un petit enfant cramponné à sa cuisse expliqua que l'appartement était bien trop cher pour les héritiers, et personne n'avait les moyens de garder un appartement de luxe vide alors qu'il y avait de longues files de réservation pour la résidence et qu'un senior en bonne santé pouvait avoir besoin d'un chez-soi.

L'enfant était comme les pensionnaires du Foyer collectif : un chauve à grosse couche, avec deux dents en bouche et un sexe indéterminé. Il avait dans la main la télécommande de la télévision d'Irma, et il s'appliquait à la recouvrir de bave.

« Mamie, dit-il en montrant Siiri de son gros doigt visqueux.

– Je ne suis pas ta mamie, ta mamie est à l'hôpital. Mais elle va déjà beaucoup mieux et bientôt elle pourra rentrer chez elle, et là elle voudra regarder les Moumines et Hercule Poirot à la télé, mais ça ne marchera pas si tu casses la télécommande en bavant dessus. De nos jours, les télévisions ne fonctionnent pas sans télécommande. C'est fou, hein ? »

Siiri se lança dans cette logorrhée car elle était si estomaquée qu'elle ne savait pas quoi faire d'autre. Plus elle dégoisait en s'adressant au petit chauve, plus celui-ci pleurait. Cette scène ridicule avait au moins un bon côté : Siiri réussit à dire au bébé ce qu'elle voulait dire aux adultes raisonnables qui l'entouraient.

« Si si, on peut allumer une télé sans télécommande, dit un des petits-fils d'Irma, un grand garçon barbu, tout en empochant un batteur électrique.

– Ah tiens donc. Bon, vous avez décidé qui aurait la télé ? Celle-ci est toute neuve, numérique. »

Les chachous d'Irma prirent un air bizarre. Même le bébé s'arrêta de pleurer.

« On n'en veut pas. Plus personne ne regarde la télé…, dit un des homos.

– … vu que tout est sur le Net, continua l'autre comme s'ils étaient les neveux de Donald.

– Mamie ? » fit le bébé en tirant Siiri par le pantalon.

Il était visiblement le plus courageux et le plus intelligent de la bande. Siiri expliqua à cette personne

247

de confiance que mamie allait bientôt avoir deux clous dans la hanche et qu'ensuite elle pourrait rentrer chez elle, et elles pourraient à nouveau manger du gââteau et boire du vin.

« Mamie ne devrait pas boire autant d'alcool », dit la femme d'un ton prétentieux, tout en détachant le bébé de sa hanche et en essayant de faire rentrer la boîte à bijoux d'Irma dans son sac à main.

Elle pensait aussi que tout ce qui était sucré était dangereux pour la santé d'Irma.

C'est là que Siiri se fâcha. Elle se fâcha si fort qu'Irma aurait été fière d'elle. Elle s'imagina dans la peau de la jeune et jolie Irma qui dansait dans son rêve sans se soucier du qu'en-dira-t-on, glissant de-ci de-là, libérée, et put ainsi déballer tout ce qu'elle pensait de cette bande de jeunes gens qui se qualifiaient d'héritiers, et des choses dangereuses pour la santé.

« Votre mamie est fraîche comme un gardon, et elle va bientôt rentrer, et ses affaires lui manqueront autant que vous ! Si vous prenez ne serait-ce qu'une cuiller en argent ou une télécommande, je préviens la police ! Et si vous n'avez pas les moyens de payer le loyer de votre mamie en maison de retraite parce que vous préférez faire deux tours du monde par an, je m'en chargerai moi-même avec ma pension de retraite. Si vous croyez qu'elle est folle et en état végétatif, vous avez tout faux ! Elle va revenir, et elle et moi on mangera autant de gââteau qu'on voudra, et on boira de son cubi, et peut-être bien qu'elle fumera quelques cigarettes en sirotant son whisky, et ensuite on dansera jusqu'à la nuit, en robe de chambre, et on fera ce qui nous chantera, parce que vous savez quoi, j'ai quatre-vingt-quatorze ans et votre mamie en a quatre-vingt-douze, et à notre âge rien n'a vraiment d'importance, surtout les choses dangereuses pour la santé, ça c'est tout juste bon à vous faire peur à vous, pour vous empêcher de mourir de prospérité, et voilà tout. »

Ça faisait vraiment du bien de hurler un bon coup. Elle se sentit forte et vaillante, dans un état d'agréable griserie, elle sentit son sang couler rapidement dans ses moindres veinules. À un moment de son monologue, elle éleva le bras, comme une danseuse qui fait quelques légers pas de change avant sa grande pirouette. Épaté, le bébé tapa des mains et essaya de danser à son tour.

« Nous, les vieux, on fait ce qu'on veut, pas comme vous, pauvres gens en âge de travailler, qui n'osez même pas penser avec votre propre cervelle. Voler un vieux batteur électrique ! Maintenant je vous invite à foutre le camp, et vous ne reviendrez que quand Irma consentira à vous recevoir. Et que ça saute !

– Et que ça saute ! » cria le bébé chauve en tournoyant de façon burlesque.

Il s'était pris de passion pour cette nouvelle mamie qui dansait et hurlait, et son manège éveilla la curiosité de son grand frère, qui était caché derrière le canapé.

« T'as qu'à sauter, toi », dit à voix basse le grand frère en lançant à Siiri un regard assassin qui la fit éclater de rire.

Les autres adultes essayèrent de rire un peu, mais elle se reprit et ordonna à tout le monde de partir.

« *La commedia è finita* », dit-elle d'une voix d'outre-tombe, mais personne ne comprit qu'elle citait là le *Pagliacci* de Leoncavallo.

Les chachous prirent un air gêné et perplexe. L'un d'entre eux remit le tableau sur l'étagère, mais la boîte à bijoux resta dans le sac à main de la prétentieuse.

« On pensait que mamie était vraiment hors service…

– … alors on a voulu aider. »

Ils avaient l'air si tristes que Siiri dut patiemment leur expliquer pourquoi le rétablissement d'Irma à l'hôpital était une bonne nouvelle. Elle leur assura que le jour béni de la mort de leur mamie arriverait quand même tôt ou tard, et qu'alors ses petits-enfants pourraient se partager ses affaires et faire des gââteaux avec son vieux batteur. Ils prirent leurs cliques, leurs claques et leurs enfants, et partirent.

Au milieu du salon restèrent quatre cartons pleins d'affaires classées comme déchets : des albums photo, des livres, des objets décoratifs, des nappes et des pantalons en dentelle. Siiri s'affala brièvement sur le fauteuil à fleurs. Elle y sentait l'odeur du parfum d'Irma, forte et douceâtre. Mais c'était l'odeur d'Irma, et Siiri la respira avidement, s'en grisa pour se sentir à nouveau légère et aérienne, comme dans un rêve.

XLII

Anna-Liisa et Siiri avaient pris l'habitude d'aller en ville reprendre des forces après leur moment de lecture partagée. Elles avaient terminé *La Maison chancelante* et lisaient maintenant le *Panu* de Juhani Aho. Anna-Liisa était une bonne compagne de voyage car elle savait aussi se taire, pas comme Irma. Siiri avait appris des tas de choses sur Anna-Liisa pendant ces mois où Irma avait été absente. Elle s'était révélée drôle et chaleureuse, très courageuse voire fougueuse. Siiri trouvait étrange et intéressant de se faire une nouvelle amie à quatre-vingt-quatorze ans.

« J'ai l'impression d'avoir rajeuni de vingt ans, cet hiver », dit Anna-Liisa.

Elles étaient dans le 3B et admiraient la nouvelle bibliothèque de l'université, qui avait pris la place de l'immeuble Pukeva. Elle était semée de petites fenêtres carrées qui lui donnaient un air comique, mais Siiri doutait qu'il fût agréable de regarder le monde à travers ces minuscules fenêtres quand on était à l'intérieur.

Malheureusement, Siiri ne pouvait guère affirmer avoir rajeuni ces derniers temps, au contraire : elle ne s'était jamais sentie vieille d'une manière aussi cruelle que cette année, quand toutes sortes de choses incontrôlables lui étaient tombées dessus. Elle avait l'impression que les nonagénaires vivaient sur une petite île déserte et ne faisaient plus du tout partie du monde extérieur. Les banques ne prenaient plus les billets, la résidence était un repaire de malfrats, et elles, pendant ce temps, devaient se traîner du mémoparcours à la gym avec canne sans se poser de questions. Même dans le tramway, elles regardaient passer la vraie vie, la vie fourmillante, comme des étrangères, comme si elles regardaient une télé sans télécommande. Seul un chauffeur de taxi amateur de moto s'était par hasard intéressé à leurs affaires, et encore, c'était manifestement pour des raisons semi-criminelles.

« Je n'ai plus aucun doute sur Mika », dit Anna-Liisa, plus rayonnante que jamais.

Siiri fit l'éloge de son chapeau rouge et de ses joues à l'éclat printanier, et son amie répondit d'un sourire ravi :

« En plus d'avoir fait ta connaissance, il m'est arrivé certaines autres choses qui ont bouleversé ma vie.

N'est-ce pas un immeuble dessiné par Lars Sonck ? Il me semble qu'on l'a toujours appelé l'immeuble Arena, bien que ce ne soit évidemment pas son nom d'origine. Ou peut-être que si ? Tu crois qu'il a été construit quand ? Tu savais que le bureau de Lars Sonck était à l'angle d'Esplanadi et de la rue Unioninkatu et qu'il avait l'habitude de prendre un bain dans le bassin de Havis Amanda ? »

Anna-Liisa avait lu tout cela dans un livre que lui avait offert l'ambassadeur et dont le titre était *Souvenirs d'un dermatologue*. Anna-Liisa expliqua que c'était une sorte d'euphémisme car tout le monde savait bien que les dermatologues étaient avant tout des spécialistes des maladies génitales. Elle avait appris dans ce livre qu'un diagnostic de syphilis pouvait être fait dans un transport en commun, rien qu'en observant les sourcils des voyageurs.

« On appelle ça le diagnostic de l'omnibus.

– Ah oui ? Et alors, est-ce que moi j'ai la syphilis ? » demanda Siiri.

Anna-Liisa eut un rire clair comme celui d'une jeune fille et lui dit que ses sourcils étaient impeccables. Elles passèrent un moment à promener un regard inquisiteur sur les autres voyageurs, mais Anna-Liisa trouva qu'ils paraissaient tous non syphilitiques. Bon, il y avait bien une femme qui s'était complètement épilé les sourcils et avait dessiné deux traits noirs à la place, donc elle pouvait être porteuse de la maladie, mais le diagnostic était incertain.

« Des sourcils clairsemés sont un signe clair de syphilis, expliqua-t-elle.

– Dans ce cas l'ambassadeur n'a pas la syphilis. »

Anna-Liisa esquissa un sourire mystérieux. Siiri se demanda quel pouvait bien être le prénom de l'ambassadeur, mais Anna-Liisa restait concentrée sur les maladies génitales.

« Enfin il n'y a sans doute plus de syphilis. Il doit y avoir plus de sida, même si le sida non plus on n'en parle pas autant qu'au dernier millénaire. Ah, tu sais que la Dame au grand chapeau est morte avant-hier ? Et elle qui devait vivre encore dix ans avec son stent. »

Le trajet du 3B était déjà en soi une espèce de montagne russe, mais en compagnie d'Anna-Liisa il était encore plus mouvementé que d'habitude. Siiri ne s'était pas encore remise de la syphilis que déjà Anna-Liisa en venait à la mort de la Dame au grand chapeau, en passant par le sida. Bizarre, d'ailleurs, que Siiri ne sût pas davantage le prénom de la Dame au grand chapeau que celui de l'ambassadeur. Il faut dire que la Dame ne faisait pas partie de son cercle d'amis. Siiri la trouvait fatigante plus qu'autre chose. Et voilà que cette prêcheuse des fins dernières, cette semi-mendiante, venait de mourir et les laisserait désormais tranquilles ; c'était malgré tout un peu triste.

« Elle ne mendiait pas, elle avait juste besoin de compagnie, et elle s'en procurait sous couvert de viennoiseries, dit Anna-Liisa. Si tu vois ce que je veux dire. Je pense que dans un contrôle, je n'aurais jamais accepté de la part d'un lycéen l'expression *sous couvert de viennoiseries*, mais là tout de suite je n'en trouve pas de meilleure.

– Sous couleur de viennoiseries ? » proposa Siiri, et Anna-Liisa s'esclaffa encore.

Elle riait souvent, ces temps-ci, d'un rire clair, de sorte que sa voix autrement lugubre se parait d'un rayon de soleil.

« Elle est morte de vieillesse. Dans son sommeil, elle qui souffrait d'insomnie, la pauvre », dit-elle avec désinvolture.

Six mois plus tôt, elle se serait lancée dans un exposé verbeux sur le fait qu'en Finlande, on était obligé de mourir de pneumonie, de défaillance cardiaque ou d'une autre invention pathologique. Et tout cet argent qu'on dépensait pour disséquer des cadavres en espérant comprendre pourquoi un individu de quatre-vingt-douze ans était mort à son domicile... Décidément la Finlande était un pays prospère, pour ainsi jeter l'argent par les fenêtres.

Mais cette fois-ci, Anna-Liisa ne dit rien, les dissections ne lui vinrent même pas à l'esprit. Au lieu de cela, elle dit :

« Il s'appelle Onni. »

Siiri n'eut pas le temps de demander qui s'appelait Onni. Éberluée, elle regardait l'arrêt du stade Brahe, où l'on reconnaissait distinctement Erkki Hiukkanen, l'intendant général, en salopette et casquette. Il monta dans leur tramway par la porte du milieu, et Siiri espéra du fond du cœur qu'il ne les verrait pas. Le concierge jeta des regards alentour, l'air pénétré de son importance, comme s'il était en train d'exécuter une mission hautement confidentielle. Pourquoi diable se promenait-il à Kallio dans ses vêtements de travail et à cette heure ? Siiri essaya d'attirer l'attention d'Anna-Liisa sur lui, mais elle était dans son monde.

« Tu sais qu'Onni connaît par cœur la liste des bourgs marchands de Finlande ? Alavus, Anjalankoski, Espoo, Forssa, Grankulla, Haaga, etc. »

L'ambassadeur s'appelait donc Onni. Siiri était certaine de n'avoir jamais entendu personne l'appeler par son prénom. Elle se retourna discrètement pour regarder vers l'arrière, et elle vit Hiukkanen assis, l'air absent, sur une place pour invalides, loin d'elles. Il n'y avait pas de risque qu'il les aperçût, quand bien même Anna-Liisa parlait très fort, ce qui égayait les autres passagers du tram.

« Ce genre d'exercice mental est très drôle en plus d'être utile. Moi aussi j'ai assez bien appris la liste, à la fin ça fait : Vantaa, Virkaus, Virrat, Ylivieska, Äänekoski », récita Anna-Liisa en se tapant les mains contre les cuisses.

Siiri eut l'impression que ses gants rouges étaient neufs. Élégants, faits d'un cuir sans doute coûteux.

« Ce qui est important c'est de bien rythmer la litanie, ça lui donne du sens et on se souvient mieux. Tu veux essayer ? »

Siiri esquissa un sourire de bonheur et se mit à apprendre les bourgs marchands de Finlande pour faire plaisir à Anna-Liisa, car elle comprenait maintenant un peu mieux tout ce qui avait pu se passer au Bois du Couchant pendant ce sombre hiver. Décidément, la vie réservait bien des surprises.

XLIII

La Dame au grand chapeau s'appelait Aino Marjatta Elin Nieminen. Les gens étaient venus en masse à ses funérailles : quelques membres de sa famille, et un nombre étonnant d'anciens collègues de la radio-télévision publique Yleisradio, où elle avait fait une carrière de quarante ans, passant progressivement du statut d'arpette à celui de grande prêtresse des ondes.

« Eh ben, ils en ont du temps pour venir aux enterrements, à Yleisradio. Avec nos impôts, dit l'ambassadeur d'une voix bien audible.

– L'argent d'Yleisradio vient de la redevance, pas des impôts, corrigea Margit Partanen d'une voix encore plus audible.

– Mais ça vient de changer, non ? Ce n'est plus une redevance, je crois. Et on se retrouve avec deux fois plus d'impôts maintenant. Ils se mettent à tout imposer, bientôt il y aura un impôt sur la baise », dit son mari, et Margit fit taire le pauvre gâteux, aussi efficacement que d'habitude, en faisant siffler à ses oreilles le premier objet contondant qui lui tombait sous la main.

L'église de Munkkiniemi avait des bancs clairs et glissants, et le sol était fortement penché. L'avantage était que même dans les derniers rangs, on voyait bien le cercueil, or ils avaient été forcés de s'asseoir derrière : les déambulateurs et fauteuils roulants avaient un comportement erratique en descente. Le pasteur parlait dans un micro. Ils avaient du mal à comprendre pourquoi les gens ne savaient plus parler sans micro. Même dans des églises bâties au XVe siècle, il y avait des haut-parleurs et des micros : il paraît qu'autrement on n'entendait rien.

« Quoi ? Qu'est-ce qu'on n'entend pas ? » demanda Margit quand tous firent silence pour prier.

Le pasteur, un vieillard chancelant qui avait dû dépasser les quatre-vingt-dix ans, était de la famille de la Dame au grand chapeau : sa voix tremblait d'émotion et d'insuffisance cardiaque. Il devait faire de longues pauses et s'appuyer sur ses béquilles, et quand il prit une pelle pour jeter du sable sur le cercueil, poussière tu redeviendras poussière etc., tout le monde eut peur que le pauvre pasteur ne cassât sa pipe dans le même mouvement, mais il survécut comme par miracle et employa ses dernières forces à se traîner jusqu'à sa chaise derrière un pilier. Le chantre entonna le cantique avec des accents tellement jazzy que tout le monde mit du temps à se rendre compte qu'il chantait tout simplement *Rejoins-moi, Seigneur Jésus*.

Quand arriva en fin de cérémonie le moment de déposer les fleurs, ils n'osèrent pas se rendre auprès du cercueil. Il aurait fallu se laisser glisser en pente descendante puis trouver la force de se hisser dans l'autre sens, tout cela n'aurait abouti qu'à une pitrerie. L'assemblée, en revanche, était plus intéressante que d'habitude à observer.

« Pour Aino, une grande dame de la radio, dit un homme imposant d'une voix extrêmement familière, en déposant sur le fauteuil des roses d'un rouge éclatant.

– Dis donc, ce serait pas le journaliste sportif qui était bourré aux Jeux olympiques de Sapporo ? Quel affreux scandale. Comment s'appelait-il ? »

Ce fut à qui reconnaîtrait le plus de présentateurs d'Yleisradio tandis que ceux-ci, chacun son tour, faisaient leurs adieux à la Dame au grand chapeau.

« Je n'oublierai jamais tes chapeaux », murmura doucement un barbu tout voûté.

L'ambassadeur et Anna-Liisa faillirent se disputer à son sujet, car ils n'arrivaient pas à savoir si c'était un présentateur de JT ou un envoyé spécial. Enfin un *ancien*, évidemment, puisqu'ils étaient tous retraités, bien que l'ambassadeur s'imaginât qu'ils prenaient sur leur temps de travail pour venir à l'enterrement.

Après les fleurs, le chantre improvisa une cacophonie, et huit hommes fort décatis, principalement des légendes de la radio, firent remonter le cercueil dans l'entrée, à grand renfort de soupirs et d'expirations, puis lui firent descendre les marches et le mirent dans le corbillard. Quelle idée avait encore eue l'architecte, avec son escalier.

Ils décidèrent d'aller à la cérémonie du souvenir, à l'étage du restaurant Ukko-Munkki, car ils n'avaient pas encore identifié tous les retraités célèbres d'Yleisradio et que la perspective de faire une cérémonie du souvenir dans un tel bouge, comme disait Anna-Liisa, leur paraissait prometteuse.

« Et aux frais d'Yleisradio », ajouta l'ambassadeur, et Anna-Liisa, au bras de son nouvel ami, eut un début de gloussement.

Le pasteur qui chancelait au seuil de la mort ne les accompagna pas au bistro, mais un prêcheur laïc à visage grêlé et à cheveux longs, échappé du cercle biblique que fréquentait la Dame au grand chapeau, fit office d'amphitryon. Appuyé au zinc, il parla avec ferveur de la foi profonde de Mme Aino, et de sa vie enfin assouvie après un long parcours, c'est-à-dire de sa mort, puis il prit dans son étui à violon une scie, une scie tout ce qu'il y a de plus ordinaire, et se mit à en jouer. Il passait dessus un archet et tordait l'acier de façon à sortir une espèce de mélodie. Le son était perçant et douloureux, et Margit Partanen se bouchait les oreilles. L'homme commença par jouer ce qui avait tout l'air d'être *Finlandia*, puis il s'essaya à plusieurs cantiques, à moins que ce ne fût de la musique expérimentale moderne. C'était atroce.

« Heureusement qu'ils n'ont pas encore eu l'idée d'introduire cet instrument dans leur programme de distraction, au Bois. C'est un véritable instrument de torture, dit Anna-Liisa d'une voix bien audible, et Siiri eut l'impression que l'ambassadeur prenait la main d'Anna-Liisa sous la table et lui susurrait qu'elle et lui avaient désormais leur propre programme de distraction.

– Qu'est-ce que vous entendez par là, Onni ? demanda-t-elle, et l'ambassadeur sursauta en entendant son prénom.

– J'entends par là que je n'aime pas la scie ni les cantiques. Et vous ? »

Puis il resservit en vin rouge Anna-Liisa et lui-même. Il y avait à chaque table plusieurs bouteilles dont on pouvait se servir à volonté. À la table des gens d'Yleis-radio, le stock s'était épuisé dès le début, mais l'homme au visage grêlé s'appliquait à apporter sans cesse de nouvelles bouteilles. Le présentateur imposant tint un discours amusant parsemé d'histoires un peu olé olé sur la Dame au grand chapeau et sur l'unité divertis-sement pendant les années 70, et faillit pleurer quand il remercia cette chère Aino d'avoir toujours protégé les soûlographes et autres comateux, et toujours validé frauduleusement les cartes de pointage des absents.

« En souvenir du studio dix ! » conclut-il en levant haut son verre de vin.

Tous les gens d'Yleisradio éclatèrent de rire, tandis qu'à la table du Bois du Couchant régnait un silence gêné.

« Il n'y a jamais eu de studio dix, leur glissa une dame aussi crêpée que bouffie. C'est comme ça qu'on appelait le restaurant Kellarikrouvi. »

Siiri avait du mal à croire qu'ils se trouvaient à un enterrement : le vin coulait à flot, la scie sciait et des vieux se faisaient du pied sous la table. Avant l'heure de rentrer au Bois du Couchant, l'ambassadeur et Anna-

Liisa eurent le temps d'apprendre à Eino Partanen les quinze premiers bourgs commerçants, lui qu'on disait pourtant dément et amnésique.

XLIV

L'opération d'Irma fut une réussite, et on la transféra dès le lendemain à l'hôpital de Laakso pour rééducation. Sa hanche ne nécessita aucune vis, contrairement à ce que lui avait dit une gentille infirmière égyptienne : on se contenta d'un grand clou en haut de la cuisse. Irma prétendait qu'il la faisait souffrir, mais Siiri avait du mal à croire qu'on plantât des clous aiguisés dans les gens, même vieux.

« Et quand je fume c'est bizarre, le clou se met à rougeoyer !

– Tu t'es mise à fumer, ici ? demanda Siiri en évitant d'avoir l'air de lui en faire un reproche.

– Juste un petit peu. C'est qu'il n'y a rien d'autre à faire. »

Le clou rougeoyant d'Irma était en titane, et elle était certaine que le titane était quelque chose de très prestigieux. Elle avait l'intention de raconter ce coup de chance à ses petits chachous, afin que le moment venu ils pensent bien à demander au croque-mort de leur rendre le clou en souvenir, pour le mettre sur la cheminée de la maison de campagne par exemple. En cas de coup dur, ils pourraient vendre les morceaux de titane de leur grand-mère, et d'ailleurs elle avait aussi une dent en or qu'il ne s'agirait pas de brûler avec ses ossements. Elles inventèrent à ce sujet un nouveau proverbe, « jeter la dent en or avec l'urne funéraire », ce qui changeait du bébé et de l'eau du bain.

Siiri avait apporté les horribles papiers médicaux d'Irma, mais elle n'osait pas les lui montrer. Elles avaient évoqué en long et en large les événements du Bois du Couchant, l'incendie, les billets chiffonnés de Siiri, mais ça en revanche c'était trop difficile. Quoi qu'il en soit, Irma avait déjà compris que sa démence était due aux médicaments.

Pour éviter les sujets délicats, Siiri lui parla d'Anna-Liisa et de l'ambassadeur. Irma ne tenait plus en place, elle trouvait cette nouvelle terriblement drôle ; cela lui rappela une cousine qui s'était mariée pour la première fois à quatre-vingt-sept ans avec son premier amour, après avoir attendu soixante-cinq longues années que celui-ci devînt veuf.

« Presque comme Solveig toute seule dans son fjord, sauf que le fiancé de ma cousine n'était pas un coquin comme Peer Gynt. »

Ils avaient organisé un vrai mariage, avec une cérémonie à la cathédrale puis une grande fête, exactement comme s'ils étaient deux jeunes gens. Il y avait eu la valse, la pièce montée, le lancer de bouquet et l'enlèvement de la fiancée, et en conclusion du dîner le fiancé de quatre-vingt-neuf ans avait chanté une sérénade à sa jeune épousée.

« Imagine, si on pouvait faire une fête pareille au Bois ! Bon, il faudra faire la cérémonie ailleurs qu'à l'église de Munkkiniemi, pour éviter que la mariée ne dévale jusqu'à l'autel avec son déambulateur. »

La joie d'Irma était communicative, même si Siiri avait d'abord été interloquée et, à sa grande surprise, un peu choquée par le grand amour d'Anna-Liisa. Aller batifoler comme ça alors que tant de choses affreuses se passaient... cela paraissait quelque peu indécent. Mais tandis qu'elle bavardait gaiement avec Irma, il lui sembla qu'en définitive cette histoire d'amour était une bonne nouvelle.

« Pourquoi devrions-nous vivre seules, ressasser le passé et pleurer nos maris morts il y a des lustres ? Les vieux aussi ont le droit de saisir l'instant présent, de tomber amoureux et de passer du bon temps ensemble... » Irma s'arrêta un moment. « Euh, enfin je ne sais pas si la relation d'Anna-Liisa et de ce cher Onni va jusqu'à... Tu en penses quoi ? Est-ce qu'au moins ils se sont embrassés ? »

Elles méditèrent la question et en conclurent qu'Anna-Liisa et Onni s'étaient très certainement embrassés, mais qu'elles n'avaient pas envie d'y réfléchir davantage. Un ange passa, puis Irma se rappela encore un cousin, déjà mort mais que Siiri avait rencontré plusieurs fois. Il était devenu veuf quand sa jeune épouse, la quatrième en date, avait tant déprimé à cause de la vieillesse de son mari qu'elle avait sauté du balcon. Ensuite, il s'était mis à faire du charme à Irma et à fréquenter le Bois du Couchant.

« Parfois on buvait vraiment beaucoup de rouge, avec Einar. Il allait toujours chercher un nouveau cubi à l'Alko de Munkkivuori quand on en terminait un, il y bondissait comme ça d'un coup, il faut dire qu'il était aussi vigoureux que Kekkonen, il est resté grand amateur de volley-ball jusqu'à sa mort. Ah mais attends, c'était Koivisto qui faisait du volley, pas Kekkonen. Einerlei, enfin Einar, donc, allait toujours chercher un nouveau cubi pendant que je reprenais des forces en faisant un roupillon. Mais une fois, comme il partait pour de bon après que nous avions tout bu, tout d'un coup dans l'entrée il m'a embrassée, mais pour de vrai, virilement comme faisait mon Veikko. Ça m'a foutue en rogne, ce n'était vraiment pas agréable. Et une semaine plus tard il mourait, le pauvre Einar, au moins j'espère qu'il est parti un peu plus heureux. »

Siiri se sentait si bien sur le lit d'Irma qu'elle n'était jamais pressée de partir. Jour après jour, Irma reprenait du poil de la bête, et Siiri savait que d'ici peu, elles seraient à nouveau ensemble au Bois du Couchant, en train de manger du gratin de foie légèrement moisi. C'était déjà le quatrième hôpital qu'Irma visitait depuis que l'incendie l'avait sauvée du service fermé, et elles trouvaient toutes les deux diablement intéressant de se familiariser avec autant d'hôpitaux d'Helsinki.

« D'abord le Hilton, puis Suursuo, après ça Töölö, et maintenant Laakso – oui, ça fait bien quatre. C'est à Töölö qu'on mange le mieux, les chemises de nuit sont partout les mêmes espèces de chiffons, et partout il y a des aides-soignants tout à fait charmants. Enfin je ne me rappelle rien en ce qui concerne le Hilton et Suursuo, mais ils étaient sans doute très bien aussi là-bas. »

Qui aurait pu ne pas être charmant avec Irma ? se demanda Siiri. Les *döden döden*, les histoires de cousins et tous leurs bons moments lui avaient tant manqué qu'elle s'extasiait autant du rétablissement d'Irma qu'Anna-Liisa s'extasiait de son Onni.

Quand Irma commença à fatiguer, Siiri quitta l'hôpital d'un pas guilleret ; sa joie était telle qu'elle prit le 4 dans la mauvaise direction, vers la ville, pour aller saluer les vieux dépôts des tramways, et ce n'est qu'après avoir traversé Töölö et Kamppi sur le 3 qu'elle retourna à Munkkiniemi. Au niveau de l'université médico-sociale, elle eut l'impression qu'Erkki Hiukkanen était dans le même tramway, juste derrière elle, de l'autre côté du couloir. Elle n'osa pas se retourner pour vérifier. Elle se sentit soudain inquiète et mal à l'aise, sa bonne humeur envolée. Était-ce un hasard si le concierge se retrouvait toujours sur son chemin ? Et depuis quand s'amusait-il à sortir en ville ?

Quand Siiri sortit de l'ascenseur pour rejoindre son appartement, Virpi Hiukkanen vint vers elle d'un pas précipité, la saluant à peine, lèvres pincées. Après avoir ôté dans l'entrée son manteau, son chapeau et ses chaussures de marche, Siiri passa dans la cuisine. Elle posa son sac à main sur la table, et se figea. La dosette semblait l'observer. Siiri était certaine de ne pas l'avoir laissée là. Elle la gardait toujours sur le meuble de l'évier, d'où il était facile de cacher les médicaments du jour dans l'armoire à denrées sèches ; c'est ce qu'elle avait justement fait ce matin, elle en aurait mis sa main à couper. Mais la dosette avait été déplacée, et elle était si pleine de diverses pilules que même les cases surnuméraires avaient été utilisées. C'était désormais avéré : Virpi Hiukkanen s'introduisait dans son appartement pour remplir sa dosette en douce.

XLV

« C'est toi ! Mon ange ! » s'écria Siiri au téléphone, tant elle se réjouissait de l'appel de Mika Korhonen. Elle se mit aussitôt à lui parler d'Irma, qui se remettait rapidement de son opération de la hanche, et lui fit la liste des différents hôpitaux, sans doute dans le désordre, mais elle n'avait pas le temps de réfléchir. Il y avait tant de choses à raconter.

« On essaie de me soigner de force, et l'intendant général me suit à la trace. Il me court après dans toute la ville. Je sais que tu vas me croire folle, mais c'est justement le but, ils veulent me rendre folle.

– Faudrait qu'on se voie. Moi aussi j'ai du lourd », dit Mika quand ce fut enfin son tour.

Ils se rencontrèrent à Munkkiniemi. Mika laissa son taxi sur une place de stationnement de la place Laajalahti, et il dut acheter un billet dans le 4 car il n'avait pas de billet à recharge de temps, contrairement à Siiri. Il trouva que 2,80 euros était un prix scandaleux pour faire deux arrêts, mais Siiri lui rappela que pour le même prix, il pouvait rester toute l'heure. Ils allèrent s'asseoir dans la cachette du milieu de la rame, juste à gauche de la porte, derrière un panneau opaque. On y était tranquille et on pouvait parler sans crainte, mais Mika était si imposant qu'il s'y sentit oppressé. Il grognait en cherchant une position confortable, ses genoux ne rentraient nulle part et il se résolut à les tenir en l'air de façon assez loufoque.

« Mais le tramway va à une allure rapide et régulière, tu ne trouves pas ? demanda Siiri.

« – Si si, c'est cool », souffla Mika avant de faire le compte rendu de ses récentes investigations.

Les activités du Bois du Couchant incluaient fausses ordonnances, montages financiers, factures fictives et relations avec la Russie. Siiri aimait bien la façon qu'avait Mika de raconter les choses sur un ton énigmatique, en faisant de grands gestes des mains. Le mystère et la maladresse faisaient partie du charme de Mika, comme ses yeux bleus et sa voix grondante.

Au niveau du dépôt, Siiri prit tellement en pitié ce colosse coincé dans son siège de tramway qu'ils descendirent. Mika voulut prendre un café, et Siiri promit de lui offrir aussi une brioche comme il lui restait tellement de temps non utilisé sur son billet. Le dépôt renfermait un musée et un café, le Korjaamo. Ce fut une bonne surprise pour Siiri, qui n'était jamais venue à l'intérieur du bâtiment dessiné par Waldemar Aspelin.

Le Korjaamo était un endroit fascinant. Une partie du dépôt était restée telle quelle : certaines salles avaient été transformées en espaces d'exposition et en restaurant, dans lesquels on pouvait admirer de vieux tramways. Siiri jeta un œil dans une galerie ornée de grands tableaux colorés, et elle força Mika à faire le tour de l'exposition. Les tableaux étaient très beaux, osés, puissants, mais Mika les trouva trop chers.

« Il faut être fou pour payer un tableau 12 000 euros.

– Peut-être bien que je suis folle aussi, mais bon, je ne compte pas acheter, je veux juste admirer », dit Siiri, en calculant que cela faisait trente et un ans qu'elle s'était offert un tableau pour fêter son départ à la retraite. « Après je n'en ai pas acheté d'autre. Mais c'était un bon achat, c'est un tableau que je regarde chaque matin ; il est resté intact, joyeux, coloré, pendant que tout changeait autour de lui.

– Ouaip. »

Mika expliqua qu'il était né quatre ans avant que Siiri ne quittât la vie active.

Ils firent le tour, virent des tramways de différentes décennies. C'était follement drôle, toutes ces banquettes en bois, les manivelles du chauffeur, les vieux trajets, les vieux panneaux ! La ligne 15 des Diaconesses aux octrois de Töölö, et son cher 4 de Munkkiniemi à Hietalahti, Siiri s'en souvenait lointainement, et voilà qu'elle les retrouvait.

« Marquise, lut Mika avec amusement. La correspondance est à indiquer lors du paiement. »

Dans certaines rames, on pouvait entrer et s'asseoir, et toutes sortes de choses revinrent à l'esprit de Siiri, des odeurs de vêtements en laine mouillés, d'ouvriers en sueur et de clochards qui mangeaient de l'oignon comme ils auraient mangé une pomme.

« C'était bon marché et ça contenait beaucoup de nutriments pour les gens de la rue, mais ça donnait aussi une odeur très particulière, ce mélange de précarité, d'alcool et d'oignon. Elle n'existe plus, de nos jours, cette odeur. »

Mika écoutait gentiment et commençait à donner l'impression que finalement, les tramways l'intéressaient un tant soit peu : il essaya même une place de conducteur, bien que ce ne fût sans doute pas autorisé. Ils se rendirent enfin au café, où se trouvaient deux beaux tramways des années 50, et Siiri paya les cafés et les brioches, comme promis. Le café était servi dans des gamelles de soupe, c'était vraiment étrange, mais la caissière ne réagit nullement à l'étonnement de Siiri, et ne sembla pas comprendre ce qu'était une tasse. Ils s'assirent près d'une fenêtre. Siiri regardait les vieilles rames et avait l'impression de faire un merveilleux voyage dans le temps. Elle parla à Mika des receveuses, et de l'église de Sipoo dessinée par Aspelin.

« Les receveuses étaient toujours des femmes très dodues et mamelues, elles étaient assises sur leur espèce de cuvette, en uniforme gris, très dignes, vaniteuses, sérieuses, et elles prononçaient des S chuintants. »

Mika fit un petit « hum » tandis que Siiri lui montrait comment une receveuse vérifiait et poinçonnait les tickets des passagers.

« Elles venaient toutes de Sipoo, parce qu'à Helsinki à l'époque il fallait encore connaître le suédois, et on appelait leur foyer l'église de Sipoo, il y avait un clocher comme dans une église. C'était un très beau bâtiment, juste là à côté du dépôt, mais il a dû être détruit avant ta naissance. Et maintenant il y a cette affreuse boîte de béton à la place.

– Quelle merde, le suédois ! »

Siiri trouvait important de parler plusieurs langues, elle avait toujours regretté que sa grand-mère ne lui eût pas parlé russe. Le suédois était une des langues les plus amusantes qu'elle connût, et il fallait absolument lire Selma Lagerlöf dans l'original. Mika avait l'air lassé et n'écoutait plus. Il voulait parler de Pasi. Mais Siiri se souvenait-elle encore que Pasi avait été l'assistant social du Bois du Couchant et avait été renvoyé peu après la mort de Tero ?

« Je m'en souviens. Tu étais très fâché contre lui, tu l'as même accusé de la mort de Tero. Tu l'as traité de balance. C'est bien une insulte, balance ?

– Ouaip. Il a dit des trucs aux flics, des saletés. Et il a fallu que Tero s'amourache de cette saleté d'exploiteur. »

Pasi était également mêlé au viol d'Olavi Raudanheimo. Lui et son ami Jere, l'aide-soignant, étaient bien connus dans le milieu hospitalier. Il y avait eu d'autres scènes de douche dans des lieux destinés au soin des personnes âgées : le duo n'en était pas à son premier fait d'armes.

« Il y a pas mal d'anciens combattants qui n'ont pas dû trop comprendre ce qui leur arrivait. »

Siiri n'en croyait pas ses oreilles, tant l'idée était repoussante. Elle ne comprenait pas bien de quoi il s'agissait au fond, même si Anna-Liisa lui avait fait maintes conférences sur les humiliations et abus de pouvoir commis sous l'empire du désir sexuel. Siiri était prise de vertiges à chaque fois qu'on évoquait le terrible incident d'Olavi Raudanheimo.

Mika trouvait que c'était une chance que ce ne fût pas le seul crime de Pasi. Il n'aurait jamais pu être coffré pour ces histoires de douche, mais Mika s'était chargé de le livrer à la police pour des faits liés à la drogue et à des opérations financières. Pasi n'était qu'un exécutant dans une longue chaîne, mais il fallait bien que la police commence quelque part. Passer au peigne fin l'activité de toutes les firmes de Virpi et Erkki Hiukkanen prendrait sans doute très longtemps. Mais cela n'intéressait plus Mika.

« Pasi sous les verrous, ça me suffit. En ce qui me concerne, la ligue de hockey russe peut continuer ses petits trafics autant qu'elle veut. »

Siiri aurait voulu jouir de son voyage dans le temps, et qu'Irma se remette de ses symptômes de démence dans l'un des nombreux hôpitaux de la ville. Mais elle ne pouvait pas. Malgré tous ses efforts pour se concentrer sur ses pensées, les événements du Bois du Couchant ne lui sortaient plus de la tête. Les viols, le commerce de médicaments, l'incendie… Dieu sait comment tout cela était lié.

« Justement, il faut qu'on parle de l'incendie. »

Mika prit un air gêné, ses mains se mirent à décrire des arcs de cercle encore plus vastes.

« Les clefs, les clefs du Foyer collectif... Il aurait mieux valu ne pas aller au... enfin ne pas les utiliser du tout, vu que ça risque de causer des difficultés. De *te* causer des difficultés, des problèmes, vu que tu les as utilisées pour y aller... et pile quand... quand Erkki Hiukkanen a fait cramer le sauna. »

Siiri eut honte. Elle était là à se bercer de l'atmosphère des tramways des années 50, alors qu'elle risquait d'être condamnée pour cambriolage. Sa tête se mit à siffler et à l'élancer, dans son ventre elle sentait bouillonner la brioche et la gamelle de café. Penaude, elle prit un mouchoir dans son sac à main, se moucha et s'essuya le front. Bizarre, pour une vieille dame, de suer de la sorte.

« Tu crois... Tu penses que je peux me retrouver en prison à cause de l'incendie ?

– Quand même pas », dit Mika en avalant sa brioche d'une seule bouchée.

Siiri trouva que ce n'était pas un geste suffisamment rassurant. Mika pourrait au moins essayer de lui sauver la mise, après tout il avait si bien su orienter le travail de la police autour de Pasi. Il était tout de même son tuteur. Et puis c'était lui qui avait laissé la clef sur la table de Siiri, comme pour dire qu'il fallait agir.

« Le fait est... Mais bref, j'ai ici tous les documents qui te concernent au Bois du Couchant. Toi aussi ils vont essayer de te reléguer au service de démence, ou te faire déclarer irresponsable, et coupable en même temps. Ces papiers sont pleins de spéculation sur ton cas, de tableaux d'évaluation, on parle de soins intensifs... »

Mika chercha dans le désordre de son sac. Il en sortit

des jumelles, un canif, un portefeuille, un téléphone, de la ventoline et de la réglisse. Le sifflement se calma un peu dans la tête de Siiri, elle se mit à parler du contenu du sac à main d'Irma.

« Du whisky ? Ça, moi, j'en ai pas », dit Mika en riant, puis il posa bruyamment une grosse pile de documents qui traînait au fond de son sac.

Siiri considéra gravement la pile. C'était le même genre que celle d'Irma, qu'elle gardait dans son sac à main depuis plus d'une semaine. Le battement reprit dans son crâne. Elle avait donc eu une nouvelle fois raison, elle n'était pas paranoïaque. Elle jeta un œil prudent aux documents, les feuilleta en essayant de rester calme.

Son dossier médical n'était pas aussi inquiétant que celui d'Irma, de prime abord. Il contenait certes lui aussi des annotations suspectes et des affirmations sans fondement, tracées d'une écriture ronde et familière. Avant l'incendie, mais encore plus après, Siiri était jugée incohérente, fatiguée et paranoïaque, exactement comme Irma au début de l'hiver. Siiri avait été évaluée dans le cadre d'un certain système selon lequel elle était, Dieu merci, à 0,2 points du chiffre correspondant à la nécessité de soins intensifs ; autrement, ses frais de service lui auraient été facturés plus cher. On lui prescrivait toutes sortes de calmants, stimulants et somnifères, en dehors même de tout rendez-vous médical.

« C'est bien leur genre, fit Mika.

— Tu serais très bien en Sarastro, dit Siiri en écartant la pile de documents. Tu as une excellente voix de basse, et c'est vraiment rare. »

Elle dut expliquer à Mika qui était Sarastro, mais elle regretta de faire cette digression alors qu'ils parlaient d'une chose importante, de son dossier médical que Mika avait volé exprès.

« Dans *La Flûte enchantée*, au début on ne sait pas où est le bien ni où est le mal, parce que la malfaisance de la Reine de la nuit ne se manifeste qu'après l'arrivée dans le royaume de Sarastro, quand on voit les choses sous un nouveau jour, dit-elle en essayant de parler vite pour ne pas ennuyer Mika. C'est une histoire de l'apprentissage spirituel de l'homme, et c'est bien comme ça dans la vraie vie : on a souvent du mal à distinguer le bien du mal, et vice versa.

– Surtout au Bois du Couchant », dit Mika d'un air sérieux.

Il rangea ses affaires dans son sac et offrit de la réglisse à Siiri en guise de laxatif. C'était une bonne idée ; en échange, Siiri se laissa aller à évoquer mille détails de *La Flûte enchantée*, mais Mika commença à trépigner et à donner l'air de vouloir partir. Il dit qu'il était content à présent que Pasi était hors d'état de nuire : il avait fait sa part. Il ne comptait pas se mêler davantage des affaires du Bois.

« Pasi va se retrouver en taule. Ça me suffit.

– D'accord, mais et nous dans tout ça ? demanda Siiri sans bien savoir ce qu'elle entendait par là.

– Bah, nous on est presque mari et femme, dit Mika avec un sourire enjôleur. Un tuteur ne peut jamais aller très loin. »

Et Mika s'en alla vers le soleil de l'après-midi, sans retourner prendre son taxi : il expliqua qu'un autre chauffeur s'en chargerait. Ils ne s'étaient pas du tout occupés de l'incendie et du possible emprisonnement de Siiri, ni même des dossiers médicaux falsifiés. Siiri était-elle censée se tirer toute seule de ce bourbier ?

XLVI

Anna-Liisa voulut aller acheter des vêtements. Siiri trouva que c'était une drôle d'idée, mais elle se souvint soudain de l'ambassadeur et comprit pourquoi Anna-Liisa voulait renouveler sa garde-robe. Elle avait déjà le chapeau rouge et les gants.

« C'est Onni qui me les a offerts, lui confia-t-elle dans le tramway. Qu'en dis-tu, ce chapeau me va-t-il bien ?

– Un bibi très seyant, ma foi », dit Siiri : c'était une de leurs rengaines, avec Irma, depuis qu'une tante de cette dernière avait dit cette phrase à propos d'un beau chapeau estival d'Irma.

Siiri ne se souvenait plus de la dernière fois où elle avait acheté des vêtements. De temps en temps, avec Irma, elles étaient allées chez Stockmann acheter des bas et des maillots en soie, mais Siiri ne s'y était guère intéressée. Manteaux, pantalons et chemises, elle se contentait des mêmes frusques depuis le début du millénaire. Acheter pour acheter était pénible et vain. Mais elle aimait bien aller en ville, quitter le Bois du Couchant où ses pensées la ballottaient toujours entre l'incendie, la dosette et les Hiukkanen.

« Tu n'es pas obligée d'acheter quoi que ce soit, lui expliqua Anna-Liisa. Ça s'appelle du shopping, quand on se balade simplement d'une boutique à l'autre, en regardant un peu tout. C'est très populaire, mais à mon avis il faudrait inventer un mot finnois pour le dire. Ça pourrait être le magasinage, qu'en penses-tu ? Le problème c'est que le mot « magasinage » évoque un peu les magasiniers, or ça n'a rien à voir. Ou bien

273

l'ambulachat ? Non, l'idéal serait d'avoir un préfixe grec évoquant le fait de se promener, mais là, ça ne me revient pas. »

Elles commencèrent leur magasinage au Forum. Elles y trouvèrent un vacarme assourdissant, mais aucune marchandise utile à des nonagénaires. Anna-Liisa guida Siiri depuis le Forum jusqu'à Kamppi, en passant devant la « Chapelle du silence ». Kamppi était le grand centre commercial construit à la place de l'ancienne gare routière, ou plutôt au-dessus puisque les lignes de bus avaient été transférées en sous-sol. Siiri eut l'impression qu'on trouvait à Kamppi les mêmes choses qu'au Forum, mais Anna-Liisa était mieux informée.

« Les marques sont différentes. Les produits vont par marque, de telle façon que dans un magasin donné, on ne vend que les vêtements d'une usine donnée. On voit bien qu'ici la marchandise est de meilleure qualité qu'au Forum.

– Alors si on a besoin d'un pantalon, il faut faire tous les magasins ? C'est bien compliqué. »

L'Escalator ne commençait pas là où le précédent se terminait. Elles durent parcourir de longues distances, et se perdirent à plusieurs reprises. Il y avait partout des jupes et chemises beaucoup trop courtes, avec de la dentelle et des franges colorées. Un magasin ne vendait que des broches à cheveux et des bandeaux. Les hommes se voyaient proposer des pantalons verts et des chemises roses inélégantes. Le mari de Siiri ne se serait jamais habillé autrement qu'en noir, brun et gris. Et même l'ambassadeur d'Anna-Liisa n'était sans doute pas assez victime de la maladie d'amour pour mettre un pantalon rouge. À cette idée, Anna-Liisa eut un délicieux rire cristallin. Elles se reposèrent un moment sur les chaises d'un café, mais un employé asiatique vint les chasser car les chaises étaient réservées aux clients d'un bar à glace.

« Mais nous sommes clientes ! »

Anna-Liisa essaya de lutter pour ses droits, car elles avaient acheté du café dans des gobelets en carton dans le magasin d'à côté, qui devait être une librairie. Rien n'y fit. Elles durent se lever puis terminer leur café debout à côté de la poubelle, avec deux chaises vides devant elles. Les centres commerciaux n'étaient pas pour les vieux, il y avait trop de bruit, de clameurs et de boutiques idiotes. Les gens se bousculaient, se poussaient, et certains d'entre eux restaient debout à ne rien faire, manifestement venus non pas pour acheter mais pour regarder ce que faisaient leurs congénères.

« Allons chez Stockmann », finit par lâcher Anna-Liisa, et cela leur parut être la chose à faire.

Elles arrivèrent chez Stockmann par un couloir affreusement long et taillé dans la roche, ce qui était commode car il tombait de gros flocons de neige fondue en l'honneur du printemps. Ce couloir leur rappela les abris de défense passive et les bombardements d'Helsinki. Le 30 novembre 1939, Anna-Liisa était à Töölö et Siiri à Munkkiniemi. Elles se rappelèrent que certaines des bombes étaient tombées pile à l'endroit où elles cheminaient maintenant, et elles se sentirent un peu angoissées, comme à chaque Nouvel An quand les gens couraient dehors pour lancer des fusées explosives.

« Chaque fois, leur manège me fait immanquablement penser à la guerre. Je ne comprends pas qu'on puisse aimer tous ces bruits, ces explosions », dit Anna-Liisa tandis qu'elles débouchaient sur Mannerheimintie, sous la pluie, pour les derniers mètres avant d'atteindre Stockmann et d'y être à l'abri.

Il y avait encore plus de monde qu'au centre commercial, malgré l'heure, et elles se laissèrent follement porter par le flot mouvant, jusqu'à un Escalator descendant.

« Ni les trajets de tramway ni l'organisation des départements de Stockmann ne devraient être autorisés à changer. »

Elles se trouvaient à un étage dont le nom était *basement*.

Elles débattirent un moment de ce point, car Siiri était toujours ravie des modifications de trajet des tramways, qui s'étaient multipliées dernièrement, et d'ailleurs elle ne trouverait rien à redire à ce qu'on prolongeât les rails jusqu'à Munkkivuori. Une petite aventure était toujours bienvenue, y compris chez Stockmann.

« Tiens, regarde-moi ça. Je parie que tu n'en as jamais vu des comme ça, des... euh... des aspirateurs, oui bien sûr, c'est donc un aspirateur et pas un humidificateur comme je l'avais d'abord cru. Il se déplace tout seul dans les coins de la pièce pour aspirer la poussière. C'est une sacrée invention quand même, et il faut savoir où chercher pour trouver un truc pareil.

– Mais nous, on ne cherche rien, on se promène », dit Anna-Liisa en faisant de grands pas vers l'Escalator pour remonter vers le rez-de-chaussée.

Siiri lui rappela en quoi consistait l'intérêt du shopping, et chanta un extrait d'un lied de Schubert : « *Das Wandern ist des Müllers Lust, das Wandern* », mais Anna-Liisa la fit taire d'un douloureux coup de coude.

« Ah, ne chante pas », dit-elle en essayant un châle orange.

Elle finit par en acheter un blanc, ainsi qu'un nouveau sac à main noir à la place de son vieux sac à main noir. Le châle orange était selon elle inutilement criard, et le blanc pourrait être porté n'importe où, y compris à des enterrements, ce qui en faisait un achat très pratique.

Depuis la rue Aleksanterinkatu, elles prirent le 3 jusqu'au coin de l'opéra en passant par le Tennispalatsi, dans le but d'aller prendre le 4. C'était devenu le trajet accoutumé de Siiri entre le centre-ville et Munkkiniemi. Dans le 3, elles se demandèrent où des grands-mères comme elles étaient censées acheter leurs vêtements. Il n'existait pas de boutiques spécialisées dans les vêtements pour vieux, alors qu'on disait à tout bout de champ qu'il y avait jour après jour de plus en plus de vieux.

« On ne peut pas mettre des fringues de jeunes, avec leurs couleurs à la noix », jugea Siiri.

Anna-Liisa était d'avis que n'importe quel bout de tissu devenait un vêtement de grand-mère pour peu qu'il fût porté par une vieille femme. Elle regarda Siiri de pied en cap d'un regard critique.

« D'ailleurs ton manteau de popeline n'est pas non plus particulièrement fait pour une femme de quatre-vingt-quatorze ans. »

Tout en attendant le 4 à l'arrêt du nouvel opéra, elles caressèrent l'idée d'une mode spécialement dévolue aux vieux.

« Ce printemps, mamie revêt des nuances pêche et olive. La jupe élégamment plissée couvre les fistules, même imposantes, et met agréablement en valeur les jambes derrière le déambulateur. Le talon de la sandale colorée est modéré mais intrépide, et le foulard de mousseline à pois parachève l'élégance de l'ensemble. »

Siiri allongea le mollet et tourna comme un mannequin, à la façon d'Irma le jour où elles avaient décidé de leurs tenues d'enterrement, pour celui de Tero probablement. Il y en avait eu un nombre inattendu depuis celui-là.

Au moment précis où le 4 arrivait, Anna-Liisa expliqua qu'à Pâques, elle allait à Tallinn avec l'ambassadeur, dans le cadre d'un voyage de rééducation pour anciens combattants auquel les conjointes pouvaient participer gratuitement.

« Imagine, une croisière ! Et je compte bien laisser mon déambulateur à la maison. »

Siiri s'avisa soudain qu'Anna-Liisa n'avait encore une fois pas pris son déambulateur pour cette sortie shopping. Elle marchait tout à fait naturellement, son chapeau rouge oscillant sur ses cheveux, et n'avait manifestement plus besoin de son compagnon de métal depuis qu'elle avait trouvé un compagnon de chair. Rebel le déambulateur avait été échangé contre Onni, ce bourreau des cœurs qui accompagnerait sa fiancée au crématoire après un détour par Tallinn, se dit Siiri en regrettant l'absence d'Irma.

« Imagine, Siiri, je me sens si jeune, si énergique. Comme tu dis toujours : décidément, la vie réserve bien des surprises !

– Moi je dis ça ? Et tu as bien dit que les conjointes des anciens combattants pouvaient aller à Tallinn gratis ? »

Siiri était estomaquée, et aussi un peu agacée par les projets de voyage d'Anna-Liisa.

« Oui ! Comme il reste si peu de vétérans, ils offrent tous les services aux conjointes, alors qu'encore dans les années 80 ils n'offraient rien à personne. Et comme les spas et les établissements de santé sont bien meilleur marché à Tallinn qu'en Finlande, ils nous envoient en croisière pour faire des économies !

– Mais tu n'es pas la conjointe de l'ambassadeur, Anna-Liisa. Enfin pour autant que je sache. »

Siiri sentait qu'elle commençait à s'énerver, sa voix était trop tendue. Ce n'était pas du tout le genre d'Anna-Liisa de vivre aux crochets de la société. Celle-ci ne remarqua pas l'agacement de Siiri et expliqua, toute contente, qu'Onni était très doué pour organiser les choses : les histoires de visa et autres avaient été réglées en un tournemain.

« Il a aussi dit qu'on pouvait toujours s'acheter des bagues de fiançailles à Tallinn, si ça ne tient qu'à ça. »

XLVII

La Pâques finlandaise était toujours une fête ennuyeuse, et c'était particulièrement vrai cette année car le Jeudi saint, l'appartement d'Irma avait été vidé. Des Estoniens étaient venus de bon matin et avaient porté les affaires d'Irma dans un camion stationné dans la cour. Aucun des chachous n'était présent, il n'y avait que ces étrangers, qui parlaient si peu finnois que Siiri n'arriva pas à savoir ce qui se passait. De toute évidence, les affaires d'Irma devaient atterrir dans une sorte d'entrepôt, car les hommes parlaient de conteneur. Le Vendredi saint, les mêmes hommes installèrent chez Irma des tables en plaqué de cerisier et un horrible meuble télé noir.

« Pourquoi y a-t-il chez Irma Lännenleimu les meubles de quelqu'un d'autre ? » demanda Siiri à Virpi Hiukkanen quand elle la croisa dans le couloir de l'escalier A, en train de mâcher de la gomme.

Virpi se lança sans ciller dans un long mensonge. Elle parla pêle-mêle de démence sévère, de soins hospitaliers prolongés, d'un lit réservé à Irma par autorisation spéciale dans le Foyer collectif, de longues files d'attente dans l'immobilier et des temps qui étaient durs.

« On ne peut pas continuer à se convaincre que des malades chroniques de quatre-vingt-douze ans puissent bénéficier d'une guérison miraculeuse », dit-elle.

Elle ne se rappelait en revanche pas le nom du nouveau pensionnaire.

Siiri tenta des dizaines de fois d'appeler la fille médecin qu'Irma avait faite exprès, Tuula, qui finit par répondre d'une station japonaise de sports d'hiver où il faisait nuit en plein jour. La conversation ne fut pas des plus aisées.

« Habiter en résidence spécialisée n'est pas franchement bon marché, comme tu le sais sans doute », expliqua Tuula en bâillant ostensiblement.

Quand elle reprit, Siiri avait déjà deviné ce qui s'était passé.

« Virpi Hiukkanen est d'avis qu'on fasse comme ça. Elle a gentiment accepté de s'occuper de tout, moi jamais je n'aurais le temps pour ce genre de trucs.

— Et on peut savoir où ont été mises les affaires d'Irma ?

— Ses affaires ? Bah, c'étaient juste des vieilleries. Les jeunes sont passés voir, mais personne n'a rien voulu prendre. Des batteurs électriques, des vieux machins, et pour couronner le tout apparemment une des vieilles gâteuses de la résidence est venue leur crier dessus.

Le seul objet de valeur aurait été la télé, mais tout le monde s'en fichait. Tu l'aurais voulue ? Toutes les vieilleries doivent être mises aux enchères par une société que nous a conseillée Virpi Hiukkanen, mais bon, ça ne rapportera sans doute pas bézef. »

Siiri ne voulait pas passer Pâques au Bois du Couchant. Les nouveaux pensionnaires, dans la salle de stimulation, bricolaient des décorations jaunes en plumes et en rouleaux de papier toilette, et à la cantine on servait du *mämmi* pour la deuxième semaine consécutive sous prétexte que c'était bien adapté à la bouche des vieux et que ça ne se gâtait jamais. Siiri n'aimait pas le mämmi, alors qu'Irma en faisait ses délices. Elle y versait toujours des cuillers supplémentaires de sucre, dans des trous qu'elle creusait exprès pour incorporer le rab de sucre et de crème.

Le Samedi saint, Siiri acheta chez Alepa une boîte de mämmi, un kilo de sucre, un pot de crème, et partit à l'hôpital de Laakso. Il y avait des petits poussins en plastique sur les rebords de fenêtre.

« Mais pas de mämmi ! Juste de leur sempiternel *kissel*, non mais tu imagines, pour Pâques... Tu es vraiment un amour de m'avoir apporté du vrai mämmi. Et un kilo de sucre ! Ah Siiri, tu es impayable !

– Les magasins ne vendent pas de sucre fin en plus petite quantité. Houlà, mais tu manges ça à une vitesse... Tu devrais en mettre sur une tranche de pain, c'est bon quand ça croque sous les dents. »

Irma se procura auprès d'un réfugié devenu aide-soignant une tasse et une cuiller, et mangea son mämmi avec contentement bien que la tasse en question fût manifestement un ustensile servant aux prélèvements biologiques. Irma proposa du mämmi à l'aide-soignant, mais celui-ci n'en crut pas ses yeux quand il vit ce

qu'Irma enfournait dans sa bouche, et il sortit précipitamment.

« Encore un qui prend ça pour du caca », dit Irma
en mâchant, d'excellente humeur.

Siiri n'arrivait pas du tout à engager la conversation
sur ce qui s'était passé dans l'appartement, bien qu'il
l'eût fallu. Irma expliqua que sa rééducation avançait à
merveille, elle avait la veille fait trois pas sans soutien
et rencontré deux charmantes petites physiothérapeutes.

« Des Russkoffesses, très douces. L'une d'elles a
une fille de deux ans qui s'appelle Irina. Ta fille aussi
s'appelle Irina, non ? Celle qui est devenue nonne en
France. Pourquoi tu ne parles jamais d'elle ? Tu ne
crois pas qu'on devrait devenir nonnes nous aussi ?
Pourquoi on n'y a pas pensé plus tôt ! »

Elle semblait à moitié sérieuse. Elle se mit aussi sec
à trouver tous les bons côtés de la vie de nonne. La
mère abbesse ne pourrait pas être plus méchante que
Virpi Hiukkanen, mais il faut dire que Virpi n'était
pas la directrice, elle était plutôt comme une vice-
abbesse, mais ça n'avait sans doute jamais existé, une
vice-abbesse. Il n'y aurait pas d'hommes, ce qui serait
agréable car on n'aurait pas à craindre que quelqu'un
nous étreigne de force dans l'ascenseur, nous embrasse
dans l'entrée ou nous pelote quand on va chercher de
l'eau. Pour Anna-Liisa, évidemment, ce serait compliqué, comme elle venait de commencer une nouvelle
vie. Et surtout, au cloître, il n'y aurait jamais besoin
de dépenser d'argent.

« On économiserait des milliers d'euros chaque mois,
on pourrait acheter plein de chèvres et de vaches pour
en remplir l'Afrique !

– C'est vrai, dit Siiri en songeant avec effroi que

le cloître était peut-être vraiment leur seule chance. Dans ce cas il faut sans doute que je me convertisse.

– Oh, bah c'est facile. Une bagatelle. Personne ne doutera de ta conversion, en te voyant en fin de course comme ça. Tu diras simplement que tu es arrivée à la conclusion qu'il existe nécessairement quelque chose d'éternel, qu'il doit y avoir autre chose que la vie ici-bas. Alors évidemment ce sera moi ta marraine le jour du baptême, ce sera marrant. Est-ce qu'il y a un examen d'entrée, au cloître ? »

Siiri mit un terme au rêve éveillé d'Irma en évoquant Mika Korhonen, et étant donné l'état d'excitation de son amie, celle-ci eut comme une révélation en « entravant » qui était Mika.

« Notre archange ! Le chauffeur de taxi qui veut être chauve et qui nous a fait manger des plats riquiquis au Kämp en plastique. Pourquoi as-tu tant attendu pour m'en parler ? »

Irma avait toujours de bons jours et de mauvais jours. Siiri décida de profiter de ce moment de lucidité et de raconter les derniers accomplissements de Mika. C'est surtout cette histoire de tutelle qui passionna Irma. Elle se mit à rire car elle considérait les tuteurs comme des responsables légaux, cela lui rappelait comment dans chaque village, jadis, se trouvait un idiot congénital qu'on plaçait sous la tutelle d'un responsable légal.

« Et dans *Le Barbier de Séville* aussi il y a quelque chose de ce genre ! Bartolo est le tuteur de Rosina, non ? Mika est donc un peu ton docteur Bartolo ? Et cet imbécile de Bartolo veut à toute force épouser sa pupille. Ah, mais alors peut-être que c'est ce qui va se passer ! Mika va évidemment vouloir t'épouser. »

Elle finit par revenir à la case départ, attestant ainsi sa bonne santé mentale. Elle était contente du choix de

Siiri et Anna-Liisa, et heureuse de n'être pas concernée par le dispositif de tutelle, étant donné qu'elle avait une grande famille avec beaucoup de proches, contrairement à Siiri dont les enfants mouraient de prospérité et fuyaient la réalité dans un cloître.

« De sorte que je n'ai pas besoin de devenir la pupille du premier passant venu.

– Moi au moins, mes descendants ne se partagent pas mes affaires de mon vivant », laissa échapper Siiri ; Irma fut soudain très sérieuse.

Siiri fut donc bien obligée de parler de l'appartement, des déménageurs estoniens, du conteneur et du marché aux puces. Elle essaya de donner à l'ensemble une tonalité vague et incertaine, répéta plusieurs fois que le nouveau pensionnaire n'avait pas encore emménagé et qu'elle ne savait même pas s'il allait vraiment y avoir quelqu'un. C'était vrai, d'une certaine façon, car Virpi Hiukkanen n'avait parlé que de longues files d'attente et n'avait pas mentionné de nom. Mais Irma ne comprenait que trop bien, y compris ce que Siiri taisait. Dans ses divers hôpitaux, elle avait eu le temps de gamberger et avait abouti à la conclusion que ses adorables chachous ne la considéraient peut-être pas comme très importante, finalement.

« Évidemment, c'est de ma faute. Peut-être bien que je suis une vieille mamie gâteau. Une mauvaise mère, une grand-mère barbante, qui ennuie tout le monde. »

Elle se mit à pleurer tout en expliquant qu'elle avait peu à peu compris qu'elle n'était ni drôle ni utile, aux yeux de ses enfants et petits-enfants. Ils attendaient tous qu'elle débarrasse le plancher, et ils avaient même été soulagés de la voir réduite à l'état de légume, de démente, car cela permettait de l'oublier sans scrupule.

« Ils n'ont plus la patience d'attendre pour avoir mon batteur. Un vieux batteur électrique, c'est tout ce que je vaux, tu le crois ça ? Je l'ai depuis trente ans, c'est une simple ruine, même si c'est un Philips.

— À vrai dire ta petite-fille avait l'air de vouloir aussi les bijoux, et eux ils ont sans doute de la valeur, la consola Siiri, mais Irma n'avait plus du tout le cœur à rire.

— Personne d'autre que toi et Anna-Liisa n'est venu me voir à l'hôpital. Jamais mes petits chachous n'auraient songé à m'offrir du mämmi pour me faire plaisir, ils n'ont jamais remarqué que j'adorais ça. Ils sont toujours pressés, au Caire, au Japon, même en vacances, mais j'imagine que c'est un prétexte. Quand quelqu'un a le temps d'aller à l'autre bout du monde et de s'occuper de chevaux, on aurait tendance à penser qu'il aurait aussi le temps de passer à l'hôpital constater que je suis devenue SDF. Ah, si je pouvais mourir maintenant, ce serait ce que je pourrais faire de mieux pour mes chachous. »

Siiri n'avait jamais entendu Irma parler de la sorte. Elle paraissait d'une franchise impitoyable, ce qui rendait son discours si terrible à entendre. Siiri eut l'impression qu'à tout prendre, ses problèmes à elle étaient insignifiants, car elle n'avait pas besoin de se demander pourquoi personne ne pensait à elle. Elle étreignit Irma, qui était amaigrie, étrangement menue, elle essuya ses larmes avec un mouchoir en dentelle et essaya de la consoler. Vieillesse implique solitude, il n'y a rien à faire. Même les vieux très actifs et qui rencontraient des gens chaque jour se sentaient seuls. Personne ne devrait regarder le téléphone en songeant amèrement qu'il ne sonne jamais. Les enfants et les petits-enfants avaient une vie à eux, et c'était dans l'ordre des choses. Chacun devait se concentrer sur sa propre vie, même les vieux, et surtout Siiri et Irma qui savaient encore prendre plaisir à toutes sortes de choses.

« Tu peux emménager dans mon deux-pièces. Après tout on s'amuse bien ensemble », dit-elle, ce qui redonna le sourire à Irma.

Celle-ci prétendit que Siiri ronflait et qu'on l'entendait à travers le mur : aucune boule Quiès ne pourrait rendre cela vivable. Elle se moucha bruyamment dans le mouchoir de Siiri, qu'elle mit dans sa manchette comme si c'était le sien, puis expliqua, comme à chaque fois qu'elle se mouchait, que ce qui sortait de son nez n'était pas de la morve mais du liquide allergénique. Après un long bâillement, elle demanda à en savoir plus sur l'histoire d'amour entre Anna-Liisa et l'ambassadeur, et quand Siiri évoqua la croisière organisée pour les conjointes des anciens combattants, Irma rit tant et si bien qu'elle en eut une crampe au ventre.

XLVIII

Siiri Kettunen reçut une convocation de la police de Pasila-Ouest. La dernière fois qu'elle avait eu affaire à la police, c'était à l'automne 1946, quand on avait essayé de lui soutirer des renseignements sur une cache d'armes, mais même à l'époque elle n'était pas aussi nerveuse qu'aujourd'hui.

Heureusement, Anna-Liisa s'y rendit avec elle. Elle se sentait partiellement responsable de cette convocation, comme c'était l'ambassadeur qui avait déposé plainte suite à l'incendie du Bois du Couchant, en conséquence de quoi Siiri se retrouvait maintenant dans la panade. L'ambassadeur les accompagna jusqu'à la porte du Bois, et tint un long discours.

« La police est de notre côté. Ayez confiance en vous et le résultat sera positif. Vous avez une grande responsabilité devant le droit et la morale, souvenez-vous-en. J'exige la justice, et vous êtes mes nonces », dit-il d'une voix tremblante.

Puis il embrassa Anna-Liisa sur la joue et serra solennellement la main de Siiri, comme si elles partaient en quête d'un nouveau continent. Il laissa derrière lui une agréable odeur d'après-rasage.

Siiri se savait incapable de dire autre chose que la vérité. Lors des interrogatoires de la Police rouge, après la guerre, c'était différent : dans l'intérêt supérieur de la patrie, son rôle était de protéger ses amis et ses proches. Mais là aussi, mentir était un jeu de dupes. Bien des gens courageux se retrouvaient en prison.

Elle avait plusieurs fois fait l'inventaire des événements de la nuit de l'incendie. Elle ne pouvait pas jurer que la personne qui avait couru dans la cour fût Erkki Hiukkanen. Après l'incendie, Erkki avait disparu des couloirs du Bois, les VMC et les conduits d'évacuation avaient enfin pu se boucher en paix, pendant que le concierge était occupé à épier Siiri. Plus Siiri réfléchissait, plus tout lui semblait confus. Elle était cependant tentée de croire que le méchant était toujours puni, quel qu'il fût.

« Pas nécessairement, dit Anna-Liisa tandis qu'elles passaient sous le pont de l'Horloge, à Pasila-Est. Nombre de véritables malfrats ne sont jamais pris. Ce serait une action d'éclat, si tu arrivais par ta déposition à faire enfin comprendre aux autorités le jeu qui se joue en coulisse à la résidence. »

L'hôtel de police était un de ces bâtiments déprimants qu'on trouvait à perte de vue dans les deux moitiés de Pasila. Il y avait dans le hall d'entrée un comptoir clients, exactement comme dans une banque, à cette nuance près que les banques ne s'occupaient plus des clients. Siiri prit un ticket de file d'attente, et elles s'assirent au milieu d'une foule de bandits. Siiri jetait des regards inquiets autour d'elle, mais Anna-Liisa se plongea dans un *Picsou Magazine*.

« Espèce de vieux fesse-mathieu !

— Pardon ?

— C'est Miss Tick qui traite Picsou de vieux fesse-mathieu, expliqua Anna-Liisa. Ça fait un peu bizarre quand on dit ça d'un canard. Regarde, c'est une histoire où la police vient chercher les neveux chez Donald, c'est un peu lié au thème du jour. Et là Donald fait une sacrée tête, et sa réplique est un nouvel exemple de la langue subtile et expressive de ce journal. Écoute : "Ce représentant de l'ordre et son satané képi traînent mes chers petits en prison, au vu et au su de tout le voisinage." Espérons que ça se passe mieux pour toi ! »

Quand vint le tour de Siiri, il s'avéra qu'elles étaient au mauvais endroit. Une gentille agente de police les accompagna en ascenseur là où elles auraient dû déjà se trouver, au troisième étage, dans une petite salle bruyante où les attendait un très jeune garçon. Il était en civil, cravate au cou, et il se présenta en un marmonnement timide.

« Kettunen, brigadier.

— Petäjä, maître ès lettres, dit Anna-Liisa, avant de s'écarter en prenant une chaise près du mur.

288

– Moi aussi je m'appelle Kettunen ! » s'écria joyeusement Siiri, mais comme le garçon restait sérieux, elle demanda pardon, car ils n'étaient sans doute pas de la même famille.

Des Kettunen, il y en avait pléthore en Finlande, et de plus ce n'était que le nom de son défunt mari. Son nom de jeune fille était Närviö, mais elle préférait porter le nom banal de Kettunen, car Närviö ne lui plaisait pas. C'était un nom artificiel, inventé de force quand son grand-père fennomane avait voulu être parmi les premiers, dans les années 1880, à finniser son nom Neovius, nom d'ailleurs qui ne signifiait rien dans aucune langue, n'étant qu'une pseudo-latinisation d'un certain Nyman parti étudier à Turku au XVIIIe siècle.

« Vous avez une pièce d'identité ? » l'interrompit le policier.

Il avait commencé à éplucher les nombreux documents éparpillés sur la table. Il lisait de la même façon que le médecin du centre médical avait lu son dossier, comme s'il n'avait jamais vu de documents auparavant. Siiri prit dans son sac à main sa carte de sécu, mais apparemment ça ne comptait pas comme pièce d'identité. Après avoir cherché un moment, elle trouva son permis de conduire, qu'elle n'utilisait plus depuis belle lurette.

« Qu'est-ce que c'est ? » demanda le brigadier.

Le permis de Siiri était un papier rose dans un étui de plastique, avec un cachet indistinct et une photographie de 1978, l'année où elle avait dû le faire renouveler. Le brigadier estima néanmoins que le permis renouvelé avait expiré. Les permis modernes avaient une tout autre apparence : pour prouver ses dires, il montra le sien qui était une bande de plastique aux faux airs de carte bancaire. De plus, un permis de conduire ne pouvait plus faire office de pièce d'identité, il fallait un passeport ou une carte d'identité officielle, qui elle aussi était une bande de plastique façon carte bancaire. Siiri n'avait donc aucune pièce d'identité.

« Pas même de passeport ? » demanda le garçon.

Siiri se demanda ce qu'elle ferait d'un passeport, elle dont le dernier voyage remontait aux années 50, quand elle était allée à Hambourg à bord de l'*Oihonna* ; elle qui n'était pas l'une de ces heureuses fiancées d'anciens combattants qu'on envoyait aux frais de l'État se remettre de leurs traumatismes de l'autre côté de la Baltique. C'est là qu'Anna-Liisa sortit son propre passeport. Il était tout neuf, elle l'avait demandé en novembre en prévision du voyage à Tallinn, sans rien en dire à Siiri.

« Tu m'engueuleras plus tard, rétorqua Anna-Liisa en se tournant vers le policier. Je peux attester son identité. Et elle a déjà évoqué son arbre généalogique. »

Le brigadier accepta la proposition, mais envoya ensuite Anna-Liisa attendre dans le couloir. Il continua de compulser ses documents, et ce n'est que quand Siiri, lassée d'attendre, se fut mise à compter pour la deuxième fois les dossiers sur l'étagère du brigadier que l'interrogatoire commença enfin. Le brigadier posait des questions évidentes : il vérifia par exemple si Siiri se rappelait qui elle était, et si elle savait quel mois on était et qui était le président de la République. Pour être sûre, Siiri énuméra tous les présidents, de Ståhlberg à Niinistö, puisqu'elle avait vécu sous chacun d'entre eux, et expliqua qu'elle se rappelait même son code PIN depuis qu'elle avait trouvé un moyen mnémotechnique pour ce faire : le deuxième chiffre était le premier à la puissance trois, le troisième leur produit divisé par trois, et le quatrième était la somme des deux premiers moins trois.

« Sapristi, maintenant vous connaissez mon code PIN alors qu'il ne faut jamais le dire à des inconnus ! Enfin bien sûr, vous, on peut avoir confiance, comme vous êtes agent de police. Vous vous êtes sans doute aperçu que l'élément déterminant dans mon moyen mnémotechnique est à chaque fois le 3 ? »

Le brigadier Kettunen mit fin à ces jeux de mémoire et en vint enfin à l'incendie. Il voulait savoir quel jour cela s'était passé, en quel endroit de la résidence, et à quel moment Siiri s'était rendu compte qu'il y avait le feu. Celle-ci expliqua qu'elle était à la porte du Foyer collectif à 2 h 30 du matin, et qu'elle avait tout de suite vu qu'il y avait de la fumée à l'intérieur. Après une brève hésitation, elle expliqua aussi qu'elle était entrée avec une clef puisque l'aide-soignante ne se réveillait pas malgré ses cris.

« À ma connaissance, ensuite elle a appelé à l'aide, quand je le lui ai demandé. »

L'agent ne s'étonna pas le moins du monde d'apprendre que Siiri errait la nuit dans les couloirs du Bois, ni qu'elle avait les clefs du Foyer collectif. Mais comment ce pauvre garçon eût-il pu savoir ce qu'était le service de démence de la résidence et le règlement qui y avait cours ? Le brigadier demanda si Siiri avait vu quelqu'un dehors.

« Je crois qu'il y a eu... un homme, qui courait », fit Siiri pour ne pas moucharder.

L'ambassadeur serait très déçu de voir qu'elle ne profitait pas de la situation pour accuser Erkki Hiukkanen de l'incendie. Le brigadier n'avait plus d'idées de questions, et un lourd silence tomba dans la pièce. Seule la VMC ronronnait doucement. Comme le jeune

Kettunen semblait devoir rester durablement muet, Siiri détendit l'atmosphère en parlant de la peintre Sigrid Schauman qui, dans les années 60, à la suite d'un accident de la route avait été entendue par la police, et qui, quand on lui avait demandé si elle avait déjà eu affaire à elle, avait répondu : « Bien sûr. C'était quand mon frère a tué Bobrikov. »

Le très jeune brigadier la regarda de ses yeux ternes et vides, presque comme Irma dans ses pires jours au Foyer collectif. Peut-être qu'il ne se rappelait pas qui était Sigrid Schauman. Ou Bobrikov ! Siiri pensa à l'ambassadeur, et à Anna-Liisa qui attendait dans le couloir ; quand ce fut le tour de Mika Korhonen, avec son sac à dos, et enfin d'Irma mugissant dans son tee-shirt « *I'm sexy* », Siiri n'y tint plus et elle se mit à tout dégoiser. Ce fut une longue confession. Au début, le policier la regarda d'un air surpris, puis il se reconcentra. Il était gaucher, sa main faisait un angle bizarre tandis qu'il prenait des notes et écoutait Siiri, l'air très intéressé.

« Vous avez sûrement parmi vos cent trente-huit dossiers une note sur le viol d'Olavi Raudanheimo. Et je pense que vous connaissez bien le Pasi en question, c'est ce qu'a dit Mika, mais bon je ne me souviens plus du nom de famille de Pasi. Si j'ai bien compris, Pasi a été entendu plusieurs fois, et il est prévu qu'il aille en prison. »

À la fin de sa logorrhée, Siiri avait le cœur battant et les mains tremblantes.

« Vous avez dit que la chef de service vous avait abandonnée par terre dans le bureau. Quand cela s'est-il passé ? Et de quelle taille était le colis sur votre boîte aux lettres, où il n'y avait aucune indication de destinataire et d'envoyeur ? »

292

Siiri ne se rappelait même pas avoir parlé du colis. Elle était incapable de dire à quand remontait cette histoire de colis, mais la scène dans le bureau de Virpi Hiukkanen avait certainement été le même jour. Quand donc ? Siiri fut prise de faiblesse, elle demanda un verre d'eau au garçon. Mais avant que celui-ci ne se fût levé de sa chaise, Siiri vit un voile noir devant ses yeux.

L'évanouissement de cette suspecte nonagénaire mit le commissariat en ébullition. Le brigadier Kettunen crut d'abord que sa cliente venait de lui claquer dans les pattes. Hésitant, il se pencha pour chercher des signes de vie ; voyant que la vieille respirait, quoique faiblement, il appela un sous-chef, qui l'agonit d'injures pour n'avoir pas appelé directement le Samu. Il fallut une éternité pour joindre le Samu ; le brigadier Kettunen se vit assaillir de questions auxquelles il ne savait répondre. Il s'énerva, du coup l'employé du Samu aussi car Kettunen était le soixante-dix-septième client d'affilée qui osait se fâcher alors que l'employé ne faisait que son travail, comme on le lui avait appris lors d'un stage au centre de formation de Vuokatti, où il avait fini premier à l'examen final alors qu'ils étaient plus de cent candidats venus de toute la Finlande.

Le brigadier Kettunen finit de perdre ses nerfs, et hurla dans le téléphone avec tant de hargne que la vieille qu'il avait envoyée dans le couloir ouvrit la porte d'un air excédé pour voir ce qui se passait. Elle lui arracha le téléphone et se mit à distribuer des ordres au Samu, d'un ton sans réplique, avant de raccrocher violemment.

« L'ambulance arrive », dit d'une voix sinistre la vieille au chapeau, puis elle dit à Kettunen d'apporter de l'eau.

La petite vieille qui était par terre reprit ses esprits, but un peu d'eau et réussit ensuite à s'asseoir, épaulée par son amie. Désemparé, le brigadier Kettunen se tenait à côté, jetant des regards nerveux à l'horloge, sans savoir ce qu'il aurait dû faire dans une telle situation, si ce n'est se plaindre que l'ambulance mettait trop de temps à arriver à Pasila. Le sous-chef vint l'enguirlander dans le couloir, et bientôt la moitié du commissariat arriva pour regarder les ambulanciers emporter sur une civière la centenaire subclaquante.

« Bien joué, Siiri », dit Anna-Liisa dans l'ambulance, en lui serrant fort le bras.

Son chapeau rouge était en biais, ses cheveux en désordre, et elle avait l'air tout échauffée. Deux perfusions étaient attachées à l'autre bras de Siiri, et un ambulancier s'affairait dessus.

« Elle est consciente, dit l'homme, mais Siiri ne se donna pas le mal de se présenter, car elle savait depuis longtemps que les ambulanciers ne perdaient pas leur temps avec les bonnes manières. On la ramène à la résidence ! »

L'ambulance allait à toute vitesse sur Mannerheimintie, gyrophare hurlant, comme si Siiri était en danger de mort et qu'on essayait à tout prix de la sauver.

« Pourquoi vous mettez la sirène ? demanda Siiri.

– Pour rire. C'est plus drôle comme ça. »

Siiri trouva scandaleux de perturber ainsi la circulation. Elle se sentait honteuse, gênée, désolée. Encore une virée qui allait tôt ou tard lui valoir une facture, et pour rien.

XLIX

Après la fête du 1er mai, l'appartement d'Irma fut investi par une femme de soixante-douze ans à l'embonpoint considérable, qui se déplaçait en fauteuil roulant et ne disait même pas bonjour. La porte indiquait qu'elle s'appelait Vuorinen, mais nul ne connaissait son prénom. Matin et soir, des aides-soignantes couraient déplacer Mme Vuorinen, il y fallait toujours au moins deux filles : elle nécessitait une telle quantité de services qu'elle était pour la fondation Soin et amour des personnes âgées et pour l'agence de Virpi Hiukkanen un placement nettement plus rémunérateur qu'Irma.

Les choses s'étaient d'ailleurs compliquées pour Irma, bien qu'elle se remît peu à peu de la pose du clou en titane et de tout le reste. Elle avait été transférée en thérapie posttraumatique à l'hôpital de Kivelä. Le seul avantage du transfert était qu'elle logeait désormais rue Sibelius, ce qui était un beau nom de rue.

« Elle suit le processus normal de retour à domicile, dit Anna-Liisa. Mais apparemment ce n'est pas simple.

– Ça c'est sûr, Irma n'a même pas de domicile ! »

Anna-Liisa était allée à Kivelä interroger le personnel, et n'avait consenti à partir qu'après s'être fait remettre une pile de diverses brochures où l'on parlait de conseils thérapeutiques par un pool de professionnels, de questionnaire de proximité, de gymnastique de contrôle et de programme d'évaluation du retour à domicile par items et compétences. Anna-Liisa lut de son ton solennel :

« Même lors d'une hospitalisation courte, la compétence physique active des personnes âgées diminue. Elles ont une petite réserve homéostatique, et souvent diverses maladies.

– Pardon, qu'est-ce qu'on a de petit ?

– Ne m'interromps pas. Les facteurs liés au traitement de la maladie et aux mesures thérapeutiques peuvent favoriser la diminution de la compétence physique active. De plus, l'environnement hospitalier et la station allongée peuvent occasionner des complications.

– Jésus Marie Joseph, moi qui croyais qu'on allait à l'hôpital pour guérir !

– Ce n'est pas terminé. »

Elles prirent leur pauvre Irma en pitié, elle qui se retrouvait dans un tel pandémonium. Qui eût cru qu'un simple retour à domicile pût être une opération à haut risque impliquant solitude, peur et insécurité. C'était un événement traumatique car d'après les concepteurs de la brochure, l'hôpital était un environnement protecteur : c'était évidemment dû au fait que les rédacteurs travaillaient eux-mêmes à l'hôpital.

« Ils n'ont que ça à la bouche aujourd'hui, les risques et les traumatismes. Alors que quand la guerre a pris fin, les hommes ont été directement renvoyés du front pour aller construire la société nouvelle. La seule autorité qui proposait de l'aide, c'était Alko », dit Anna-Liisa après avoir tout lu.

Elle était tellement en colère que l'espace d'un instant elle n'arriva plus à parler ; tout en fulminant, elle tapotait la table avec le coin de la brochure.

« Dis donc, Kivelä ça lui fait déjà son cinquième hôpital pour une fracture de la hanche, non ? demanda

Siiri pour mettre fin au tapotement. Tu as lu cet article où ils parlaient des touristes hospitaliers ?

– Le terme était "touristes médicaux". Il y était question des étrangers malades du cancer et qui viennent ici se faire soigner, ce n'est pas pareil que les gens qui comme Irma sont trimballés d'un hôpital à l'autre. Écoute un peu ça ! »

Le tapotement cessa et Anna-Liisa se replongea dans ses brochures, qui étaient pour elle autant de sources de distraction.

« L'individu malade est considéré comme un acteur orienté objectif dans son propre process de rééducation. » Elle se tut un instant, secoua la tête et prit un air désespéré. « Rends-toi compte, j'ai beau être prof de lettres, j'ai de plus en plus de mal à comprendre le finnois d'aujourd'hui. »

Pour qu'un patient âgé pût sortir, il devait passer divers tests qui semblaient si débiles qu'elles se mirent à rire. Il devait se soumettre à des exercices où l'on nommait les diverses parties du corps et où la connaissance de soi était stimulée par le toucher. Peut-être était-ce une évolution positive, après tout. Siiri avait une amie qui avait reçu à l'hôpital un traitement de préparation à une opération chirurgicale, après quoi on s'était rendu compte qu'il ne s'agissait pas de la bonne patiente, et on l'avait jetée à la rue, pauvre femme de quatre-vingt-sept ans se demandant ce qu'elle faisait là.

« C'était un peu hardi, comme processus de retour à domicile. Au moins celui d'Irma est minutieux.

– Il faut que nous nous intéressions de plus près à tout cela, fit Anna-Liisa en reprenant son sérieux. Comment peuvent-ils encore se prévaloir de valeurs humanistes quand ils demandent à de pauvres vieux d'énumérer les parties de leur corps ? Et à quoi visent toutes ces mesures futiles, quand dans le même temps les domiciles changent de main de façon arbitraire ? Et le fait qu'ils aient besoin de tant de métiers différents pour décider de choses simplissimes, est-ce juste pour faciliter l'insertion des jeunes sur le marché du travail ? Décidément j'ai bien l'impression que le bon sens a déserté ce monde. »

Toutes ces absurdités finirent par mettre en colère Siiri elle-même, à tel point qu'elle se leva du lit et se mit à faire des crêpes au sang pour leur déjeuner. Elles n'étaient sans doute pas toutes fraîches, mais dès qu'on mettait dessus de la confiture d'airelles et du beurre, ça ne se sentait plus. En mangeant, elles se remémorèrent comment au temps jadis, on enlevait le moisi sur le pain, en grattant, et même sur la confiture il y avait souvent une épaisse couche verte qu'on se contentait de jeter au compost, et on mangeait le reste de bon appétit, sans que personne tombât malade.

« Ce qui ne nous tue pas nous rend plus forts », dit Anna-Liisa.

Elle aurait voulu du vin rouge mais Siiri n'en avait pas.

« Dans ce cas je vais chez Onni, il a un minibar », annonça-t-elle.

Et après avoir raclé la confiture sur son assiette, elle quitta la pièce, son chapeau de printemps lançant un dernier éclair de couleur. Elle s'était mise à le porter partout, même à l'intérieur ; aux femmes élégantes, tout était permis.

L

Le petit ami de la fille du petit-fils de Siiri, Tuukka, avait constaté sur l'écran de son ordinateur que l'ambulance privée avait facturé 87,30 euros le transport en urgence de Siiri. Il avait l'air très inquiet, au téléphone, ce qui ne lui ressemblait pas. Il était en général si impassible.

« Je me suis juste évanouie lors d'une visite, dit-elle pour le tranquilliser, n'osant pas évoquer son interrogatoire et ses crimes. Ces imbéciles d'ambulanciers ont mis leur sirène pour rien, et évidemment ça coûte plus cher avec la sirène. Tout ça pour rien. Ah, lala. »

Tuukka s'y connaissait en frais d'ambulance, et il expliqua que plus c'était inutile, plus c'était cher.

« C'est le patient qui paie. Si les premiers soins ne sont pas nécessaires, comme dans ton cas manifestement, le transport revient plus cher qu'un taxi. C'est un business aujourd'hui, de transporter des malades. »

Siiri était médusée, mais elle croyait néanmoins Tuukka, qui était un garçon très sérieux et allait toujours au fond des choses. L'ambulance de la ville s'occupait des cas les plus urgents, les autres incombaient à des firmes privées qui fixaient leurs prix au petit bonheur.

« Mais je ne les ai pas commandées, moi, leurs ambulances ! J'étais allongée, inconsciente, c'est quelqu'un d'autre qui a appelé. Pourquoi faut-il encore que je sois punie pour ça ? Est-ce qu'il y a quelqu'un qui essaie de s'enrichir en transportant des malades ?

— Oh que oui », dit Tuukka d'un ton placide.

Mais il y avait autre chose. Il avait appris que Mika Korhonen était le tuteur de Siiri.

« Tu te rends compte de ce que tu as fait ? » demanda-t-il comme si Siiri était une petite fille ou une demeurée.

D'après lui, nommer un tuteur revenait à s'inscrire volontairement à l'hospice, à se soumettre à un responsable légal.

« C'est toi qui l'as dit. La résidence est bien un hospice.

— Non, ce n'est pas ce que je voulais dire. Mais avoir un responsable légal, ça veut dire que tu ne pourras plus t'occuper toi-même de tes affaires.

— Mais c'est bien le cas. C'est bien pour ça que tu t'occupes de mes comptes en banque et que tu as l'œil sur chaque sou que Virpi Hiukkanen grappille.

— Voilà, et maintenant tu veux que Mika Korhonen s'occupe de tout. Je le connais, ce mec, et à ta place je ne lui ferais pas confiance. Mais bon, c'est toi qui décides. Donc là, je t'appelais pour te demander si tu veux que je lui transfère les droits du service bancaire à distance. Tu as l'air de bien te débrouiller sans moi, depuis que tu as trouvé ton foutu ange gardien. »

Siiri n'y avait jamais réfléchi. Toute cette histoire de tutelle était arrivée un peu par surprise, et d'ailleurs elle n'était plus si enthousiaste. Il aurait fallu en parler à Tuukka, lui demander conseil. Il faisait presque partie de la famille, et puis c'était un universitaire, il avait raison d'être vexé par l'infidélité et la légèreté de Siiri. D'autant que Siiri ne connaissait pas du tout Mika, au fond. Que savait-elle de lui ? Qu'il était cuisinier, chauffeur de taxi et qu'il était né quatre ans avant que Siiri ne partît à la retraite. Mais avait-il une famille ? Ou une petite amie, ou au moins un chat ? Il n'avait pas l'air du genre à aimer les chiens. De quelle région venait-il, de quelle famille, où habitait-il ? Il ne parlait jamais de ses propres affaires ni de lui-même.

Tuukka dit que Mika avait déposé une déclaration de mise sous tutelle à la préfecture, et Siiri en fut si effrayée qu'elle manqua défaillir. Elle n'aurait plus la force d'avoir encore une fois affaire à la police. Que diable était-elle allée faire dans cette galère ?

« Pas de panique. La préfecture va juste inscrire que Mika Korhonen est ton tuteur, autrement ce ne serait pas officiel. Il y a un registre des tutelles où toutes ces choses sont consignées. »

Un « registre des tutelles », c'était exactement ce que Tuukka avait laissé entendre, c'était comme si on l'envoyait à l'hospice. Avant, c'était une honte terrible, comme si on était demeuré. C'est bien de cela qu'Irma parlait quand elle évoquait les idiots congénitaux. Mais de nos jours, c'était quelque chose qu'on conseillait aux personnes âgées. Il y avait même eu une conférence à ce sujet, au Bois. Il y avait en Finlande tant de vieux oubliés par leurs proches qu'il fallait des personnes de confiance pour prendre les décisions au cas où les vieux en question tomberaient sur la tête, se feraient une hémorragie cérébrale et oublieraient leur groupe sanguin. Si l'on n'en choisissait pas un soi-même, on se retrouvait avec un tuteur imposé par la ville, un fonctionnaire sorti de nulle part. Virpi Hiukka-nen s'était proposée spontanément en tant que tutrice des pensionnaires du Bois du Couchant, pendant que Sinikka Sundström faisait passer un panier de quête pour les orphelins indiens. Siiri n'était pas allée à cette conférence, mais Anna-Liisa y était restée tout le long et avait pris des notes ; elle savait tout sur le sujet. D'ailleurs Mika était aussi son tuteur.

« Bon, alors je donne tes identifiants bancaires à Mika ? » redemanda Tuukka.

On l'entendait pianoter sur un clavier d'ordinateur. Il commençait manifestement à se fatiguer de Siiri, de cette vieille femme qui ne comprenait rien à sa situation et à qui il fallait tout expliquer en long et en large.

« Pardon, Tuukka. Je ne voulais pas te blesser », fit Siiri, avant de demander à Tuukka de continuer à être son assistant bancaire personnel aussi longtemps qu'elle vivrait.

Il accepta, ce brave garçon, et perdit toute trace d'énervement ; il raccrocha après lui avoir souhaité de bien se porter.

LI

Irma s'accommodait fort bien de sa chambre pour quatre dans le service posttraumatique de l'hôpital de Kivelä, dans l'unité d'évaluation des soins aux personnes âgées. S'adapter à un nouvel hôpital devenait pour elle une seconde nature, et elle avait rapidement fait connaissance avec ses voisins de lit. Elle était la plus vieille de la chambrée, comme une sorte d'autorité morale.

« Enfin, autorité morale, les pauvres, s'ils savaient… »

Le bâtiment datait des années 30 mais avait subi de nombreuses réfections. Le hall d'entrée semblait avoir été conçu par un docile suiveur d'Alvar Aalto, avec son large escalier et ses dalles en terracotta.

« Dis donc, j'ai vu au rez-de-chaussée un mot de vingt-six lettres, dit Siiri.

– Tu rigoles ! C'était quoi ?

– C'était… euh, je ne me souviens plus. C'était un mot composé très compliqué. Distribution thérapeutique je sais plus quoi. »

Irma arrivait déjà à se déplacer toute seule et marchait assez bien avec un déambulateur, quoique sa démarche fût encore faible et hésitante, et elle voulut se rendre séance tenante dans le hall pour trouver le mot de Siiri.

« On pourra aussi prendre un café, il y a une cafétéria à côté de l'escalier. »

Siiri l'aida à se lever, sans guère de difficultés car Irma avait minci et avait repris des forces. Elle saisit son déambulateur et se mit à avancer avec détermination.

« C'est bizarre quand la tête et les jambes ne suivent pas le même tempo. Mais quand je chante, ça m'aide. Avec mon physiothérapeute, je chante *Mon père était un jeune et fringant soldat*, et abracadabra, aussitôt mes jambes avancent au pas. Le plus important est de ne pas me retrouver en fauteuil roulant. Ce serait abominable. »

Le trajet de la chambre d'Irma à l'ascenseur était long, tout comme au rez-de-chaussée le trajet de l'ascenseur à la cafétéria. Mais elles n'étaient pas franchement pressées. Elles virent sur un mur une plaque de bronze expliquant que le président Risto Ryti avait passé ses dernières années à l'hôpital de Kivelä.

« C'est-à-dire qu'il est mort ici. Et ils trouvent que c'est un honneur ? » maugréa Irma. Elle fit laborieusement pivoter son déambulateur. Après avoir fixé la bonne direction, elle leva le regard vers la porte située de l'autre côté du couloir, et s'exclama :

« Point de distribution des accessoires thérapeutiques en autonomie ! Il est là ton mot ! Attends, je compte. »

Sa voix d'ancienne soprane résonna splendidement dans le hall tandis qu'elle gloussait en comptant les lettres. À côté du Point de distribution des accessoires thérapeutiques en autonomie, elle remarqua le Comptoir de prêt de matériel, mais elle constata avec amertume qu'il n'y avait que dix-sept lettres dans le mot finnois.

Elles admirèrent le lieu et jugèrent l'hôpital de Kivelä tout à fait plaisant, le plus agréable de ceux qu'elles avaient visités. D'après Irma, les physiothérapeutes étaient plus efficaces à Kivelä qu'à Laakso, mais la nourriture était moins bonne et les lits plus étroits. Les autres patients, au service posttraumatique, étaient extrêmement variés ; il y avait parmi eux plusieurs victimes d'AVC dont le comportement était imprévisible. Un homme rôdait la nuit dans le service et venait dans les chambres des femmes pour s'asseoir à côté de leur lit. Elles étaient nombreuses à avoir peur de lui, car il était désagréable de se réveiller au milieu de la nuit sous le regard d'un inconnu. Dans la chambre d'Irma, il y avait une femme très perturbée qui disait des insanités et prenait Irma pour une mère maquerelle.

« Moi aussi j'étais folle à ce point, au Foyer collectif ?

— Oh ben tu me prenais pour une infirmière et tu me demandais des trucs bizarres. Une fois tu m'as dit de mettre des provisions dans ton sac à dos et de vérifier que ton abécédaire s'y trouvait bien.

— Exactement comme Kekkonen à la fin de son mandat ! Ah ça c'est curieux ! Mais tu arrivais à me supporter ?

— Évidemment, dit Siiri en posant leurs tasses de

café sur une table libre près du mur. Je savais bien que tu n'étais pas vraiment gâteuse. C'était juste les médicaments.

– Ce n'est pas du tout venu à l'esprit de mes petits chachous, par contre. »

Elles s'assirent pour déguster leur café, et Irma commença à parler de son rêve de rentrer chez elle. On appelait bel et bien cela le processus de retour à domicile, qui impliquait de rencontrer plusieurs fois un groupe appelé pool de professionnels pluridisciplinaires, comme indiqué dans les brochures d'Anna-Liisa. Le pool comprenait une assistante sociale, une physio-thérapeute, une auxiliaire de vie et une thérapeute occupationnelle, toutes de très mignonnes stagiaires, futures diplômées de diverses universités. L'expression « thérapeute occupationnelle » faisait craindre un nouveau genre d'animatrice, comme à la résidence, et de fait Irma avait déjà demandé s'il lui faudrait fabriquer des lapins de Pâques pour pouvoir rentrer chez elle, mais les filles avaient dit qu'on lui expliquerait tout et qu'animatrice était un métier très différent de thérapeute occupationnelle.

Tout avait bien commencé, mais le programme de rééducation et le processus de retour à domicile d'Irma s'étaient bientôt heurtés au fait qu'on n'arrivait pas à contacter sa famille.

« Aucun de mes petits chachous ne répond au télé-phone ! Ils devraient avoir honte, ces ingrats, ces para-sites. J'ai dit à l'assistante sociale stagiaire que c'était parce que quand on appelle d'un hôpital, le téléphone ne dit pas qui appelle. Je veux dire que l'écran du téléphone dit seulement "numéro inconnu". Mes enfants disent qu'il ne faut pas répondre quand c'est comme ça, parce que ça peut venir de n'importe où et que c'est sûrement de la vente par téléphone, des offres de prêts immédiats et autres âneries. Même si parfois il y a des offres intéressantes. J'ai eu des couteaux japonais gratuitement, et des crèmes suisses antirides, quand j'ai commandé une série de livres que j'ai offerte à Noël à mes chachous. Mais l'assistante sociale ne m'a pas crue. Ah, lala, parlons de quelque chose de plus gai. Parle-moi encore de l'heureux printemps d'Anna-Liisa ! »

Anna-Liisa et l'ambassadeur, c'est-à-dire Onni désormais, allaient partout main dans la main, et le déambulateur n'était plus qu'un lointain souvenir. Onni racontait des histoires interminables sur ses aventures d'ambassadeur, Anna-Liisa l'écoutait tout empourprée et croyait tout ce qu'il disait, alors que la moitié de ses histoires étaient pures galéjades.

« À Dieu ne plaise ! Elle qui a toujours été si cartésienne ! » s'écria Irma, en riant tant qu'elle avala de travers son café. Siiri lui donna des coups dans le dos, elle toussa et fit cocorico.

Mais ce n'était pas tout. Le plus loufoque, dans l'idylle du Bois, c'était qu'Anna-Liisa et Onni s'interrogeaient l'un l'autre, en plein milieu d'une partie de crapette, sur les adverbes interrogatifs, les pronoms régissant le datif et les bassins fluviaux finlandais. Le week-end précédent, ils avaient appris par cœur, à voix haute, les tarifs de la cafétéria du Bois, et ils avaient l'air de trouver cela du plus grand intérêt. À Tallinn, ils avaient dansé le fox et la valse, et s'étaient couchés dans une grande cuve pleine d'une eau chaude et bouillonnante, en compagnie d'anciens combattants qu'ils ne connaissaient ni d'Ève ni d'Adam. Comme cadeau de retour pour Siiri, ils avaient pris une nappe de lin avec des cœurs roses et des anges blancs.

« La nappe de l'amour ! C'est parfait, comme souvenir d'un joyeux séjour pour anciens combattants… »

Irma était certaine qu'Anna-Liisa et Onni allaient finir mari et femme, et elle fit jurer Siiri de leur demander de les choisir comme demoiselles d'honneur. Elles pourraient mettre toutes les deux la même robe de dentelle, et décorer leur coiffure avec les rosettes de soie qu'Irma promettait de fabriquer pour préparer l'examen de sortie de Kivelä. Elle éclata de rire à en pisser dans sa culotte, ce qui n'avait rien de gênant car tout le monde à l'hôpital portait des couches.

« On est obligés, mais c'est sacrément désagréable et humiliant. Les aides-soignants n'ont pas le temps d'accompagner les malades aux toilettes, et j'ai beau leur jurer que je peux y aller moi-même, personne ne me croit. »

On changeait les couches trois fois par jour, ce qui était un grand luxe car à l'hôpital de Malmi on ne les changeait que deux fois par jour, à ce qu'on lui avait dit.

« Une pauvre dame était dans les affres hier, au déjeuner : sa couche était pleine, mais les aides-soignants lui ont dit que pour une couche propre il fallait attendre quatre heures. Comme si c'était un spectacle à heure fixe, qu'on attend toute la journée ! »

Quand elles eurent fini leur café, Siiri raccompagna Irma à l'étage. Il s'avéra que les aides-soignants étaient en train de la chercher partout ; mais ils ne la grondèrent pas trop fort, voyant qu'elle savait revenir elle-même dans son lit. Siiri en revanche prit peur. Elle avait incité Irma à enfreindre les règles, ne sachant pas que les patients étaient censés rester couchés et attendre leur rééducation. Après cette petite cavale, Irma, heureuse, s'endormit aussitôt.

Sur le chemin du retour, Siiri resta attentive, et ce

307

ne fut pas en vain car elle avisa un homme qui ressemblait à Erkki Hiukkanen ; il se tenait dans la rue Ruusulankatu, les bras ballants, dos à elle. C'étaient bien les mêmes cheveux emmêlés, les mêmes épaules affaissées. Siiri pressa le pas et vit à son grand effroi, dans la fenêtre d'un restaurant, que l'homme la suivait. Mais elle put traverser Mannerheimintie avant lui, et le 4 arriva alors que le feu des piétons était toujours rouge. Soulagée, elle monta dans le compartiment, laissant l'espion faire mine d'admirer la devanture d'une boutique de mariage.

LII

À la fin du printemps, Siiri reçut une lettre du greffe central de Hämeenlinna. Épouvantée, elle la regarda sans oser l'ouvrir. Elle n'avait aucune idée de ce qu'était un greffe central, mais elle se rappelait qu'il y avait à Hämeenlinna une prison pour femmes. Elle s'apprêtait à partir en promenade pour aller voir Irma avec Anna-Liisa, juste après leur lecture commune, quand elle avait trouvé l'enveloppe dans sa boîte aux lettres. Elles avaient enfin terminé *L'Archipel du Goulag*, d'Alexandre Soljenitsyne, et après cela Siiri avait eu besoin de quelques instants de repos avant leur visite à l'hôpital, mais à présent Anna-Liisa l'attendait sans doute déjà dans le hall, puisque Anna-Liisa n'était jamais en retard, et voilà que cette lettre idiote clouait Siiri sur place, dans l'entrée de son appartement. Elle décida quand même de l'ouvrir, et déchira de l'index le haut de l'enveloppe. Elle se fit mal au doigt et l'enveloppe s'ouvrit avec un bruit déplaisant. Elle essaya de lire la lettre rapidement mais n'en comprit pas un traître mot ; elle regarda l'heure, se désola de voir qu'il était si tard, fourra la lettre et l'enveloppe dans son sac à main, et sortit précipitamment.

Dans le tramway, elle avait déjà oublié la lettre ; à la place, elle raconta à Anna-Liisa qu'elle craignait qu'Erkki Hiukkanen ne l'espionnât en permanence. Anna-Liisa ne la prit pas au sérieux : elle était d'humeur badine et se mit à imaginer quantité de scénarios farfelus.

« Il pense que tu fais partie de la bande de criminels de Mika, et il a décidé d'en avoir le cœur net. Ou alors il compte te refroidir, ou peut-être t'enlever. Si ça se trouve, il a entendu dire que tu étais une riche héritière et il en a après ton argent. Après tout, tu peux tout à fait avoir un cousin sans descendants en Amérique, non ? »

C'est seulement quand elles furent assises avec Irma dans la cafétéria de l'hôpital Kivelä, au pied du large escalier, que Siiri se rappela le greffe central et sortit la lettre.

« Hämeenlinna ? Ils t'invitent à la prison ? dit gaiement Irma, mais Anna-Liisa précisa que le château de Hämeenlinna servait désormais de musée et non de prison.

– C'est là qu'avait eu lieu l'exposition sur les esquisses de Gallen-Kallela.

– Quoi ? Mais pas du tout, je m'en rappelle, de cette exposition, c'était ici à Helsinki ! Jamais on ne verrait ça dans un trou comme Hämeenlinna.

– Tu dis n'importe quoi, Irma, et je te signale qu'on

309

ne dit pas "je m'en rappelle" mais "je m'en souviens". C'est une faute que j'ai croisée de plus en plus souvent au fil de ma carrière. »

Tandis qu'Irma et Anna-Liisa digressaient allègrement, Siiri lut la lettre deux fois et faillit perdre la raison : destruction volontaire, vandalisme, responsabilité pénale et échéance des demandes d'indemnisation compte tenu de circonstances atténuantes liées à l'âge avancé de la criminelle.

« Ton âge, donc ! fit Irma. Alors ça y est, tu es criminelle ? »

La police et les sapeurs-pompiers considéraient l'incendie du Bois du Couchant comme du vandalisme, et la plainte de l'ambassadeur concernant Erkki Hiukkanen n'avait rien donné si ce n'est que c'était Siiri Kettunen qu'on considérait coupable. On pouvait supposer que la longue déposition de Siiri chez le brigadier Kettunen n'avait pas arrangé la situation. Au lieu de s'intéresser aux menées de Virpi et Erkki Hiukkanen, la police avait décidé de résoudre la question en faisant de Siiri une criminelle. Apparemment, ça avait été une erreur de prouver sa lucidité en énumérant les présidents finlandais et en donnant les formules algébriques de son code PIN, lors du test de mémoire du brigadier. À cause de cela, elle n'avait plus d'autres circonstances atténuantes que son âge.

« Ton grand âge te sert enfin à quelque chose ! » s'exclama Irma.

Elle avait bien des raisons de se réjouir. Elle s'était fait dispenser de l'obligation de porter des couches parce qu'elle avait tissé de bonnes relations avec certaines infirmières, sur les enfants desquelles elle se mit à raconter des histoires si décousues que Siiri lui demanda de bien vouloir se concentrer un moment sur la lettre du greffe central, car le contenu lui paraissait toujours obscur.

Le procureur avait validé la peine décidée par la police, à savoir quarante jours-amendes pour vandalisme ordinaire. Le fonctionnement de la justice était le même que dans la santé. Peines et ordonnances étaient écrites au petit bonheur la chance, sans nécessité de voir le juge ou le médecin. D'ailleurs, d'où sortait ce procureur ? Siiri n'avait discuté qu'avec le brigadier Kettunen, mais son nom n'apparaissait même pas dans les documents. À l'inverse, le nom de Mika Korhonen, tuteur, apparaissait bien dans le rapport.

« Pourquoi ils appellent "vandalisme ordinaire" l'incendie d'un service de démence ? Qu'est-ce que ça a d'ordinaire ? s'étonna Irma en étudiant la lettre en détail.

– C'est un terme juridique, expliqua Anna-Liisa. Il y a aussi vandalisme aggravé et vandalisme léger. Siiri peut s'estimer heureuse qu'ils aient considéré l'acte comme ordinaire et non aggravé. De plus, le vandalisme est un crime moins grave que la destruction volontaire, alors que souvent les incendies relèvent de la destruction volontaire.

– D'où tu sais tout ça ? »

Irma était esbaubie, mais Anna-Liisa fit mine de ne pas entendre la question. Elle examinait une annexe de la lettre qui évoquait la conversion de peines, mécanisme permettant de s'acquitter en prison des jours-amendes. Trois jours-amendes correspondaient à un jour de prison. Anna-Liisa calcula rapidement que les quarante jours-amendes de Siiri feraient 13,33 jours-amendes en prison.

« Ce n'est pas si mal, ce sera peut-être même intéressant ! » fit Irma avec enthousiasme.

Elle se proposa d'y aller à la place de Siiri puisque

de toute façon elle était présentement SDF et condamnée à vagabonder, mais Siiri n'avait aucune envie de s'amuser. Elle se sentait très faible et aurait voulu être internée à Kivelä comme patiente sur-le-champ.

« Combien je vais devoir payer ? demanda-t-elle épuisée à Anna-Liisa, qui avait l'air d'être parfaitement au courant du destin qui l'attendait.

– Ça dépend de tes revenus nets. Il y a une notice là-dessus, regarde. »

La détermination d'un jour-amende était très complexe, car il fallait d'abord soustraire quelque chose aux revenus nets avant de diviser la somme par autre chose. C'était presque comme son code PIN.

« Est-ce qu'il y a le nom de quelqu'un à qui je pourrais téléphoner ? »

La lettre ne contenait qu'une adresse postale, et le nom de Mika Korhonen. C'était effectivement le moment de recourir à un tuteur, mais leur cher Mika n'avait pas donné signe de vie depuis qu'il avait mis fin aux agissements de Pasi. Irma essaya de détendre l'atmosphère en racontant la préparation de son retour. Elle avait été invitée par son équipe de filles pluri-disciplinaire à un conseil thérapeutique qui se tiendrait malgré l'absence de tous les proches. Infirmières et physiothérapeutes l'avaient préparée avec acharnement pour le grand examen, qu'elle pensait réussir facilement.

« Ma perception de mon moi se renforce tant que ça bourdonne dans ma tête. Je sens mes orteils, mes doigts et même mes reins sans avoir besoin d'une stagiaire pour me les caresser et me les stimuler. Et figurez-vous que ma thérapeute occupationnelle a son propre espace de jeu à l'hôpital. »

Irma allait devoir, pour qu'on la laisse partir, préparer un petit déjeuner dans une cuisine expérimentale.

Voilà tout ce qu'ils avaient pu inventer pour elle, qui était femme au foyer et mère de six enfants. Siiri et Anna-Liisa lui suggérèrent d'épater sa thérapeute occupationnelle en préparant des œufs pochés et un soufflé au fromage.

« Et ensuite tu prendras une douche devant les yeux de l'examinateur ! Enfin j'espère que ton examinateur sera un homme ! » fit Anna-Liisa avec un regard coquin.

LIII

« Mika, il faut que tu viennes me sauver. Je suis une criminelle, une vandale, je vais aller en prison ! »

À l'autre bout du fil, Mika restait calme et taciturne. Il ordonna à Siiri de se calmer, et promit de venir la voir une heure plus tard au café du dépôt de tram de Töölö, là où ils étaient déjà allés boire quelques cafés dans des gamelles de soupe.

« Prends la lettre avec toi. »

Siiri partit en avance à son rendez-vous galant. Tandis qu'elle marchait vers l'arrêt du 4, profitant du soleil printanier, elle eut une nouvelle fois l'impression que quelqu'un la suivait. Tout cela devenait un peu gênant : elle se comportait comme une pauvre petite demeurée, elle n'arrivait plus à faire un pas sans avoir des idées paranoïaques, sans voir Erkki Hiukkanen partout en train de la pister, tel un chien de chasse, son fidèle revolver dans la poche de son manteau de popeline.

Ses pensées s'embrouillèrent et elle se figura un chien avec un manteau et des poches. Elle respira profondément, s'arrêta un instant en s'appuyant sur sa canne, et essaya de faire fi de ces idées saugrenues.

Elle reprit son chemin, mais au moment d'accélérer l'allure elle acquit la certitude que quelqu'un était sur ses talons et suivait le rythme de ses pas. Elle s'arrêta au niveau de la banque et fit mine de regarder les appartements à vendre ; d'ailleurs, l'immobilier l'avait toujours un peu intéressée, quand bien même elle n'achèterait plus jamais de nouvel appartement.

Elle put ainsi voir qui la suivait : Erkki Hiukkanen, évidemment. Cette fois, Siiri était sûre d'elle. Elle voyait son visage fixe et ses cheveux aussi clairsemés qu'ébouriffés ; il était impossible de s'y méprendre, bien qu'Anna-Liisa eût raison quand elle disait que la Finlande était pleine d'hommes qui ressemblaient à Hiukkanen. Il portait sa salopette bleue, son manteau de popeline sale et ses bottes en caoutchouc, alors que la journée était sèche et printanière, avec du sable saupoudrant les rues.

Siiri resta longtemps devant la devanture de la banque, à écouter les battements paniqués de son cœur arythmique. Pourquoi Erkki Hiukkanen la pistait-il ? Essayait-il de savoir où elle se rendait, qui elle allait voir ? Comment savait-il qu'elle avait rendez-vous en ville avec quelqu'un d'important ?

« Et bien sûr, ils écoutent toutes nos conversations », avait un jour dit Anna-Liisa.

Elle et Onni pensaient qu'ils auraient tous intérêt à renoncer aux téléphones filaires et à acheter des téléphones portables, qui seraient plus difficiles à mettre sur écoute.

Siiri tourna le dos à Erkki Hiukkanen, qui se tenait toujours dans l'ombre d'une baraque de fleuriste. Au même moment, elle remarqua que le 4 arrivait de l'avenue Laajalahdentie dans l'allée de Munkkiniemi. Elle se mit devant une quincaillerie et regarda les poêles et les échelles, en attendant que le tram quittât l'arrêt de l'Alepa. Les secondes lui parurent longues. Le tram se mit enfin en branle. Quand il approcha de l'arrêt de Siiri, elle se précipita au dernier moment et traversa, au mépris du danger. Au même moment, Erkki Hiukkanen, citoyen respectueux, traversa au niveau du passage clouté et atteignit lui aussi l'abribus, tandis que Siiri était en embuscade au niveau de l'arrière du tram. C'est seulement quand les derniers passagers montèrent qu'elle entra à son tour, par la porte de derrière. Il y avait avec elle deux collégiens hésitants, en bonnet, qui n'arrivaient pas à savoir s'ils voulaient monter ou rester sous l'abribus.

« Excusez-moi, dit poliment Siiri, en se faufilant entre les deux petites têtes blondes et en les attrapant au passage. Vous feriez mieux de ne pas traîner ici. »

Ils lui firent un joli sourire ahuri. Ils venaient de la sauver sans le savoir. Erkki Hiukkanen ne comprenait pas ce qui venait de se passer à la porte arrière du tram, et il restait sous l'abribus, abasourdi, ne voyant pas comment la nonagénaire avait pu s'évaporer.

« Mes héros ! Voici 10 euros pour vous deux ! » dit Siiri aux garçons en donnant à chacun un billet.

Ils ne comprirent pas trop quand elle leur expliqua que le monsieur sale de l'abribus courait après elle parce qu'il était intendant général dans une résidence où elle avait depuis plus de dix ans un deux-pièces dans l'escalier A.

« Vous avez fait une fugue ? demanda l'un des garçons, croyant manifestement qu'on n'avait jamais le droit de quitter les résidences du troisième âge.

– Il m'espionne », fit Siiri, toujours essoufflée, en essayant de prendre un air mystérieux.

Elle expliqua qu'elle était une dangereuse criminelle, une pyromane qui mettait son nez là où il ne fallait pas. Elle dit à ses petits interlocuteurs de veiller à devenir plus tard de bons citoyens.

« Et gérez votre argent de façon raisonnable. Vous ne fumez pas, j'espère, petits garnements ? »

Ils eurent l'air gênés. L'un des deux avait encore à la main une cigarette fumante : Siiri comprit soudain pourquoi ils avaient hésité à monter dans le tram.

« Enfin après tout, est-ce que ça me regarde ? De toute façon, il vaut toujours mieux mourir dans les temps, pour ne pas avoir à vivre si vieux.

– Vous avez quel âge ? Vous avez plus de quatre-vingts ans ? » demanda le plus téméraire.

Siiri éclata d'un rire étincelant, comme si elle était veuve, divorcée et amoureuse tout à la fois.

« J'ai quatre-vingt-quatorze ans.

– Ouah punaise, respect !

– Et vous arrivez à tenir debout ? »

Elle leur dit de s'asseoir à côté d'elle pour pouvoir discuter tranquillement. Ils parlèrent de leurs grands-parents, qui étaient super vieux, environ soixante-dix ans, et qui étaient tout le temps en voyage, surtout en France où ils avaient acheté des vignes. Ils n'avaient pas de petites amies, et ils avaient fait le catéchisme mais ils ne croyaient pas en Dieu et ne savaient pas ce qu'il y avait après la mort. Siiri expliqua qu'elle allait à un rendez-vous avec un cuistot de trente-cinq ans, et les garçons se mirent à rire, plus détendus maintenant qu'ils avaient cessé de croire à ce qu'elle racontait.

« Trop chanmé la vieille », dit le téméraire quand ils crurent qu'elle ne les entendait plus.

LIV

Mika Korhonen attendait Siiri dans la cafétéria du musée du tramway. Il paraissait changé, et Siiri mit un moment à comprendre qu'il s'était laissé pousser une barbe spéciale, toute petite mais très longue, qu'il avait tressée pour lui donner l'aspect bizarre d'une queue en tire-bouchon.

« Tu t'es fait une jolie, enfin une intéressante, euh… tresse. Enfin, barbe. »

Mika eut un sourire ravi et tira sur sa barbe-tresse. Il avait acheté pour Siiri une gamelle d'un liquide chaud.

« C'est un *latte* sans lactose », dit-il, comme pour la rassurer quant à la nature du liquide, ou pour s'excuser.

C'était un café dilué, chaud, coupé au lait, mais Siiri prétendit que c'était bon pour ne pas froisser Mika. Cela lui rappela la fois où Margit Partanen leur avait parlé de sa sœur, qui un jour avait bu de la soupe de tomate dans une tasse à café, car elle n'avait pas su faire la différence entre ce qui se buvait et ce qui se mangeait. C'était inévitable, dans tous ces cafés où il fallait se servir soi-même de diverses machines, appuyer sur plein de boutons pendant que le personnel attendait bien tranquille derrière le comptoir et regardait les clients se dépatouiller.

« Ouaip », fit Mika.

Il préférait parler en priorité des choses importantes. Il était très curieux de savoir ce que disait la lettre du greffe central. Siiri prit la lettre dans son sac à main, demanda pardon pour l'enveloppe déchirée, et la donna à Mika. À son grand étonnement, celui-ci ne parut pas surpris de voir son nom mentionné dans le texte.

« Tu m'étonnes qu'on parle de moi. C'est moi qui t'ai représentée dans cette affaire, en tant que tuteur. »

Mika en savait donc depuis le début beaucoup plus que Siiri, et il ne s'était même pas donné le mal de lui passer un coup de fil ! Elle se fâcha, mais Mika se défendit en expliquant qu'il voulait épargner à Siiri des épreuves, « avec son cœur et tout ».

« Tout le monde a un cœur. Ne dis pas n'importe quoi », dit Siiri avec colère.

Elle se radoucit quand Mika lui prit gentiment la main et la regarda de ses grands yeux en disant que Siiri avait un cœur gros comme ça, et qu'il valait donc mieux que quelqu'un de plus endurci, comme lui, s'occupe pour elle de ces histoires de crimes et de police.

« D'ailleurs, moi aussi j'ai rencontré un policier », dit fièrement Siiri, mais Mika était évidemment déjà au courant.

Il avait pu lire le compte rendu de l'interrogatoire de Siiri, un texte long et minutieux qu'il trouvait tout à fait méritoire. Mais apparemment, il ne fallait pas qu'elle s'étonne si les histoires d'une vieille femme de quatre-vingt-quatorze ans sujette aux évanouissements ne menaient pas à des actions judiciaires.

« Tu n'as pas porté plainte », dit Mika d'un ton accusateur.

Siiri avait pensé que tout raconter à la police suffirait. Mais il s'avérait maintenant qu'elle aurait dû spécifier chacune des horreurs survenues au Bois de façon à permettre toutes sortes d'accusations : atteinte à l'ordre public, abandon de personne vulnérable, manquement à une obligation de soin, mise en danger de la santé d'autrui, diffamation et Dieu sait quoi d'autre. La police n'enquêtait que sur les affaires présentées comme criminelles, et encore, avec une certaine paresse quand la victime était une pauvre vieille ayant failli défuncter dans leurs locaux.

« La plupart des plaintes n'aboutissent pas, dit Mika.

— Alors à quoi bon les déposer, s'il n'y a aucune enquête ?

— Ben… Y a bien des gens qui jouent au loto », répondit Mika en attrapant encore sa barbe-tresse.

Il brassait moins d'air, maintenant qu'il avait une barbe à triturer quand il cherchait ses mots.

« Et puis il y a le couple Hiukkanen, commença courageusement Siiri, malgré sa crainte que Mika la tînt pour gâteuse. Je ne sais pas trop quoi faire avec eux. La femme essaie de me rendre folle avec des médicaments, et quand je suis venue ici, c'est le mari, Erkki Hiukkanen, qui m'a suivie, il m'espionne pour de bon. Mais je l'ai semé ! C'est à n'y pas croire, d'ailleurs tu ne vas pas me croire. Mais est-ce que tu peux me dire ce qu'il faudrait que je fasse ?

— Ouvre l'œil », dit-il simplement.

Il avait l'air de la croire ; il ajouta que la fondation Soin et amour des personnes âgées avait été l'objet de nombreuses plaintes. Celle de l'ambassadeur n'était pas la seule. D'après Mika, la police ne s'était intéressée qu'à l'évasion fiscale et aux autres questions financières, peut-être aux fausses prescriptions de médicaments, mais après l'incendie tout cela avait abouti à des ordonnances de non-lieu.

« Encore ce mot ! » fit Siiri en finissant son breuvage avec une cuiller à soupe.

Le café était déjà refroidi, sans attrait, ce qui était prévisible quand plus de la moitié était du lait.

Mika affirma que Siiri devait s'estimer heureuse avec quarante jours-amendes. Ça aurait pu être pire s'il ne s'était pas battu pour elle. Elle était, à la base, jugée pour vandalisme et aurait pu à ce titre être condamnée à verser de lourdes compensations. Dans le pire des cas, elle aurait eu plusieurs mois de prison avec sursis.

« Quoi, une véritable peine de prison ! »

Elle faillit défaillir. N'y avait-il pas une limite d'âge pour les incarcérations, comme pour les aides de proximité ? Alors en Finlande, on pouvait envoyer n'importe qui en prison ?

« Non et non. Le verdict en jours-amendes est justement fondé sur ton âge, dit Mika, comme si la peine indue de Siiri était un pur acte de mansuétude, et une preuve de l'attitude bienveillante de la société vis-à-vis de la génération qui avait connu la guerre. Rien à faire, il faut payer. C'est un peu comme les indemnités de guerre.

– Sapristi ! Pas question ! Qu'ils viennent me chercher à la résidence s'ils l'osent ! »

De rage, elle se mit à frapper son sac à main, et déversa sur le pauvre Mika toutes ses épreuves des derniers jours ; elle finit par lui reprocher le mauvais traitement dont souffraient les anciennes infirmières de guerre, bien qu'aucune des injustices qu'elle énumérait ne fût du ressort du jeune homme.

« J'ai été infirmière sur le front, et jamais je n'ai reçu de la société le moindre centime pour ma formation, ma rééducation ou quoi que ce soit d'autre, même pas de congé maternité ou de permission. Les hommes sont bien choyés, comme s'ils avaient été seuls à faire la guerre ! L'ambassadeur a fait une bonne vingtaine de voyages de loisir sur les deniers publics, et maintenant il peut même y amener sa fiancée pour aller batifoler gratis dans les jacuzzis de Tallinn. »

Mika esquissa un sourire, et il rit franchement quand Siiri expliqua qui était la fiancée de l'ambassadeur, et qu'elle gardait son chapeau d'amour même à l'intérieur. Peu à peu, Siiri se radoucit. Se sentant fatiguée, elle voulut retourner se reposer dans son appartement. Mika l'accompagna à l'arrêt du tram, lui offrant gentiment son bras ; il prit le temps de marcher au rythme de Siiri, et il lui posa toutes sortes de questions sur Irma et sur le fameux Onni, mais il ne monta pas dans le 8 avec elle, bien que Siiri l'y incitât en lui parlant du nouveau canal de Ruoholahti, du pont et des travaux en cours pour faire émerger tout un nouveau quartier.

LV

Samedi matin, Siiri entendit le téléphone sonner mais n'alla pas répondre, car elle était dans son fauteuil en train de regarder *Une famille formidable*. Ça la mettait toujours de bonne humeur de voir des Français s'aimer, se mettre à table pour de longs repas passionnés et se pardonner les uns aux autres les fautes les plus diverses, de l'infidélité des conjoints aux bizarreries des enfants. Elle avait plaisir à entendre du français, et elle était si concentrée sur l'épisode en cours qu'elle faillit mourir de peur quand Virpi Hiukkanen apparut soudain à côté d'elle. Siiri ne l'avait pas entendue entrer.

« Ah ah, c'est ici que tu traînes », fit Virpi en regardant partout autour d'elle, comme elle en avait l'habitude.

Elle avait de nouvelles lunettes à monture noire, semblables à celles du mari de Siiri dans les années 60.

« Où voudriez-vous donc que je sois ? Et pourquoi est-ce que vous entrez comme ça chez moi ? »

Siiri ne se donna pas le mal de se lever, et augmenta le volume de la télévision. Virpi lui arracha la télécommande et éteignit la télé d'un geste rageur.

« Je passe te voir vu que tu ne réponds pas au téléphone alors que je sais que tu es chez toi. »

Virpi se montra ensuite plus conciliante, elle parla d'une voix ronronnante avec l'air de quelqu'un qui à tout moment peut décider de faire de petites caresses, de petites tapes amicales, comme faisait la directrice Sundström. Virpi était très inquiète pour Siiri, qui était si solitaire et avait tout le temps des problèmes de cœur, voire une absence de joie de vivre.

« Et puis tu as refusé le pacemaker. Ici, au Bois du Couchant, nous voulons nous assurer que les pensionnaires sont en sécurité et se sentent heureux. Tu pourrais participer de temps en temps aux activités des Jamais-couchés. Tu verrais que tu n'es pas toute seule avec tes problèmes. »

Siiri regarda les fins cheveux de Virpi et se demanda pourquoi celle-ci les voulait absolument d'une teinte melon-mangue. Se faire teindre les cheveux revenait horriblement cher, et la chef de service devait sans doute aller une fois par mois faire remettre de la couleur. Elle comprit soudain que Virpi avait peur de vieillir. Elle trouvait sans doute effroyable l'idée d'avoir des mèches grises et de ressembler jour après jour davantage aux pensionnaires de la résidence. Siiri se leva et se rendit dans l'entrée.

« Je vous prie de sortir. Je vais parfaitement bien.

– C'est de ton tuteur que je voulais te parler, dit Virpi en pointant vers Siiri la télécommande, comme pour se donner plus d'autorité. Tu ne sais peut-être pas quel genre de criminel est ce Mika Korhonen. Tu ferais mieux d'annuler le contrat de tutelle aussi vite que possible. »

Sa voix devenait de plus en plus aiguë au fur et à mesure qu'elle s'enferrait dans ses mensonges, et bientôt elle se mit à faire les cent pas dans le petit appartement, exactement comme le jour où Siiri avait perdu connaissance dans son bureau. Elle affirma que Mika Korhonen était un des principaux responsables d'une organisation criminelle connue, et qu'il avait trempé dans toutes sortes d'affaires louches, dont elle se montra un peu trop au courant pour quelqu'un qui était censé être une professionnelle du bien-être des personnes âgées. Elle débita les mêmes histoires de drogue et de falsification d'ordonnances que Mika avait déjà évoquées.

« Ils se servent de toi, et d'une façon dangereuse. Tu ne peux évidemment pas savoir que Pasi Peltola, un ami de Mika Korhonen, a écopé d'une grosse peine d'emprisonnement pour les divers crimes de ces messieurs. C'est juste une question de temps avant que ton tuteur ne doive à son tour répondre de ses actes. Au moins, quand notre cuistot s'est suicidé en détention préventive, j'ai eu la présence d'esprit d'agir rapidement. J'ai immédiatement fait exclure Pasi Peltola du Bois du Couchant, car la fondation Soin et amour des personnes âgées ne peut tolérer la moindre activité illégale au sein du personnel. »

Elle essayait de tout déformer. Siiri dut retourner à son fauteuil pour s'y asseoir et reprendre ses esprits. Comment pouvait-elle savoir qui, de Virpi ou de Mika, disait la vérité ? Elle regarda Virpi, cette virago qui gigotait dans son entrée et hurlait des insanités. Siiri compara le spectacle à Mika, l'impassible Mika, avec ses yeux bleus angéliques : qu'y pouvait-elle, si Virpi Hiukkanen et ses mouvements incontrôlés lui évoquaient un reptile perfide ?

« Un iguane », dit-elle d'un air décidé.

Virpi arrêta de crier et se figea sur place.

« Hein ?

– Je vous prie de me rendre ma télécommande et de sortir de chez moi, répondit Siiri en lui adressant un sourire aimable. Vous n'avez aucun droit de vous mêler de cette tutelle, ni d'écouter mes conversations. Et vous devriez éviter de charger votre mari de m'espionner dans la ville. Je ne sais pas comment, mais d'une façon ou d'une autre, moi et mon tuteur allons régler cette affaire d'incendie de telle façon que le véritable coupable soit enfin pris, et je peux vous dire que ce ne sera pas moi. Il faut juste espérer que je ne vais pas mourir avant la fin de l'affaire, comme ce fut le cas d'Olavi Raudanheimo. Il a été violé dans sa douche, au Bois du Couchant, et au bout du compte il s'est suicidé. Il a arrêté de s'alimenter à l'hôpital. »

La chef de service Hiukkanen parut abasourdie, franchement effrayée même, et un instant elle sembla se recroqueviller, se figer comme la sauce à la viande dans l'assiette d'Olavi. Elle eut d'abord des tremblements et des spasmes, puis elle fondit en pleurs. Elle sanglotait bruyamment, de grosses larmes tombaient sur son pull marron, y laissant des taches noires. Elle jeta la télécommande par terre, s'arracha des touffes de cheveux melon-mangue, courut dans tous les sens ; elle avait tout d'une folle à lier.

« Je vais devenir dingue, avec vous ! Vous êtes dingues, tous autant que vous êtes ! Je vais tous vous enfermer au Foyer collectif ! Tu es vraiment sûre que tu prends bien tous les médicaments qu'on t'a prescrits ? Mais qu'est-ce que tu veux ? C'est quoi ton problème ? Tu es un monstre ! Vous êtes tous des monstres ! »

Siiri se rendit tranquillement dans l'entrée et posa le téléphone sur la table, quand bien même la crise de nerfs de Virpi Hiukkanen s'entendait certainement déjà jusqu'au bureau du rez-de-chaussée. Et, ô merveille, le système de sécurité du Bois du Couchant, pour la première fois, fonctionna comme il le devait : les secours arrivèrent rapidement. Sinikka Sundström apparut sur le seuil de l'appartement de Siiri, tenant dans sa main une tirelire, les cheveux emmêlés, et elle regarda bouche bée sa chef de service enragée.

« Virpi… Bon sang, Virpi chérie… Qu'est-ce qui s'est passé ? Qu'est-ce que tu lui as encore fait, toi ? »

Elle jeta à Siiri un regard scandalisé, et prit Virpi entre ses bras comme un petit enfant. Elles restèrent longuement ainsi, épaule contre épaule, jusqu'à ce que Sundström emmenât la chef de service, toujours en sanglots, hors de l'appartement.

« Et puis Erkki, il y a aussi Erkki, tu sais, Erkki…, bredouilla Virpi dans le couloir.

« Ne pleure plus, petite chérie, il n'y a plus de danger », dit Sundström d'un ton rassurant, et peu à peu leurs voix s'évanouirent.

Siiri ferma la porte d'entrée, remit le combiné en place et ramassa la télécommande. Puis elle alla se chercher un verre de rouge et entama le roman d'Isaac Bashevis Singer, *Enemies, une histoire d'amour*. Cela parlait de Juifs qui survivaient à la Shoah.

LVI

En juin, Mika et Siiri allèrent ensemble au commissariat de Pasila pour déposer une plainte relative à la peine infligée à Siiri. Tout le monde fut très poli avec eux, sans doute en raison de la présence de Mika. Il avait laissé son sempiternel gilet de cuir à la maison, et avait l'air très élégant malgré sa barbe-tresse. On leur expliqua que le procureur ressortirait le dossier s'il apparaissait de nouveaux éléments. Il était également possible que tout se termine au tribunal de grande instance.

« Comme c'est intéressant. Et je serai obligée de venir témoigner ? »

Ce n'était heureusement pas la peine d'en décider si tôt. Mika pourrait la représenter en qualité de tuteur, eu égard à son grand âge. Mais le traitement du dossier prendrait encore beaucoup de temps. L'agent disait tout cela comme s'il craignait que Siiri pût tomber raide morte avant la fin de l'affaire.

« C'est de ça que vous avez peur ? Que je meure ? Mais vous savez, moi, je ne mourrai jamais. Je l'ai lu dans la presse.

– Dans ce cas, pas de problème, dit l'agent. J'ai juste pensé qu'il valait mieux vous informer des délais habituels dans ce genre de dossiers.

– Ce genre de dossiers ! Comme si vous aviez beaucoup de nonagénaires accusées à tort de pyromanie. »

Siiri n'avait aucune envie d'y passer des heures ; l'agent promit de s'occuper avec Mika de la plainte de Siiri. Cette dernière jugeait plus important de faire sortir Irma de l'hôpital. Anna-Liisa passait ses journées avec l'ambassadeur, à traîner Dieu sait où. Ils ne se donnaient même plus la peine de jouer aux cartes, ce qui était étrange car c'était après tout l'unique passion de la vie antérieure de l'ambassadeur. La dernière fois que Siiri les avait croisés, c'était dans le hall du Bois, quand le jeune couple s'apprêtait à partir à la Foire aux antiquités.

« Et en juin nous irons à Stockholm voir l'exposition Passions, au Musée national. C'est génial, non ? »

Siiri avait demandé avec un peu d'aigreur si ce voyage aussi serait une croisière gratuite pour anciens combattants, mais en fait elle-même n'aurait jamais eu la force de traverser la mer pour aller voir des tableaux érotiques, que l'État payât ou non. Elle lisait beaucoup de livres, écoutait de la musique et faisait des patiences, et tout cela était bon, mais de temps en temps on avait besoin de quelqu'un à qui parler, et de toutes ces choses amusantes qu'Irma inventait à tire-larigot. Elle avait même maigri, n'ayant plus le cœur de se réchauffer du gratin de foie ou des crêpes au sang pour elle toute seule ; elle ne mangeait que du pain, parfois une banane, et pour ainsi dire rien d'autre.

Faire connaissance avec les nouveaux pensionnaires du Bois du Couchant ne l'intéressait pas : ils étaient en général dans leur monde, comme sa nouvelle voisine, Mme Vuorinen, qui devait avoir de violentes douleurs car elle passait ses nuits à hurler, encore plus fort que Margit Partanen à la grande époque. Eino Partanen était en si mauvais état que Margit s'étiolait dans son rôle d'aide de proximité, et priait chaque soir pour la mort de son mari. Elle s'était même renseignée sur ce que coûterait un voyage en Suisse pour faire avaler à Eino la pilule d'euthanasie, mais c'était apparemment au-dessus de leurs moyens.

Cette fin de printemps fut pour Siiri la plus solitaire de sa vie. Être seul était plutôt agréable en soi, mais là c'était quelque chose de tout à fait différent, d'angoissant, de désespéré, qui lui donnait le vertige au point qu'elle devait se forcer à se lever de son lit le matin. Parfois, il lui fallait deux heures avant d'être debout et habillée, tant elle se sentait raide et pâteuse.

En revenant de Pasila, Siiri inventa un jeu. Elle dit à Mika qu'ils pourraient s'amuser à passer d'un tramway à l'autre à tous les arrêts communs à plusieurs lignes.

« Et on devra à chaque fois prendre le premier tram qui se présente. Notre voyage deviendra une vraie aventure ! »

Mika avait des doutes sur la faisabilité de l'idée. Selon lui, ils risquaient de se retrouver à faire toujours le même trajet circulaire sans jamais arriver nulle part. Mais Siiri lui expliqua d'un ton docte qu'aucun tramway ne décrivait de trajectoire circulaire.

« On débouchera forcément sur Mannerheimintie, tu peux en être certain. Allez, on descend ! »

Sur le pont de l'Horloge, à Pasila-Est, ils passèrent

du 7 au 9, puis au 6 à Sörnäinen et au 1 à Hakaniemi. Siiri trouvait ce nouveau jeu tout à fait roboratif.

« Tu ne le sais peut-être pas, mais chaque tramway a sa propre atmosphère. Le 7 est imprévisible, le 8 est mélancolique. Le 4 est parfaitement sûr, et donc un peu barbant. Mon préféré est le 3, gai et grisant. Mais celui-ci, le 1, ne m'est pas très familier. Tu ne le trouves pas un peu démodé toi aussi ?

– Tu es vraiment courageuse », rétorqua Mika.

Siiri ne comprit pas ; peut-être Mika voulait-il parler de cette petite aventure en tram. Mais il se mit à parler de l'incendie et du jugement. Il n'avait pas cru qu'elle aurait la force de lutter pour son bon droit, car sa situation n'était pas optimale. Et puis il était toujours possible que la décision du tribunal corresponde à un jugement encore plus sévère.

« Mais je n'ai rien à perdre, dit Siiri avec désinvolture, avant d'ajouter, curieuse : Tu ne parles pas beaucoup de toi. »

Il resta silencieux et regarda au-dehors.

« En fait je ne sais rien de toi. »

Mika se tortilla sur son siège, et Siiri vit que la laborantine folle montait dans leur tramway par la porte du milieu.

« Je me suis dit que… », commença le jeune homme, mais la laborantine commença sa conférence sur les boîtes en styromousse, les foies et les reins, Kai Korte et Paavo Lipponen, pour finir avec ses inflammations génitales.

Mika riait d'entendre la folle dire exactement ce que Siiri anticipait, mais Siiri quant à elle était un peu fatiguée de cette conteuse itinérante. Sur la place du Sénat, ils passèrent du 1 au 3.

« Tu allais dire quelque chose ? » demanda Siiri à Mika pendant que le tram débouchait sur la rue Urho Kekkonen.

Le conducteur prenait des virages si serrés qu'elle dut s'accrocher à son bras.

« C'est comme au parc d'attractions ! s'écria-t-elle, et il sourit. Tu commences enfin à bien aimer les tramways ?

– Ouaip. »

Mika n'essaya pas de reprendre la phrase qu'il avait entamée. Siiri détendit l'atmosphère en parlant d'Ilmari Krohn, qui en hiver faisait chaque jour un tour à ski sur le rocher de la place Temppeliaukio, juste au-dessus de l'actuelle église, puis elle évoqua Yrjö Kilpinen, qui traversait la cour de l'école de jeunes filles pour aller faire sa baignade du matin à la plage de Hietaniemi, évidemment pile au moment où les filles étaient en récréation.

« Et il nageait tout nu. Tu ne sais sans doute pas qui était Yrjö Kilpinen ? Ou Ilmari Krohn ? L'école de jeunes filles n'existe plus, mais la maison a été dessinée par le professeur Onni Tarjanne, le même architecte qui a fait le Théâtre national. Ça tu connais sûrement, le Théâtre national ? Honnêtement, à mon avis il est moche, en revanche l'ancienne école de jeunes filles est belle, harmonieuse. »

Siiri regarda Mika, son bel et grand ange qui rentrait à peine dans son siège.

« Dis donc, dans la cafétéria du dépôt de trams, tu m'as dit que j'avais un cœur gros comme ça, mais que toi tu es quelqu'un d'endurci. Qu'est-ce que tu voulais dire ? Tu es encore un tout jeune homme !

– Bah, j'ai vu et fait pas mal de trucs. »

C'est là qu'il se mit enfin à parler. Il expliqua que dès le collège il avait commencé à faire n'importe quoi, il buvait de la bière et se battait ; on l'avait placé dans une section d'étude spécialisée, où il était devenu un vrai dur. Son père était un genre de PDG qui avait fait des sales coups à sa mère et avait fini par s'éclipser ; et la mère non plus n'avait pas vraiment eu la force de s'occuper de son fils. Il avait dû se débrouiller tout seul. La première chose à laquelle il se fût vraiment intéressé, c'était la moto. C'était même grâce à la moto qu'il avait commencé à faire quelque chose de sa vie : il avait rejoint un club de motards, et s'était inscrit à une école de cuisine. Mais il avait toujours eu du mal à faire confiance aux gens, à part Tero, qui était devenu pour lui presque comme un petit frère.

Mika disait tout cela d'un ton neutre, presque austère, et il ne brassait plus du tout d'air avec ses gros poings.

« Donc c'est cool quand je croise quelqu'un qui ne pose pas de questions. Qui me prend comme je suis.

– Quelqu'un comme moi ?

– Ouaip. »

Il dit qu'il s'était demandé pourquoi Siiri lui faisait confiance, alors que personne ne lui avait jamais fait confiance. Elle l'avait pris comme tuteur alors qu'il était en réalité un criminel. Siiri repensa au persiflage de Virpi Hiukkanen, le jour où elle avait eu l'air d'un iguane ; mais elle n'eut pas le cœur d'embêter Mika avec ça.

« C'est simplement que je me fie à mon instinct. J'ai toujours fait comme ça avec les gens. Et là je parle d'un véritable instinct, pas de l'étrange instinct cher à Irma. Pour moi tu n'es pas un sans-cœur, même si la vie t'a maltraité. Tu es le seul à t'être proposé de nous aider, moi et Irma. Sans toi, nous serions toutes les deux au service de démence, enfin pas moi, moi je serais en prison. Est-ce qu'ils ont un service de démence, en prison ?

— Si tu te retrouves en taule, je le dirai aux potes. Ils veilleront sur toi, là-bas. »

Ils rirent gaiement, puis descendirent du 3 à la patinoire. Mika dit qu'il devait aller quelque part, poursuivre sa route.

« Avant que tu n'y ailles, je peux te demander encore une chose ? »

Mika avait le soleil dans les yeux, qui brillaient de leur éclat bleu bien qu'il dût les plisser à cause de la lumière aveuglante.

« Je t'écoute.

— Je me demandais… Tu as un chat ? »

Il fut secoué d'un rire bruyant, heureux. Siiri pensait que Mika était plutôt du genre à aimer les chats, pas les chiens, mais elle voulait vérifier. Pour voir si elle pouvait encore se fier à son instinct.

« Je n'ai ni chat ni chien.

— Mais si tu devais choisir, tu prendrais plutôt un chat qu'un chien ?

— Oh que oui », répondit-il en souriant.

Il agita la main et partit vers la patinoire, sac sur le dos. Elle le regarda s'éloigner, jusqu'au moment où elle s'avisa qu'elle avait l'air idiote à sourire toute seule au milieu de la ville ; elle marcha jusqu'à l'arrêt de l'avenue Mannerheimintie. Le 4 arriva rapidement, comme d'habitude, et Siiri y monta, contente et paisible, jusqu'au moment où elle se rappela Irma. Cette pauvre malade de la hanche, sans domicile fixe, abandonnée par ses petits chachous et angoissée à l'idée des examens de sortie qui l'attendaient au service posttraumatique.

LVII

Une annonce scotchée sur le mur de l'ascenseur de l'escalier A informait les pensionnaires que Virpi Hiukkanen était en arrêt maladie jusqu'à nouvel ordre. Les commérages allèrent bon train au réfectoire, à la table de jeu et à l'atelier mémoire. Chacun avait son explication quant à cette soudaine maladie. La plupart pensaient que ses efforts désintéressés pour améliorer le sort des personnes âgées avaient fini par l'épuiser, mais certains prétendaient qu'elle souffrait d'un cancer du sein particulièrement agressif. Seule Siiri Kettunen savait que Virpi avait eu une crise de nerfs.

« Par ta faute », dit gaiement Irma à l'hôpital de Kivelä.

Anna-Liisa était là aussi, car l'ambassadeur était parti en ville gérer diverses affaires mystérieuses ; elle évoquait justement le moulin à rumeurs que ce congé maladie avait mis en train.

« Mais je n'ai parlé à personne du rôle que tu as joué dans les événements, Siiri. »

Irma était à nouveau d'excellente humeur. Elle n'avait eu aucun problème pour faire cuire de l'eau dans la cuisine expérimentale de la thérapeute occupationnelle, et un étrange instinct lui était venu en aide au moment d'éteindre la cuisinière. Les maris respectifs de Siiri et d'Irma n'auraient jamais réussi ce genre de test, même au sommet de leurs facultés ; elles se demandèrent si l'examen était le même pour les hommes et pour les femmes. Il ne fallait pas trop en demander à des hommes de leur âge, en matière de cuisine.

« Mes chachous pensent que je ne peux plus me débrouiller seule. Et si j'y arrive encore aujourd'hui, par précaution il vaudrait mieux me mettre en lieu sûr, dans un établissement quelconque, de préférence la maison de retraite communale, comme ça attendre le crématorium ne leur reviendrait pas trop cher. Ils n'ont pas pu venir à la réunion, avec tous leurs impératifs professionnels, et donc on leur a envoyé le questionnaire destiné aux "proches lointains".

– Ça, c'est une expression de ton invention », affirma Anna-Liisa.

Mais non, le questionnaire destiné aux proches lointains existait bel et bien ; il avait été pensé pour les proches qui devaient soigner leurs chevaux et n'avaient pas le temps de passer à l'hôpital.

« Ah, tiens donc. Remarque, le concept de proches lointains convient plutôt bien à tes chachous. »

Pour les problèmes de logement d'Irma, l'avis du pool de professionnels avait été décisif. Si elle avait eu de mauvaises notes, c'est-à-dire les notes les plus élevées, elle aurait été reléguée dans une institution, parmi des patients souffrant de troubles mémoriels : c'était ce que souhaitaient ses enfants, car dans ce cas la ville aurait pris en charge les coûts. Mais comme les documents attestaient sa bonne santé, le problème était qu'elle n'avait pas de logement.

« Donc, quelle est la meilleure solution ? » demanda Irma.

Elle ne voulait aller ni dans une maison de retraite ni dans une section pour déments, et la Finlande ne pouvait tout de même pas être un pays dans lequel d'anciennes infirmières de guerre étaient jetées à la rue.

« Faites gaffe, vous risquez de me retrouver dans le square devant l'Alepa, j'y chanterai la chanson d'Aukusti, en tenue d'infirmière, avec le bel accordéoniste roumain, une tasse vide à mes pieds. Je l'ai toujours dans l'armoire, ma tenue d'infirmière ; peut-être que je rentre à nouveau dedans, après avoir été trimbalée d'un hôpital à l'autre. Ah non, elle n'y est plus. Évidemment mes petits chachous l'ont vendue aux puces. Est-ce qu'il y a des gens pour acheter ça, alors qu'ils ne savent même plus ce que c'est ?

– J'ai un peu réfléchi, l'interrompit solennellement Anna-Liisa.

– Comment ça ?

– Si je déménageais dans l'appartement d'Onni – tu sais qu'il a un trois-pièces-cuisine dans l'escalier C –, tu pourrais prendre mon appartement. »

C'était une sacrée idée. Elles durent la remâcher quelques instants avant de comprendre à quel point elle était bonne.

« Et l'ambassadeur, enfin je veux dire ton Onni, tu lui en as parlé ? » demanda Siiri.

Très contente d'elle, Anna-Liisa dit que l'idée était justement d'Onni, à l'origine, mais qu'il y avait encore certains détails à creuser. Puis elle se mit à parler du temps, parce qu'elle étouffait de chaleur, comme tout un chacun. L'été était bien avancé et une lourde canicule mettait les personnes âgées à rude épreuve. Il faisait encore plus chaud à l'intérieur que dehors, et trouver des vêtements adaptés était mission impossible car une femme de quatre-vingt-quatorze ans ne pouvait guère s'afficher dans une petite tenue dévoilant ses avant-bras. Certains mouraient bel et bien de chaud, et Siiri devait se forcer à se rappeler qu'il fallait boire suffisamment. Ce serait une honte de se dessécher sur place et de périr de déshydratation au pays des mille lacs.

« Quelle serait la meilleure façon de mourir ? demanda Irma.

– Une crise cardiaque, bien sûr », répondit Anna-Liisa avec assurance.

Irma parla d'une cousine à elle, qui avait eu une attaque juste après s'être enduite de graisse en sortant de la douche, s'être allongée pour lire un magazine et avoir mis les *Variations Goldberg* sur sa platine. Ses enfants l'avaient trouvée ainsi, lavée de frais.

« Mais il est trop tard pour réfléchir à tout ça. Il aurait fallu mourir avant que tout le monde ne souhaite nous voir mourir. Avant qu'ils ne vident notre logis et donnent nos affaires aux pauvres. »

Elle leur montra une enveloppe qui contenait les résultats de son processus de retour à domicile, quelques documents et comptes rendus. L'ensemble certifiait qu'elle était un individu viable, et le programme d'évaluation du retour à domicile lui prescrivait une aide spécialisée trois fois par jour, à son domicile qu'elle n'avait pas encore.

« Une pauvre aide-soignante va devoir venir me donner la becquée et des médicaments. Si elle a le temps, elle me nettoiera le popotin, et les jours de fête je pourrai peut-être même prendre une douche avec elle. »

Irma avait été inscrite sur une liste d'attente pour les maisons de retraite de la ville, mais d'après l'assistante sociale, c'était mal engagé car elle était en trop bonne santé et avait trop de revenus. Elle serait placée temporairement au service des maladies chroniques de Suursuo, à moins qu'un miracle n'eût lieu, et rapidement.

« Mais j'y ai déjà été ! Est-ce qu'ils vont me refaire subir ce carrousel hospitalier ? »

Siiri admirait la capacité d'Irma à être de bonne

336

humeur même dans ces circonstances. Elle ne se lamenta pas sur son destin, elle demanda même à Siiri et Anna-Liisa de lui lire des avis de décès et des nécrologies. Puis elle voulut savoir qui était mort durant ses aventures au Foyer collectif et pendant qu'elle se familiarisait avec les divers hôpitaux d'Helsinki. Siiri lui énuméra à nouveau Olavi Raudanheimo, le prote, la Dame au grand chapeau, et quelques autres aux funérailles desquels ils n'étaient pas allés. La cérémonie du souvenir de la Dame au grand chapeau, au Ukko-Munkki, la mit tout particulièrement en joie. Puis un étrange instinct lui fit venir à l'esprit un détail oublié.

« Dis donc, Anna-Liisa, tu étais sérieuse quand tu as dit que tu pourrais t'installer chez l'ambassadeur et me donner ton appartement ? »

Anna-Liisa acquiesça et prit un air concentré. Elle avait, à leur insu, étudié la question, et de manière assez minutieuse.

« Cela présente certaines difficultés, dit-elle en pinçant un coin de la couverture du lit d'hôpital : l'angle refusait de se lisser comme elle le voulait. Le fait est que le Bois du Couchant ne reconnaît pas le concubinage. »

L'ambassadeur et elle devraient être mariés pour pouvoir vivre sous le même toit.

« Où est le problème ? Mariez-vous ! proposa Irma.

– C'est bien ce que nous envisageons, répondit Anna-Liisa, toujours très sérieuse alors qu'Irma et Siiri étaient complètement déchaînées. Ce qui complique les choses, c'est le passé d'Onni.

– Ça devient passionnant ! C'est un criminel lui aussi, comme moi ? » demanda Siiri, et Irma et elle éclatèrent d'un rire irrépressible, comme des adolescentes dans un tramway.

Leur légèreté agaçait prodigieusement Anna-Liisa, et

elles essayèrent de se calmer pour écouter les secrets du passé d'Onni.

Ce n'était pas un criminel, mais un ancien fonctionnaire du ministère des Affaires étrangères qui avait accompli une remarquable carrière diplomatique dans de nombreux pays, y compris certains qui n'existaient plus, comme la Yougoslavie. Ses enfants habitaient à l'étranger et étaient nés d'une mère morte depuis longtemps. Mais il s'était remarié puis séparé au moins deux fois, toujours à l'étranger, et il s'avérait à présent que la Finlande ne reconnaissait pas les divorces conclus à l'étranger.

« C'est donc un veuf de quatre-vingt-dix ans qui a deux femmes et une petite amie ? C'est une sacrée performance ! » dit Irma, avant d'évoquer sa cousine qui avait trois frères et douze belles-sœurs.

Puis elle se demanda si le Bois du Couchant acceptait les unions civiles de lesbiennes.

« Si c'était le cas, Siiri et moi pourrions emménager dans le grand appartement de l'ambassadeur. »

Mais l'ambassadeur s'était déjà pris au jeu de la proposition d'Anna-Liisa, et avait commencé à mettre de l'ordre dans ses documents. En tant que diplomate et franc-maçon, il était habitué à ce que les choses se réglassent en deux coups de fil et un virement bancaire, mais y voir clair dans ses histoires de divorces s'était avéré exceptionnellement laborieux. Anna-Liisa craignait qu'une investigation un peu trop poussée dans les affaires de son Onni ne mît au jour davantage de scandales.

« Davantage ? Qu'est-ce que tu racontes ? » s'étonna Irma.

Sous le terme de « scandales », Anna-Liisa entendait les enfants, surtout les illégitimes, même si Irma et Siiri avaient du mal à voir en quoi la horde d'enfants de l'ambassadeur pouvait interférer avec la vie d'Anna-Liisa.

« Les enfants veulent un héritage, expliqua patiemment celle-ci. S'ils sont vraiment cupides, comme le sont tous les enfants, ils empêcheront notre mariage, craignant que j'en aie après la fortune d'Onni. Le fait est qu'il est très riche. »

Elle avait dit cette dernière phrase avec un air de mystère, en se penchant vers Siiri et Irma de sorte que leurs têtes faillirent se heurter. Anna-Liisa s'imaginait que tous les gens du Bois du Couchant et du service de traumatologie de Kivelä les jalousaient, elle et l'ambassadeur, pour leur grand amour et leur argent. Irma lui conseilla de faire un contrat de mariage, grâce auquel les enfants de l'ambassadeur n'auraient pas besoin de craindre les intentions de la future mariée.

« Je le lui ai proposé, mais il n'en veut pas, soupira Anna-Liisa. Il veut traiter équitablement toutes ses épouses. Et comme il n'a pas fait de contrat spécifique avec ses femmes précédentes, il ne peut pas l'accepter pour moi. Il est persuadé que ses épouses mourront avant lui, mais à ma connaissance, toutes sont encore en vie à part la première.

— Ce qui serait marrant, ce serait de toutes les inviter à la noce ! s'écria Irma en s'esclaffant à nouveau. Tu me prendras comme demoiselle d'honneur, hein, tu promets ? »

Anna-Liisa fit retentir son rire clair de jeune fiancée, mais ne répondit nullement à la proposition d'Irma. C'est seulement quand elles eurent laissé Irma se reposer dans son lit et furent arrivées à l'arrêt de tram de la rue Sibelius qu'Anna-Liisa dit soudain :

« Il n'y aura pas de noces. Tout se fera à la préfecture. »

LVIII

Irma put fêter ses quatre-vingt-treize ans en toute quiétude. L'hôpital de transition de Suursuo était plein, si bien qu'on la gardait toujours à Kivelä. Toute une chaîne semblait se mettre en place : l'hôpital de Laakso accueillait de nombreux patients opérés de la hanche, qui attendaient d'aller à Kivelä pour le processus de retour à domicile, pendant que l'hôpital de Töölö voyait se former des files d'attente pour une rééducation postopératoire à Laakso, et qu'au Hilton certains attendaient d'aller se faire opérer à Töölö.

« Et vous croyez que pour le crématorium aussi, il y aura la queue ? » se demanda Irma tandis qu'elles buvaient du vin mousseux dans la cour de l'hôpital pour fêter son anniversaire.

Siiri et Anna-Liisa avaient fait passer en douce la bouteille et les verres, en revanche elles n'avaient rien pu faire pour le gââteau, qui était trop volumineux. La cantine vendait des fraises, si bien qu'elles parvinrent à créer une ambiance vraiment digne d'un quatre-vingt-treizième anniversaire. Le soleil brillait, les oiseaux chantaient, la circulation grondait. Irma grilla même une cigarette, et prétendit encore que le clou en titane rougeoyait dans sa hanche.

Au Bois du Couchant régnait une atmosphère étrange. Le congé pour fatigue psychique de Virpi Hiukkanen se prolongeait toujours, et elle n'avait pas de remplaçante. La directrice Sundström s'étiolait sous le fardeau de sa tâche, elle errait un peu partout, énervée, et se plaignait de n'avoir plus de temps pour les enfants du tiers-monde. Le plus bizarre était toutefois ce qui était arrivé à Erkki Hiukkanen. Anna-Liisa avait entendu la nouvelle de la bouche de Margit Partanen, qui avait enfin pu envoyer son mari au Foyer collectif.

« C'est là que se trouve notre intendant général, hagard, en chemise de nuit, au milieu des autres patients », expliqua Anna-Liisa.

On lui avait diagnostiqué une démence précoce : même des sexagénaires pouvaient attraper ça. Il était complètement gâteux, et assez touchant, d'après Margit. Il racontait trois blagues salaces du matin au soir, et bricolait un peu dès que l'occasion se présentait. Manifestement, il était déjà atteint quand il avait pisté Siiri dans toute la ville.

« Et quand il m'a volé mon miroir en argent et le *ryijy* d'Onni », dit Anna-Liisa.

Siiri croyait qu'Anna-Liisa ne reparlait de cette histoire que pour le principe, mais il s'avéra ensuite que Margit Partanen avait vraiment vu le miroir en argent dans le sac à main d'Erkki Hiukkanen, dans le service fermé.

« Hein, il a un sac à main ? » intervint Irma avec gourmandise.

Il s'agissait là aussi d'un objet volé, mais personne ne savait à qui il était. Sans doute à une pensionnaire morte depuis belle lurette. En tout cas, Anna-Liisa était bien heureuse d'avoir récupéré son miroir de poche, le cadeau de mariage de sa mère.

« D'ailleurs, qu'est-ce qu'on va t'acheter comme cadeau de mariage ? Je trouve qu'un miroir en argent aurait été une bonne idée, dit Irma. Peut-être quelque chose de plus pratique. Des draps ? Ah voilà, j'ai entravé : des chemises de nuit assorties ! Non ?

– Ou bien une poêle achetée à la quincaillerie d'à

côté ? Des coquetiers, un abonnement à *Picsou* ? proposa Siiri.

— Ah, mais le *Kamasutra*, bien sûr ! » s'écria Irma en pleurant de rire.

Anna-Liisa les laissa bêtifier, mais finit par demander la parole en tapant du poing sur son fauteuil. L'ambassadeur, grâce à ses relations diplomatiques, avait réussi étonnamment vite à se procurer les papiers de divorce à l'étranger, y compris dans des États disparus. Tous ces papelards devaient être transmis l'un après l'autre à la préfecture, et c'est seulement après qu'il serait possible de demander un certificat de capacité, et de se marier.

« Un certificat de capacité ? demanda Irma en reprenant son sérieux. On dirait le genre de papiers qu'on demande aux semi-invalides pour vérifier qu'ils savent encore prendre une douche.

— Onni a vraiment fait des pieds et des mains, et tout porte à penser que nous nous marierons en août ; Irma, tu pourras emménager dans mon studio avant cela. Mais en aucun cas nous n'accepterons de cadeaux de mariage.

— Heureusement que Virpi Hiukkanen est hors jeu, autrement elle aurait sûrement empêché l'échange d'appartement. »

Irma avait raison sur ce point. Anna-Liisa expliqua qu'elle avait envoyé un peu partout des déclarations et des documents, et qu'elle avait déployé des trésors d'ingéniosité pour que la fondation Soin et amour des personnes âgées ne pût rien faire d'autre qu'accepter leur opération.

« Onni a acheté mon appartement, et maintenant Irma va devenir sa locataire !

– Je ne savais pas que quelqu'un pouvait acheter des appartements ici, s'étonna la concernée.

– De fait, ce n'est pas dans les habitudes, dit Anna-Liisa. Mais Onni connaît les bonnes personnes, et en achetant un appartement on peut contourner les files d'attente. Autrement tu n'aurais pas pu t'installer comme ça dans l'appartement d'autrui. Il y a des dizaines de septuagénaires croulants qui attendent. Et apparemment, les appartements de résidence spécialisée sont un sacrément bon placement, parce qu'il y a tout le temps de nouveaux vieux et qu'on peut augmenter le loyer toutes les semaines si ça nous chante.

– À Dieu ne plaise ! Je vais faire faillite », s'exclama Irma.

Sa crainte n'était pas sans fondement. Même si elle se retrouvait avec un loyer correct, dans tous les cas sa vie lui revenait cher. Le groupe de retour à domicile de l'hôpital lui avait prescrit tant de services qu'elle aurait un surcoût de plusieurs centaines d'euros par mois, voire davantage.

« Mais est-ce que je suis obligée d'obéir à leur programme d'évaluation ? » demanda-t-elle avec un sourire finaud, après qu'elles eurent bu un nombre confortable de verres de mousseux.

Quelques aides-soignantes les avaient rejointes, et l'une d'entre elles affirma qu'Irma n'avait pas besoin de suivre les prescriptions. Comme elle habitait dans le secteur privé, elle pouvait décider toute seule des services qu'elle estimait nécessaires.

« Mais alors tout ce travail pluridisciplinaire que vous avez fait, c'était du vent ? » se lamenta Irma, et elles trinquèrent à toutes les extravagances du monde.

LIX

Mika Korhonen vint avec ses amis pour contribuer au déménagement. Leur aide était plus que bienvenue car elles n'y seraient pas arrivées sans de grands hommes forts. Anna-Liisa avait des affaires en quantité, et comme la moitié de ces affaires étaient des livres, le poids était conséquent. Les pauvres garçons étaient trempés de sueur. Siiri leur demanda d'enlever leurs gilets en cuir pour avoir moins chaud, mais ils refusèrent. Leurs motos rutilaient fièrement dans la cour du Bois et attiraient une attention méritée.

Anna-Liisa faisait une chef de travaux efficace, elle donnait des ordres avec aisance et avait fait à l'avance un planning très précis. Elle se tenait au milieu de l'appartement, consultait ses dessins et distribuait d'une voix sonore des instructions claires. Une somme considérable des affaires de l'ambassadeur fut destinée à la décharge, car autrement les trésors d'Anna-Liisa n'auraient pas eu assez de place. Deux murs durent être consacrés aux bibliothèques, et il fallut une journée entière à Mika et à ses amis pour les assembler. Anna-Liisa tenait à ce que les livres fussent rangés par ordre alphabétique et par langue.

« Les romans allemands à droite par rapport à moi, les russes à gauche. Les livres de littérature en finnois ici au centre à la hauteur de mes yeux, et les livres scientifiques en finnois au même endroit mais sur l'autre mur. »

Les garçons étaient sur le point de craquer. Ils n'avaient aucune idée de la différence entre littérature et livres scientifiques. Anna-Liisa fut admirablement patiente, elle ne s'agaça pas de voir un des garçons prendre *La Combe aux mauvaises herbes* de Joel Lehtonen pour un livre d'horticulture, et un autre demander dans quelle langue il fallait classer Thomas Mann.

« Bah, je suis prof de finnois, j'en ai vu d'autres… »

L'ambassadeur resta invisible pendant les journées de déménagement. Il s'était rendu dans sa villa pour accueillir ses ex-femmes et ses descendants arrivés de l'étranger afin de leur expliquer le dernier rebondissement de sa vie, ce mariage qui entrerait en vigueur la semaine suivante. Les bans avaient été publiés, les capacités vérifiées, et Irma et Siiri allaient presque être demoiselles d'honneur, puisqu'elles accompagneraient Anna-Liisa et Onni à la préfecture de Pasila en qualité de témoins.

« On pourra se mettre des rosettes en soie dans les cheveux ? » demanda Irma, mais Anna-Liisa se contenta de faire « hum » avant de continuer à donner des instructions à son armée d'hommes en cuir.

L'appartement d'Irma, c'est-à-dire l'ancien d'Anna-Liisa, était évidemment vide, comme sa famille avait vendu toutes ses affaires. Les petits chachous ne donnaient plus signe de vie, ce qui selon Siiri était scandaleux, mais Irma était très compréhensive, expliquant qu'ils avaient honte et qu'ils n'osaient donc plus se montrer. Et puis, ils étaient très occupés avec les vacances à préparer. Cela ne lui faisait ni chaud ni froid, au contraire, elle était tout excitée de pouvoir aménager son nouveau domicile.

« À ton avis, on peut être excitée tout en n'ayant ni chaud ni froid ? » demanda-t-elle en feuilletant un catalogue Ikea.

Encore un instant auparavant, Siiri aurait parié que ce jour n'arriverait jamais. Irma avait toujours habité parmi les antiquités de ses aïeux, en avait pris soin comme si les meubles faisaient partie de la famille, racontant même des histoires sur eux : comment l'oncle avait fait tomber de la liqueur sur la table de jeu, qui depuis portait une tache pour l'éternité, comment la tête de plâtre de Runeberg avait fait le tour de toutes les maisons de campagne de la famille, partout effrayant de pauvres enfants innocents, et comment le tiroir secret du chiffonnier contenait une liasse de billets de l'époque tsariste qui ne servaient plus à rien. Et voilà qu'elle faisait ses délices d'un catalogue Ikea. Elle trouvait parfaitement ravissants tous ces meubles en contreplaqué à monter soi-même. Les tissus à fleurs n'étaient plus qu'un lointain souvenir.

« Et ils ont même des noms rigolos. Klumpen, Stumpan, Buller et Bång ! »

Ceux-là, elle les avait inventés, mais quelle importance ? Mika Korhonen avait promis de venir porter et assembler les nouveaux meubles d'Irma, et Siiri paraissait encore plus heureuse qu'Anna-Liisa de voir qu'Irma était redevenue elle-même et mettait à nouveau de la joie dans sa vie.

Elle avait pris chaque jour plusieurs trams pour venir voir Irma à Kivelä, et parfois le trajet de Munkkiniemi à Töölö durait presque deux heures, quand elle se prenait vraiment au jeu. Helsinki était si beau en été. On avait l'impression que tout avait été spécialement conçu pour la belle saison, les squares, les places et tous les bâtiments qui se multipliaient ces derniers temps. En juillet, Helsinki était un grand parc d'attractions, et les tramways étaient ses montagnes russes.

Irma fit de son appartement quelque chose de très

personnel. Elle associa du mobilier blanc à la Carl Larsson à des meubles criards pour enfants. Ikea était un endroit merveilleux, on y trouvait des râpes à fromage et même des fleurs en pot, et on pouvait y manger des boulettes de viande et du chocolat. Mika était venu partager cette aventure avec elles, et leur servir de guide expérimenté.

« Non mais c'est un parc d'attractions pour de vrai », dit Irma pendant qu'elles testaient les matelas du rayon literie.

Le jeune vendeur voulut connaître le poids d'Irma et plein d'autres choses, comme la position dans laquelle elle dormait, et elle se mit à flirter à un point tel que Siiri eut honte, mais le jeune homme se contenta de sourire et de vendre à Irma un lit énorme avec matelas, oreillers et couette.

« Le lit s'appelle Sultan, imagine ! Dormir sur un sultan, s'enthousiasma Irma.

– Bah, tant que tu ne dors pas dans un Harem ! » fit Siiri en riant.

Mika consacrait beaucoup de temps à peindre les murs en blanc et à monter les meubles, mais après tout personne n'était pressé car Irma s'était vu promettre qu'elle pouvait rester à Kivelä jusqu'à la fin août. Entre-temps, elles servirent de témoins au mariage d'Anna-Liisa et Onni. Les jeunes mariés avaient tous deux de nouveaux vêtements de soirée.

« Pourquoi vous vous mariez en noir ? s'étonna Irma pendant qu'ils attendaient tous dans le couloir de la préfecture.

– Pour des raisons pratiques, répondit Anna-Liisa. Nous pourrons utiliser les mêmes vêtements aux enterrements.

– Astucieux ! se réjouit Irma. Alors voilà à quoi vous ressemblerez auprès de mon cercueil. »

La salle de mariage de la préfecture était petite et sans attrait, et le juge de service dirigeait l'événement comme il eût retiré de l'argent au distributeur du coin. Anna-Liisa était très émue malgré la banalité des circonstances, et elle dit un « oui » à peine audible. L'ambassadeur, en habitué, lâcha un « oui » puissant et convaincu.

Irma et Siiri n'eurent aucun rôle pendant la cérémonie proprement dite : elles se contentèrent de rester assises dans leurs mornes chaises de bureau, avant d'écrire leur nom sur un document. Le problème était qu'évidemment elles n'avaient aucune pièce d'identité autre que leurs permis de conduire périmés, mais Anna-Liisa put s'occuper de tout grâce à son passeport. Elle n'avait pas besoin d'en demander un nouveau car elle comptait garder son nom.

« Le nom de famille d'Onni est Rinta-Paakku, ça sonne un peu suspect », expliqua-t-elle.

Onni et elle quittèrent Pasila en taxi pour aller au Lehtovaara puis quelque part en voyage de noces. C'était un peu saugrenu, mais Anna-Liisa resta très mystérieuse et dit qu'Onni avait tout organisé et qu'elle ne savait pas du tout où il l'emmenait.

« À Tallinn pour une remise en forme spéciale anciens combattants », chuchota Irma à Siiri, puis elles sautèrent joyeusement dans un tram et rentrèrent chez elles – oui, chez elles, car maintenant qu'Irma était de nouveau au Bois du Couchant et que Virpi et Erkki Hiukkanen avaient disparu de la circulation, elles avaient enfin l'impression d'avoir un chez-soi.

LX

Une fois arrivées à Munkkiniemi, Irma voulut offrir à Siiri un déjeuner au restaurant français de la rue Laajalahdentie. Siiri ignorait qu'Irma, avant son périple hospitalier, avait eu l'occasion d'y aller si fréquemment qu'elle connaissait tout le personnel. Un jeune homme à la beauté envoûtante s'empressa d'étreindre Irma, et un autre, un barbu, la débarrassa de son manteau. Ils échangèrent de longues phrases en français, et pour finir ils s'étreignirent derechef.

« Tu as vu, je n'ai pas perdu mon français malgré ma période gâteuse », dit fièrement Irma quand les hommes repartirent travailler.

Le petit était le chef du restaurant, le grand séduisant était le serveur.

« Il est originaire de la Martinique, commença Irma avant de raconter l'histoire du beau serveur, où abondaient frères et sœurs et retournements de fortune. Alors je peux te dire que ce sera un deuil national quand il va nous quitter.

— Comment ça ?

— Mais tu ne comprends donc pas du tout le français ? On ne dirait pas que tu as fait au moins sept fois le cours d'initiation de l'université interâges… Il vient de dire qu'il n'avait plus que *deux semaines*[1] ici. C'est pour ça qu'il m'étreignait si chaleureusement. D'abord parce qu'il m'avait cru morte, et ensuite parce qu'il est forcé de me quitter.

1. En français dans le texte.

– Cela dit, tu as bel et bien failli mourir », fit Siiri pour obliger Irma à dire ce qu'elle attendait d'entendre depuis si longtemps.

Mais Irma continua comme si de rien n'était.

« Quelle pitié qu'ils n'aient pas le droit de vendre du vin rouge, ici. On peut avoir du vin chez Ikea, mais pas dans un restaurant français, c'est un monde. »

Siiri partageait son avis. D'autant plus qu'elles fêtaient deux choses : le troisième et dernier mariage d'Anna-Liisa, et le retour d'Irma chez elle. Sans compter le fait qu'Irma n'était finalement pas démente, que sa hanche guérissait grâce à un clou en titane rougeoyant, et que son nouveau chez-soi se mettait en place plus vite que prévu grâce à un coup de chance. Irma avait encore un déambulateur, mais Siiri était certaine qu'avant les premières neiges elle y renoncerait et redonnerait du service à son cher Jojo-la-Canne.

« Peut-être. Et en septembre nous fêterons ton quatre-vingt-quinzième anniversaire », reprit Irma, papotant avec satisfaction, planifiant sa vie comme elle l'avait toujours fait.

À la table d'à côté, un tout petit bébé se mit à vagir. Irma perdit aussitôt la tête : elle avait toujours raffolé des bébés. Plus petits ils étaient, plus elle devenait gâteuse, et celui-là n'avait que quelques semaines. Irma apprit qu'il s'appelait Rudolf et qu'il n'avait pas son pareil pour garder sa mère éveillée la nuit. La mère dégagea un sein et se mit à nourrir Rudolf sous leurs yeux, alors qu'elles étaient en train de déjeuner. Même Irma eut du mal à sourire à son nouvel ami, et elle chercha fiévreusement un nouveau sujet de conversation.

« Comment avancent tes affaires criminelles ? » demanda-t-elle nonchalamment, comme si elle parlait de vitres à nettoyer.

Et d'ailleurs, ça aussi il fallait s'en occuper soi-même, au Bois : personne ne venait nettoyer les vitres, alors que l'été était presque terminé et que les fenêtres étaient si bien couvertes de la crasse des hivers passés que le soleil ne passait plus au travers. Tous les pauvres vieux impotents étaient là dans l'obscurité, sans pouvoir comme elles sortir au restaurant. Sans même savoir si c'était l'été ou l'hiver.

« Ne change pas de sujet. Tu vas finir en prison à cause de l'incendie, ou pas ? »

Siiri dit ce qu'elle savait. Mika Korhonen l'avait parfaitement tenue au courant, il avait arrêté de les fuir ou de les esquiver mystérieusement. La plainte de Siiri avait été transférée quelque part, où elle tournait entre les roues de la justice suivant les étapes imposées, et Siiri n'avait pas à s'en faire le moins du monde. Elle savait ce qui s'était passé, et surtout ce qui ne s'était pas passé. Elle avait bel et bien eu la clef du Foyer collectif sans y être autorisée, mais il n'y avait pas là de quoi la jeter en prison. L'incendie n'était pas de son fait, et s'il y avait des criminels au Bois du Couchant, il fallait plutôt les chercher au conseil d'administration de la fondation Soin et amour des personnes âgées. Les méchants finiraient par être punis.

« Peut-être. Nous ne le saurons jamais, ou alors un jour peut-être, dit Irma en saupoudrant du sucre sur sa baguette.

— En tout cas, le traitement de l'affaire va prendre un bon bout de temps, et en attendant il ne peut rien m'arriver.

— Oh mais si. Tu peux mourir, par exemple. Ah, la sensation du sucre qui craque sous les dents !

— C'est vrai, et c'est plutôt rassurant. Aah, Irma,

que c'est bon de te retrouver pour de vrai ! » dit Siiri, et elle le pensait de tout son cœur délabré.

Irma le comprit bien et ajouta qu'elles devraient faire une grande fête en l'honneur de sa résurrection, avant l'anniversaire de Siiri.

« Comme on n'a pas eu de fête pour le mariage. Il nous faut une vraie fête, avec du champagne. Même si le champagne a tendance à picoter le ventre et à faire roter. Peut-être juste du punch ?

– Punch ou champagne, tout me va, dit Siiri, épuisée mais heureuse. Qu'est-ce que tu as prévu d'autre ?

– On va apprendre le piano à quatre mains, toi et moi. Je me suis déjà renseignée au conservatoire d'Helsinki-Ouest. »

Siiri soupçonnait que le conservatoire n'était que pour les enfants, mais Irma s'était également renseignée sur ce point. Le directeur avait demandé si elles avaient déjà pris des cours de piano, et quand Irma avait dit que leur pratique du piano, qui avait pourtant bien commencé, avait été interrompue par la guerre d'Hiver soixante-treize ans auparavant, il n'y avait plus eu d'obstacle.

« Mais avant que les cours de piano ne commencent, on va suivre un cours d'Internet.

– Quoi ?

– Tu as parfaitement compris. Ça se passe à la maison des seniors de Munkkiniemi, à côté du centre médical : ils apprennent aux gens tout ce qu'il y a à savoir sur l'Internet, comment on y va, etc. Tu sais bien que sans le Net, on n'arrive à rien.

– Il faudra qu'on achète des ordinateurs ?

– Évidemment ! Mais ce ne sont plus des ordinateurs, ce sont des tablettes qu'on caresse et qu'on effleure pour les faire obéir. C'est ça qu'on achètera. J'en veux

352

une verte, j'ai déjà regardé ce qu'ils proposent chez Stockmann.

— Irma, tu es impayable ! s'écria Siiri. Je me demande bien où ça va encore nous mener, tes histoires ?

— À la mort, fit Irma avec un rire clair, avant de lui dire enfin ce que Siiri attendait : *Döden, döden, döden.* »

RÉALISATION : NORD COMPO À VILLENEUVE-D'ASCQ
IMPRESSION : CPI FRANCE
DÉPÔT LÉGAL : AVRIL 2016. N° 131209-2 (2022694)
IMPRIMÉ EN FRANCE